Christine Anlauff

Katzengold

Christine Anlauff

Katzengold
Serrano ermittelt

Roman

kiepenheuer

ISBN 978-3-378-00697-3

Gustav Kiepenheuer ist eine Marke
der Aufbau Verlag GmbH & Co. KG

1. Auflage 2010

Einbandgestaltung
Glanegger.com, Büro für Buch und Grafik, München
unter Verwendung einer Illustration von
© Greg Paprocki/Photodisc/gettyimages
Druck und Binden Grafica Veneta S.p.A.
Printed in Italy

www.aufbau-verlag.de

Für meine Tochter Nico
und Semmel, den stolzesten Kater aller Zeiten

Freitag

Um 14 Uhr 03 öffnete sich im vierten Stock eines Hauses in der Ossietzkystraße ein Fenster, und eine Katze flog heraus.

Sie landete unbeschadet auf den Bohlen eines Baugerüsts, schüttelte sich und preschte abwärts. Unten angekommen, schnüffelte sie eine Prise Mailuft. Dann wandte sie sich nach rechts und verließ mit steil erhobenem Schwanz ihr Revier.

Sie passierte eine Kirche, zwei Kinderwagen mit dazugehörigen Waden, drei Hundehaufen und wich im letzten Moment einem Fahrrad mit Anhänger aus, ehe sie an eine Straße gelangte, die nach den Geschwistern Scholl benannt war.

Die Katze dagegen war nach einer Kaiserin benannt: Aurelia. Sie wusste nicht, warum. Sie wusste auch nichts über Ossietzky oder die Standhaftigkeit der Scholl-Geschwister. Mit Aurelias Allgemeinbildung war es nicht weit her, was an ihrer Jugend, aber auch an einem gewissen Desinteresse menschlichen Themen gegenüber lag. Serrano, der Kater des Fleischers, wartete auf sie, das war alles, was zählte.

»Spinnst du?«, zischte Thekla. »Weißt du, wie spät es ist?«

Kommissar Hendrik Liebermann fand, dass man einen Menschen, den man einmal geliebt hatte, nicht so begrüßen sollte.

»Ich war beim Arzt.«

»Und der hat dich gezwungen, dein Handy auszuschalten, ja? Mein Zug geht in zwanzig Minuten! In ZWANZIG! Seit einer Stunde renne ich wie ein Tiger durch die Wohnung. Ich war kurz davor, meine Mutter anzurufen. Nur weil dir ausgerechnet heute eingefallen ist, zum Arzt zu gehen. Es gibt ein Wort, das dir bei der Polizei wahrscheinlich noch nie untergekommen ist. Willst du's mal hören? Es heißt Verantwortung!«

»Entschuldige«, sagte Liebermann. »Aber jetzt bin ich ja da.« Thekla lief rot an. »Zwei Jahre!«, fauchte sie. »Und nichts gelernt.«

In der Tür zum Kinderzimmer erschien ihre Tochter. »Papa!« Ihr Schrei ging in einen Anlauf über, der in seinen Armen endete. Liebermann unterdrückte ein Stöhnen. »Hallo, Schatz, wie …«

»Mir geht's gut.«

»Schön«, sagte Liebermann und nahm sich vor, die Begrüßung seiner Tochter zukünftig etwas abwechslungsreicher zu gestalten. »Und hast du dir schon überlegt, was wir zwei in den nächsten Wochen alles anstellen?«

»Ich will zu Knut in den Zoo!«

»Knut?«

»Das ist ein Eisbär«, sagte Thekla.

»So. Na gut, gehen wir zu Knut. Und hinterher essen wir Eis!«

Thekla wurde eine Nuance dunkler.

»Ich hätte dich gern noch in den Haushalt eingeführt«, sagte sie frostig. »Aber ich muss los. Miri zeigt dir alles.«

Liebermanns Tochter strahlte.

»Ich hab ein wenig auf Vorrat gekauft«, fuhr Thekla fort. »Saft und Kartoffeln hauptsächlich. Sie sind im Keller, der Schlüssel hängt am Brett. Der blaue neben dem Autoschlüssel. Es wäre übrigens schön, wenn ich den Wagen bei meiner Rückkehr hier und nicht in irgendeiner Werkstatt finden würde.«

»Das war ein Auffahrunfall«, sagte Liebermann. »Und der Typ hinter mir ein Idiot.«

Thekla zuckte die Achseln. »Wenn ich mich richtig erinnere, befindet sich so gut wie jeder hinter dir, und alle sind Idioten. Manche finden sich damit ab, andere nicht. Was hast du eigentlich?« Sie schlüpfte in einen leichten Mantel. Liebermann bemerkte, dass sie schlanker geworden war. Er überlegte, ob er es ihr sagen sollte. Aber da er die Folgen eines solchen Kompliments nicht abzuschätzen vermochte, murmelte er: »Bandscheibe.«

Sie warf ihm einen kurzen Blick zu. »Schlimm?«

»Es wird wieder. Ich bin zwei Wochen krankgeschrieben.«

Thekla hielt im Knöpfen inne. »Du warst noch nie krankgeschrieben.«

»Nein.«

»Dann ist es schlimm. Und ausgerechnet jetzt.«

»Ich habe mehr Zeit für Miri«, sagte Liebermann.

Sie sah ihn zweifelnd an. Ob seiner Fähigkeiten als Vater, Mann oder Lebewesen überhaupt, blieb unklar. Dann seufzte sie und schloss Miri in die Arme. Liebermann erhielt einen Streifkuss, der knapp an seinem Ohr vorbeiging.

»Trink nur Wasser aus Flaschen!«, sagte er. »Kein Leitungswasser. Davon soll man alles Mögliche bekommen.«

»Kauf nicht beim hiesigen Fleischer«, sagte Thekla. »In den Koteletts dort wurden Knochen gesichtet.« Sie lächelte schief. »Ansonsten: Willkommen auf dem friedlichsten Flecken der Erde. Wir haben dir eine Pinnwand gekauft, damit du unsere nicht benutzen musst. Ein Zettel ist schon dran, damit du nicht vergisst, Miri nächstes Wochenende zu meiner Mutter zu bringen. Sie will mit ihr ins Kinderballett. Und falls es mit deiner Bandscheibe schlimmer werden sollte, ruf sie *bitte* auch an!«

Sie griff nach ihrem Koffer. »Außerdem …«, sagte sie. Dann schüttelte sie den Kopf und ging.

Liebermann lauschte, bis die Haustür ins Schloss gefallen war. Miri schmiegte sich an seine Beine. »Mag Mama dich noch?«

»Ich weiß nicht«, sagte Liebermann. »Ich denke, schon.«

»Magst du sie noch?«

»Ich? Doch, ich glaube.«

»Heiratet ihr dann noch mal?«

Diese Frage stellte Miri mit hartnäckiger Regelmäßigkeit. Und genauso regelmäßig antwortete Liebermann: »Zum Heiraten reicht es nicht, wenn man sich mag.« Diesmal fügte er hinzu: »Außerdem glaube ich nicht, dass sie mich noch will, wenn sie zurückkommt.«

»Warum?«

»Weil sie in Tibet einen anderen Mann kennenlernen wird, der sich nicht so viel mit ihr streitet wie ich. Er heißt Buddha.« Er strich Miri über das Haar. Es war dicht und dunkel wie seines, nur den Wirbel über der Stirn hatte sie von Thekla.

»Den will ich nicht«, sagte Miri.

»Ach, er ist eigentlich ganz nett, nach allem, was ich über ihn gehört habe.«

»Und du, heiratest du dann eine andere Frau?«

»Willst du das denn?«

Sie überlegte eine Weile. »Nö.«

Liebermann wurde von einer Woge der Zärtlichkeit überschwemmt. Er hätte seine Tochter gern hochgehoben und geküsst, aber ein warnendes Ziehen im Rücken hielt ihn davon ab. »Da ich schon bis über beide Ohren in dich verliebt bin«, sagte er lächelnd, »steht das wohl auch außer Frage. Und jetzt zeig mir mal unser Reich!«

In den nächsten zwanzig Minuten begutachtete er ein schlauchartiges Kinderzimmer, ein Schlafzimmer mit Doppelbett, auf dem sich zwei Decken und Kissen fanden, was ihn zu der Frage veranlasste, ob Thekla sich ohne sein Wissen neben Buddha noch einen Gefährten hielt. Er drückte sich etwas diplomatischer aus, aber Miri verstand ihn nicht. Also nein, sagte sich Liebermann, irgendwie erleichtert. Nach der Küche und einem orientalisch angehauchten Wohnzimmer endete die Führung in einem Raum, dessen rechte Wand vom Boden bis zur Decke mit Kisten vollgestapelt war. Theklas letzter Umzug, der dritte nach ihrer Trennung, lag schon über ein halbes Jahr zurück, aber sie hatte es noch nicht geschafft oder, vermutete Liebermann, über sich gebracht, die materiellen Beweise ihrer Vergangenheit in die Gegenwart zu überführen. Schon in den vorherigen Wohnungen hatten die Kisten unberührt auf den nächsten Wechsel gewartet. Und er ahnte, dass diese Bleibe hier nicht die letzte war. An der gegenüberliegenden Wand stand eine bezogene Bettcouch. Bei ihrem Anblick bog sich Liebermanns Rückgrat zu einem S.

»Ich nehme an, das hier ist für mich bestimmt.«

»Ja«, sagte Miri strahlend.

»Gut. Ich nehme es zur Kenntnis und verspreche, es nicht schmutzig zu machen.« Darauf marschierte Liebermann in den Flur, schnappte sich seine Tasche und trug sie ins Schlafzimmer.

Es gab verschiedene Arten von Schlaf: das leichte Dämmern unter gesenkten Lidern, vorzugsweise auf der Treppe zum Hinterhof, den schwarzen Schlaf, der leider nie lang war, und das, was Serrano das Zweite Leben nannte. Das Zweite Leben war ihm der liebste Schlaf von allen. Denn es bestand nicht nur aus einem verschwommenen Wegdriften. Das Zweite Leben barg Möglichkeiten. Die einer fetten Taube ebenso wie die einer Reise in ein Nest warmer, beweglicher Knäule und weicher Tritte in den Bauch und die des Geruchs von Milch. Man wusste nie, was einen erwartete, aber es war fast immer angenehm.

Als Serrano diesmal erwachte, war nichts angenehm. Und weder erinnerte er sich an einen Traum, noch fühlte er sich erfrischt. Er lag auf einer ihm unbekannten Decke, die schlecht roch. Nach Schimmel vielleicht. Serrano versuchte sich zu erinnern, wann er das letzte Mal Schimmel gerochen hatte. Nach einer Weile gab er es auf und konzentrierte sich stattdessen auf den schmerzenden, steifen Klumpen unterhalb seines Kopfes.

Obwohl es überall zu sitzen schien, hatte er den Eindruck, dass sich die Quelle des Übels zwischen seinen Hinterbeinen befand. Er zog sie an, und ihm wurde schwarz vor Augen.

Er fragte sich, was passiert war. Irgendetwas musste schließlich geschehen sein, dass er schmerzverkrümmt auf dieser stinkenden Decke gelandet war. *Beiß die Zähne zusammen, und denk nach!*

Nach einer langen Weile endlich gab sein trübes Gedächtnis ein Schnitzel frei. Ein Frühstücksschnitzel, ungewürzt und angebraten. Derartiges bescherte ihm der Fleischer manchmal nach erfolgreichen Rattenjagden. Aber falls der Anlass für das Festmahl auch diesmal eine Ratte war, so hatte Serranos Erinnerungsvermögen sie vollständig getilgt. Zusammen mit allem, was danach kam. Hatte er seine Revierrunde gemacht? Cäsar den versprochenen Denkzettel verpasst? War Aurelia schon da gewesen?

Ihn überkam eine leichte Unruhe. Für gewöhnlich besuchte ihn Aurelia am frühen Nachmittag. Seltener auch abends, wenn die Alte, die ihr Haus bewachte, schlief. Serrano hatte nach einem Attentat mit einem Küchenmesser, das nur knapp an seinem verbliebenen Ohr vorbeigesegelt war, von Gegenbesuchen Abstand genommen. Die Alte hasste Katzen, und alle Katzen der Gegend hassten die Alte und bedauerten Aurelia dafür, dass sie in ihrem Dunstkreis leben musste. Aber weiter. War Aurelia, oder war sie nicht?

Mühsam drehte Serrano den Kopf. Jetzt erkannte er , wo er sich befand. Im Schlafzimmer des Fleischers. Das war ungewöhnlich. Bisher hatte der Fleischer ihn nur einmal in dieses Zimmer gelassen. Nachdem die stinkende Töle von diesem Sänger Serrano ein Ohr abgebissen hatte. War inzwischen tot, die Töle, überfahren. Dem Sänger waren nur ihre Flöhe geblieben. Serrano krümmte sich zu einem Haken. Mehr war nicht drin. Die Mühen der letzten Viertelstunde hatten ihn erschöpft. Er überlegte, ob er sich wenigstens ein kurzes Zweites Leben gönnen sollte. Nein, erst musste er es wissen. Was war nach dem Schnitzel passiert? Nicht Cäsar, auch nicht Aurelia. *Was?*

Die Sonne schien gleißend, beinahe weiß in das Schlafzimmer. Und dann kam etwas, ein Bild, herausgelockt, vom Gegenteil: etwas Dunkles, oder doch fast, das in Serrano ein dumpfes Gefühl von Panik heraufbeschwor. Ohrenbetäubende Stakkatogeräusche, unterbrochen vom Fluchen des Fleischers, dann verhältnismäßige Ruhe, dann eine weibliche Menschenstimme. Er hatte sie gemocht, diese Stimme. Er schwor, dass ihre Inhaberin es war, die ihn aus dem Dämmer seines Käfigs befreit hatte. Braune Augen, eine zarte Hand, die ihn hinter dem verbliebenen Ohr kraulte, und: aus.

Starr wie eine der gefrorenen Schweinehälften des Fleischers lag Serrano auf der Decke. Es konnte nicht sein. Es durfte nicht sein! Und vor allem nicht jetzt!

Mit einer Anstrengung, die ihn an die Grenze seiner Kraft trieb, schob er den Kopf zwischen seine Hinterläufe und erstarrte. Dort, wo einmal die Reichsäpfel seines Reviers geprangt hatten, hingen zwei armselige kleine Beutel. Es hatte ihn erwischt.

Einige Straßen weiter diskutierte Liebermann mit seiner Tochter den Nachmittag. Sie wollte sofort und auf der Stelle zu Knut. Er erklärte ihr, dass Knut vermutlich gerade seinen Mittagsschlaf hielt, was sie bezweifelte. Da Liebermann sich im Biorhythmus des Nordpols nicht wirklich auskannte, versuchte er es anders. Er bestand darauf, vor dem Ausflug Kaffee zu trinken. »Was meinst du, was passiert, wenn wir vor dem Eisbärenkäfig stehen und mein Magen knurrt?«

»Was denn?«

»Knut wird mich für seine Mutter halten. Oder noch schlimmer, für einen Feind. Er wird versuchen, mich in seinen Käfig zu ziehen, und dann – ade ihr schönen zwei Wochen mit Miri. Von nun an wirst du deinen Vater nur noch im Zoo besuchen können.«

Miri lachte.

»All das Eis, das ungekauft bleibt!«, klagte Liebermann. Miri spitzte die Ohren. »All der Kuchen. Du wirst zur Oma ziehen müssen, weißt du noch, wo sie wohnt?«

»In der Kavalierstraße«, sagte Miri beflissen. »Na gut, aber morgen gehen wir wirklich.« Liebermann atmete auf.

Die Wahrheit war, dass es ihn keine halbe Stunde mehr auf den Füßen gehalten hätte. Während er sprach, lag er auf dem Wohnzimmerteppich, ein Sofakissen im Rücken, und winkelte abwechselnd die Beine an, wie ihm der Arzt empfohlen hatte. Die Wahrheit war, dass er schleunigst eine Apotheke brauchte, keinen Eisbären.

»Abgemacht, morgen«, sagte er. »Dann deck du schon mal den Tisch, während ich schnell zum Bäcker springe.«

Miri sah kritisch auf ihn herunter. Und Liebermann ersetzte das Wort »springen« beschämt durch ein bescheideneres »gehen«.

Irgendwann, er hatte es aufgegeben, auf das Fenster zu achten, hörte Serrano einen Ruf von der Straße her. Er wartete den nächsten Ruf ab, ehe er zur angelehnten Tür wankte, die Treppe hinunter, am Büro des Fleischers vorbei.

Die Fleischerin stockte, als er sie passierte. »Serrano! So fix wieder auf den Beinen?«

Er ließ sie hinter sich. Er verstand ohnehin nur seinen Namen. Aber er roch ihr schlechtes Gewissen. Stufe um Stufe kämpfte er sich die Hintertreppe hinunter. Draußen empfing ihn die warme Hand des Frühlings. Mit schmerzenden Lenden stakste er durch den Hof und in die Einfahrt der Fleischerei. Den Lieferwagen nahm er kaum wahr, wohl aber die goldenen Augen darunter.

Er roch ihr Fell, und als Aurelia ihn mit einem Nasenstüber begrüßte, wusste er, dass er da war, der Augenblick, auf den sie so lange gewartet hatten.

Aber in ihm blieb es beängstigend ruhig. Er hatte Dutzende solcher Momente erlebt, und immer war er höchst erregt gewesen. Angesichts des satten Dufts der Fruchtbarkeit war er im Bruchteil einer Sekunde von Serrano, dem Kater des Fleischers, zu Serrano, dem Herrscher des Viertels, geworden: Bei Gott, und er hatte geherrscht, dass seine Königinnen darüber den Verstand verloren hatten. Wieder und wieder hatte er sie beglückt, bis sie ermattet, aber zufrieden voneinander abgelassen hatten und jeder seiner Wege gegangen war.

Bei Aurelia hatte es ebenso und auch ganz anders laufen sollen. Aurelia war noch Jungfrau. Sie war unerfahren, aber klug, auch wenn es ihr hinsichtlich der Menschen noch an Bildung mangelte. Was das betraf, hatte Serrano angefangen, sie zu unterrichten. Denn – und das war ihm bereits bei ihrer ersten Begegnung klargeworden – er liebte sie.

Er liebte sie immer noch.

»Hallo«, sagte er.

Aurelia rieb sich an seinem Hals. Ihre Schnurrhaare vibrierten. »Ich habe heute Nacht von Kätzchen geträumt. Vier Kätzchen. Zwei gestreifte und zwei rote, so süß und so stolz auf ihren Vater.«

Behutsam leckte Serrano ihre Nase.

»Euer Vater ist der König des Viertels, habe ich zu ihnen gesagt.«

»Aurelia.«

Sie begann sich von neuem an ihm zu reiben.

»Ich liebe dich.«

Sie lachte und stupste ihn in den Bauch. Unwillkürlich fuhr Serrano zusammen. »So empfindlich?«, gurrte sie.

Der Geruch ihrer Fruchtbarkeit war kaum zu ertragen. Aber anders als sonst löste er in Serrano nur eine Mischung aus Mitleid und … Ekel aus. Er hasste sich dafür.

»Lass uns ein bisschen am Fluss entlanglaufen«, sagte er matt.

Augenblicklich ließ sie von ihm ab. »Wozu?«

»Nur so. Wir könnten Enten …«

»Die Enten sind mir scheißegal, Serrano!«

»Ja. Trotzdem. Ich …«

»Begreifst du denn nicht? Es ist so weit! Ich will, dass du der Vater meiner Kinder wirst.«

»Aurelia«, sagte Serrano sanft. »Eine Vaterschaft ist nichts, was man so einfach vom Zaun bricht.«

Wie vom Blitz getroffen sprang Aurelia zurück. »Ach nein? Fängt der göttliche Serrano plötzlich an, seine Kinder zu zählen? Wiegen die Bälger der fetten Maja auf einmal mehr als unsere?«

»Nein.« Er wich ihrem Blick aus. Ihre Kinder wären ihm mehr wert gewesen als alle, vielleicht hätte er einem von ihnen in ferner Zukunft sogar das Viertel abgetreten. Aber es gab nichts mehr abzutreten, und die Trauer darüber, zusammen mit der Wut, dass ein dahergelaufener Fleischer es so festgelegt hatte, schlug über ihm zusammen. »Wir müssen uns unterhalten.«

Über Aurelias goldenes Fell ging eine Welle. »Ich will nicht … ich kann mich nicht unterhalten!«

»Ja … ich weiß.«

»Also!«

Ihre Zunge traf ihn hart am Kinn, während ihr zarter Bauch das Pflaster des Bürgersteigs streifte. Es brach ihm das Herz.

»Hör auf damit, ich bitte dich.«

Mit einem Satz war sie wieder auf den Pfoten. »Du hast eine andere!«

»Was? Nein, ich habe keine …«

»Denkst du, ich sehe nicht, wie dieses schielende kleine Biest seit Tagen um die Fleischerei streicht?«

»Wen meinst du?«

»Du weißt ganz genau, wen. Diesen schwarzen, struppigen Hungerhaken.«

»Krümel?«, fragte Serrano baff.

»Du hast es ihr gemacht, oder?«

»Sei nicht albern! Krümel ist meine Tochter.«

Aurelia lachte höhnisch auf. »Hast du *dabei* auch daran gedacht?«

»Hör auf!«, befahl Serrano.

Aurelia bleckte ihre Zähne, zwei Reihen spitzer, weißer Stifte. Sie zitterte am ganzen Körper. »Na gut, wie du willst«, sagte sie leise. »Dann höre ich auf.«

Ihre Schnauze stieß vor, und ehe Serrano begriff, was vor sich ging, splitterte etwas in seinem Nacken. Im nächsten Augenblick war Aurelia in der Einfahrt verschwunden.

Als Serrano um die Ecke bog, verließ die Alte aus Aurelias Haus eben die Fleischerei. Sie schickte dem vorbeifliegenden Goldschweif einen Fluch nach und hob drohend den Stock. Aber dann überlegte sie es sich anders und ließ ihn auf den Rücken eines Mannes niedergehen, der sich neben ihr an einer Laterne abstützte.

Liebermann starrte die Alte durch einen Tränenschleier an.

»Na also«, knurrte sie. »Geht doch.«

»Bitte?«

»Brust raus, Po rein. Wer den Hintern rausstreckt, will eins draufhaben, hat mein Vater immer gesagt.«

Liebermann war, als hätte der Stock ihn endgültig in zwei Hälften geteilt. »Jemand könnte auch einen anderen Grund dafür haben, den Hintern rauszustrecken«, murmelte er.

»Guck mal einer an! Welchen denn, zum Beispiel?«

»Schmerzen.«

»Schmerzen!«, wieherte die Alte. »Sehen Sie mich vielleicht den Hintern rausstrecken? Kommen Sie mal in mein Alter, dann wissen Sie, was Schmerzen sind. Und bis dahin: Brust raus, Po rein. Wegen Leuten wie Ihnen haben wir den Krieg verloren.«

Sie zog ihren Kittel straff, wie um zu demonstrieren, dass sie nicht gewillt sei, noch einer Kapitulation beizuwohnen, und humpelte von dannen. Erschüttert sah Liebermann ihr nach. Das war also *der friedlichste Fleck der Erde*.

»Was ist ein Kittel?«, fragte Miri.

»Eine Art Schürze. Dieser hier war blau.« Oder grau? Liebermann musste zugeben, dass er kaum auf die Kittelfarbe seiner Peinigerin geachtet hatte. Er erinnerte sich nur an ein paar große Brandlöcher am Saum.

Miri pulte eine Erdbeere aus ihrem Kuchenmatsch. »Frau Krebs«, sagte sie sachlich. »Die hat eine blaue Schürze. Und sie ist böse.«

»Warum?«

»Sie wollte Vincent verhauen, nur weil er sie mit dem Frisbee getroffen hat. Außerdem hat sie ein Messer.«

»So«, sagte Liebermann. »Und wer ist Vincent?«

»Der wohnt da.«

Nach dieser kryptischen Mitteilung schob Miri die unverwertbaren Reste ihres Kuchens beiseite und verlangte zu spielen.

Gegen sechs zog sich Liebermann erschöpft mit einer Zigarette auf den Balkon zurück. Er hatte sich von Miri jedes einzelne ihrer Spielzeuge vorstellen lassen, seine Haare für Frisierversuche hingegeben und einen babylonischen Legoturm gebaut, ehe er endlich eine Gelegenheit zur Flucht gefunden hatte. Auf dem Weg durchs Wohnzimmer war er an der von Thekla erwähnten Pinnwand vorbeigekommen. Unter dem Zettel mit der Balletteinladung klemmte ein

Zeitungsausschnitt mit der Zeile: *Nicht das Auge, sondern der Verstand sieht.*

Aha. Offenbar war der Pate des Zitats nie einem Blinden begegnet, was Liebermann allerdings nicht im mindesten störte. Für den Luxus einer eigenen Pinnwand war er bereit, selbst die idiotischsten Sprüche abzusegnen.

Er wusste, dass man sich in der Vermisstenstelle des Berliner LKA über seinen Tick, kleine Auffälligkeiten auf Zetteln, Aktendeckeln und selbst auf den Möbeln im Büro zu notieren, amüsierte. Aber auch das störte ihn nicht, denn erstens konnte er es nicht ändern, und zweitens taten sie es leise. Was vielleicht daran lag, dass dieser Tick bereits das eine oder andere Mal zu einem ihrer Verschollenen geführt hatte, wenn auch leider meist erst post mortem.

Liebermann warf einen etwas neidischen Blick in die Kronen einiger weiß blühender Bäume, die die Straße unter ihm säumten. Dann setzte er sich vorsichtig in einen von zwei Korbsesseln, legte die Zigaretten in Griffweite auf die Brüstung, drückte sich eine Diclofenac in den Mund und wählte die Nummer seines Büros.

Nach dreimaligem Klingeln erklang am anderen Ende die Stimme von Kommissarin Marion Allhorn. Liebermann sah verdutzt auf sein Display. Er teilte sich das Büro mit Kommissar Uwe Schüler, Marion hatte das nebenan.

Mitten in sein Erstaunen sagte sie: »Ich sortiere hier nur was.«

»Und Uwe?«

»Beim Zahnarzt.«

»So. Dann sag ihm, er soll mich zurückrufen, wenn er wiederkommt.«

»Ich glaub nicht, dass der hier heute noch mal auftaucht«, sagte Marion heiter. »Wenn mich nicht alles täuscht, fault ihm da gerade ordentlich was weg. Er roch aus dem Mund wie meine Schwester damals, als …«

Zu spät riss Liebermann sich das Handy vom Ohr und

hielt es über die Balkonbrüstung. Sein Ellbogen stieß gegen die Zigarettenschachtel. Als er zugriff, schnippte sie nach oben, beschrieb einen trägen Salto vor weißgrünem Laub und verschwand in der Tiefe. Liebermann fluchte leise. Dann zählte er langsam bis zehn und näherte das Handy wieder seinem Ohr.

»... hat sie sich noch wochenlang Knochensplitter aus dem Zahnfleisch gezogen«, sagte Marion. Liebermann nutzte die folgende Atempause.

»Ich bin krankgeschrieben.«

Stille.

»Die Bandscheibe?«, fragte sie nach einer Weile.

»Ja.«

»Also doch! Ich hab doch gerochen, dass das kein normaler Hexenschuss ist.«

Nicht, dass Liebermann sich darüber wunderte. Marion war allgemein bekannt dafür, dass sie roch, Liebermann dafür, dass er ahnte, und Uwe dafür, dass er wusste. Zusammen gaben sie ein ganz passables Kleeblatt ab, auch wenn sie sich zuweilen auf die Nerven fielen. Der zufriedene Ton in Marions Stimme ging Liebermann zum Beispiel ziemlich auf die Nerven, aber er riss sich zusammen.

»Ich komme Montag vorbei, um ein paar Aufgaben zu verteilen. Dann bin ich für zwei Wochen weg.«

»Nimm dir so viel Zeit, wie du brauchst.« Das Einfühlungsvermögen seiner Kommissarin rührte Liebermann, bis ihm auffiel, dass sie gerade über seinen Urlaub verfügte. Er rächte sich, indem er ihr auftrug, den Stand sämtlicher Vorgänge bis Montag säuberlich und nach Kindern und Erwachsenen geordnet auf ein Flipchart zu übertragen, dann legte er auf.

Er lechzte nach einer Zigarette. Aber die Schachtel lag irgendwo unten zwischen Löwenzahn und Baumzehen. Fluchend machte Liebermann sich auf den Weg.

Zum Glück war sie nicht hinter die lanzenartigen Spitzen

des Vorgartenzauns gefallen, sondern mitten auf den Bürgersteig. Liebermann beugte sich vor und erstarrte.

In den Blitz, der ihm von der Lende bis in die Zehenspitzen schoss, sägte sich die höhnische Stimme der Alten: Wer den Hintern rausstreckt. Er hatte den Hintern rausgestreckt.

Um nicht zu wimmern, holte Liebermann tief Luft und ließ sie langsam zwischen den Zähnen entweichen, während er gebückt zum Zaun hinkte. Er umklammerte eine der Eisenstangen. Atmen. Keine falsche Bewegung. Er atmete. Ein Auto bremste hinter ihm. Liebermann drehte sich nicht um. Stattdessen hangelte er sich Zentimeter für Zentimeter an der Stange aufwärts. Es klang, als parke das Auto ein. Der Motor verstummte, eine Tür schlug zu. Gleich darauf hörte Liebermann das Klappern von Absätzen. Er stöhnte ein letztes Mal und ließ den Zaun los.

»Der Kreislauf?«, fragte eine Stimme.

»Etwas in der Art«, sagte Liebermann, indem er sich langsam herumschraubte.

»Aber es geht …« Er brach ab. In Bruchteilen von Sekunden schrumpfte sein Wortschatz auf ein Minimum zusammen. Himmel! Jesus und Maria! Großer Gott!

Aber es war nicht Gott. Es war ein Engel. Und was für einer! Von ihren Armen ging ein goldener Schimmer aus, ebenso von ihren Locken, der Tasche und irgendwie sogar vom Schwarz ihres Kleides.

»Alles in Ordnung?«

Liebermann hörte Worte, aber er verstand ihren Sinn nicht. Er starrte auf ein goldrotes Lippenpaar, das sich vor ihm auf und ab bewegte. Manchmal starrte er auch in zwei türkisfarbene Augen. Dass es diese Augenfarbe eigentlich nicht gab, kümmerte ihn kaum. Er fragte sich nur, ob auf der Packungsbeilage der Diclofenac Nebenwirkungen erwähnt worden waren.

Irgendwann begriff er, dass sie eine Antwort erwartete. Er hatte nur keine Ahnung, worauf.

»Ja«, sagte er. Der Engel bewegte den Kopf, und an Liebermanns Ohr drang das feine Geklimper goldener Doppelreifen, die zu beiden Seiten des himmlischen Gesichts aus den Locken blitzten.

»Dann bin ich ja beruhigt. Können Sie mir eine Auskunft geben?«

»Ja.«

Sie war vielleicht dreißig, höchstens dreiunddreißig. Und sie trug einen Ehering. Aber das musste nichts heißen. Thekla trug ihren Ring auch immer noch, weil sie ihn nicht abbekam. Die Schöne zog ein Notizbuch aus der Tasche und begann, ihre Finger durch die Seiten zu bewegen. »Ich suche die Ossietzkystraße.«

»Ja«, sagte Liebermann und streckte den freien Arm aus.

»Also, geradeaus?«

»Ja.«

Er begriff, dass er so nicht weitermachen konnte.

»Bis zur Ecke. Dort stoßen Sie ... äh ... quasi auf die Ossietzkystraße.«

»Dann ist mein Navigator kaputt.«

Liebermann lächelte schwach. »Vielleicht ist er nur verwirrt.«

»Bitte?«

»Der Navigator.«

Sie sah ihn eine Sekunde lang zweifelnd an, dann fragte sie: »Wohnen Sie hier?«

»Ich nicht. Meine Tochter.«

»Wirklich?«, fragte sie überrascht. »Sie sehen gar nicht aus, als hätten Sie schon eine erwachsene Tochter.«

»Hab ich auch nicht.« Hatte er das gesagt? Er wusste es nicht genau. Ihr Blick änderte sich erneut. Schließlich zuckte sie die Achseln und klappte das Buch zu.

Die Endgültigkeit dieser Geste erschütterte Liebermann. »Wie lange gedenken Sie, in der Ossietzkystraße zu bleiben?«, fragte er hastig.

»Es ist, weil ... es hier ein ziemliches Gerangel um die Parkplätze gibt. Manche Anwohner verstehen es sozusagen als ihr natürliches Recht, vor der eigenen Haustür zu parken, und reagieren ... recht ungehalten auf fremde Platzhalter, besonders nach Feierabend.« Er unterbrach sich, als ihm die völlige Absurdität seines Wortschwalls bewusst wurde. Hilflos wies er auf ihr gelbes Cabrio, neben dem die anderen Fahrzeuge aussahen, als gehörten sie auf den Schrott.

Um die Mundwinkel der Schönen hatten sich zwei liebreizende Fältchen gebildet. »Ehe mein Auto tatsächlich zum Auslöser eines Provinzkrieges wird«, sagte sie, »wäre es wohl das Beste, Sie gäben mich für die nächsten anderthalb Stunden als Ihren Gast aus. Oder was meinen Sie?«

Ihr Lächeln fuhr in Liebermann wie in ein Stück weiche Butter und blieb in der Mitte stecken.

Sie hatten die Schrauben fester angezogen. Goran brauchte all seine Kraft, um sie zu lockern. Bei der zweiten ging ihm ein Stechen durch das rechte Handgelenk. Mühsam fummelte er sie heraus und ließ sie, wie die erste und die dazugehörigen Muttern, in eine an seinem Gürtel befestigte Zimmermannstasche fallen. Er blickte sich um. Unter ihm lag der menschenleere Hof. Nur ein Dreirad und ein neuer Stapel Bierkisten neben einer ausrangierten Kühltruhe zeugten davon, dass es hier tagsüber recht betriebsam zuging. Aus einem geöffneten Fenster auf seiner Ebene drang Babygeschrei. Das würde noch eine Weile so weitergehen, dachte Goran, bei Vierlingen hatte immer einer was zu meckern. Ihn störte das nicht, im Gegenteil, es erinnerte ihn an seine Kindheit. Er steckte den Schraubenschlüssel ein und kletterte vorsichtig die kurze Leiter zur nächsten Etage hinunter, schlich über die Holzplanken zur nächsten und immer so weiter, bis er festen Boden unter den Füßen hatte. Die Streben würde er später holen, wenn es ruhig und richtig dunkel geworden war, und dann auch nicht allein.

»Wer ist da?« Die alte Krebs stand, mit ihrer Kittelschürze bekleidet, im Durchgang zur Vordertür. Sie bebte vor Aufregung, in ihrer Hand entdeckte Goran ein Brotmesser. Höflich neigte er den Kopf.

»Guten Abend!« Die Begrüßungsformeln beherrschte er flüssig, nur mit Unterhaltungen tat er sich zuweilen noch schwer.

Die Krebs reckte kämpferisch das Kinn vor. »Wer sind Sie?«

Goran zerrte am Saum seines Hemdes, bis es die Zimmermannstasche notdürftig verbarg. »Ich bin Goran Flatic, Ihr Nachbar.«

»Mein Nachbar ist tot«, schnaufte die Krebs.

Er begriff nicht gleich. Direkt neben der Alten wohnte ein sehr lebendiges junges Pärchen, das erst vor einem Jahr eingezogen war. Aber dann fiel ihm der Notarztwagen ein, der den Vormieter abgeholt hatte. Herzinfarkt, genau an dem Tag, als sie alle den Sanierungsbescheid im Briefkasten gehabt hatten.

»Ich wohne in der Nummer 19«, sagte er höflich.

»Dann sind Sie nicht mein Nachbar.«

Es war, als ob diese Feststellung die alte Krebs ein wenig entspannte. Sie steckte ihr Küchenmesser mit der Klinge nach oben in eine Tasche ihrer Schürze und nahm die Brille ab, um sie am Zipfel ihres Universalkleidungsstückes zu putzen. »Sie haben sich verlaufen«, sagte sie. »Sie müssen hier durch die Tür raus und dann genau einen Aufgang weitergehen. Das ist Ihrer. Und beeilen Sie sich, es regnet gleich.«

»Gut, danke. Danke.«

Die Alte geriet in Absolutionslaune. »Ist ja auch nicht leicht, sich hier zurechtzufinden. Für einen, der aus der Pampa kommt. Ich habe Sie übrigens schon mal gesehen.«

»Ja«, murmelte Goran. »Ich wohne hier.«

Sie stemmte die Fäuste in die dürren Hüften und starrte ihn an. »Tatsächlich?«

Miri durfte ihr Abendbrot ausnahmsweise vor dem Fernseher essen, während Liebermann auf dem Balkon saß und den Bürgersteig observierte. Nach einer halben Stunde, während derer eine Menge buntes Volk unter ihm herumgestromert war, begann er daran zu zweifeln, ob es den Engel wirklich gab oder ob er doch nur einer Drogenhalluzination aufgesessen war. Aber nein. Direkt vor der Tür, schnurgerade eingeparkt, stand der Beweis. Liebermann überlegte, ob er es wagen sollte, sich kurz auf den Teppich im Wohnzimmer zu legen.

Dank der Tabletten war der Schmerz dumpfer geworden, aber er war da. Er lauerte in einem unbedeutenden Knorpel, der aus der Reihe getanzt war, auf die Reaktivierung von Liebermanns Reizleitungen. Und sosehr er im Allgemeinen für funktionierende Reizleitungen plädierte, heute tat er es nicht. In spätestens einer Stunde würde SIE zurückkehren. Und SIE sollte ihn nicht wieder im Vierfüßlergang antreffen. Liebermann stellte sich in Positur, atmete ein Ziehen weg und hob eine Braue. »Na, schon zurück?«

Nein, das war plump. Mit etwas Pech sagte sie »Ja« und fuhr los. Was würde einer Frau von ihrem Format imponieren? Diskreter Charme, intelligenter Witz – auf Witz sprangen alle Frauen an. Obwohl Liebermann in Bezug auf Humor und Frauen wenig Erfahrungen hatte. Er ging einfach davon aus, dass die meisten Frauen lieber lachten als weinten. Weil ihm nichts einfiel, was witzig und intelligent zugleich war, beschloss er, an seinem Lächeln zu arbeiten. Während einer weinseligen Betriebsfeier hatte Marion seine Augen einmal »blauen Nebel« genannt. Es hatte wie ein Kompliment geklungen. Nun gut, dann würde er die Schöne eben umnebeln. Liebermann nahm das Balkontischchen ins Visier, strahlte es an und sagte: »Ihr Auto hat kein Dach.«

»Welches Auto?«, fragte Miri, die unbemerkt neben ihm aufgetaucht war.

»Ach nichts, ich denke mir nur gerade eine Geschichte aus.«

»Für mich?«

»Natürlich.«

»Dann geh ich jetzt ins Bett.«

»Wie, schon?«

»Nach dem Sandmann gehe ich immer ins Bett.« Seufzend spähte Liebermann über den Rand der Balkonbrüstung. Miri kam zu ihm und tat es ihm nach. »Ist da was?«

»Na ja …«, murmelte er. »Vorhin war da unten eine komische Katze.«

Vor einiger Zeit war da wirklich eine Katze gewesen, ein beunruhigendes Tier, das sich ohne jede Scham mitten auf dem Bürgersteig gewälzt hatte. Miri lehnte sich noch weiter vor. Ihre Zehen in den rosa Socken berührten kaum noch den Boden.

»Sie ist weg«, sagte Liebermann.

»Wie sah sie aus?«

»Rötlich, glaube ich.«

»Dann war's Aurelia, aus dem Haus von Vincent.«

»Ach ja, Vincent. Zieh dich schon mal aus, ich komm gleich.«

Sie wollte eine Geschichte, in der ein Krokodil, eine Katze und zwei Menschen vorkamen, die am Ende heirateten. Zehn Minuten, dachte Liebermann. Wenn er die Schöne in diesen zehn Minuten verpasste, dann war es eine Backpfeife Gottes. Die er ihm heimzahlen würde, so viel war gewiss.

»Wozu ein Krokodil?«

»Damit es ein bisschen spannender ist.«

»Und die Katze?«

»Weil du Aurelia gesehen hast. Und weil ich eine haben will.«

»Aber wozu? Katzen haaren, kratzen die Tapete von den Wänden und machen sich überall dort breit, wo du sie nicht gebrauchen kannst. Und manche stinken. Wünsch dir lieber einen Vogel, dem kannst du sogar das Sprechen beibringen.«

»Ich will nicht mit einem Vogel sprechen. Ich will eine wie Aurelia.«

Liebermann gab sich geschlagen. Er legte sich vor das Bett seiner Tochter, schob sich einen Teddy unter den Hintern und begann die traurige Geschichte eines kleinen Zookrokodils, das kurz vor dem Verhungern stand, weil sein Gehege täglich von einer Bande räuberischer Straßenkatzen heimgesucht wurde. Erst ein beherzter Tierpfleger und eine schöne Zoopraktikantin mit goldenen Locken setzten dem Spuk schließlich ein Ende und brachten die Bande hinter Schloss und Riegel. Seitdem gab es im Zoo einen Käfig mit der Aufschrift »Raubkatzen«. Und weil Praktikantin und Pfleger sich gegenseitig außerordentlich nett fanden, heirateten sie. In einem Auto ohne Dach.

»So eine blöde Geschichte«, sagte Miri, als er fertig war.

»Aber es kam eine Hochzeit darin vor«, erwiderte Liebermann und löschte das Licht. Dann ging er auf den Balkon.

Serrano saß in einem Hauseingang zwischen der Fleischerei und dem benachbarten Zeitungsladen und dämmerte vor sich hin. Die bleierne Müdigkeit, die ihn den Vormittag über gefangen gehalten hatte, löste sich langsam auf, auch der Schmerz war stiller geworden, aber was nützte ihm das?

Er bemühte sich, nicht an Aurelia zu denken. Darum dachte er umso mehr an sie. Und wenn es ihm tatsächlich gelang, sich für ein paar Minuten von ihr abzulenken, dachte er an Cäsar.

Cäsar war von den Söhnen, die Serrano in den letzten Jahren gezeugt hatte und die im Viertel geblieben waren, mit Abstand der stattlichste. Seine Mutter war eine Halbkartäuserin gewesen, deren gesamte Kraft in den einzigen Wurf ihres Lebens geflossen war. Im letzten Sommer hatte ein Linienbus sie mitgerissen. Es gab einige, die behaupteten, dass sie es drauf angelegt hatte. Andere, dass sie es ein wenig zu eilig hatte, zu einem bestimmten Kater zu kommen. Serrano enthielt sich jeder Spekulation, wie er sich auch nach der Zeugung jedes Kontaktes zu Cäsars Mutter enthalten hatte. Nun war sie tot, aber Cäsar lebte.

Er war jetzt ein anderthalbjähriger, attraktiver Jungkater, etwas kleiner als er selbst, dafür muskulöser. Und ein Rebell. Soweit Serrano wusste, hatte Cäsar noch keinen Wurf hervorgebracht. Aber lange konnte es nicht mehr dauern, und Serrano bangte vor diesem Tag. Er kannte die enorme Wirkung des ersten Wurfs auf das Selbstbewusstsein eines Katers. Und an Selbstbewusstsein mangelte es Cäsar schon jetzt nicht. Vor einigen Tagen hatte Serrano ihn mit einem Pansen im Maul an der Abfalltonne der Fleischerei erwischt. Er erinnerte sich gut an Cäsars Blick. Die Herausforderung darin, das verschlagene Grinsen, als Serrano ihn auf die Mauer zum Nachbargrundstück gejagt hatte.

Cäsar wurde von der Frau des Pfarrers, zu dessen Haushalt er gehörte, gut versorgt, er brauchte den Pansen nicht. Dass er ihn vor den Augen seines Vaters aus der Tonne gestohlen hatte, war ein Zeichen, das deutlicher kaum sein konnte.

Aber Serrano war selbst erst fünf Jahre alt und nicht gewillt, auch nur einen Meter seines Hoheitsgebietes abzutreten. Er würde Cäsars Souveränität auf dem Pfarrhof und dem benachbarten Gut des Gemeindeamtes respektieren. Solange sein Sohn respektierte, wer der Princeps des Viertels war. Zumindest bis heute Morgen gewesen war. Verzweifelt flüchtete Serrano sich in einen kurzen, anstrengenden Schlaf. Als er aufwachte, beschloss er, Bismarck ins Vertrauen zu ziehen.

Bevor er ging, putzte er sich oberflächlich. Bismarck mochte es nicht, wenn man ihm mit schmutzigem Fell gegenübertrat. Dann glitt Serrano aus der Tür.

Der schreckliche Tag neigte sich langsam dem Ende entgegen. Nur vor dem Delikatessenladen auf der anderen Straßenseite war noch Betrieb. Rechts von Serrano fegte die Fleischersfrau summend den Weg vor ihrem Laden. Zum Glück stand sie mit dem Rücken zu ihm. Serrano wandte sich in die Gegenrichtung und rannte in eine Schuhspitze.

»Kroppzeug«, sagte die Trägerin des Schuhs, als sie sich wieder gefangen hatte.

»Das ist schon die dritte, die mir hier vor die Füße läuft.«

»Ja, aber der da gehört hierher«, erklärte die Inhaberin des Zeitungsladens, die ihre Kundin an die Tür begleitet hatte, um hinter ihr abzuschließen.

»Sagt wer?« Die Kundin riss ihre gerade erstandene Schachtel Gudang Garam auf.

»Na, der Fleischer zum Beispiel«, sagte die Zeitungsfrau schüchtern.

Sie sah zu, wie ein Feuerzeug aus einem goldenen Ungetüm von einer Tasche in die Hand der Kundin wanderte. So etwas hatte sie hier noch nie gesehen. Aber die Kundin war schließlich nicht von hier, sie war eine Frau von Welt, das hatte sie gleich gemerkt. Vielleicht eine vom Laufsteg oder eine Maklerin, die den Wert der wenigen noch nicht sanierten Häuser schätzen wollte. In solchen Kreisen trug man jetzt wahrscheinlich goldene Säcke.

Trotzdem verspürte die Verkäuferin das Bedürfnis, das Viertel, in dem sie seit über zwanzig Jahren einen Zeitungsladen führte, zu verteidigen. »Der Kater da ist ein guter Rattenjäger.«

Die Kundin warf ihr einen türkisfarbenen Blick zu und kräuselte die Lippen. »Ach, Ratten gibt es hier auch?«

Eine der angenehmen Eigenschaften Bismarcks war seine Prinzipientreue.

Wen er einmal in sein Herz geschlossen hatte, den gab er nicht mehr preis.

Er ernährte sich ausschließlich von einer bestimmten Sorte Hering, die ihm seinen Namen eingetragen hatte, und besaß einen Stammplatz, den er pünktlich mit der Hyazinthenblüte einnahm und bis zum ersten Frost nicht verließ.

Nur zweimal am Tag drehte Bismarck eine Runde um den Block. Serrano kannte ihn, seit seine Mutter ihn entwöhnt hatte. Auch da war Bismarck schon ein Greis gewesen. Schätzungen seines Alters schwankten zwischen achtzehn und zwanzig Jahren. Er hatte Seite an Seite mit Serranos Urgroßvater im Krieg gekämpft, und er erzählte gern, wie jener ihm das Leben gerettet hatte. Manchmal war es auch umgekehrt, aber egal, wer wen gerettet hatte, wichtig war, dass Bismarck sich den Abkömmlingen seines alten Freundes verbunden fühlte. Besonders Serrano, dem einzigen Kater, dem er darüber hinaus sogar Respekt zollte.

Serrano begrüßte ihn mit ehrerbietigem Schweigen. Bismarck nahm auf dieselbe Weise an. Nach einer Weile rutschte er auf dem abgenutzten Stück Bastmatte, das eine freundliche Seele unter seinen Fliederbusch gelegt hatte, unauffällig ein wenig beiseite.

Sie sahen durch eine lichte Stelle im Blattwerk auf die Straße und das Haus auf der anderen Seite. Es war eins der milchigen. Die meisten Häuser hatten in den letzten Jahren die Farbe gewechselt. Vorher waren sie braun, rötlich oder grau gewesen, jetzt waren fast alle milchig, fleischfarben oder gelb, wie das Fahrzeug, das dort vor dem Eingang stand.

Nach einer Zeit, die ihm angemessen schien, fragte Serrano: »Kennst du das Vierrad da?« Nicht, dass es ihn besonders interessierte, aber bei Bismarck durfte man nicht mit der Tür ins Haus fallen. Er war ein Kater der alten Schule.

Gleich zum Problem zu kommen hielt er für plump, und Plumpheit begegnete er mit langen Vorträgen über den fortschreitenden Verfall der Kultur. Dafür hatte Serrano jetzt keine Zeit.

»Vorher nie gesehen«, sagte Bismarck. »Steht noch nicht lange dort.«

»Es ist also ein Besucher?«

»Besucher*in*«, sagte Bismarck grinsend und kratzte sich das fast haarlose Kinn. »Ziemlich komisches Weibchen. Genauso komisch wie ihr Vierrad. Guck dir mal die Räder an. Und es hat kein Dach!«

»Man kann eine Haut drüberspannen«, sagte Serrano.

»Was du nicht sagst!«

Offenbar war dem Fürsten auf seinen Blockrunden noch keines der seltsamen Gefährte begegnet. Er war wirklich nicht mehr auf der Höhe der Zeit. Aber es stand zu vermuten, dass dem Alten die Höhe der Zeit auch ziemlich egal war. Bismarck hatte genug damit zu tun, die Schnipsel seiner Erinnerungen zu sortieren und sein Haus zu hüten. Er hörte auf, sein Kinn zu kratzen.

»Da drüben, den dritten Balkon von unten, siehst du den?«

Serrano blickte an der gegenüberliegenden Hauswand hinauf. Hinter ein paar Blumentöpfen erkannte er den oberen Teil eines Menschen, der ihm bekannt vorkam, ohne dass er sich an nähere Umstände erinnern konnte. »Was ist mit dem?«

»Als das Vierrad ankam, hat dessen Besitzerin mit ihm geredet. Ein Kopffell, rot wie Kirchenziegel, und ein Gang wie ein Storch. Seitdem steht er da oben.«

»Vielleicht soll er auf das Vierrad aufpassen.«

»Möglich. Aber irgendwas stimmt nicht. Er gehört nicht auf den Balkon. Da gehört eine Frau mit ihrem Kleinen hin. Die Frau ist vorhin geflüchtet. Mich interessiert, wo das Kleine ist.«

Serrano kniff nachdenklich die Augen zusammen. Er dachte an einen Stock. Warum einen Stock? Und plötzlich fiel es ihm ein: »Er umarmt Laternen«, sagte er. »Ich hab's gesehen.«

»Und er hängt an Zäunen«, fügte Bismarck hinzu. »Komischer Typ, was? Ich sag dir, dem fehlen ein paar Schnurrhaare. Er beobachtet zum Beispiel die Straße.«

»So wie du?«

Bismarck geruhte, die Bemerkung zu ignorieren. »Ich hab viele kommen und gehen sehen. Ich weiß, wenn einer Unruhe ins Revier bringt.«

»Unruhe, ich weiß nicht. Seit wir miteinander reden, hat er sich kein einziges Mal bewegt.«

Bismarcks Schwanzspitze schlug ärgerlich nach einer Mücke.

»Wer sagt, dass man sich dazu bewegen muss? Haben sich die vergifteten Ratten damals bewegt, bevor sie die Luzifersippe in den Tod getrieben haben?«

Dazu sagte Serrano nichts. Zur Zeit der Tragödie um die Luzifersippe war er noch nicht geboren, und Bismarck wusste das.

»Was willst du eigentlich?«, fragte der Alte, zufrieden, dem jüngeren das Maul gestopft zu haben. »Du wirst mich kaum besuchen, um mit mir über Vierräder zu plänkeln.«

»Nein.«

»Also?«

Jetzt, wo es so weit war, kamen Serrano Zweifel an seiner Idee, ausgerechnet Bismarck um Rat zu fragen. Andererseits rechnete er ohnehin mit dem Schlimmsten, also war es auch egal.

»Heute früh hat der Fleischer mich zu einem menschlichen Weibchen gefahren. Ich kann mich nicht daran erinnern, was sie mit mir gemacht hat, aber ich fürchte … als ich vorhin aufwachte, war ich verletzt, ich weiß nicht …«

Bismarck beobachtete den dunklen Schopf auf dem Balkon im dritten Stock. Es war unmöglich zu sagen, ob er überhaupt zuhörte. »Hat sie dich gestochen?«, fragte er endlich.

»Möglich, kann sein. Vielleicht. Ich erinnere mich an grelles Licht und sanftes Gemurmel, dann reißt der Faden ab.«

»Und zu dir gekommen …«

»… bin ich im Schlafzimmer des Fleischers auf einer stinkenden Decke.«

»Hm«, machte Bismarck. Und dann noch einmal: »Hm.«

»Vorhin war Aurelia bei mir«, sagte Serrano. »Sie ist läufig.«

»Oh, hm!«

»Wir haben gestritten.«

»Kann ich mir denken.«

»Da ist noch was.« Serrano zögerte. »Ich … bin der Herr des Viertels. Aber … ich meine, ein Kater, der … nicht mehr, ich muss mein Amt wohl abgeben – was meinst du?«

Bismarck schloss die Augen. Serrano wartete. Es passierte nichts. Wie es aussah, war der Alte eingeschlafen.

Niedergeschlagen stand Serrano auf.

»Die Gabe, ein Viertel zu lenken, schlummert nicht zwischen den Beinen«, sagte Bismarck plötzlich, ohne die Augen zu öffnen. »Wenn es so wäre, müsste die Herrschaft an einen Idioten übergehen. Denn die Guten hier, ich dachte, das wüsstest du, sind fast alle ihrer Manneskraft beraubt. Bis auf Ben, und dem liegt nichts an weltlichen Dingen.«

»Du meinst …«

»Es ist schändlich, gewiss. Falls es noch einmal einen Krieg geben sollte, dann nicht gegen Katzen, sondern gegen die Menschen. Obwohl ich mir auch da nicht sicher bin. Wer sich von Menschen füttern lässt und in ihren Häusern schläft, braucht sich nicht zu wundern, wenn er von ihnen wie Eigentum behandelt wird.«

»Ich habe nicht im Haus des Fleischers geschlafen, sondern im Hof.«

»In einem Schuppen, der auf seinem Hof steht. Und du hast sein Futter genommen.«

Serrano starrte den Alten an. Aber letztlich musste er zugeben, dass Bismarck recht hatte. Er setzte sich wieder. »Wo wir schon dabei sind: Wäre es möglich, dass ich eine Weile bei dir wohne? Es muss ja nicht dein Keller sein, einer der anderen genügt.«

Bismarcks Schnurrbarthaare begannen zu beben. Sympathie hin oder her, kein Kater mochte es, wenn sich ein anderer in seinem Revier breitmachte.

»Es ist nur, bis ich etwas anderes ...«

»Meinem Keller gegenüber«, sagte Bismarck, die Augen noch immer auf sein Innenleben gerichtet, »liegt einer, dessen Tür nur angelehnt ist. Nicht besonders gemütlich, aber trocken.«

»Danke. Es ist nur für kurz.«

»Das hoffe ich«, sagte Bismarck. »Und was Aurelia angeht: Rede mit ihr!«

Serrano seufzte. »Ich hab's versucht.«

»Nicht, solange sie läufig ist. Das bringt nichts. Du musst dich damit abfinden, dass sie ihren ersten Wurf von einem anderen haben wird. Aber wenn sie erst schwanger ist und wieder alle Fünfe beisammen hat, kannst du immer noch ihr Freund sein. Wenn du am Knäuel bleibst. Sie mag dich.«

»Meinst du?«

»Das sieht doch ein Blinder. Ich kenne kein anderes Paar, das auch außerhalb der fruchtbaren Zeit wie Pech aneinanderklebt. Ich weiß ja nicht, was du an ihr findest, aber sie jedenfalls bewundert dich.«

Ein früher Maikäfer torkelte gegen eine Mülltonne vor Bismarcks Haus. Serrano war versucht, nach ihm zu haschen. Vor wenigen Minuten noch hätte er sich einer solchen Aktionslust nicht für fähig gehalten.

»Danke«, sagte er zu Bismarck. »Ich gehe nachher zu ihr.« Er dachte an den alten Knochen, aber ausnahmsweise schreckte ihn der Gedanke nicht. »Es würde mich wundern, wenn sie noch nicht empfangen hat.«

»Freu dich nicht zu früh«, sagte Bismarck und öffnete ein Auge. »Hier gibt's kaum noch Kater, die nicht kastriert sind.«

Serrano zögerte. Dann sagte er: »Es gibt Cäsar.«

»Na ja«, sagte Bismarck schläfrig. »Stimmt. Dann bleibt es wenigstens in der Familie.«

Bis 20 Uhr 30 hatte Liebermann es mit Hilfe einer weiteren Pille geschafft, das Geschirr vom Abendbrot abzuwaschen, ein paar Flaschen Apfelsaft aus dem Keller zu holen, wo er zu seiner Freude auch auf ein gefülltes Weinregal gestoßen war, und sich in Schale zu werfen. Zwischendurch war er auf den Balkon gehumpelt, um sich davon zu überzeugen, dass das Cabrio noch da war. Dabei hatte er jedes Mal gehofft, den Engel um die Ecke biegen zu sehen. Die anderthalb Stunden waren längst vorbei.

Er ergänzte seine Ausstattung um eine Stehlampe, ein Bier und einen Potsdamführer von Thekla und ließ sich endgültig auf dem Balkon nieder.

Von der Havel drang verhaltenes Donnergrollen herüber. Das erste Sommergewitter, sie hatten es im Radio angekündigt. Liebermann spülte mit schlechtem Gewissen ein Glas Bier hinunter. Er hatte keine Ahnung, ob Bier sich mit den Tabletten vertrug. Dann griff er nach dem Stadtführer und schloss die oberen Knöpfe seines Hemdes. Ein böiger Wind kämmte durch die Baumkronen vor dem Balkon. Bald darauf schlugen die ersten Tropfen auf die Brüstung. Liebermann schob seinen Sessel etwas näher an die schützende Wand. Nach einer Weile stand er noch einmal auf und warf einen gewohnheitsmäßigen Blick auf die Straße. Eine junge Frau verließ das Haus gegenüber. Mit einer Hand umklammerte sie den Griff einer unförmigen Tasche, die andere fädelte sie im Gehen in den Ärmel einer Jeansjacke. Missmutig starrte Liebermann auf die Hosenbeine, die unter ihrem karierten Rock hervorragten. Von der Schönen keine Spur. Dennoch blieb Liebermann stehen. Der Regen würde auch vor den Fenstern der Ossietzkystraße nicht haltmachen. Wenn die Schöne ihn bemerkte, würde ihr unweigerlich einfallen, was er, Liebermann, in diesem Moment bereits sah: Dass sie das Cabrio mit offenem Verdeck zurückgelassen hatte.

Liebermann rauchte seine Zigarette zu Ende, dann machte er sich mit angenehm taubem Rücken auf den Weg in den Keller. Wenn ihn seine Erinnerung nicht trog, hatte er dort vorhin eine Plane gesehen.

Sie lag gleich hinter dem Kellereingang, neben den vergessenen Rudimenten eines Faltbootes. Er klopfte den Staub ab und hob sie ins Licht des Hausflurs. Es war eine alte Armeeplane im Tarnmuster ein Strich/kein Strich, die sich je nach Bedarf zu einem Zelt oder einem Poncho knöpfen ließ. Und sie gehörte ihm, er hatte keine Ahnung, wie sie in Theklas Keller kam. Ein wenig abseits der Mitte entdeckte Liebermann einen handtellergroßen Dreiangel. Aber trotz Riss würde die Plane den teuren Polstern draußen vor dem Haus noch ausreichend Schutz vor Überschwemmung bieten.

Als Liebermann den Stoff über das Cabrio breitete, musste er allerdings feststellen, dass er zu kurz war. Ein Teil der Rückenlehne lugte unter der Plane hervor. Nicht viel, zugegeben. Schlimmer war, dass die Plane beim geringsten Windstoß die Spannung verlor und in sich zusammensackte. Liebermann lief abermals in den Keller, um die brüchige Faltboothaut zu holen, die dort vermutlich seit Urzeiten vor sich hin gammelte. Mit dieser beschwerte er den hinteren Teil der Plane und bedeckte gleichzeitig die Lehnen. Als er fertig war, schmatzten seine Schuhe vor Wasser.

Liebermann wrang die Zipfel seiner Jacke aus und flüchtete sich in den Hauseingang. Von dort begutachtete er unschlüssig sein Werk. Der Regen rann, wie vorgesehen, von den herabfallenden Planenrändern auf den Boden. Für die nächsten anderthalb Stunden zumindest war das Cabrio sicher. Allerdings verlieh ihm die schützende Verkleidung bedenkliche Ähnlichkeit mit einem Sperrmüllhaufen. Blieb zu hoffen, dass sich keiner der Nachbarn ermuntert fühlte, ihn über Nacht ringsum durch Schätze aus dem eigenen Keller zu ergänzen.

Liebermann zündete sich eine Zigarette an und spähte um die Ecke. In einiger Entfernung vernahm er junges Lachen. Zu sehen war nichts. Nur Weg, Häuser, Autos und die Leere dazwischen, die von den aufglimmenden Laternen übergangen wurde, als lohnte es nicht, sie zu beleuchten. Liebermann zog sich fröstelnd in seiner Jacke zusammen.

Langsam verließ ihn der Mut. Vielleicht verbrachte der Engel den Abend, möglicherweise sogar die ganze Nacht, bei ihrer Bekannten (dass der Adressat ihres Besuches weiblichen Geschlechts war, stand für ihn außer Frage), in der irrigen Überzeugung, das Verdeck geschlossen zu haben. Als er die Zigarette zur Hälfte aufgeraucht hatte, warf er sie weg.

Oben zog er sich um, wickelte sich eine Decke um die Lenden und weihte seine Pinnwand ein, indem er einen goldgelben und einen blauen Zettel an ihr befestigte.

Auf dem blauen ein Berliner Autokennzeichen. Auf dem gelben drei Wörter: *Rose, rot-gelb, warum.*

Liebermann hatte sie beim Abdecken auf dem Beifahrersitz entdeckt, wo sie farblich völlig in ihrer Umgebung aufgegangen war. Die rot-gelbe Marmorierung zerfloss ein wenig zum Blütenkelch hin, ansonsten war sie beeindruckend akzentuiert. Selbst einem Laien wie Liebermann war sofort klargewesen, dass man eine Rose dieser Art nicht bei jedem x-beliebigen Floristen finden würde. Natürlich nicht, dachte er, wenn man wusste, wem sie gehörte. Allerdings wunderte ihn, dass die Schöne sie einfach im Wagen liegen gelassen hatte. Darauf bezog sich das Warum, eines von Liebermanns Lieblingswörtern, seit er drei war. Falls die Blume für jene Bekannte in der Ossietzkystraße gedacht gewesen war, warum hatte der Engel sie ihr dann nicht mitgenommen? Eine Antwort mochte lauten: Weil ein verwirrter Mann an einem Zaun sie abgelenkt hatte. Es war nicht die schlechteste.

Beim nächsten Balkonbesuch stellte Liebermann fest, dass der Regen langsam nachließ. Auch das war gut, denn die Plane hing inzwischen leicht durch.

Irgendwo in der Nähe bellte ein Hund. Sekunden später huschte eine Katze die Meistersingerstraße entlang und verschwand im Vorgarten des Hauses gegenüber unter einem Fliederbusch. Ihr Verfolger bremste scharf. Unter wütendem Gekläff begann er das Versteck seines Opfers zu umrunden. »Bernhard!«, rief eine körperlose Stimme. Der Hund gab noch einmal trotzig Laut, dann trottete er zurück. Schon beinahe aus Gewohnheit warf Liebermann einen Blick Richtung Ossietzkystraße, ehe er seinen Platz auf dem Sessel wieder einnahm und gelangweilt nach dem Stadtführer griff. Er las einen wenig spannenden Bericht über eine Eremitage, die sich hier irgendwo in der Nähe befinden sollte und in der einst eine rotgelockte Schöne … Dann las er etwas über die vergoldeten Stuckreliefs im Ovidsaal der Neuen Kammern, ebenfalls in der Nähe. Besonders interessierte Liebermann daran die Geschichte der schönen Leda und der Goldregen, der inzwischen ganz aufgehört hatte. Er schlug das Buch zu. Sinnlos.

Die Bierflasche gab nichts mehr her, die Schmerztablette auch nicht, und ob der Engel noch auftauchte, wusste der Himmel.

Liebermann zog den Stecker der Stehlampe heraus. Es wurde dunkel. Die Aufregung vom Nachmittag hatte sich gelegt. Sie war eine Reaktion mit den wiederholten kleinen Enttäuschungen der letzten Stunden eingegangen. Es hatte ein paar Mal gepufft, geblieben war ein Gefühl lyrischer Resignation. Er hatte kein Glück mit Frauen. Zwar hatte die Natur ihn mit einem einigermaßen ansprechenden Aussehen ausgestattet, sogar mit Augen, die mit blauem Nebel verglichen wurden, aber dann musste sie irgendwie in ihrer Arbeit gestört worden sein und hatte anschließend vergessen, ihrem Werk den Botenstoff mitzugeben, der für die Ausschüttung von Hormonen beim weiblichen Geschlecht sorgte.

Er verabschiedete sich von der Straße. Sie war völlig engelfrei. Nur die Frau mit der unmöglichen Kleiderordnung kehrte gerade nach Hause zurück, und ihm war, als ob sich die Schutzplane des Cabrios leicht bewegte.

Sein Lendenwirbel gab ihm einen deutlichen Befehl. Liebermann gehorchte.

Als er die Balkontür zum letzten Mal an diesem Abend hinter sich schloss, war es 22 Uhr 45.

Bismarck saß wie eine Eins in dem altertümlichen Kinderwagen, den er als Schlafplatz benutzte, und funkelte Serrano grimmig entgegen. »Wen schleppst du denn hier an!«

»Nur einen Hund.«

»Einen Hund?!«

»Bernhard, aus der Bar. Keine Sorge, er schafft es nicht zu uns herein.«

»Aber er kläfft. Sag mir, wie ich bei dem Lärm schlafen soll!«

»Er ist gleich weg.«

Von weitem drang die Stimme von Bernhards Besitzer zu ihnen in den Keller. Ein letztes wütendes Bellen, dann wurde es still.

»Na also.«

»Sieh zu, dass du eine andere Unterkunft findest«, sagte Bismarck ungehalten.

»Hattest du wenigstens Erfolg bei Aurelia?«

»Ähm ... nein.«

»Ich hab ja gesagt, dass du dich nicht zu früh freuen sollst.«

»Es lag nicht an ihr. Es lag an den Menschen, die in ihrem Haus herumgestreunt sind. Sie haben eine Kleiderkiste herausgetragen. Und an Bernhard.«

»Eine Kleiderkiste? Du meinst, einen Schrank?«

»Ja.«

Bismarck gähnte. »Sonst nichts, nur einen Schrank?«

»Weiß ich nicht«, sagte Serrano. »Nach dem Schrank hat mich Bernhard entdeckt. Einer der Träger war der Barmann.«

»Hm«, machte Bismarck. »Und ist das von Bedeutung?«

Serrano leckte sich eine Spur bitteren Baustaubs von der Brust und überlegte. »Es könnte heißen, dass die Kiste Aurelias Frau gehört«, sagte er. »Der Barmann ist in sie vernarrt. Es war sein monströses Vierrad, in das sie die Kiste geschoben haben. Und du weißt, was es bedeutet, wenn Möbel das Haus verlassen.«

»Schon. Aber ein Schrank macht noch keinen Umzug. Erstens. Zweitens habe ich noch keinen spät am Abend umziehen sehen, und drittens hätte Aurelia dir davon erzählt.«

»Wahrscheinlich.«

Es sei denn, sie ist nicht dazu gekommen, dachte Serrano.

»Probier's morgen noch mal!«

»Ja.«

Bismarck rollte sich zusammen, bis er aussah wie eine haarige Schnecke.

»Was macht der Fremde?«, fragte Serrano, mehr um dem Alten eine Freude zu machen denn aus wirklichem Interesse.

»War den ganzen Abend hinter seinen Blumenkästen«, murmelte Bismarck. »Er hat das gelbe Vierrad mit zwei Häuten abgedeckt. War ein bemerkenswerter Anblick. Sonst belagert er nach wie vor den Balkon.«

»Dann stimmt es also, dass er auf das Vierrad aufpasst.«

»Bei dem stimmt gar nichts«, brummte Bismarck und steckte zum Zeichen, dass die Unterhaltung beendet war, den Kopf zwischen die Pfoten. Die obere lüftete er noch einmal. »Untersteh dich zu schnarchen! Ich habe einen leichten Schlaf.«

»Ich auch«, erwiderte Serrano und ging in seinen Keller hinüber. Er war todmüde, unzufrieden, und zwischen seinen Beinen zwickte es.

Um elf Uhr flog die Tür des Katinkas auf, und Reiner der Ohrwurm stürmte herein. Es war nicht zu übersehen, dass er stockbetrunken war, eine Eigenschaft, die er mit mehreren Anwesenden im Raum teilte. Anders als bei ihm war sie bei jenen allerdings temporärer Natur. Wann Reiner dagegen das letzte Mal völlig nüchtern gewesen war, daran konnte sich keiner mehr erinnern.

Er wankte zum Tresen und ließ seinen Oberkörper auf einen Barhocker fallen. »Wo ist der Chef?«

Im Durchgang zur Küche erschien ein dunkelhaariges Mädchen mit einem Stapel frisch abgewaschener Aschenbecher im Arm. Estrella war der neue Stern am Firmament des Katinkas, obwohl ihr Strahlen an diesem Abend gedämpft wirkte und angesichts des neuen Gastes völlig erlosch.

»Du hast Hausverbot«, sagte sie. »Was gibt's?«

»Ich will den Chef sprechen!«

Estrella warf Reiner einen unschlüssigen Blick zu. Dann stellte sie die Aschenbecher auf dem linken Rand des Tresens ab, ging zum Kühlschrank, nahm eine Flasche Mineralwasser heraus, öffnete sie und stellte sie ihm vor die Nase. »Jürgen ist nicht da. Sag mir, was ich ihm ausrichten soll, und verschwinde. Ich kriege Ärger, wenn er hört, dass ich dich bedient habe. Und pass auf, dass du nicht alles volltropfst.« Sie zeigte vorwurfsvoll auf den nassen Fleck, der sich auf dem Holz des Tresens um Reiners Ellbogen herum gebildet hatte. Reiner glotzte die Pfütze an und schnaufte.

Sein Ruf ging ein gutes Stück über die Grenzen des Viertels hinaus. Tagsüber sang Reiner in der Einkaufsmeile zur Gitarre. Sein Repertoire erschöpfte sich im Großen und Ganzen in Reinhard-Mey-Liedern, was ihm seinen Namen eingetragen hatte, und der Umstand, dass er sich auch äußerlich bemühte, seinem Idol gerecht zu werden, hatte in der Vergangenheit manch älterer Touristin die Tränen in die Augen getrieben.

»Ich habe Sie damals in der Deutschlandhalle gesehen. Ich war Ihr größter Fan«, hatte mal eine geschluchzt und ihm einen Zehneuroschein in die Hand gedrückt. Vielleicht hätte es sie gefreut zu hören, dass ihr Obolus dem Doppelgänger ihres Idols geholfen hatte, seine Stimme für den nächsten Tag zu ölen.

Jürgen hatte im Grunde nichts gegen Reiner. Mittags, wenn der Sänger nur mit seinem Frühstücksbier im Magen der Arbeit zustrebte, holte er ihn manchmal auf einen Kaffee herein. Aber wenn Reiner seinen Pegel erreicht hatte, wurde er zanksüchtig. Er ging die Gäste um Zigaretten an, und wenn er keine erhielt, begann er zu randalieren. Oder zu singen, was beinahe noch schlimmer war.

»Hast du eine Zigarette?«

Estrella sah flüchtig zum Durchgang. »Aber nur eine. Und rauch sie hier hinten.« Sie zog eine f6 aus der Schachtel, die Jürgen unter dem Tresen aufbewahrte. Mit zitternden Fingern zündete Reiner sich die Zigarette an.

»Also, was ist?«

»Hinter eurem Schuppen liegt eine Leiche.«

Estrellas bronzener Teint wechselte ins Gräuliche.

»Hinter welchem Schuppen?«

»Hinter *diesem* Schuppen.« Reiner nippte an seinem Wasser und schob es angewidert von sich. »Ich hab's gesehen, asichnahausewollte.« Nach kurzer Überlegung zog er die

Flasche wieder zu sich heran und nahm einen kräftigen Schluck. Dann hob er bedeutungsvoll einen Finger und wiederholte: »Als ich nach Hause wollte.« Seine Wohnung lag in einem Hinterhaus unweit des Katinkas. Wenn Reiner besoffen war, nahm er oft die Abkürzung über den Hof der Bar.

Zerstreut tippte Estrella ein paar Aschekrümel von der Tresenplatte. »Du spinnst.«

Neben Reiner tauchte ein junger Mann auf. Er war in Begleitung eines Mädchens, das schon ein bisschen wacklig auf den Beinen zu stehen schien.

»Zahlen, bitte.«

Mit einem Ruck kam Estrella zu sich. »Der Tisch links neben der Tür?«

Verträumt nickte der Junge ihrem Dekolleté zu.

»Auf dem Hof liegt eine Leiche«, sagte Reiner zu ihm.

»Drei Beck's, drei Chianti, eine Mary«, zählte Estrella auf. »Reiner, lass die Gäste in Ruhe.«

»Echt?«, fragte das betrunkene Mädchen.

Reiner wandte ihr sein Gesicht zu. »So wahr ich hier sitze.«

Mit einem lauten Plong ließ Estrella die Kasse aufspringen.

»Ich hab mal einen Film gesehen, in dem eine Leiche auf dem Hof lag«, sagte das Mädchen träge. Es zog die Brauen zusammen. »Hab vergessen, wie er heißt. Weißt du's?«, wandte sie sich an ihren Begleiter.

Der Junge schüttelte den Kopf und fuhr fort, den ausgeschnittenen Vorhof von Estrellas Privatsphäre anzuhimmeln.

»27,90«, sagte Estrella. Sie riss die Rechnung ab, strich sie leicht gegen ihren Busen und gab sie dem Jungen. Der Junge nahm sie ehrfürchtig entgegen.

Als die beiden gegangen waren, wandte sie sich Reiner zu, der eben versuchte, seine Kippe im obersten der sauberen

Aschenbecher auszudrücken. Er verlor das Gleichgewicht und rutschte von seinem Hocker. Estrella hastete zu ihm herum. »Jetzt aber ab ins Bett! Der Regen hat aufgehört.«

Mit verzerrtem Grinsen schob Reiner sein Kinn über die Holzkante. »Willst du sie sehen?«

»Lass gut sein, ich glaub's dir. Und jetzt bring ich dich an die Tür, wie es sich für eine gute Gastgeberin gehört.«

Ehe Reiner begriffen hatte, was vor sich ging, hatte sie ihn untergehakt und durch die Tür bugsiert. Unter dem Vordach der Bar redete ein junger Mann mit Baskenmütze leise auf eine ebenso junge Frau ein. Die beiden hatten die Köpfe so eng zusammengesteckt, dass eine Laus problemlos das Revier hätte wechseln können. Estrella schob ihnen den verdutzten Straßensänger hin.

»Nils, hier ist jemand, der nach Hause gebracht werden möchte.«

»Ich finde selbst nach Hause«, brummte Reiner und stemmte die Fersen in die Ritzen des Bürgersteigpflasters.

»Na, ich weiß nicht«, sagte Estrella. »Beim ersten Versuch bist du hier gelandet.«

»Weil – ich – eine – Leiche – gesehen – habe!«

Keine drei Sekunden später fühlte sich Reiner in die Zange genommen.

»Ts, ts. So schlimm ist es schon?«, murmelte Nils. »Ich habe mal gelesen, dass Sänger, die Leichen sehen, innerhalb von wenigen Wochen selbst sterben. Sie sehen praktisch ihren eigenen Tod voraus. Bei Jimi Hendrix war das so. Erinnerst du dich an Jimi Hendrix?«

Reiner stierte ihn ein paar Sekunden lang glasig an. Dann sackte er plötzlich zusammen. »Wirklich?«

»Wirklich.«

»Wenn du dich schwermachst, kann ich dich nicht halten, und dann fällst du in den Matsch«, sagte die junge Frau auf der anderen Seite. » Steh gerade!«

Willenlos ließ Reiner sich hochziehen und erst um die

Ecke, dann über den angrenzenden Hof bis zu seinem Hinterhaus schleifen.

»Es wundert mich, dass du davon noch nie gehört hast«, fuhr Nils ernst fort. »Vom Todesengel der Musik. Beim ersten Mal zeigt er sich nur, beim zweiten Mal nimmt er dich mit. Es sei denn, du schwörst deinen Lastern ab. Die Musik duldet keine anderen Götter neben sich, weißt du.«

Der Reiner, der oben im zweiten Stock mit Mühe seine Wohnungstür aufschloss, war ein gebrochener Mann.

»Denk dran!«, ermahnte Nils ihn zum Abschied. »Die Leiche sieht alles. Hendrix war das egal. Du weißt ja, was aus ihm geworden ist!«

Sonnabend

Bismarck schnarchte noch in seinem Kinderwagen, als Serrano in aller Frühe über ihn hinweg aus dem Fenster sprang. Eine Weile hockte er sich auf den Stammplatz des Alten, um sich in die neuen Verhältnisse einzuwittern. Man musste aufpassen. Das fehlende Bremsengekreisch und Rangieren der Lieferfahrzeuge auf der morgendlichen Geschwister-Scholl-Straße gaukelte Friedlichkeit vor, aber was dort die Vierrädrigen, waren hier Hunde und Zweiräder. Die Kunst bestand darin, den Rhythmus zu erfassen. Jede Straße besaß ihren eigenen. Erst wenn man ihn verinnerlicht hatte, konnte man sich ihm anpassen. Und erst dann war man sicher. Man durfte nichts überstürzen, nur weil man zum Beispiel Hunger hatte.

Neben ihm schlug die Tür auf. Sofort stand Serrano auf den Pfoten. Aber es war nur Nils, der herauskam. Serrano beruhigte sich. Nils war der einzige Mensch, den jede Katze des Viertels beim Namen kannte, was wohl daran lag, dass er so häufig genannte wurde. Er war Stammkunde beim Fleischer, in der Bar und in sämtlichen Geschäften der Gegend. Darüber hinaus kümmerte er sich um einige der Häuser des Viertels und um deren Bewohner, menschliche wie tierische.

Wie es aussah, war Nils guter Dinge. Er pfiff ein Lied, das Serranos empfindliches Ohr reizte, reinigte die Fingernägel der einen Hand mit denen der anderen, rückte dann seine Mütze zurecht und sah zu ihm herüber.

»He!«

Serrano erhob sich höflich.

»Wo ist der Fürst?«

An der Wortmelodie erkannte Serrano die Frage. Wahrscheinlich ging's um Bismarck. Er stieß den Kopf leicht gegen das Kellerfenster.

»Bisschen spät heute, der Alte«, sagte Nils und schloss sein Fahrrad vom Zaun ab. »Übrigens, ich weiß nicht, ob du's bemerkt hast, aber dahinten kommt Trixi.«

Er tippte sich gegen die Mütze und fuhr los. Kaum war Nils um die Ecke, erschien ein gähnender Bismarck im Fenster. »Mach dir nichts aus Trixi. Die ist noch klappriger als ich.«

Trotzdem warteten sie im Schutz des Kellerfensters, bis der Dackel vorbeigehinkt war. »Sie hat's an der Hüfte«, sagte Bismarck mitfühlend. »Der aus dem Dritten steht übrigens schon wieder auf dem Balkon.«

»Hab ich bemerkt«, sagte Serrano. »Dafür ist das Vierrad verschwunden.«

Er streckte sich. Dann horchte er in sich hinein. Nichts, selbst das leise Ticken zwischen den Hinterläufen hatte aufgehört. »Tja, ich versuch dann noch mal mein Glück.«

»Immer zu!«, sagte Bismarck. »Aber iss was vorher.«

Liebermanns Halbschlaf endete abrupt, als man ihm einen stählernen Dorn zwischen die Wirbel rammte. In der kurzen Spanne zwischen Schmerztraum und Bewusstsein blätterte sich in rasender Geschwindigkeit der Katalog seiner kleinen und großen Sünden auf. Er bereute sie zutiefst, besonders die der letzten Jahre, und als das nichts half, auch die seiner Kindheit, an die er sich allerdings kaum noch erinnern konnte. Das Summen einer Mücke war es schließlich, das ihn endgültig zurück in die Welt warf.

Ächzend wälzte sich Liebermann auf die Seite. Auch ohne die Augen zu öffnen, wusste er, dass hinter dem Fenster ein strahlend blauer Tag auf ihn wartete. Seinetwegen hätte er auch schlammgrau sein können, ihm war es gleich. Um irgendetwas Konstruktives zu tun, versuchte er, seinem Schmerz eine Farbe zuzuordnen. Er kam auf Gelb, aber auch das war ihm gleich. Er wollte nur, dass es aufhörte. Seine Hand tastete nach den Tabletten auf dem Nachtschrank.

Eine halbe Stunde später hievte Liebermann sich aus dem Bett, um nach Miri zu sehen und ihnen anschließend nackt, wie er war, ein karges Frühstück aus Kaffee, Tee und Spiegeleiern zu bereiten. Viel mehr hielt Theklas Kühlschrank nicht für sie bereit. Von wegen Vorräte!

Nach dem Essen entließ er Miri wieder in ihr Spielzeugland und begab sich selbst auf den Balkon, um seine Verdauungszigarette zu rauchen und nach dem Cabrio zu sehen. Er hatte es befürchtet.

Dort, wo es geparkt hatte, hockte nun ein schäbiger Pickup, auf dessen Ladefläche ein alter Fernseher stand. Die Enttäuschung schmeckte schal. Daran änderte auch der Zettel mit dem Autokennzeichen nichts. Es war nicht dasselbe: eine Frau zu suchen und eine Frau zu empfangen. Dann fiel ihm auf, dass sie die Plane und die Faltboothaut mitgenommen hatte. Vielleicht sollte er Anzeige erstatten. Liebermann versuchte, sich die Gesichter der Potsdamer Kollegen vorzustellen, wenn er den Diebstahl einer alten Armeeplane und einer noch älteren Faltboothaut meldete, und musste grinsen.

Schräg gegenüber verrichtete ein Hund sein Geschäft am Eingang eines kleinen Eckspielplatzes. Liebermann rümpfte die Nase.

Kurz darauf sah er einen jungen Mann mit Baskenmütze aus einer Haustür treten. Aus unerfindlichen Gründen sprach er ein paar Worte in den Vorgarten zu seiner Rechten hinein, ehe er sich zu einem am Zaun angeschlossenen Fahrrad mit Anhänger begab. Beim Anblick des Anhängers beschlich Liebermann Wehmut. Als Kind war er mit ganz ähnlichen Gefährten Hügel und Steilhänge hinuntergebrettert: Unterteile von Kinderwagen, auf die Obstkisten montiert waren. Bei diesem hier waren es zwei, eine kleinere und eine größere. Sein Besitzer grüßte den Hundehalter, indem er sich mit zwei Fingern gegen die Schläfe tippte. Dann gondelte er gemächlich über den Spielplatz davon.

Liebermann lauschte dem Spektakel der Vögel in den Bäumen, rang sich ein paar Kniebeugen ab und beobachtete eine einohrige getigerte Katze, die drüben aus einem Fliederbusch gesprungen kam und in dieselbe Richtung trabte wie der Radfahrer. Er sah ihr nach, bis sie um die Ecke verschwand. Kaum war sie weg, spuckte der Flieder eine weitere Katze aus. Da drüben schien es ein Nest zu geben. Liebermann zerdrückte seine Kippe in einem von Theklas Blumentöpfen und wich einen Schritt von der Brüstung zurück. Er mochte keine Katzen. Schon gar keine, die ihn über drei Stockwerke hinweg anstarrten.

Dem ersten Geschoss wich Serrano um Haaresbreite aus, das zweite traf ihn am Hintern, das dritte wartete er nicht ab, sondern rettete sich auf das Baugerüst. Die Kartoffel sauste direkt auf den Komposthaufen in der rechten Hofecke.

»Ich krieg dich noch!«, jubilierte die Alte. »Und dann rein in den Sack und ab in die Havel. Schreihals, verflohter!«

Im obersten Stockwerk wurde geräuschvoll ein Fenster geschlossen. Zu Serranos Bedauern, denn dahinter wohnte Aurelia. Sie war nicht umgezogen, bisher jedenfalls nicht, denn eine Weile nach Mittag war ihre Besitzerin wie üblich zur Arbeit gegangen. Aurelia hatte sie nicht begleitet. Aber sie schien auch nicht da zu sein. Serrano hatte den Vormittag abwechselnd hier am Haus und, als sie auf sein wiederholtes Rufen nicht reagiert hatte, an den Orten zugebracht, von denen er wusste, dass sie sich dort gern aufhielt. Auf der Baustelle hinter der Bar hatte er Nils beim Auftragen dunkler Erde auf zwei Beete angetroffen. Die neue Terrasse, Aurelia hatte ihm davon erzählt.

Am Rand der Baustelle stand der Nachrichtenbaum mit den Geburts-, Todes- und Kontaktanzeigen, Neuzugängen und Vermisstenmeldungen. Maja, seine langjährige Geliebte, hatte gestern entbunden, in der Nansenstraße war

Rattengift gesichtet worden, und der friedliche Ben lud seinen Freund Streuner zu einem Treffen vor den größeren der beiden Blumenläden des Viertels ein. Sonst nichts, und Serrano fügte dem auch nichts hinzu.

Auf dem Spielplatz traf er seine Tochter Krümel, die bekümmert ein paar Spatzen beim Sandbaden zusah. Sie überlegte lange. Dann sagte sie, es könnte sein, dass sie Aurelia am frühen Morgen vor dem Lebensmittelladen gesehen habe, aber sie war sich nicht sicher. Das war sie nie.

Schließlich endete Serranos Suche, wo sie begonnen hatte: vor Aurelias Haus. Er entschied sich zu bleiben. Schwanger oder nicht: Irgendwann würde der Hunger Aurelia nach Hause treiben.

Er erklomm das Baugerüst, auch das nicht zum ersten Mal an diesem Tag.

Es war Wochenende, also störte ihn keiner der Bauarbeiter, die seit dem letzten Sommer immer wieder einmal am Haus arbeiteten. Im ersten Stock war ein Fenster leicht geöffnet. Musik und das Schreien mehrerer Menschenjungen drangen heraus. Oben bei Aurelia war es still. In einem der Fenster waren die Vorhänge zugezogen, aber es war nicht ihres, sondern das des Mädchens, mit dem Aurelias Besitzerin zusammenwohnte. Serrano äugte durch das andere. Möbel, Stille. Aurelias Korb stand, wie er wusste, hinter dem Polster an der linken Wand, es war von hier aus nicht zu sehen. Er rief sie leise, aber er erwartete keine Antwort und erhielt auch keine. Jedenfalls sah das Zimmer nicht nach Umzug aus. So samtfüßig er konnte, schlich Serrano das Baugerüst wieder hinab. Unten im Hof stand die garstige Alte und kippte einen Eimer Wasser auf ein frisch umgegrabenes Stück Erde. Neben ihr lag ein offenes Netz Kartoffeln. Etwas weiter rechts hatten die Bewohner des Hauses einen neuen Kompost angelegt, und aus der riesigen weißen Truhe, die vor einem Jahr noch ein paar Meter weiter im Lebensmittelladen gestanden hatte, rankten Erdbeeren.

Die Alte war fertig mit ihrem Eimer. »Rheumafelle mache ich aus euch!«, sang sie. »Soll ich dir zeigen, wie?«

Serrano hatte kein Interesse. Er preschte unter dem Gerüst zur Toreinfahrt des Hauses, durchquerte die Einfahrt und verkroch sich im Schutz eines staubigen Oleanders, um zu warten.

Montag

Als Liebermann am Montag gegen zehn das Büro betrat, drückte Kriminalkommissar Uwe Schüler sich gerade eine Tablette in den Mund. Seine linke Wange glänzte lila und hing melancholisch herab. An seinem linken Arm baumelte ein Pulsmessgerät.

»Gab's Stau zwischen der brandenburgischen Landeshauptstadt und Berlin?«, nuschelte er, ehe er die Pille mit einem schräg eingeflößten Schluck Kaffee hinunterspülte.

»Nein.«

Liebermann ließ sich auf der Kante seines Schreibtisches nieder. Der Schmerz verteilte sich neu. »Marion ist nicht in ihrem Büro.«

Uwe zuckte die Achseln und betastete vorsichtig seine lädierte Gesichtshälfte.

Dann griff er nach einer Thermoskanne, die am Kopfende seiner Schreibtischhälfte stand, und schenkte sich neuen Kaffee in eine Tasse mit der Aufschrift »Platzhirsch«. Er hatte die Tasse zum letzten Julklapp bekommen, und Liebermann wusste auch, von wem. Aber er hatte versprechen müssen, es nicht zu verraten.

»Hast du sie heute schon mal gesehen?«

Uwe überlegte. »Weiß nicht.«

Liebermann seufzte. Montagmorgen. Wobei der Wochentag seine Teamkollegen nicht sonderlich interessierte, wenn es darum ging, sich gegenseitig zu ignorieren. Er erinnerte sich vage, dass Uwe Marion an ihrem ersten Arbeitstag einen Kaffee angeboten hatte, was schon beinahe einem Heiratsantrag gleichkam. Sie hatte mit der Begründung abgelehnt, dass ihr Magen keine zu teerende Straße sei, und stattdessen einen Tee von Liebermann angenommen. Die Zeit hatte ein Übriges getan. Und nun saß Liebermann zwischen zwei jungen Leuten, die sich Akten auf den

Tisch schoben, fröhliche Weihnachten und viel Glück zum Geburtstag wünschten und sich ansonsten gegenseitig für einen Fehler der Natur hielten.

»Nun ja«, sagte er. »Vielleicht kommt sie noch. Ich wollte eine kleine Teambesprechung abhalten, bevor ich zwei Wochen in Krankenurlaub gehe.«

Liebermann beobachtete, wie die Botschaft langsam in seinen Kommissar einsickerte. Als es so weit war, fiel Uwes gesunde Wange auch herab.

»*Ich* bin derjenige, der hier krankgeschrieben sein sollte. Sie haben mir zwei Weisheitszähne gezogen. Kannst du dir vorstellen, was das bedeutet?« Er schnaufte, nicht ohne sogleich die möglichen Folgen dieser Fahrlässigkeit auf sein Gesicht zu überprüfen. »Was hast du dem entgegenzusetzen, um zwei Wochen Krankschreibung zu rechtfertigen?«

»Bandscheibe.«

Uwe sprang auf, um sich Kaffee nachzuschenken. Kaffee war die einzige Droge, der Liebermanns Stellvertreter obsessiv frönte, ansonsten behandelte er seinen Körper seit einem nicht näher erläuterten Ereignis vor zwei Jahren wie ein vermintes Gebiet. Als käme es beim geringsten Fehltritt zu einer Explosion, die ihn mit sich fortriss, vielleicht in einen Zustand hinein, in dem sich Uwes Mutter seit ebenfalls ziemlich genau zwei Jahren befand. Da jedenfalls hatte Uwe zum letzten Mal Urlaub genommen, um sie in einem Heim in seiner Nähe einzugewöhnen. Liebermann hatte nie gewagt, ihn danach zu fragen, aber er vermutete, dass Uwe aus einem einzigen Grund beim Kaffee geblieben war; weil seine zerstörte Mutter keinen getrunken hatte.

Der zu dieser Schlussfolgerung gehörende Notizzettel klebte seit knapp zwei Jahren innen an seiner Schreibtischtür. Außen klebten gut ein Dutzend andere. Einige abgehakt, aber Liebermann ließ sie für Vergleichsstudien hängen. Er hatte im Lauf der Jahre festgestellt, dass die Fragen und Probleme, die ihn beschäftigten und die längst nicht immer mit seinem Beruf zu tun hatten, die Angewohnheit besaßen, sich in leichten Modifikationen zu wiederholen. Diese winzigen Unterschiede interessierten ihn. Uwe nahm es kopfschüttelnd hin, solange Liebermann seinen Kaffeekonsum unkommentiert ließ und die Zettel seine Schreibtischhälfte nicht erreichten.

Im Chaos der anderen klingelte ein Telefon. Liebermann streckte den Arm aus, aber Uwe war schneller.

»*Marion*«, formten seine Lippen. Laut fragte er, ob sie neuerdings ebenfalls eine quietschende Bandscheibe besitze, dann schwieg er, seine Augen weiteten sich, und er wurde fahl.

»Ihr Sohn hat Läuse«, hauchte er, als er das Telefon in die Basis zurückwarf. »Sie muss sie noch vergiften, bevor sie kommt.«

Worauf Uwe sie wahrscheinlich umgehend unter Quarantäne stellen würde, dachte Liebermann.

»Na schön«, sagte er ungehalten, »fangen wir eben allein an: Ich müsste morgen ins Gericht wegen dieser Sumpfleiche.«

»Moorleiche«, korrigierte Uwe.

»Wie auch immer. Kannst du das übernehmen?«

Uwe ließ seine Wange sprechen.

»Gut. Marion soll an Lutz dranbleiben, damit er endlich die Plakate von den Mädchen aus der Disco fertigkriegt. Und in der Nähe dieser Disco hängt ihr sie auch auf. Nehmt meinetwegen einen der Praktikanten aus der Mordkommission dafür, die haben ohnehin nichts zu tun. Ich komme immer mal hier vorbei, wenn ich meinem heimischen Briefkasten einen Besuch abstatte.«

Uwe wusste, dass die Frau seines Chefs in ein tibetisches Meditationszentrum gefahren war, um sich von den Strapazen der Zivilisation im Allgemeinen und denen ihrer Ehe im Besonderen zu erholen, und im Unterschied zu ihm billigte er ihre Entscheidung.

»Falls in der Zwischenzeit ein Notfall eintreten sollte«, fuhr Liebermann fort, »verfüge ich über ein Telefon und einen Laptop.« Er erhob sich.

Uwe räusperte sich verhalten.

»Ist noch was?«

»Ich weiß nicht«, sagte Uwe. »Kurz bevor du auftauchtest, kam ein Anruf aus Wilmersdorf. Sie wollten ... warte!«

Er spielte ein kleines Menuett auf der Tastatur seines Computers, grunzte zufrieden und rückte mit dem Stuhl zurück, damit Liebermann besser sehen konnte. Der Hauptkommissar befand sich gerade auf einem Rundgang durch ihr gemeinsames Büro. Vier Meter in der Breite, sechs in der Länge. Der Pfad war auf dem Linoleum deutlich zu erkennen. »Ein Neuzugang?«, fragte er vom Fenster her.

»Weiblich. Anzeige in Wilmersdorf, an uns weitergeleitet.«

»Warum das?«

»Auf Drängen ihres Ehemannes. Oh!«

Liebermann trat an den Schreibtisch heran. Wenn sein Stellvertreter »Oh!« sagte, dann war es ernst. Uwe hielt sich mit Ausrufen normalerweise zurück. Nach dem letzten Mal, als Uwe »Oh!« gesagt hatte, war Marions Vorgängerin überraschend in den Vorruhestand versetzt worden. Liebermann hinkte zum Schreibtisch und sah Text über Uwes Bildschirm laufen.

»Dieser Gatte nämlich, der die Anzeige aufgegeben hat, ist Hans Olbinghaus«, sagte Uwe so ruhig, als hätte es nie ein Oh! gegeben.

»Sollte ich den kennen?«

Uwe hob die Brauen. »Er besitzt eine der renommiertesten Galerien der Stadt, ich würde sogar behaupten, bundesweit. Rauch, Brandl, Richter – hingen alle schon bei ihm.«

»Tatsächlich?«, fragte Liebermann, der mit keinem der Namen etwas anfangen konnte.

»Ja. Darüber kennen ihn die Kunstliebhaber. Die anderen

kennen ihn aus der Klatschpresse, seit er vor sechs Jahren die ehemalige Miss Wiedervereinigung geheiratet hat.«

»Ach.« Liebermann dachte kurz darüber nach, zu welcher Sparte Kenner Uwe sich wohl zählte. Er kam zu keinem Ergebnis, da Kommissar Schüler auf beinahe jedem Gebiet zu Hause war. Außerdem verfügte er über ein beneidenswertes Gedächtnis, dem er mit Knoblauchpastillen noch nachhalf. Und das war gut, denn da auf Liebermanns Gedächtnis in der Regel wenig Verlass war, musste das von Uwe für sie beide reichen.

»Oder Miss 89. So hieß sie, glaube ich. Bildschöne Frau, immer noch. Willst du sie mal sehen?«

Liebermann widerstand dem Drang, sich rücklings auf den Boden zu legen, und blickte Uwe über die Schulter, um festzustellen, wie der preisgekrönte Mauerfall nach zwanzig Jahren aussah. Er erwartete irgendetwas zwischen Katharina Witt und Verona Feldbusch, aber das, worauf seine Augen trafen, ehe der Schock sie vernebelte, war jemand vollkommen anderes. Eine lange Minute verging, bis die Kollisionen der aufgewirbelten Botenstoffe zwischen seinen Synapsen abklangen. Liebermann holte Luft und wagte einen zweiten Blick.

»Alles in Ordnung?«, fragte Uwe besorgt.

Liebermann hörte ihn nicht. Er stierte auf das Bild. »Wie heißt sie?«, fragte er endlich.

»Charlotte Olbinghaus, geborene Mietke.«

Liebermann nickte und starrte weiter. Nachdem er den ersten Schrecken überwunden hatte, bemerkte er einige Unterschiede zu dem Bild, das sich von ihr in seine Erinnerung geätzt hatte. Am Freitag waren ihre Haare in dichten goldroten Locken über die Schultern gefallen, ihre Augen waren türkis gewesen, und sie hatte ein Kleid getragen. Hier waren die Haare hellblond, von Wellen, geschweige denn Locken nichts zu sehen. Die Farben, die sie im Gesicht trug, veranlassten ihn kurz zu der Frage, ob er sich am Freitag auch in sie verliebt hätte, wäre sie ihm so über den Weg gelaufen. Nicht als Goldengel, eher wie das Opfer eines Kälteeinbruchs. Und wenn sie einen Hosenanzug getragen hätte, wie hier. Wahrscheinlich ja. Denn es war ihr Mund, der aus dem Computer heraus auf die beiden Männer der Vermisstenzentrale lächelte, als sei seine Besitzerin sich noch unschlüssig, wen von ihnen sie heiraten wollte. Es war dieses Lächeln, das ihn auch jetzt wieder Gefahr laufen ließ, sich von einem Hauptkommissar des Dezernats 124 des Landeskriminalamts zu einem Achäer zurückzuentwickeln. Liebermann zwinkerte und löste sich widerstrebend vom Bildschirm.

»Wie alt ist das Foto?«

Uwe zuckte die Achseln. »Es wird ja wohl ein neues sein, wenn der Ehemann es einer Anzeige beisteuert. Wieso?«

»Ja, wieso? Wenn einer seine Frau sucht, wozu sollte er der Polizei ein altes Foto geben? Es sei denn, er will gar nicht, dass sie gefunden wird. Aber dann wiederum ergibt es keinen Sinn, bereits am Morgen nach ihrem Verschwinden in der nächsten Dienststelle aufzutauchen, noch dazu am Wochenende.«

Uwe blinzelte. »Bitte?«

»Ich meine, dass sie sich in kurzer Zeit komplett verändert hat. Sie liebt es, mit ihrem Äußeren zu spielen. Das erschwert die Sache.«

»Entschuldige«, sagte Uwe verwirrt. »Aber woher willst du wissen, dass sie nicht immer noch so aussieht?«

»Frag ihren Ehemann, der wird es dir bestätigen.«

»Ich frage aber dich.«

»Ich«, sagte Liebermann und sah an seinem ramponierten Stellvertreter vorbei zum Fenster, während er eine plötzliche Hitzewallung unterdrückte, »habe diese Charlotte Olbinghaus am Freitag getroffen.« Er kramte vergeblich nach einem Taschentuch in seiner Jacke. Uwe, der die Suchfinten seines Chefs kannte, reichte ihm eins. Vorsichtig tupfte sich Liebermann den Schweiß von der Stirn. »Vor Theklas Haus. Und sie sah anders aus.«

Uwe riss die Augen auf. »Bist du sicher?«

»Vollkommen. Wir müssen das Foto retuschieren. So ist es nichts wert.«

»Ich frage aus einem anderen Grund«, sagte Uwe, der offenbar soeben beschlossen hatte, sich über nichts zu wundern, weder über Bandscheiben noch über Vermisste, die vor seinem Chef herumspaziert waren, und scrollte wieder zum Anfang der Anzeige. »Die Vermisste hatte am Freitag einen Interviewtermin. Mit einer Vierlingsfamilie in Potsdam, Ossietzkystraße 17. Sie arbeitet als Redakteurin für die *Illustrierte* – ungefähr neben der *Bunten* angesiedelt«, erklärte er. »Um 17 Uhr 30 ist sie aus der Redaktion aufgebrochen. Um 20 Uhr wollte sie ihren Mann zu einer Ausstellungseröffnung ins Adlon begleiten. Was sie nicht getan hat. Am nächsten Morgen ist Hans Olbinghaus zur Polizei gegangen. Den Rest hatten wir schon.«

Die Blicke des Hauptkommissars im Krankenurlaub und seines kaum gesünderen Stellvertreters kreuzten sich.

»Es war gegen sechs«, sagte Liebermann. »Zu ihrem Interview ist sie also noch gekommen.« Das andere, die Stunden, die er auf dem Balkon herumgelungert hatte, übersprang er. »Es muss ein langes Interview gewesen sein«, fügte er nur hinzu. »Vor dem Schlafen war ich auf dem Balkon, um eine zu rauchen. Da stand ihr Cabrio noch unten auf der Straße. Das Cabrio hat ihr Mann sicher erwähnt.«

»Ja. Wann war das?«, fragte der strukturierte Kommissar Schüler.

»Kurz vor elf.« 22 Uhr 45, er wusste es genau.

»Und morgens?«

»War es weg.« Mitsamt seiner Plane und einer alten Faltboothaut, was Liebermann ebenfalls verschwieg.

»Sie hat also die Verabredung mit ihrem Mann geschwänzt?«

»Sieht so aus.«

»Das heißt aber nicht zwangsläufig, dass ihr etwas zugestoßen ist«, fasste Uwe zusammen. »Eher, dass sie vielleicht immer noch schwänzt.«

»Möglich«, sagte Liebermann bedrückt. Er stellte fest, dass sie auch ihn geschwänzt hatte.

»Schön, und was machen wir nun?«, fragte Uwe. »Es sind erst zwei Tage seit der Anzeige vergangen, und Charlotte Olbinghaus ist eine erwachsene und, na ja, ziemlich attraktive Frau. Vielleicht hat sie nur einen kleinen Ausflug gemacht. Vielleicht ist sie sogar schon wieder da.«

»Dann hätten die Wilmersdorfer uns die Anzeige nicht geschickt.«

Uwe murmelte etwas von Verwaltungsblockade und Abwarten, aber das ließ Liebermann nicht gelten. Ihm war klar, dass er sich auf einem völlig anderen Dampfer befand als sein Kommissar. Einem Dampfer, auf dem er mit einer Plane, einer Faltboothaut und einem pfirsichroten Lippenpaar reiste, das ununterbrochen die Worte bildete: »Die nächsten anderthalb Stunden.«

»Was das Warten angeht, stimme ich dir zu«, sagte er. »Aber es gibt zwei Arten zu warten – eine untätige und die, die wir einnehmen. Es könnte schließlich auch sein, dass sie nicht wiederkommt.«

Mitten im überheizten Büro überfiel Liebermann plötzlich ein leichtes Frösteln. Er hätte den letzten Satz gern zurückgenommen. Den Hintern wieder eingezogen, dachte er in Erinnerung an die kriegerische Alte aus Potsdam. Er hoffte, dass es so weit nicht kam, aber wenn, dann sollte man nicht von ihm sagen, dass man seinetwegen einen Krieg verloren hatte. Das Frösteln ebbte langsam ab und ging in ein warmes Gefühl für seinen ängstlich dreinschauenden Stellvertreter über. »Keine Sorge, ich erwarte nicht mehr als das Übliche. Einen kleinen Besuch in ihrer Redaktion, beispielsweise.«

Uwe deutete stumm auf seine Wange.

»Gerade darum. Mitleid macht gesprächig. Ich nehme an, dass bei der *Illustrierten* hauptsächlich Frauen arbeiten. Und unter Frauen herrscht meist eine auffallende Offenheit, was das Privatleben angeht. Sei nicht wählerisch, frag viel, hör dir alles an. Besonders alles, was eventuellen Ärger von Charlotte Olbinghaus mit ihrem Ehemann anbelangt. Nimm Arnie mit. Er soll sich ihre Festplatte vorknöpfen, nur für den Fall. Dann: Ruft den Ehemann an, und leiert ihm sämtliche Telefonnummern von Charlotte Olbinghaus, eine Aufstellung ihrer Kleidung vom Freitag und ihre Kontodaten aus den Rippen, damit wir sehen können, ob sich da was bewegt hat. Als Journalistin wird sie ihr Handy rege benutzen, kümmere dich auch darum. Ich werfe derweil mal einen Blick auf ihren letzten Interviewtermin. Doch vor allem, pack dir, bis Marion auftaucht, etwas Kaltes auf die Wange! Sie scheint während der letzten halben Stunde ihren Umfang verdoppelt zu haben.«

Liebermann sah wieder aus dem Fenster. Ein Flugzeug stach ohne ihn in den Himmel. Es war weiß, der Himmel von einem metallischen Hellblau. Liebermann bezweifelte, dass Engel so hoch hinaus fliegen konnten. Ebenso bezweifelte er, dass sie die Fähigkeit besaßen, sich in Luft aufzulösen. Im Grunde war er kein besonders gläubiger Mensch.

»Vermutlich finden wir bei unseren kleinen Beschäftigungen heraus, dass Frau Olbinghaus nur einen Frühlingsausflug gemacht hat«, sagte er. »Aber selbst falls es so sein sollte, dienen sie der Übung.« Er lächelte versonnen, tätschelte Uwe die Schulter und ging.

Uwe sah ihm entsetzt nach. Übung, kleine Beschäftigungen? Unter kleinen Beschäftigungen verstand er ein paar Telefonate oder die Ergänzung der Internetkartei. Was Liebermann da von ihnen verlangte, waren alles andere als kleine Beschäftigungen. Das war das volle Geschütz. Wegen einer Frau, die erst seit zwei Tagen weg war! Liebermann musste wirklich starke Schmerzen haben.

Eine Stunde später gab Liebermann der Schaukel auf dem kleinen Spielplatz an der Ecke Nansen-/Meistersingerstraße einen Schubs. Miri sauste hoch über seinen Kopf und wieder herab.

»Doller!«

»Du hast genug Schwung.« Ihr zu gestehen, dass das hier an das Äußerste seiner Kräfte ging, wagte Liebermann nicht. Sie sollte denken, dass ihr Vater jemand war, der alles mit Leichtigkeit regelte, bei dem sie sich sicher fühlen konnte, auch wenn er manchmal Ausfallschritte machte oder sich plötzlich auf den Boden legte.

Jemand hatte auf die Basketballwand hinter der Schaukel ein orange-gelbes Graffito gesprüht. Vergeblich versuchte Liebermann zu erkennen, was es darstellte. Den Blick auf die beiden Straßen, die sich am Stirnende des Spielplatzes trafen, verdeckte eine dichte Schneebeerenhecke. Es war ein unspektakuläres, friedliches Plätzchen. Das redete Liebermann sich seit einer Viertelstunde ein.

»Pass auf«, sagte er in den Himmel, von dem sich Miris Kleid kaum abhob.

»Ich muss schnell etwas mit ein paar Leuten bereden. In zehn Minuten bin ich zurück. Und dann gehen wir Eis essen, einverstanden?«

»Wie viel sind zehn Minuten?«, fragte Miri nun wieder in Augenhöhe.

»Nicht viel. So lange, wie das Sandmännchen dauert.«

»Okay.«

»Du bleibst hier, ja? Geh nicht weg, ich komme dich hier wieder abholen.«

»Okay.«

Liebermann biss die Zähne zusammen und gab der Schaukel noch einen Schubs. Dann machte er sich mit schlechtem

Gewissen in Richtung Ossietzkystraße davon. Hinter sich hörte er Miris helle Stimme:

»Sandmann, lieber Sandmann, es ist noch nicht so weit ...«

Die Nummern 17 und 19 versteckten sich hinter einem langgezogenen Baugerüst, rechts neben dem altertümlich wirkenden Eckladen. Die Haustüren standen offen, was vielleicht den Bauarbeiten geschuldet war, auch wenn sich gerade kein Handwerker blicken ließ.

Liebermann hatte erst zwei Minuten seiner Sandmannzeit verbraucht, als er auf die Klingel neben dem selbstgemalten Schild mit dem Namen »Bärmann« drückte.

Die Frau, die ihm öffnete, war höchstens fünfundzwanzig, schien genauso schlecht geschlafen zu haben wie er und hielt einen Säugling im Arm.

Als Liebermann seinen Namen nannte, erblühten zarte Rosen auf ihren Wangen. Stumm trat sie einen Schritt zurück. Liebermann war fasziniert von der Unordnung, die ihn empfing. Im Korridor der Wohnung stapelten sich Tüten, die offenbar Wäsche enthielten, Bücher und alte Stühle. Im Wohnzimmer sah es nicht viel besser aus. Wie ein Fremdenführer steuerte die junge Frau Liebermann durch eine Gebirgslandschaft aus Papierrollen, Möbeln und Kleiderhaufen zu einem Sofa. Aus einer großen Holzkiste unter dem rechten Fenster drang verhaltenes Grunzen. »Schieben Sie die Windeln einfach beiseite!«

Liebermann tat, wie ihm geheißen. Als er sich setzte, drückte Frau Bärmann ihm zu seiner Überraschung das Baby in den Arm. »Wären Sie so freundlich, ihn sich über die Schulter zu legen, bis das Bäuerchen kommt? Dann kann ich mit dem nächsten weitermachen. Mein Mann ist noch unterwegs.« Sie lächelte matt und ging ins Nachbarzimmer, aus dem sie kurz darauf mit einem weiteren Säugling zurückkam.

»Es dauert ein bisschen, bis sich alles einspielt«, sagte sie entschuldigend, während sie sich auf einem mit bekritzelten Zetteln übersäten Sessel niederließ.

»Die Krankenkasse hat uns eine Hilfe besorgt, die sich um die Einkäufe und die Wäsche kümmert. Aber sie wäscht sie nur, hängt sie auf und nimmt sie ab. Einsortieren muss ich sie selbst. Und der Rest, na ja.« Das Baby hatte Milch gerochen. Es stieß einen fordernden Schrei aus und begann, mit dem Näschen in ihrem Pullover zu wühlen.

Vor den erschrockenen Augen des Hauptkommissars zog Frau Bärmann ihn in die Höhe. Augenblicklich konzentrierte Liebermann sich auf die ihm zugedachte Aufgabe, dem Säugling auf seiner Schulter den Rücken zu klopfen. Er strömte einen milden, süßlichen Geruch aus. Liebermann versuchte sich an Miri zu erinnern, als sie so klein gewesen war, aber alles, was ihm dazu einfiel, war das Foto über Theklas Sofa. Dafür sah er sie sehr deutlich auf der Schaukel sitzen.

Er räusperte sich. »Ich bin hier, weil wir einer Vermisstenanzeige nachgehen.«

Frau Bärmann fuhr leicht zusammen.

»Hier?«

»Auch.« Liebermann fuhr fort, dem Säugling den Rücken zu klopfen. »Es geht um eine junge Frau namens Charlotte Olbinghaus, eine Redakteurin der *Illustrierten*. Unseren Informationen nach hatte sie am vergangenen Freitagabend um halb sieben einen Termin mit Ihnen.«

»Ja«, sagte Frau Bärmann zu dem Kind an ihrer Brust. »Sie war da.«

Liebermann nickte und unterdrückte ein Lächeln. Das war also ihre Verabredung gewesen. Es fiel ihm schwer, sich vorzustellen, dass sie es bis kurz vor elf hier ausgehalten hatte. Und die Rose …

Er öffnete den Mund, gleichzeitig mit seinem Schützling. Aus seinem kam der Beginn einer Frage, aus dem des Säuglings ein Laut, der ihm eine Gänsehaut, seiner Mutter dagegen ein zufriedenes Lächeln entlockte. Gleich darauf fühlte Liebermann es auf seiner Schulter warm werden.

»Danke schön«, sagte Frau Bärmann. »Wenn Sie wollen, können Sie ihn jetzt ins Bett legen.« Sie machte eine vage Kopfbewegung zu der schmatzenden Kiste.

Um den Säugling hineinzulegen, musste Liebermann in die Knie gehen.

»Haben Sie Probleme mit dem Rücken?«

»Ja.«

»Chronisch?«

»Ich hoffe nicht, warum?«

»Haben Sie es schon mal mit Shiatsu probiert?«

»Ich hab es mit so gut wie noch gar nichts probiert«, sagte Liebermann und ließ sich vom Anblick der drei ins Leere dreinschauenden Babys bezaubern. Mit ihrer rosig schimmernden Haut und den überdimensionalen Nasenlöchern hatten sie etwas von glücklichen Ferkeln. Er ertappte sich bei einem Gefühl von Neid darauf, dass sie nie allein waren.

»Es sind drei Mädchen und ein Junge«, erklärte Frau Bärmann routiniert eine offensichtliche Standardfrage.

Liebermann, der nicht im Traum daran gedacht hatte, sie zu stellen, erhob sich.

»Ich habe auch eine Tochter«, sagte er. »Sie wartet draußen auf dem Spielplatz auf mich. Nur eins noch …«

»Ja?« Es war etwas im Ton ihrer Stimme, das Liebermann dazu brachte, sich umzudrehen.

Im Licht, das durch die Fenster drang, wirkte sein Gegenüber beinahe durchscheinend. Die blonden Haare trug sie in einem lose aufgesteckten Knoten, aus dem sich einige Strähnen gelöst hatten. Das Blau ihrer Augen wurde von den sie umgebenden dunklen Schatten aufgenommen und verstärkt. Eine morbide Schönheit, die eher ins vorige Jahrhundert gehörte, und dann auch eher in einen Salon, in dem es einen Teetisch und ein Piano gab, als in ein verwüstetes Zimmer, das sie sich mit vier Neugeborenen teilen musste. Frau Bärmann sah aus dem Fenster. Liebermann folgte ihrem Blick. Er traf auf zwei Querstangen, die die Baumkronen dahinter in einzelne Flächen teilten.

»Worum ging es in dem Interview?«

Sie zuckte die Achseln. »Na, um die Vierlinge.«

»Ah, natürlich. Können Sie sich erinnern, wie lange es dauerte?«

»Es gab keins.«

Liebermann fuhr herum. Frau Bärmann lächelte schüchtern.

»Haben Sie die *Illustrierte* schon mal gelesen?«

»Äh, ich fürchte, nicht«, gab Liebermann zu.

»Dann wissen Sie wohl nicht, dass es eher eine zweifelhafte Ehre ist, ins Visier dieses ...«, sie suchte nach dem passenden Wort, »... Blattes zu geraten. Mein Mann und ich haben nach dem Anruf der Journalistin beratschlagt, was wir tun sollen. Leider stand der Termin da schon, ich hatte mich am Telefon überrollen lassen. Sie hat mich mit dem Namen eines Bekannten geködert, der ihr den Tipp mit uns gegeben hatte.« Frau Bärmann wurde rot. »Am Ende haben wir dann beschlossen, ihr einen Handel vorzuschlagen.«

»Der wie aussah?«

»Wir wollten dem Interview zustimmen, mit Fotos und allem Drum und Dran, wenn die *Illustrierte* uns dafür mit einem Kleinbus entschädigt. Auch gebraucht, unseretwegen. Wir passen nicht mehr in ein Auto.«

Liebermann lehnte sich gegen die Kiste. Eines der Kinder gab ein leises Quietschen von sich, es klang wie ein Lachen. »Wie hat sie darauf reagiert?«

»Sie ist aus allen Wolken gefallen. Sie hat gesagt, dass sie noch nie mit einer derartigen Forderung konfrontiert worden sei, dass wir nicht der Papst seien, nur weil wir keine Ahnung von Verhütung hätten, und dass sie Rücksprache mit ihrer Redaktion halten müsse. Scheinbar war da aber niemand Kompetentes zu erreichen. Am Ende meinte sie, sie melde sich wieder, und ist gegangen. Ziemlich sauer. Das war's.« Sie streichelte das Köpfchen des friedlich nuckelnden Babys.

Liebermann schluckte. »Hat sie das wirklich gesagt?«

»Was gesagt?«

»Das mit der Verhütung.«

Frau Bärmann flatterte leicht mit den Lidern, wie um einer Fliege keine Gelegenheit zu geben, sich auf ihnen niederzulassen. »Oder so ähnlich. Aber ich glaube, ziemlich genau so.«

»Aha.« Ein mikroskopisches Stückchen Blattgold fiel aus der Aureole des Engels und wurde durch das halboffene Fenster davongetragen, über die Meistersingerstraße bis zum Spielplatz.

»Wann hat Frau Olbinghaus sich wieder, vermutlich mit einem abschlägigen Bescheid, bei Ihnen gemeldet?«

»Gar nicht.«

Gar nicht! Aber dem verlassenen Cabrio nach musste sie in der Gegend geblieben sein. »Wie spät war es, als sie gegangen ist?«

Frau Bärmann überlegte kurz. »Dreiviertel sieben, höchstens.«

Mehr war nicht aus ihr herauszukriegen, außer dass sie die rotblonde Lockenpracht und das schwarze Kleid bestätigte und zugab, dass sie und ihr Mann wirklich nicht an Verhütung gedacht hatten.

»Hat sie erwähnt, wohin sie von hier aus wollte?«

»Nein.«

Als Frau Bärmann ihn zur Tür brachte, begannen die Kinder plötzlich zu wimmern, als missbilligten sie die Abwesenheit ihrer Mutter. Vor einem dreibeinigen Stuhl, der zwei recht große Kisten und einen Lampenschirm trug, blieb Liebermann stehen. »Sie meinten vorhin, Charlotte

Olbinghaus hätte den Tipp mit Ihnen von einem Ihrer Bekannten bekommen. Das heißt, dass es vermutlich auch ein Bekannter von ihr war.«

Die junge Frau senkte den Kopf. »Na ja, was heißt Bekannter. Sie meinte Herrn Berlich. Mein Mann hat die Obstbäume in seinem Garten gestutzt, als er eingezogen ist. In einem der Häuser am Kuhtor, mehr weiß ich auch nicht.«

»Ihr Mann ist Gärtner?«

»Unter anderem«, sagte Frau Berlich und wurde blass, als eines der Kinder plötzlich in schrilles Quieken ausbrach. »Ich frag mich, wo er bleibt. Sie sind schon den ganzen Tag so, und ich hab keine Ahnung, warum. Hunger kann's nicht sein.«

»Vielleicht balgen sie sich um den Platz«, sagte Liebermann. Es sollte ein Witz sein, aber Frau Bärmann lächelte nicht. Sie schloss die Tür.

»Sie wird schon auftauchen«, sagte Bismarck hustend und spie eine Gräte aus.

»Du weißt doch, wie läufige Weibchen sind.«

»Aber auch sie müssen fressen.«

»Na und? Futter gibt es auf jedem Baum.«

»Nirgends gibt es Futter so sicher und unkompliziert wie im eigenen Napf.«

Der Gleichmut des Alten regte Serrano auf. Lebte seit Jahren von den Heringen, die ein freundliches Menschenweibchen ihm kredenzte, und schwafelte über Bäume. Er war nahe dran, Bismarck zu fragen, wann er das letzte Mal einen erklommen hatte. Er hatte Lust, ihn anzubrüllen, er war gereizt, müde – er hatte sich seit zwei Tagen nicht den kleinsten »schwarzen Tod« gegönnt, weil er fürchtete, Aurelia zu verpassen, wenn ihr Schatten ihn streifte.

»Zweieinhalb Tage«, sagte er.

»Das ist gar nichts. Vor allem beim ersten Mal. Warum lenkst du dich nicht ab, indem du dir zum Beispiel endlich eine neue Unterkunft suchst?«

Serrano starrte zu Boden. Begriff dieser alte Narr denn nicht? Zwei Tage ohne Aurelia, ohne wenigstens ein Signal von ihr. Das hatte es seit einem halben Jahr nicht gegeben, so lange, wie er sie kannte. Er schaffte es kaum noch zur Abfalltonne der Fleischerei, wie sollte er …

Inzwischen ging es ihm gar nicht mehr so sehr darum, sich ihr zu erklären oder sie zurückzugewinnen. Er wollte nur sicher sein, dass alles in Ordnung war. Er erschrak. Wie konnte er so etwas denken? Warum sollte etwas nicht in Ordnung sein? Aurelia war nur läufig. Eine junge, verwirrte läufige Katze, die einen Korb von ihrem Liebsten erhalten hatte, weil der nicht mehr … wohingegen andere …

»Wie wär's mit dem Haus gegenüber?«, fragte Bismarck. »Früher gab's da eine nette kleine Remise im Hof.«

Serranos Ohr begann zu zucken. In seinem Ohr begann es immer zuerst, dann kletterte es tiefer, bohrte sich in seinen Schädel, schwamm in seinem Gehirn herum, bis es die richtige Windung erwischt hatte. Er schüttelte sich, um den Prozess voranzutreiben, und es schlug in ihn ein wie das Beil des Fleischers in einen Schweinenacken. Bismarck rückte ein Stück von ihm ab.

»Du hast dir doch nicht etwa einen Floh eingefangen!«

»Cäsar«, murmelte Serrano. »Cäsar steht im Begriff, mein Revier in Besitz zu nehmen. Mit allem, was dazugehört.«

Als Liebermann auf den Spielplatz kam, saßen auf einer Bank zwei Mütter in eine Plauderei vertieft, während sich ihr Nachwuchs plärrend um eine Schippe zankte. Die Schaukel hing schlaff herab. Er blickte kurz zu den Müttern und dann noch einmal zur Schaukel. Beim ersten Mal hatte er offensichtlich etwas Wesentliches übersehen.

Die Schaukel hing schlaff herab.

Liebermanns Fingerspitzen wurden zu Eis.

Er kehrte um und humpelte über die Straße zur Haustür,

wo er auf einen älteren Herrn traf, der Blütenblätter vom Bürgersteig in den Rinnstein fegte.

»Haben Sie meine Tochter gesehen? Blaues Kleid, Zöpfe, fünf Jahre?«

Der Alte trat einen Schritt zurück, weniger, schien es, vor Schreck, als um Liebermann besser ins Auge fassen zu können. »Guten Tag! So grüßt man hier bei uns. Nein, ich habe kein Mädchen gesehen. Auf Wiedersehen!« Liebermann ließ den Alten stehen und humpelte zurück, direkt auf die Bank mit den plaudernden Müttern zu.

»Ich suche meine Tochter!«, herrschte er sie an.

Die Frauen unterbrachen ihr Gespräch und beäugten ihn missbilligend. »Hier waren zwei Mädchen«, sagte die linke von ihnen endlich. Sie zeigte auf den Ausgang des Spielplatzes Richtung Nansenstraße. »Bis vor etwa zehn Minuten. Sie sind da raus.«

»Hatte eins davon schwarze Zöpfe? Eine zarte Kleine, mit einem blauen Kleid.«

»Die hatten beide schwarze Zöpfe. Aber kann sein, dass eine was Blaues getragen hat. Sie sind einer Katze hinterher.«

»Danke.«

»Wenn man sich mal umdreht, was?«, fügte die andere hinzu. Aber Liebermann war schon unterwegs.

Kaum war er um die Ecke, stoppte er. Aus einem der Rhododendronbüsche, die in der Nansenstraße jeden dritten Vorgarten zierten, lugte der Zipfel eines blauen Rockes. Liebermanns Puls überschlug sich ein letztes Mal, ehe er neben ihm in die Knie ging. Im Inneren des Busches war es schummrig. Das Einzige, was Liebermann erkennen konnte, war der Schatten einer großen Katze, die schnurrend um Miris Knie strich.

»Das ist Cäsar«, flüsterte sie ihm zu, als wäre es das Selbstverständlichste der Welt, dass er kam, um sich mit ihr einen fetten Kater anzusehen. Auf ihrem Gesicht tanzten die Schatten der Blätter. Von ihrer Begleiterin konnte er nur das Profil sehen. Und einen Zopf, der ihr bis auf das Knie herunterhing. Als sie sich zu ihm umdrehte, fiel Liebermanns Blick in zwei beinahe schwarze Augen. »Bist du Miris Papa?«

»Das bin ich. Und du?«

»Zyra«, sagte sie. Sie sah ihn abschätzend an. »Kann Miri noch mit zu mir?«

Cäsar wurde es zu bunt. Er verließ den Rhododendron mit einem akrobatischen Satz. Übrig blieben sie. Ein Mann und zwei kleine Mädchen unter einem Busch. Liebermann hatte nicht übel Lust, sich seinen Dienstausweis an den Hintern zu heften. Nur für den Fall.

»Bitte!«, flehte Miri. »Ich will zu Zyra.«

»Vielleicht fragen wir zuerst ihre Mutter.«

»Meine Mutter findet es gut, wenn ich Freunde mitbringe«, sagte Zyra unwirsch. »Sie spielt nicht gern Kakerlakenpoker.«

»So«, machte Liebermann und glotzte sie an.

»Du etwa?«

»Eher nicht.«

»Wegen der Wanzen, oder?«, fragte sie mit wissendem Lächeln.

»Nein. Ich verliere immer.«

»Ach so«, sagte sie verständnisvoll.

»Macht nichts. Ich bin drüber weg.«

Nur etwa hundert Meter von dem ungleichen Trio entfernt huschte Serrano lautlos durch das Maigras. Löwenzahn streichelte fett und golden sein Kinn. Doch er richtete kein Augenmerk darauf. Von einem Nussbaum hing eine lange Schaukel bis fast auf den Boden. Eine neue Schaukel, er hörte das Holz des Sitzbrettes noch arbeiten, aber auch dafür hatte Serrano kein Ohr. Er suchte Cäsar. Kaum zu fassen, dass er erst jetzt drauf gekommen war! Dabei hatte

Cäsar es ihm sogar angedeutet, als er sich an seinem Pansen vergriffen hatte. »Seht her, ich habe die Freundin des Alten, ich fresse sein Futter, schaut auf den neuen Herrscher des Viertels!« Aber wenn Cäsar so rechnete, hatte er sich geschnitten. Was für eine Vorstellung: Aurelias Nachkommen, die Sprosse seines Sohnes! Und dadurch auch *seine* Nachkommen, welch Hohn!

Die Kellerfenster des Pfarrhauses waren verschlossen. Serrano versuchte es an der Hintertür. Ebenfalls zu. »Komm raus!«, schrie er. Und er hatte die ganze Zeit gewartet, statt etwas zu unternehmen, Idiot er! »Komm raus!«

Im unteren Stockwerk öffnete sich ein Fenster. »Cäsar?«, fragte eine Menschenstimme. Serrano hieb wütend seine Zähne in ein liegengebliebenes Spielzeug und schleuderte es unter die Wäschestangen im Pfarrgarten.

Da fauchte es hinter ihm. Leise, drohend.

Quer über Cäsars Nase sprang ein verschorfter Kratzer, ein Andenken an seinen misslungenen Putschversuch.

»Wo ist Aurelia!«

Cäsar zog die Augen zusammen und ging in die Knie. Serrano tat es ihm gleich. Einige endlose Sekunden standen sich Vater und Sohn wortlos gegenüber. »Deine Zeit ist abgelaufen«, knurrte Cäsar endlich.

Serrano grinste schief. »Beeindruckend!«

»Du weißt es genauso gut wie ich.«

Plötzlich ging Serranos Atem flacher. Sollte sein Sohn … aber woher? Außer Bismarck hatte er es niemandem erzählt. Höchstens eine konnte es noch … ahnen. »Gib mir Aurelia zurück«, zischte er. »Dann lass ich dich vielleicht ziehen!«

Diesmal war es an Cäsar zu grinsen. »Ist sie dir weggelaufen? War sie etwa nicht mehr zufrieden mit dem großen Serrano? Weil er …«

Serrano sprang.

Im letzten Moment wich Cäsar aus. Serrano spuckte Fell

und wirbelte herum, um erneut zum Angriff überzugehen, aber Cäsar war schneller. Seine Zähne schnitten in Serranos Seite. Ein leises Knirschen war zu hören. Als Serrano sich losriss, tröpfelte es rot auf die Löwenzahnköpfe. Es war das erste Mal, dass er von einem seiner Söhne gewaltsam angegriffen wurde. Serrano wusste, was das bedeutete. Und in Cäsars Augen las er, dass dieser es auch gerade begriff. Noch einmal betrachtete Serrano die rotgelbe Melange im Gras. Er pumpte die Lungen voll Sauerstoff. Er würde ihn brauchen. Dann legte er los.

Serrano spürte nichts und dachte nichts. Blindwütig suchten Zähne und Krallen nach warmem Widerstand. Wo sie welchen fanden, gruben sie Krater, rissen sie Fell und Haut. Nach einer Weile behinderte Blut seine Sicht. Er wusste nicht, wem von ihnen es gehörte, schloss die Augen ganz und hackte weiter. Cäsar wehrte sich schweigend. Er schrie nur einmal. Kurz darauf setzte Serrano ihm keuchend die Vorderpfoten auf die Brust.

Cäsar hielt die Augen geschlossen. Er blutete aus mehreren Wunden. Aber Serrano auch, und er fragte sich, ob sein Sohn wusste, *wie* knapp der Kampf ausgegangen war. Noch ein paar Minuten, und er hätte an seiner statt auf dem Rasen gelegen.

»Sag mir, wo sie ist.«

Cäsar schwieg. Serrano verstärkte den Druck. »Hast du sie geschwängert?«

Cäsar tat, als wäre er tot, aber unter Serranos Pfoten hob und senkte sich sacht sein Brustkorb. »Denkst du, ich weiß nicht, was du vorhast? Du sagst mir jetzt, was du mit ihr gemacht hast, oder ich bring dich um.«

Cäsar hustete. »Aurelia interessiert mich nicht«, quetschte er hervor.

Serrano riss die Geduld. Cäsar schien es zu merken, denn er öffnete die Augen, gerade noch rechtzeitig, um zu sehen, wie sein Vater die Lefzen verzog.

Doch er biss nicht zu.

Serranos Kopf erstarrte dicht über dem ausgestreckten Sohn. In einer Kratzwunde an Cäsars Bauch hockten Blutstropfen nebeneinander wie zu groß geratene Blattläuse. Darunter fehlte ein Stück Fell. Aber das alles ließ ihn gleichgültig. Sein Blick hing wie gebannt an den schlaffen Fellsäckchen zwischen Cäsars Beinen.

Bismarck wirkte ein wenig erschüttert, als Serrano zu ihm durch den Flieder gehinkt kam. »Hat *er* dich so zugerichtet?«

»Ja.«

»Aha. Sieht er auch so aus?«

»Schlimmer«, sagte Serrano und begann, seine Wunden von Schmutz und geronnenem Blut zu befreien.

Es war deutlich, dass der Alte vor Neugier fast platzte, aber Serrano ließ ihn zappeln, bis die erste notdürftige Reinigung abgeschlossen war. Dem Biss in der Seite widmete er besondere Aufmerksamkeit. Die Wunde ging tief ins Fleisch hinein, und von dort, wo Cäsars Reißzähne gesessen hatten, ging ein lauerndes Pochen aus. Insgesamt hatte er Glück gehabt. Ein Dutzend Kratzer und oberflächliche Risse, die gefährlicher aussahen, als sie waren. Cäsar würde länger brauchen als er, bis er wieder auf der Höhe war. Trotzdem mischte sich etwas Finsteres in Serranos Genugtuung, ein unbenennbarer Groll, der nicht seinen Sohn und Gegner betraf.

Er hatte Cäsar nicht wie einen besiegten Feind verlassen. Sondern wie jemanden, dem man nicht mehr in die Augen sehen konnte, weil man darin den schwächsten Teil von sich selbst gespiegelt fand. Cäsar, das wusste er, würde ihm von nun an aus dem Weg gehen. Und er würde Cäsar aus dem Weg gehen. Nur um ihm keine Gelegenheit zu geben, über den Vater herauszufinden, was der Vater über den Sohn wusste.

»Der Mensch vom Balkon war hier«, sagte Bismarck eisig und erhob sich. »Tja, ich dreh dann mal meine Runde.«

Es sah aus, als ob der Alte Ernst machen wollte. »Er hat sie nicht«, sagte Serrano.

Bismarck setzte sich wieder. »Natürlich nicht.«

»Warum, natürlich?«

»Weil er sie begattet und wieder laufengelassen hätte. Wozu soll er sie einsperren, was soll ihm das nützen? Es wäre doch viel befriedigender, die Freundin seines Rivalen mit dem eigenen Samen im Bauch vor dessen Augen herumspazieren zu lassen.«

Serrano sah den Alten an, dann senkte er den Blick. Er war der Ältere, Revierkämpfe und Dynastien gingen ihn längst nichts mehr an. In der Nähe des Grabes wehte ein kühlerer Wind, der einen kühleren Kopf machte. Es ärgerte ihn trotzdem, dass er darauf nicht selbst gekommen war. Immerhin, der Kampf hatte, obwohl er Aurelia nicht zurückgebracht hatte, auch sein Gutes. Serranos Stellung war für eine Weile, wenn nicht sogar für immer gesichert.

»Noch etwas«, sagte Bismarck. »Ich habe nachgedacht, und ich neige dazu, dir recht zu geben. Zweieinhalb Tage Abwesenheit halten sich für eine läufige Katze durchaus im Rahmen, auch drei oder vier. Aber das gilt nicht für Aurelia.«

Dankbarkeit durchflutete Serrano. Wäre Bismarck nicht seit jeher sein Freund gewesen, in dieser Sekunde wäre er es geworden.

»Warum nicht?«

»Ganz einfach, weil sie es nicht nötig hat, Reisen zu unternehmen, um sich schwängern zu lassen. Es gibt nicht mehr viele fruchtbare Kater hier in der Gegend, aber es gibt sie. Und selbst wenn die sich aus Rücksicht auf dich zusammenreißen würden, Aurelia wäre in ihrem Zustand dazu nicht in der Lage. Sie würde im Viertel herumstolzieren wie nur irgendwas. Das geht nicht gegen dich, so ist die Natur.«

»Ich weiß«, sagte Serrano. Er bezweifelte, dass *er* noch vor wenigen Tagen und unter dem Einfluss entsprechender Hormone zu einer irgendwie gearteten Rücksicht bereit gewesen wäre, aber das spielte keine Rolle. Was Bismarck sagte, entsprach seinen eigenen Überlegungen ziemlich genau.

»Ergo«, fuhr Bismarck fort, »ist sie aus einem anderen Grund verschwunden, oder sie ist krank, oder …«

»Sprich weiter.«

»Sprich du weiter!«

Serrano war, als ob ein kalter Luftzug über sie hinwegwehte. Vielleicht kam er von dem humpelnden Fremden, der eben mit zwei Mädchen neben dem Flieder stehen blieb. Die Mädchen kannte er. Eins war die Tochter der Frau, die Bismarck allabendlich seinen Hering kredenzte, die andere wohnte im Haus gegenüber, im dritten Stock, und war vielleicht gar keine Geisel, wie Bismarck argwöhnte, sondern die Tochter des Fremden. Haare und Kinn sprachen dafür. Die drei verschwanden im Haus. Bismarck sah ihnen nach.

»Oder es ist etwas passiert«, sagte Serrano.

»Wie? Ach ja.« Der Alte sammelte sich.

»Ich sage dir noch was. Auch wenn ich weiß, dass du es nicht hören willst. Es hat mit dem Fremden zu tun.« Serrano hob enttäuscht den Kopf. Das war Bismarck: In einem Moment klar wie Glas, im nächsten ein schrulliger Alter, der aus einem löchrigen Topf Suppe aus Erinnerungsbrocken, Legenden und Fliederphantasien schöpfte.

»Ich sehe nicht, was der Fremde mit Aurelia zu schaffen hätte«, sagte er abweisend.

»Ich auch nicht«, sagte Bismarck. »Nur, *dass*.«

»Du magst ihn nicht.«

»Du etwa?«

»Ich mag überhaupt keine Menschen.«

Bismarck schielte ihn von der Seite her an. »Das war mal anders.«

»Jetzt ist es eben so.«

»Na gut. Ich werd dich nicht dazu überreden, Menschen zu mögen. Aber auf den da solltest du ein Auge haben.«

»Warum? Nur weil er auf seinem Balkon herumsteht und komisch läuft?«

»Weil er ein Fremder ist. Und weil er an dem Tag hier angekommen ist, an dem sich deine Aurelia in Luft aufgelöst hat.«

»Zufall.«

Bismarck riss wütend einen Bastfaden aus seiner Matte. »Ich hätte dich nicht für so blöd gehalten, dass du mal ein Sklave des Zufalls wirst. Schon am Freitag habe ich es dir gesagt: Dass dieser Typ Unheil bringt. Für was hältst du das Verschwinden deiner Geliebten? Entschuldige mich, ich verbringe meine Zeit sinnvoller, wenn ich eine Prise Schlaf nehme.« Mit diesen Worten ließ er Serrano stehen und wurde gleich darauf vom dunklen Viereck des Kellerfensters absorbiert.

Zyra nahm Miri an die Hand. »Tschüs«, sagte sie zu Liebermann.

Liebermann schüttelte lächelnd den Kopf. »Ich bringe euch noch hoch.«

»Warum?«

»Weil ich deine Mutter kennenlernen möchte.«

»Warum?«

»Weil ich sie noch nicht kenne.«

Das leuchtete ihr ein. »Na gut«, sagte sie missmutig.

Im Gefolge der Mädchen trat Liebermann wenig später in einen türkis gestrichenen Korridor. Rechter Hand entdeckte er ein Poster mit dem Porträt des verblichenen Nirvana-Sängers Kurt Cobain. Zyra zog sich die Schuhe aus. Liebermann wollte es ihr gerade gleichtun, als plötzlich aus der angelehnten Tür hinter dem Poster ein Stöhnen drang.

Liebermann erstarrte. Das Stöhnen wiederholte sich und

floss in leises Gekicher über. Entschlossen packte Liebermann die Hand seiner Tochter.

»Willst du mich umbringen?«, fragte eine Männerstimme. Und eine Frauenstimme antwortete: »Hab dich nicht so!«

Zyras Gesicht leuchtete auf. Ehe Liebermann sie zurückhalten konnte, war sie in das Zimmer geflitzt.

»Na endlich!«, hörte Liebermann. »Hilf mir!«

»Ich habe Miri mitgebracht«, sagte Zyra drinnen. »Soll sie auch helfen?«

Miri sah zu Liebermann auf. »Darf ich?«

»Auf keinen Fall!«

»Das war Miris Papa«, sagte Zyra. »Er verliert immer beim Kakerlakenpoker.«

Einen Augenblick später stand ihre Mutter in der Tür. Sie hatte gerötete Wangen, der Rest eines Lächelns schlummerte noch in ihren Mundwinkeln. Mit einer raschen Handbewegung strich sie eine dunkle Locke zurück, die ihr sofort wieder in die Stirn fiel. Zu den Jeans trug sie einen dezent gemusterten Rock.

»Sie sind also Miris Vater!«, sagte sie. »Kommen Sie rein!«

Liebermann glaubte, sich verhört zu haben. Im Kopf hatte er bereits die Nummer des Jugendamtes gewählt. Daran änderten auch die Grübchen auf ihren Wangen nichts, als sie lächelte. Es war Miri, die ihn schließlich über die Schwelle zerrte.

»Nils«, sagte Zyras Mutter, indem sie auf einen jungen Mann wies, der mit übereinandergeschlagenen Beinen auf dem Sofa saß.

»Hallo!« Der junge Mann grinste.

Er war in ein befremdlich anmutendes rotes Samtmieder eingenäht, das ihm bis an die Hüften hinunter reichte, wo es von schwarz-gelben Pluderhosen abgelöst wurde. Seine übergelegte linke Wade war mit einer straffen Binde umwickelt.

»Sie bringt gern Männer um, wussten Sie das?«, sagte er.

»Hören Sie nicht auf ihn!« Zyras Mutter durchquerte den Raum und schob die Vorhänge zurück, die ihn in ein ausgesprochen privates Violett getaucht hatten.

Liebermanns Blick fiel auf einen großen Wandschirm zu seiner Rechten. Davor stand ein geschnitzter, nicht mehr ganz neuer Stuhl, an dem ein Schwert lehnte. Auf einem runden Tischchen unter einem der beiden Fenster sah er zwei Kameras liegen, eine größere und eine kleine, dazu etwas Zubehör, das Liebermann nicht einordnen konnte, vielleicht Filter.

»Wir waren gerade bei den Gegenfotos für die Ausstellung.« Zyras Mutter hatte sich neben ihn gestellt und betrachtete prüfend ihre Staffage, so als wolle sie herausfinden, wie sie auf einen Fremden wirke. Im selben Moment begann der Dielenboden unter seinen Füssen zu beben.

»Das sind nur die Mädchen auf dem Trampolin. Möchten Sie einen Kaffee?«

Liebermann wollte sich nur hinlegen. »Danke, nein.«

»Gern«, kam es vom Sofa.

»Na ja«, sagte Zyras Mutter lächelnd. »Der Abfluss im Bad müsste noch repariert werden.«

Nils riss die Augen auf. »Sehen Sie, wie sie mich ausnutzt?«

Zyras Mutter begann, gleichmütig ihre Kulisse abzubauen. Liebermann fühlte sich nicht besonders wohl in seiner Haut.

»Erst schubst sie mich vom Stuhl«, sagte Nils. »Und dann soll ich ihr den Abfluss reparieren.«

»Du bist vom Stuhl *gefallen*«, sagte sie. »Und sich dabei den Knöchel zu verstauchen, das muss man erst mal hinkriegen. Daran merkt man, dass du eben kein Hamlet bist.«

»Sondern was?«

»Was schon? Hausmeister eben.«

Nils' Gesicht lief purpurn an. Liebermann bekam Angst, dass er sich trotz seiner Behinderung auf Zyras Mutter stürzen würde, aber dann brachen beide in Gelächter aus, und sein Wunsch zu gehen wurde dringender.

»Tja, dann: Ich wollte fragen, ob es in Ordnung ist, wenn ich Miri um sechs abhole.«

Miris Mutter reichte ihm eine Hand mit sehr kurzgeschnittenen Fingernägeln.

»Von mir aus auch später. Ich bin Nico.«

»Liebermann.«

Sie betrachtete ihn aufmerksam. Auf dieselbe Weise hatte ihn auch ihre Tochter angesehen, nur dass Nicos Augen grau waren und nicht braun. Endlich erschienen auf ihren Wangen die Grübchen.

»Na dann, Liebermann: Freut mich, dich kennenzulernen. Bist du der echte Vater oder der neue?«

»Der echte.« Der neue? Vor Liebermanns Augen erstand wieder Theklas Bett mit den beiden bezogenen Decken, die er seit drei Nächten abwechselnd benutzte. Miri hatte nichts von einem Neuen gesagt.

»Also um sechs«, sagte Nico und ließ seine Hand los.

Hinter ihnen stemmte Nils sich ächzend vom Sofa. »Was ist jetzt mit dem Kaffee?«

Nico hob die Schultern »Mein Abfluss ist immer noch kaputt.«

Liebermann kehrte in die Wohnung seiner Exfrau zurück und brachte ein paar Minuten damit zu, das Bett im Schlafzimmer zu begutachten. Er inspizierte sogar die Nachttischschubladen auf der Suche nach Hinweisen, die auf einen Mann in Theklas Leben deuteten. Aber alles, was er fand, waren eine Siddhartha-Biographie und ein Buch mit dem Titel: »Zwanzig Tipps, ihn zu verlassen«. Es schien ihm kaum die richtige Lektüre für den Beginn einer neuen Beziehung. Das Bett brachte auch nichts. Es war vor seiner Ankunft frisch bezogen worden. Liebermann ging ins Wohnzimmer und versuchte sich an Rumpfbeugen, was er bald wieder aufgab, dann stakste er auf den Balkon.

Unten wurde gerade der Pick-up eingeparkt, auf dem am Vortag der alte Fernseher gestanden hatte. Diesmal transportierte er Flaschenkisten. Der Straßenfeger vom Nachmittag trat aus Liebermanns Haus, wartete, bis der Fahrer des Pick-ups ausgestiegen war, und folgte ihm zur Ladefläche. Mit einer Behändigkeit, die Liebermann ihm nicht zugetraut hätte, denn selbst aus einiger Entfernung konnte man sehen, dass er die Lebensmitte überschritten hatte, kletterte der Fahrer hinauf und reichte dem Alten einen der Kästen hinunter.

»Grüßen Sie Ihre Frau und die Kinder!«

Der Fahrer nickte und sprang wieder zu Boden. Liebermann registrierte seinen dunklen Teint. In Berlin hatte er eine Zeitlang in einem Kiez gelebt, der hauptsächlich von türkischen Gastarbeitern besiedelt gewesen war. Dieser Mann dort war kein Türke. Grieche vielleicht, oder Jugoslawe? Er zog einen zerfledderten Post-it-Block aus der Tasche und notierte sich die Frage, um sie später zu beantworten.

Vorerst ließ er den Getränkelieferanten und konzentrierte sich auf die Fenster im zweiten Stock des Hauses gegenüber. Hinter einem von ihnen sprang seine Tochter auf einem Trampolin herum. Aber er sah nichts außer dem falschen Hamlet, der, nun wieder zivilisiert, das Haus verließ und sich pfeifend mit dem Fahrrad auf den Weg machte, nachdem er den Lieferanten durch eine Berührung der Schläfe gegrüßt hatte. Der Pick-up-Fahrer hupte und fuhr an.

Nachdenklich griff Liebermann nach dem Handy und wählte die Nummer des Büros.

Uwe war nicht da. Er hatte Liebermanns Anweisungen befolgt und eine Stunde mit einer Eiskompresse auf seiner schmerzenden Wange auf der Liege im Bereitschaftsraum zugebracht. Nur einmal war er aufgestanden, um sie zu erneuern, Marion einen kryptischen Aufgabenzettel auf den Schreibtisch zu legen und einen Schluck Kaffee zu trinken. Danach war seine Wange noch blauer, aber sie fühlte sich etwas besser an. An seiner Stimmung änderte sich nichts. Uwe hasste den Außendienst, und Liebermann wusste das. Trotzdem schickte er ihn in ein Wespennest von Klatschredaktion, wo man sich zweifellos ausschütten würde über den Polizisten mit der Visage einer Bulldogge, der kaum imstande war, einen deutlichen Satz zu sagen, und permanent mit dem Schlucken von Spucke beschäftigt war.

Während seiner Kühlphase hatte er beschlossen, Marion die lästige Angelegenheit aufzuhalsen. Aber als die Stunde um war, lag der Zettel unberührt auf ihrem Tisch. Dafür teilte der Anrufbeantworter ihm mit, dass Marion sich entschuldigen ließ. Ihre Mutter hatte abgesagt, sie wusste nicht, wohin mit ihrem verlausten Sohn. Das »verlauste« fügte Uwe eigenmächtig hinzu, ehe er verbittert nach seinem Kamm griff und sich einen akkuraten Scheitel zog, von dem er hoffte, dass er die Damen der Redaktion von seiner Hängewange ablenken würde.

Mittlerweile trank Uwe in der »Nachbarn«-Redaktion der *Illustrierten* seinen zweiten Espresso und war mit der Wirkung seines Scheitels einigermaßen zufrieden. Der Blick von Mademoiselle Eva – er hatte sie so genannt, und sie hatte gekichert – ruhte nie länger als eine höfliche Sekunde auf seiner Wange. Überhaupt machte sie einen etwas rastlosen Eindruck. Rauschte zur Espressomaschine, zum Computer und zurück zu ihrem Gast. Uwe hatte es aufgegeben, auf ihr Geplapper zu achten, und versuchte stattdessen, ihr Alter zu schätzen. Er kam auf dreißig bis fünfzig, schwer zu sagen bei all den großzügig aufgetragenen Farben. Er wachte auf, als der Name der Vermissten fiel.

Mademoiselle Eva hatte ihn gleich am Anfang ihrer absoluten Ahnungslosigkeit in Bezug auf Charlotte Olbinghaus' Verbleib versichert. Auch der ihrer Kollegin Solveig, zurzeit unterwegs zum St.-Joseph-Krankenhaus, wo zum dritten Mal in diesem Monat ein Kind durch die Babyklappe gerutscht war – furchtbar. Mademoiselle Eva hatte einfühlsam mit den Wimpern geklimpert, ohne dabei eine Spur betroffen zu wirken.

Natürlich, Charlottes Mann sei eine Zumutung gewesen, sagte sie jetzt und spreizte ihre Finger, um sie kritisch zu studieren. Mindestens zwanzig Jahre älter und ohne jeden Ansatz von Charme. Aber bekannt und reich. Allerdings auch eifersüchtig wie ein Spanier. Hatte dauernd angerufen, unter den unsinnigsten Vorwänden. Krankhaft.

»Krankhaft und unbegründet?«, fragte Uwe.

Eva lächelte. Natürlich nicht. Das konnte nun keiner erwarten, dass eine wie Charlotte sich mit einer vergrätzten alten Schmalkost begnügte, nicht wahr? Uwe wurde wach. Er wollte mehr über Frau Olbinghaus' Nahrungsergänzung wissen.

Aber plötzlich zog Eva sich zurück. Sie hatte wohl erkannt, dass sie eine Praline in der Hand hielt, nach der der blau marmorierte Polizist ihr gegenüber gierte. Nun ja, ein Mann eben. Sie schürzte die Lippen. »Bleibt das unter uns?«

»Wenn Sie damit das LKA meinen, ja«, sagte Uwe.

Eva seufzte. »Vielleicht sollten Sie doch lieber Solveig fragen.«

»Solveig ist nicht da, deshalb frage ich Sie.«

Uwe verbrannte sich die Zunge an seinem Espresso und verfluchte erst ihn, dann die alterslose Schönheit vor ihm, die so tat, als könne sie sich die lackierten Hornpanzer an den Enden ihrer Finger nicht erklären, dann Marion und schließlich seinen Chef. Er sah zur Uhr. Arnie sollte längst hier sein.

»Na gut«, sagte Mademoiselle Eva mit nervösem Handgewedel. »Er ist auch Journalist, aber für eines dieser Oberschichtenblätter. *Époque*.«

»Ah, ja. Und der Name?«

»Berlich, Stefan.« Uwe stellte seine Tasse ab. »Berlich, der Kunstkritiker?«

Er war beeindruckt. Stefan Berlich genoss einen Ruf, der weit über die *Époque* hinausging. Was diese anbelangte, hatte Uwe sie zweimal gelesen. Achtzig Prozent Werbung. »Erzählen Sie mal!«

Aber es war überflüssig, Eva anzufeuern. Jetzt, wo der Name einmal gefallen war, brach der dünne Damm ihrer Verschwiegenheit. Und während sie redete, begriff Uwe, was Liebermann mit »Offenheit unter Frauen« gemeint hatte.

Charlotte Olbinghaus hatte Berlich im Dezember auf einem Presseball kennengelernt und sofort zugegriffen. Warum, war klar.

»Warum?«, fragte Uwe.

»Weil sie eine karrieregeile Kuh ist, die sofort ihre Chance gewittert hat«, sagte Eva und versuchte nicht einmal, ihren Neid zu verbergen.

»Der berühmte Berlich und die *Époque*. Wir waren abgeschrieben. Stefan hier, Stefan da, und zwischendurch rief ihr Alter an, um ihre Termine zu kontrollieren. Wir sind bald verrückt geworden. Hätte nur noch gefehlt, dass Berlichs Frau uns auch noch auf die Pelle gerückt wäre.«

»Stefan Berlich ist ebenfalls verheiratet?«

»Was denken Sie denn?«, fragte Eva erstaunt.

»Nichts. Fahren Sie fort.«

Aber Mademoiselle Eva hatte durch die Unterbrechung den Faden verloren und knüpfte an der falschen Stelle wieder an. »Nach der angeblichen Trennung hat Charlotte wie eine Drohne in ihrem Sessel gehockt und auf ihren Rechner eingehämmert. Und wehe, wir haben ihr über die Schulter gesehen.«

»Moment: Was meinen Sie mit *angeblicher* Trennung?«

Eva warf ihre Locken zurück und lachte blechern. »Eines Tages ist sie hier anmarschiert und hat verkündet, sie hätte sich vom göttlichen Stefan getrennt. Zufälligerweise war es genau nach einem Tag, an dem Jenny, unsere Schülerpraktikantin, sich gegenüber ihrem Mann am Telefon verquatscht hatte. Mittwochs war Charlotte nach der Arbeit immer mit Berlich unterwegs. Falls ihr Mann anrief, war sie auf Recherche. Leider war Jenny noch nicht firm genug, das zu wissen.«

»Was hat sie ihm gesagt?«

Eva zuckte die Schultern. »Dass Charlotte Feierabend gemacht hat eben.«

Vorsichtig legte Uwe diesen Baustein zu den anderen. »Und danach? Hat er danach auch noch hier angerufen, ihr Mann?«

»Nein, stellen Sie sich vor!«, sagte Eva. »Erst am Freitagabend, ich kann Ihnen das Band vorspielen, es ist köstlich. Und vorhin war er hier.«

Einer von der unverzüglichen Sorte, dachte Uwe. »Was wollte er?«

»Na, was wohl. Dasselbe wie Sie. Nur, dass er sich aufgeführt hat, als ob die Zeitung ihm gehöre. Ich hab ihn eiskalt abserviert.« Sie lächelte süß.

Uwe nickte. »Wenn ich Sie jetzt frage, was Sie persönlich von der Sache halten, was würden Sie sagen?«

»Ich? Ich würde sagen, dass Charlotte in Berlichs Nähe ist und den Stab bearbeitet, der sie demnächst in die *Époque* katapultieren soll. Was denken Sie denn?«

Uwe dachte, dass es schön wäre, diese Redaktion zu verlassen und irgendwo hinzugehen, wo die Luft sauber war, wo vielleicht ein paar Vögel zwitscherten. Oder seinetwegen auch ins Büro, wo zwei Knackwürstchen auf ihn warteten, die aus dem gesunden Fleisch glücklicher Kühe gefertigt waren.

Er war dankbar, als es klopfte und Arnie den Raum betrat. Der Techniker brummte etwas, übersah die ihm dargebotene Hand und stieß ein paar Silben aus, die sich ungefähr in der Frage nach Charlotte Olbinghaus' Computer und ihrem Passwort zusammenfassen ließen. »Versuchen Sie es doch mal mit Stefan!«, höhnte Mademoiselle Eva.

Arnie sah sie trübe an. Dann warf er seine Tasche auf das Parkett und machte sich an die Arbeit. Mademoiselle Evas farbschwere Wimpern stemmten sich auf.

»Meinen Sie, dort finden Sie sie?«

»Warum nicht«, sagte Uwe. »Hat Ihre Kollegin zuletzt an etwas, sagen wir, Brisantem geschrieben?«

Eva stand auf. »Keine Ahnung. Sie hat uns ja nicht an ihren Computer gelassen.«

»Nie, oder nur letzte Woche nicht?«

»Seit zwei, wenn Sie's genau wissen wollen.«

»Natürlich will ich das«, sagte Uwe und wunderte sich über ihre Heftigkeit.

»Obwohl, dass Solveig und ich keine Ahnung gehabt haben, kann man so auch nicht sagen«, korrigierte Eva. »Wir glauben, dass Charlotte gesammelt hat.«

»Und was?«

»Ihre Aussteuer für die *Époque*.«

»Das bedeutet?«, fragte Uwe. Er beugte sich vor und sah sie aufmerksam an.

Eva warf einen angewiderten Blick auf Arnie, der eben die Festplatte der Vermissten in seiner Tasche verstaute. Auf seiner Oberlippe blühte eine frühsommerliche Herpesfamilie.

Dann pflückte sie eine seltsam anmutende Frucht aus einer Obstschale, die auf dem kleinen Tisch zwischen Uwe und ihr stand, und drehte sie zwischen den Fingern. Es war ein schrumpliges Mittelding zwischen Feige und Pflaume. Nichts, in das Uwe je freiwillig hineingebissen hätte.

»Ich nehme an, dass es auch bei Ihnen Informationen

gibt, die Sie ungern in fremde Hände geraten lassen würden«, sagte sie. »Bei uns hier ist es nicht viel anders. Auch wir haben unsere ›Fälle‹. Außerdem haben wir eine Anzahl an Informationsquellen, deren wir uns regelmäßig bedienen. Ein paar davon hat Charlotte akquiriert. Aber wir benutzen sie auch. Es wäre ein Desaster, wenn sie sie zu irgendeinem anderen Blatt hinüberschleppen würde. Die *Époque* zahlt besser als wir.«

»Sie könnten ganz einfach herausfinden, ob diese Informanten im Begriff stehen, die Seiten zu wechseln, indem sie Kontakt zu ihnen aufnehmen.«

»Stellen Sie sich vor«, sagte Eva spöttisch. »Genau das haben wir getan.«

»Und?«

»Sie waren empört. Haben Sie etwas anderes erwartet?«

»Wo liegt dann das Problem?«

»Darin, dass sie so lange empört sein werden, bis sie von der anderen Seite Geld gesehen haben. Oder mehr Geld von unserer, das wir nicht zahlen können.«

Viel mehr bekam Uwe nicht aus ihr heraus. Am Freitag war Charlotte Olbinghaus wie immer gewesen. Nein, vielleicht etwas besser gelaunt als in den zwei Wochen zuvor, in denen sie kaum überhaupt mit ihren Kolleginnen geredet, sondern schweigend am Computer gesessen hatte. Sie war gegen 17 Uhr zu einem Interview mit einer Vierlingsfamilie nach Potsdam aufgebrochen, auf einen Tipp vom göttlichen Berlich hin übrigens. Aber das meiste davon hatte Eva schon am Anfang ihres Gesprächs erzählt. Sie begann, sich zu wiederholen. Uwe sah zu, wie sie die schrumplige Frucht aß, und wartete geduldig darauf, dass Arnie fertig wurde.

Wenig später rannte er neben dem Techniker durch die labyrinthartigen Flure der Redaktion, leicht beschämt, weil Arnies speckige Jeansjacke und die Haare, die ihm aus jeder Pore seines umfangreichen Körpers sprossen, alle Blicke auf sich zogen. Arnie sah aus wie ein Biker, der irrtümlich die Abfahrt zum LKA genommen hatte. Über der Schulter trug er seine Tasche, die im Amt liebevoll »das Tragetuch« genannt wurde, weil er sie immer und überall mit sich herumschleppte. Irgendwann einmal hatten Marion und Liebermann Wetten abgeschlossen, ob er sie auch mit ins Bett nahm. Aber um das herauszufinden, gab es nur einen Weg, und Marion hatte behauptet, dass sie sich noch nicht einsam genug fühle, um ihn zu beschreiten.

Arnies hundsmiserable Aussichten, je Mister LKA zu werden, änderten allerdings nichts daran, dass er ein Meister der Mikrotechnik war. Er brauchte einen bockigen Computer nur anzusehen, damit er wieder spurte. Sagte man. Legenden, die Liebermann in Abständen nährte, um seine Mitarbeiter zu motivieren, wenn sie auf der Stelle traten. Er war der Ansicht, dass die meisten Wunder aus dem Glauben an Wunder heraus geschahen. Manchmal hatte Uwe das Gefühl, dass sein Vorgesetzter sie für eine Runde von Tafelrittern hielt. Immer auf der Suche nach dem Gral, der am Ende nicht selten aus einer Leiche bestand.

Nachdem er sich im Fahrstuhl durch einen kurzen Überschlag versichert hatte, dass das angegebene Maximalgewicht und Arnie sich nicht ausschlossen, überlegte Uwe, welcher Part der minimalistischen Ritterrunde ihm wohl zukommen würde. Seine Wange schmerzte wieder. »Was denkst du, bis wann du fertig bist?«

Arnie knispelte ein Stück Haut von seiner Lippe, sah ihn beiläufig durch den Spiegel, der das Innere des Fahrstuhls auskleidete, an und sagte: »Gucken.«

Er studierte das Hautfetzchen eingehend, ehe er es auf den Boden schnipste.

»Kommt drauf an, was ihr braucht.«

»Posteingänge, Dateien, Browserchronik, alles eben.«

»Für den Server brauchen wir was von Mentel.«

Mentel war der Staatsanwalt. Uwe blickte angeekelt auf

die Stelle, auf der Arnies Lippenhaut gelandet war. »Meinst du, wir müssen an den ran?«

»Gucken«, sagte Arnie.

»Gut, sag mir Bescheid, wenn du's weißt.«

Der Fahrstuhl hielt, und Uwe schlüpfte hinaus. Ein unauffälliger Sprint durch die kleine Eingangshalle der Zeitung, ein Zeichen zu dem Techniker, der irgendwo hinter ihm herstapfte, und er war in Freiheit.

»Berlich?«, fragte Liebermann am Telefon.

»Stefan Berlich. Der Kunstkritiker.«

»Moment!« In Liebermanns Gedächtnis regte sich etwas. Ein Schatten, nicht allzu groß. Liebermann wartete geduldig, dass er näher kam. Er kannte sein Gedächtnis, mit zielgerichtetem Suchen kam man ihm nicht bei. Am besten, man rief etwas hinein und wartete auf ein Echo. Ein Bild, das sich aus dem über Jahre angehäuften Gerümpel löste, oder eben ein Schatten, der erst noch zu einem Bild werden musste, wie dieser hier. Na also: Der Schatten nahm Formen an, gewann an Farbe und offenbarte sich bald darauf als dreibeiniger Turm aus einem Stuhl, zwei Kisten und einem Lampenschirm. Aber das war es noch nicht ganz. Die übermüdete blonde Frau daneben sagte etwas. Etwas über Baumschnitt und ihren Mann. Liebermann erlöste Uwe aus seiner erzwungenen Pause.

»Ich habe vorhin bei den Bärmanns, Charlotte Oblinghaus' letztem Interviewtermin, vorbeigeschaut«, sagte er. »Das weibliche Oberhaupt der Bärmanns meinte, es gab kein Interview, weil sich die Parteien über die Vergütung nicht einig wurden. Jedenfalls erwähnte sie, dass Charlotte Olbinghaus den Tipp mit ihren Vierlingen von einem Berlich hatte, der hier in der Nähe wohnen soll. Und der ist also, also der hat ein … Verhältnis?«

»Hatte«, sagte Uwe und biss vorsichtig in ein Knackwürstchen. »Also, wahrscheinlich *hatte*. Das nenne ich Zufall.«

»Was?«

»Ein Hauptkommissar der Vermisstenzentrale aus Berlin trifft eine zukünftige Vermisste aus Berlin auf einer Potsdamer Straße. Und ihr Liebhaber, der sie dorthin gelotst hat und in Berlin arbeitet, wohnt ebenfalls da. Wie würdest du das nennen?«

Liebermann verzichtete auf eine Antwort. Was den Zufall betraf, waren er und Kommissar Schüler grundsätzlich unterschiedlicher Meinung. Sie wussten es beide und verloren sich trotzdem hin und wieder in Diskussionen, bei denen sich jeder vergeblich bemühte, den anderen zu überzeugen. Aber Liebermann war jetzt nicht zu Diskussionen aufgelegt. Er war verwirrt. Vor zwei Tagen hatte ein unbekannter Engel sein Leben erschüttert. Er hatte Schollen aufgebrochen, für einen Augenblick im Erdinneren vergrabene Leidenschaften zutage gefördert, und noch in den Nachwehen dieser Leidenschaft, fand er sich plötzlich in der befremdlichen Lage, jenen Engel von Berufs wegen suchen zu müssen. Zufall war ein zu mageres Wort dafür. Außerdem gab es keinen Zufall, nur Ereignisse, die sich manchmal zu Ketten zusammenfanden.

Er hatte sie kennenlernen wollen, ja. Allerdings hatte Liebermann es sich etwas anders vorgestellt.

»Hast du schon etwas mehr über diesen Berlich, außer dass er verheiratet ist?«

»Marion«, sagte Uwe. »Sie sitzt mit ihrem Sohn zu Hause, da fand ich, dass sie wenigstens ein bisschen herumtelefonieren kann, damit sie sich nicht langweilt. Mein Mund ist von Mademoiselle Eva noch ganz taub. Bis jetzt hat sie nur seine Mailbox erreicht. Aber ich hab die Adresse.« Liebermann hörte Papiergeraschel. »Lennéstraße 23. Ein Katzensprung von dir. Du gehst die Ossietzkystraße bis zum Ende und dann nach links. Nach einer Weile kommt eine Wendeschleife, dahinter stehen nur noch ein paar Häuser vor dem Park Sanssouci. Berlichs ist das letzte rechts.«

»Interessant. Wie kommst du darauf, dass ich dorthin gehe? Ich bin krankgeschrieben.«

»Weil du schon dort bist«, sagte Uwe trocken. »Und weil du nicht anders kannst.«

Liebermann biss sich auf die Lippe. »Olbinghaus«, knurrte er.

Uwe seufzte. »O Gott, der ist in Wahrheit nicht Galerist, sondern Major. Ich konnte ihn nur mit Müh und Not davon abhalten, mir eine Vermisstenanzeige für die Zeitung zu diktieren.«

»Hat er irgendeine Idee, wo seine Frau stecken könnte?«

»Wenn, dann hat er sie für sich behalten. Der ist ein Granitblock, da verfängt keine Hacke. Er meint, er hätte alles, was er weiß, den Wilmersdorfern bereits gesagt. Über die Kleidung, die seine Frau am Freitag getragen hat, kann er keine Auskunft geben, weil er vor ihr aus dem Haus ist. Aber wenigstens konnte ich ihm ein paar Nummern entlocken, von der Mutter und zwei Bekannten seiner Frau. Die anderen sind auf ihrem Handy gespeichert, und das ist mit ihr verschwunden. Bei der Mutter und diesen Freundinnen ist sie nicht. Olbinghaus hatte sie schon angerufen, aber ich hab's noch mal überprüft.«

»Und, die hatten auch keine Idee?«

»Keine. Aber alle waren sich einig, dass ihre Freundin beziehungsweise Tochter sich streng in der Partnerwahl vertan hat.«

Liebermann ließ Uwes Auskunft auf sich wirken. Nicht, dass sie ihm ungelegen kam. Er fand auch, dass ein Engel etwas Besseres als einen alternden Major verdient hatte. Allerdings auch etwas Besseres als einen verheirateten Glanzblattjournalisten.

»Wie hat er auf den Liebhaber reagiert?«

»Gar nicht. Das heißt, ich hab ihn nicht direkt gefragt. Nur, ob er sich vorstellen könne, dass seine Frau einen anderen Mann ...«

»Und?«

»Er hat gesagt, ich solle meine zweifellos durch stupide Polizeiarbeit verhunzten Phantasien an jemand anderem ausleben, und hat aufgelegt.«

Liebermann blickte wieder zu dem Fenster mit den violetten Vorhängen hinüber.

Ihm war gerade eingefallen, woran die Augen von Zyras Mutter ihn erinnerten. Schiefer. Zwanzig vor sechs. Ein Katzensprung, hatte Uwe gesagt. Wenn er sich beeilte, schaffte er es noch. In seinem autonomen Lendenwirbel kribbelte es. Ein schlechtes Zeichen.

Die Lennéstraße 23 war tatsächlich das letzte Haus vor dem Park. Obgleich er nur einen halben Kilometer gegangen war, gelangte Liebermann nach dem Passieren der von Uwe beschriebenen Wendeschleife in eine Gegend von beinahe ländlichem Charakter. Er sah keine Autos, nur ein paar Kinder, die sich auf dem kurzen Stück Asphalt zwischen Stadt und Park im Einradfahren übten. Links grenzte Berlichs Haus an eine Gärtnerei, die vermutlich schon zum Park gehörte, rechts an eine Kleingartenanlage. Nach dem wenigen, was er über Berlich wusste, hatte Liebermann ihn sich in einem Neubau oder einem der luxussanierten Jugendstilhäuser vorgestellt, die das Gesicht von Theklas Straße prägten. Nicht in einer Bauernkate.

Sie schmiegte sich langgezogen in die Mitte eines weitläufigen Gartens. Nur das gedrungene Dach und die Eingangstür spähten durch Flieder, Efeu und etwas, das nach zu Vögeln gestutzten Buchsbäumen aussah, zu ihm herüber. Am Tor befand sich ein schlichtes Schild neben einer ebenso schlichten Klingel, die dafür einen melodischen Dreiklang in Gang setzte.

Während er wartete, spähte Liebermann über die Hecke in den Garten der Berlichs. Buchs, schnurgerade Beete, die den Weg zum Haus säumten, ein zierlicher Rosenstock am

Eingang – dieser Garten war bis zum Überdruss gepflegt. Er ödete Liebermann, der die Hälfte seiner Kindheit auf dem Land verbracht hatte, an. Wenn man sich für auf Kante gelegte Kleidung und Brettspiele interessierte, bei denen es darum ging, jeden Zug pedantisch zu berechnen, gut. Aber es stieß ihn ab, wenn jemand dieselben Maßstäbe an die Natur legte.

Hinter den Fliederbüschen blieb alles ruhig. Nur eine schwarze Katze schnupperte unter einem der gestutzten Büsche herum. Als sie ihn bemerkte, ging ein Zucken durch ihren drahtigen Körper. Eine Sekunde später war sie hinter dem Haus verschwunden. Auch gut. Keine Spur von einem Cabrio oder sonst einem Wagen. Man war nicht da oder gab sich abwesend. Vielleicht war es ohnehin besser, wenn Marion oder Uwe sich um die Sache kümmerten. Sie würden nicht versuchen, dem Mann, der im Zentrum dieses Gartens lebte, schon bei der Begrüßung die Hand zu brechen.

Liebermann hatte Lust, eine der beiden knospenden Rosen zu pflücken, die in Armeslänge an dem sorgsam gemulchten Rosenstämmchen wuchsen. Für Miri.

Seine Hand machte sich auf den Weg. Gleich darauf kehrte sie unverrichteter Dinge wieder zu ihm zurück. Stattdessen presste er sich an den Zaun, um den Rosenstock besser in Augenschein nehmen zu können. Rund um die beiden Knospen entdeckte er Strünke unterschiedlicher Länge. Es sah aus, als ob hier unlängst eine gierige Schere gewütet hätte. Nur diese zwei hatten den Kahlschlag überlebt. Vielleicht waren es Nachzügler gewesen, zu wenig entwickelt für einen Strauß. Liebermann bohrte seine Augen in sie hinein, auf dass sie mit einer amöbenhaften Erinnerung verschmolzen. Thekla mochte Rosen. Aber sie bevorzugte die klassische rote Variante. Diese hier waren nicht rot, sondern gelb, mit nur einer zartroten Maserung, die sich zu den noch geschlossenen Kelchen hin ein wenig verdichtete. Rosen wie diese gab es nicht bei jedem Floristen. Von der

Turmuhr der nahen Erlöserkirche schlug es sechs. Behutsam zog Liebermann seinen Block aus der Tasche. Er bekam Lust auf ein Bier, das ihm beim Nachdenken helfen würde.

»Darf Zyra morgen zu mir?«

»Darf ich heute Abend ein Bier trinken gehen? Ich nehme das Handy mit, dann kannst du mich anrufen, falls etwas ist.«

»Wenn ich bei dir im Bett schlafen darf.«

»Gut.«

»Und Zyra?«

»Okay. Willst du nichts mehr essen?«

»Ich hab schon.«

»So«, machte Liebermann indigniert. »Was gab es denn?«

»Langnase.«

»Wie?«

»Langnase. Ich glaube, Zyras Mama findet dich gut.«

»Ach, hör auf!«

»Wie findest du sie?«

Liebermann schob eine verbrannte Bratkartoffel an den Tellerrand. »Ganz nett. Trink wenigstens deinen Tee, und dann ab ins Bad!«

Kommissarin Marion Allhorn stand im Badezimmer und seufzte. In der Hand hielt sie ein Mittel, das dem Geruch nach nicht nur die Läuse, die möglicherweise vom Scheitel ihres Sohnes auf den ihren übergesiedelt waren, mit dem Leben bezahlen würden, sondern im schlimmsten Fall sie selbst. Aber nach zwei Stunden Kampf gegen störrisches Jungenhaar war ihr Lebenswille ohnehin erlahmt. Sie seufzte noch einmal, dann tupfte sie sich einen Tropfen Eau de Cologne unter jedes Nasenloch und begann ihr giftiges Werk. Als sie am Nacken ankam, klingelte ihr Handy. Hastig schälte Marion sich aus den Plastikhandschuhen und warf sie in die Badewanne. Sie kam gerade noch rechtzeitig, bevor sich die Mailbox einschaltete.

»Allhorn?«

»Entschuldigen Sie die späte Störung.«

Marion sank auf den Rand der Wanne. Das Gehäuse des Telefons saugte sich an ihre Haut. Es war, als suche es wie sie Halt vor der Wärme dieser tiefen Stimme.

»Mit wem spreche ich?«, stotterte sie.

»Mein Name ist Berlich. Sie waren so freundlich, mir Ihre Nummer zu hinterlassen.«

Mit einem Ruck kam Marion zu sich. »O ja. Herr Berlich. Schön, dass Sie zurückrufen. Ich habe versucht, Sie zu erreichen, weil ich …«

»Während der Arbeit«, sagte die Stimme, »gehe ich nicht ans Telefon.«

»Kann ich vollkommen verstehen«, hauchte Marion und hielt sich am Rand der Badewanne fest. Aus ihren Nackenhaaren löste sich ein Tropfen zäher Flüssigkeit und landete in ihrem Kragen, wo er begann, sich langsam abwärtszubewegen.

»Wenn Sie so anhaltend versuchen, bei mir anzurufen, nehme ich an, dass Sie einen Schritt weitergekommen sind«, sagte Stefan Berlich sanft. »Es erschließt sich mir nur nicht, warum diese vergleichsweise nichtige Angelegenheit an das LKA Berlin übergeben wurde.«

Marion verschluckte sich. »Demnach wissen Sie also schon, worum es geht?«

Stefan Berlich ließ ein paar Sekunden ins Land gehen. »Sagen Sie: Sind Sie wirklich vom LKA?«

»Ja«, sagte Marion unsicher. »Vermisstenstelle.«

»Dann gelten meine Tizians jetzt als vermisst?«

Die Worte begleitete ein Lachen, das durch den Hörer direkt in Marions Glückszentrum traf und dort für eine Ausschüttung verschiedenster Hormone sorgte, die sich augenblicklich gegenseitig lahmlegten.

»Moment!«, flüsterte sie.

Sie stürzte zum Waschbecken und schleuderte sich mit der freien Hand eine Portion kaltes Wasser ins Gesicht. Dann zählte sie langsam bis zehn und kehrte ans Telefon zurück.

»Entschuldigung, ich hatte einen Topf auf dem Herd. Von … äh … Tizians weiß ich nichts. Bei uns ist vielmehr eine Anzeige eingegangen, die eine gewisse Charlotte Olbinghaus betrifft, und da …«

»Charlotte?«, unterbrach Berlich. »Für welche Zentrale arbeiteten Sie gleich?«

»Vermisstendezernat.«

»Charlotte ist verschwunden?«

»Äh, ja. Seit vergangenem Freitag. Ich habe Sie angerufen, um zu fragen, ob Sie kürzlich noch Kontakt zu ihr hatten oder vielleicht sogar noch haben – oder ob Sie uns einen Hinweis darauf geben können, wo sie steckt.« Sie schnappte nach Luft.

»Wie kommen Sie auf mich?« Es klang ehrlich überrascht.

»Ihre Kolleginnen aus der Redaktion meinten, dass Sie und Frau Olbinghaus sich ziemlich nahestanden.«

»Wie war noch mal Ihr Name?«, fragte Berlich.

»Kriminalkommissarin Allhorn.«

»Kein Vorname?«

Marion schloss kurz die Augen. »Doch. Aber es handelt sich hier nicht um ein Privatgespräch.«

»Schade«, sagte Berlich. »Also, dann ganz dienstlich: Ich habe keine Ahnung, wo Charlotte steckt. Und was die Auskunft ihrer Kolleginnen betrifft, muss ich das von Ihnen verwendete Präteritum unterstreichen. Wir *hatten* eine Beziehung. Vor knapp zwei Wochen habe ich sie beendet. Zufrieden?«

»Fast«, sagte Marion, die unter anderen Umständen gern noch ein wenig geplaudert hätte. »Wo waren Sie letzten Freitagabend?«

Diesmal war die Pause etwas länger. »Das Trapsen der

Nachtigall!«, sagte Berlich dann. »Ich, Verehrteste ohne Vornamen, befand mich an jenem bedenklichen Tag in der Stadt Rheinsberg, wo ich anlässlich der Verleihung des brandenburgischen Kunstpreises eine Laudatio auf einen vielversprechenden jungen Mann namens Sven Nieburg gehalten habe. Versuchen Sie mal, in eine Ausstellung von ihm zu gehen, es lohnt sich.«

»Nur, wenn es keinen Eintritt kostet«, sagte Marion und notierte sich im Kopf den Namen Nieburg, um die Laudatio im Netz nachzuschauen. »Wann sind Sie in Potsdam aufgebrochen?«

»Gegen sechs. Ich hoffe, zu diesem Zeitpunkt ist Charlotte noch irgendjemandem vor die Augen gelaufen.«

Marion blätterte hastig ein paar Seiten ihres Gedächtnisses zurück, bis zu einem in jeder Hinsicht unerquicklichen Gespräch mit ihrem Kollegen Uwe Schüler. Hatte Liebermann die Vermisste um halb sieben getroffen? Oder später? Jedenfalls nicht vor sechs. »Ja. Deshalb frage ich Sie lieber, wann Sie zurückgekommen sind.«

»Sonnabend. Nachmittag.«

»Sie haben also in Rheinsberg übernachtet. Wo?«

»Im Seehof. Sie sind unerbittlich, Kommissarin Allhorn. Wozu müssen Sie das alles wissen? Fast könnte man meinen, Sie unterhalten sich gern mit mir.«

Marion starrte in ihren Badezimmerspiegel und sah in ein erschrockenes Gesicht unter einer schleimigen Haube. »Wahrscheinlich ist es nicht so wichtig«, krächzte sie. »Aber meiner Information nach hat Frau Olbinghaus Ihre Beziehung beendet und nicht Sie.«

Nach einigen Sekunden brach Stefan Berlich in Lachen aus, und Marion klatschte ein weiterer Tropfen der giftigen Pampe auf die Rückenhaut.

Bismarck leckte eben die säuerlichen Reste seines Herings vom Teller, als gegenüber die Tür aufging. »Da kommt er und geht. Bei Einbruch der Nacht.« Manchmal, besonders wenn er satt war, neigte Bismarck zum Pathos. Von der Nacht war noch lange nichts zu sehen, nur die Vögel wechselten einer nach dem anderen ihr Repertoire.

Da flieht im Mantel der Nacht er
Der schwarze Ritter
Sein schwarzes Werk zu tun
Seid offen, Augen, wacht
Hell, ihr Ohren!
Nicht jetzt ist Zeit zu ruhn.

»Es war deine Idee«, sagte Serrano, um sich gegen jeden Vorwurf abzusichern.

»Nein, es ist deine, du wirst sehen.«

Serrano setzte zu einem Widerwort an. Aber dann sah er Bismarcks entschlossenes Gesicht und verschwand lautlos um die Ecke zur Ossietzkystraße.

Während Liebermann die Ossietzkystraße entlangging, fragte er sich, wann er zum letzten Mal in einer Kneipe gewesen war. Es musste Jahre her sein. Während der Ausbildung hatte er einmal in einem kleinen Charlottenburger Bistro überwintert, weil er vergessen hatte, rechtzeitig Kohlen zu bestellen. Thekla hatte damals in diesem Bistro gekellnert, nicht besonders gut und deshalb nicht besonders lange, aber für ihn lange genug. Doch im Grunde zählte das Bistro nicht, weil es damals quasi seine zweite Heimat gewesen war.

Miri hatte ihm das Katinka empfohlen.

»Wenn du mit der Mama mal ein Eis essen oder eine Cola trinken gehen willst, wohin geht ihr dann?«

»Cola darf ich nicht.«

»Dann Eis.«

»In die Eisdiele neben der Straßenbahnhaltestelle.«

»Aha. Nun: Angenommen, man hat Hunger und Durst und will sich gemütlich irgendwo reinsetzen. In ein nicht allzu teures Restaurant.«

»Die Pizzeria.«

»Ja. Aber stell dir vor, ich wäre einer, den man mit Pizza und Nudeln jagen kann. Ich hab aber trotzdem Hunger und vor allem Durst.«

Miri hatte ihn angesehen wie einen äußerst schwierigen Fall. »McDonald's?«

»Gut. Schlaf schön, wenn etwas sein sollte, ruf mich an.«

Liebermann hatte seiner Tochter einen Kuss gegeben und ihr die Decke bis ans Kinn gezogen. Obgleich er sich nichts mehr davon versprach, unternahm er einen letzten Versuch. »Wo können sich die Erwachsenen aus der Umgebung abends mal auf ein Bier treffen?«

Miris Augen leuchteten auf. »Ach so«, sagte sie. »Na bei Jürgen im Katinka.«

Vor dem Katinka drängelten sich etwa fünfzehn Leute um ein Sammelsurium verschiedener Tische und genossen den lauen Abend. Ein paar von ihnen beobachteten einen dunkelhaarigen Mann, der ein wenig steif die Straße mit den Bahnschienen überquerte. Vor der Bar hielt er. Er zog einen kleinen Block aus der Gesäßtasche und schrieb etwas darauf. Zwei, drei jüngere Frauen sahen interessiert zu ihm hinüber, die anderen wandten sich wieder ihren Getränken zu.

War Katinka nicht die russische Verniedlichung von Katharina? Liebermann besah kritisch das laienhafte Gepinsel an der Fassade, die Kakteen, den Sand und den zu klein geratenen Mexikaner mit Sombrero, der auf die Eingangstür deutete. Achselzuckend folgte er dem Hinweis, öffnete die Tür und ging zu Boden.

»Ist es schon so spät?«, fragte Galaxien entfernt eine Stimme.

Einen Augenblick später wurde Liebermann auf wunderbare Weise in die Höhe gehoben und auf die Füße gestellt. Er gab ein pfeifendes Geräusch von sich, was seine Helfer zu kontroversen Spekulationen über Kehlkopfsprechgeräte anregte, dann: die Erlösung. Er stand, und der Schmerz ließ sich langsam wieder aushalten. Als Liebermann sich umsah, erblickte er hinter sich eine tückische Schwelle, die er im Halbdunkel des Lokals übersehen hatte.

»Danke.«

»Oh, er redet.«

»Ich hab dir doch gesagt, dass sich ein Kehlkopfsprechgerät anders anhört«, sagte sein Samariter, ein junger Mann in einem Hemd, das Liebermann nicht einmal unter vorgehaltener Pistole angezogen hätte.

»Außerdem sieht man so was, weil dann ein Loch in den Hals führt.«

»Was war es dann?«, fragte seine Begleiterin.

»Schmerzen«, sagte Liebermann.

»Ei, jei!«, machte sie. Durcheinander, wie er war, nahm Liebermann von ihr nicht viel mehr als weiblichen Frohsinn wahr und eine Frisur, deren Sinn darin zu bestehen schien, jeden Romantiker auf der Stelle zu vertreiben.

»Vor oder nach dem Sturz?«, erkundigte sie sich.

»Beides, aber es geht schon.«

Sie lächelte und ließ seinen Ellbogen los. Durch den Tabakdunst, der das Innere der Bar in delphischen Nebel tauchte, deutete sie auf etwas Bewegliches.

»Falls es der Kopf ist, lass dir von Nico ein Aspirin geben. Sie sitzt dahinten, die mit der blauen Jacke.«

»Es ist der Rücken. Und ich habe meine eigenen Tabletten dabei, danke.«

»Ei, jei«, machte sie noch einmal, als sei damit alles gesagt.

Während Liebermann sich den Weg zum Tresen am anderen Ende des Raumes bahnte, ließ er seinen Blick über die Gäste schweifen. Er blieb an Zyras Mutter hängen. Nico redete über eine Bierflasche hinweg energisch auf ihr Gegenüber ein, und es wunderte Liebermann kaum, dass er in ihm den hausmeisternden Hamlet erkannte. Der Tisch, den die beiden sich mit zwei weiteren jungen Männern und einem älteren teilten, war der letzte von insgesamt fünf, die sich an der rechten Wand zum Tresen reihten. Statt Stühlen gab es hier ausrangierte Bänke der S-Bahn. Die Luft war stickig, obwohl Liebermann an der Decke einen Ventilator rotieren sah. Es war voll. Und laut. Liebermann fragte sich, wie die Gäste des Katinkas sich wohl verständigten, wenn sie einmal nicht so gut bei Stimme waren. Vielleicht schrieben sie sich Botschaften auf ihre Bierfilze, denn eine normale Unterhaltung musste in den mehr oder minder melodiösen Botschaften von »The Clash«, die durch den Nebel bebten, zwangsläufig untergehen.

Liebermann mochte »The Clash«. In den verwirrten Phasen seiner Jugend hatten sie ihn einige Male im letzten Moment aus einer drohenden Melancholie gerettet. Er mochte auch den Lärm, der ihm die Möglichkeit gab, unauffällig zu bleiben, selbst wenn er es wagen sollte, jemanden anzusprechen. Sein Samariter und das Mädchen kehrten eben an Nicos Tisch zurück und ließen Zigaretten herumgehen. Nils' Feuerzeug blitzte auf.

Der Anblick des Hausmeisters löste in Liebermann eine leichte Gereiztheit aus. Mit welch unverfrorener Selbstverständlichkeit er sie angelacht hatte! So etwas mochten die Frauen. Es war so einfach, dass selbst ein Hausmeister es hinbekam. Und er, der studierte Hauptkommissar, hatte versagt. Vor Liebermanns Auge tauchten, wie so oft in den letzten Tagen, kupferfarbene Locken auf, ein straffer Torso, der in endlose Beine überging. Ihre Eigentümerin schwebte über das Bürgersteigpflaster. Sie leuchtete, wie Frauen nur im Sommer leuchten. Aber Liebermann war sich ohnehin sicher, dass sich der Sommer und Charlotte Olbinghaus gegenseitig bedingten. Er folgte dem Nachhall des regelmäßigen Klackens hoher Absätze und stieß gegen einen Barhocker. Wie wäre ihre Begegnung verlaufen, wenn er Charlotte Olbinghaus auf die gleiche Weise angelacht hätte wie

Nils eben Zyras Mutter, statt ihr zu demonstrieren, dass er gerade den aufrechten Gang entdeckt hatte? Vielleicht wäre sie geblieben. Vielleicht wäre sie wiedergekommen. Oder hätte ihm wenigstens ein Zeichen hinterlassen. Liebermann sperrte hastig die Ohren auf, damit so viel »Clash« wie möglich hineinpasste.

»Was darf 's sein?«

Vor ihm stand ein Mädchen mit lackschwarzen Zöpfen, die sich geschmeidig um ihren Kopf legten. Einen Moment lang glaubte Liebermann, einer Reinkarnation der jugendlichen Frida Kahlo gegenüberzustehen. Dann bemerkte er ihre blauen Augen.

Frida Kahlo hob erwartungsvoll die Brauen und ließ mit einer leichten Bewegung ihres umkränzten Kopfes zwei Ohrringe aufblitzen, die er schon einmal gesehen hatte. Er wischte die Erinnerung weg. Weg mit seiner Niederlage, weg mit dem Lehmklumpen in seinem Kopf. Er war in einer Kneipe, und vermutlich trug jede dritte Frau in diesem Jahr goldene Reifen in den Ohren. Ihm fiel ein, dass selbst Marion ein solches oder zumindest ein ähnliches Paar besaß. An ihr wirkten sie nur nicht so wie an Charlotte oder dieser südlichen Schönheit, sie sahen dünner und blecherner aus, wie auch Marion dünner und, na ja, blasser aussah als die beiden. Das alles waren Gedanken, die in einem Wort mündeten: »Bier.«

Das Mädchen ging zur Seite, um den Blick auf einen riesigen Kühlschrank freizugeben. »Beck's, Rex, Hasseröder, Tannenzäpfle«, ratterte sie herunter.

Liebermann zuckte die Schultern. »Tannenzäpfle kenne ich nicht. Können Sie das empfehlen?«

»Die Gäste mögen es«, sagte sie. »Ich trinke kein Bier.«

Liebermann tippte auf Rotwein. Schwer und beerig. Er bestellte, was die Gäste mochten. Das Mädchen nahm die Flasche aus dem Schrank und klickte sie mit einer routinierten Handbewegung auf.

»Ist es hier immer so voll?«

Sie schob ihm die Flasche zu. »Nur abends.«

Wahrscheinlich, weil sie dann hier arbeitete, dachte Liebermann und nahm sein Tannenzäpfle nach einem letzten Blick auf ihre Ohren, den Schmuck daran und das gewagte Dekolleté in Empfang. Als er auf der Suche nach einem Platz am Tisch des Hausmeisters vorbeikam, bemerkte ihn das Mädchen mit der unromantischen Frisur.

»He«, sagte sie. »Geht's wieder?«

Ihre Worte bewirkten, dass auch die anderen auf ihn aufmerksam wurden. Nico grinste ihm entgegen. »Liebermann. Suchst du Gesellschaft?«

»Ich suche einen Platz«, sagte Liebermann.

Sie wies auf einen zehn Zentimeter breiten Spalt zwischen dem Mädchen mit der Frisur und einem Jüngling in Rollkragenpullover. »Das wäre vielleicht ein Anfang.«

»Ich will nicht stören.«

»Du störst nicht«, sagte Nico. Und zur gegenüberliegenden Bank: »Schiebt euch mal ein bisschen zusammen!«

Ein Ruckeln ging durch die kleine Mannschaft auf der anderen Seite. Als es wieder still wurde, war aus dem schmalen Spalt ein freies Bankende geworden. Liebermann klemmte sich darauf. Zu seiner Rechten saß jetzt der junge Mann mit dem Rollkragenpullover. Links auf einem Stuhl hockte, mit missmutigem Gesicht, Nils. Er trug wie immer seine Baskenmütze, aber erst jetzt bemerkte Liebermann, dass ihr der obligatorische zentrale Filzstummel fehlte. Er notierte sich diese Absonderlichkeit mangels Pinnwand vorerst im Kopf.

»Na also«, sagte Nico zufrieden. »Darf ich vorstellen: Liebermann, echter Vater von Miri, einer Freundin von Zyra.«

»Meistersinger 4, das neue Bellin-Haus« ergänzte Nils und stippte Asche in einen überquellenden Aschenbecher.

»Neues Bellin?«

»Nico wohnt im alten. Hast du deinen Vermieter noch nicht kennengelernt? Er fegt doch den halben Tag vor seinen Häusern herum, damit niemand ihm was nachsagt.«

Über den Pullover von Liebermanns Nachbarn hinweg kam eine Hand geflogen. »Laura«, flötete das Mädchen mit der Frisur. »Ossietzky 17. Das Haus, das nie fertig wird.«

Und das der Bärmanns! Gespannt auf das, was noch folgen mochte, nahm Liebermann ihre Hand und ließ sie wieder frei. »Warum?«

»Destruktive Tendenzen des Baugerüsts. Meint: Es will einfach nicht zusammenhalten. Irgendwann wird es wahrscheinlich einfach wieder abgenommen.«

»Hoffentlich«, sagte ein friedlich dreinblickender Lockenschopf von ungefähr dreißig, der dank Nicos Platzbeschaffungsmaßnahme wie eine Flunder an der Wand klebte.

»Das ist Ralph, quasi die Erweiterung unserer WG«, meinte Laura. »Er wohnt mit Lilly, ich wohne mit Estrella zusammen.« Sie deutete auf die Schöne hinter der Bar, die an der Seite eines bezopften Hünen Flaschen in den Kühlschrank sortierte. »Und Goran hier wohnt nebenan.«

Liebermann blickte in ein stilles, braunes Gesicht. Zum ersten Mal sah er es von nahem, und es faszinierte ihn. Tiefliegende Augen, melancholischer Blick, vielleicht dem seinen nicht unähnlich, nur dunkler. »Goran«, sagte er, »ist ein rumänischer Name.«

»Kroatisch«, sagte Goran ruhig.

»Natürlich«, sagte Liebermann und hakte einen seiner Post-it-Zettel ab. »Ich habe Sie vor dem Haus meiner … der Mutter meiner Tochter gesehen, wie sie Getränke gebracht haben.« Zu spät fiel ihm ein, dass er den Mann möglicherweise gerade gekränkt hatte. Fernseher auf der Ladefläche, die er vielleicht sammelte und weiterverkaufte, Getränkelieferungen – vermutlich hielt er sich mit derlei Dingen über Wasser. Dabei hatte er nur eine freundliche Verbindung schlagen wollen.

Zum Glück lächelte Goran. »Brauchen Sie Getränke?«

Liebermann lächelte auch. »Im Moment nicht. Herzlichen Glückwunsch nachträglich, zur Unabhängigkeit.«

Jetzt strahlte Goran, und Liebermann fiel ein Stein vom Herzen. »Živjeli.«

»Prost!«, sagte Laura und hob ihre Flasche. »Jetzt weißt du Bescheid.«

»Ja, jetzt weiß ich Bescheid.« Ohne einen Finger dafür gerührt zu haben, hockte er in einem Reigen ziemlich sympathischer Leute. Musste an der Nähe zum Park liegen oder an der abgezirkelten Enge des Viertels. In Berlin würde er jetzt allein oder mit irgendeinem Selbstdarsteller über seinem Bier sitzen und versuchen, die Lehmklumpen in seinem Kopf zu zertrümmern. Dann fiel ihm ein, dass einige der Leute hier zudem auch noch potentielle Zeugen für Charlotte Olbinghaus' letzten Termin sein konnten. So viel auf einmal war mehr als Glück. Uwe hätte es Zufall genannt, er nicht. Liebermann beobachtete eine einohrige Katze, die, unbeeindruckt von dem Gewimmel im Raum, an einer Topfpalme gegenüber seinem Tisch schnupperte, und hob eine Frage auf. Er wog sie eine Weile und ließ sie vorläufig wieder fallen. Stattdessen trank er noch einen Schluck. Beim Absetzen bemerkte er auf Nicos Nase etwas Braunes. Mit der Flasche deutete er auf die entsprechende Stelle. »Da ist etwas.«

Nicos Blick wurde fragend.

»Ein Fleck. An der Nase.«

»Oh!« Mit dem Ärmel begann sie, an dem Fleck herumzuwischen. »Weg?«

»Noch nicht.«

Sie befeuchtete den Ärmel und rieb erneut. »Jetzt?«

Die Feuchtigkeit hatte dem Fleck seine ursprüngliche Farbe zurückgegeben. Sie war nicht braun, sondern rot.

»Fast. Ich glaube, es ist Blut.«

»Ich hab dir doch gesagt, dass sie Männer umbringt«, sagte Nils.

»Du lebst noch«, stellte Liebermann fest.

»Weil ich ihr helfe.«

»Hört auf mit dem Blödsinn!«, sagte Nico ärgerlich.

Liebermann zog seine Augen von Nils ab und richtete seinen Blick in die Runde.

»Wie es aussieht, bin ich in eine Anwohnerversammlung geplatzt.«

»Nee«, sagte der Junge im Rollkragenpullover, ein Blonder, mit den blauesten Augen, die Liebermann je gesehen hatte. Liebermann lernte einen neuen Namen: Moritz, Nansenstraße. Es schien zu den Gepflogenheiten des Viertels zu gehören, sich mit der Straße vorzustellen, in der man wohnte.

»Wir haben einen Auswärtigen hier.«

Grinsend zeigte er auf Nils, der sofort in die Höhe ging. »Reg dich nicht auf!«, sagte Moritz. »Aber an der Zeppelinstraße ist nun mal Schluss.«

»An der *Markthalle* ist Schluss!«

»Seit wann kümmerst du dich um Verwaltungsbezirke! Guck dir das Viertel mal auf der Karte an, dann siehst du, dass es ein Viereck ist, das im Osten und Süden von der Zeppelinstraße und im Westen und Norden vom Park eingeschlossen wird, wie ein Päckchen.«

»Alles hängt also davon ab, ob das Papier mit zum Päckchen gezählt wird oder nicht«, wagte Liebermann einen Vorstoß. Nils und Moritz starrten ihn an. Erst beim zweiten Bier erfuhr Liebermann, dass der Streit um die Ausdehnung des Viertels so alt war wie das Viertel selbst und von den beiden Männern aus historischen Gründen gepflegt wurde.

Punkt zehn stand der friedliche Ralph auf. »Die Arbeit ruft.«

»Wie meint er das?«, fragte Liebermann, als er verschwunden war. Nicht nach draußen, sondern in einen Nebenraum, der neben dem Zugang zur Küche vom Schankraum abging.

Nils brach einer Zigarette den Filter ab.»Es ist wegen Susi. Er soll sie sich mal ansehen.«

»Ist er Arzt?«

Moritz kicherte.

»Ralph ist immer das, was du brauchst«, sagte Nico. »Montag Arzt, Dienstag Gärtner, donnerstags Stadtführer.« Ihr Blick lag ruhig und grau auf ihm, und Liebermann war dankbar, dass Ralph noch einmal an den Tisch zurückkehrte und ihn auf sich lenkte.

»Nils, nur dass du's weißt: Die Bullen sind in der Scholl-Straße unterwegs. Ich hab's von Jürgen. Der hat's von Estrella. Die hat's von Michi.« Er klopfte auf die Tischplatte und verschwand wieder.

»Scheiße«, sagte Nils.

»Hat dein Rad immer noch kein Licht?«, fragte Laura.

»Doch. Aber es ist an beiden Seiten rot. Die Bullen akzeptieren rote Lampen nur hinten. Vorn müssen sie weiß sein.«

»Wieso denn das?«

»Weil sie sonst vorn und hinten nicht unterscheiden können«, sagte Moritz.

»Die Lampen sind mir egal«, sagte Nils. »Das kriege ich hin. Aber die haben sich an meinem Anhänger festgefressen. Nicht verkehrssicher, keine TÜV- Plakette!« Er wandte sich an Nico.

»Am besten, ich bleib die Nacht über bei dir.«

Nico verzog das Gesicht. »Ich stand gerade im Begriff, Liebermann zu fragen, was er von Beruf ist.« Als sie sich zu ihm umwandte, sah Liebermann, wie sich die Miene des Hausmeisters verdunkelte.

»Also: Arzt nicht. Bulle auch nicht, die stehen draußen auf der Straße und lauern Radfahrern auf. Lass mich raten!«

Er mochte es nicht, wie sie ihn ansah. Dieser Blick war *sein* Befragungsblick, wie kam diese junge Frau dazu, ihn sich einfach anzueignen! Gegen seinen Willen nahm Liebermann den mandelförmigen Schnitt ihrer Augen in sich auf. Wo der wohl herkam? Die Augen ihrer Tochter waren rund, wie die von Charlotte Olbinghaus. Glaubte er jedenfalls, an ihren Mund hatte er eine deutlichere Erinnerung.

»Kein Sozialpädagoge, kein Lehrer«, sagte Nico, »aber etwas Studiertes. Jurist?«

»Nein.«

»Dann hast du was mit Büchern zu tun.«

»Wie kommst du darauf?«

»Wegen der Hände.«

Unwillkürlich blickte Liebermann auf seine Hände. Den längsten Teil seiner Jugend hatte er unter ihnen gelitten. In der Schule hatten sie ihn »Gummifinger« genannt, »Jimmy Glitschi«, später »das eiskalte Händchen«. Im Studium endlich hatte ein Mädchen ihn mit ihnen ausgesöhnt, als sie Liebermann nur dieser Hände wegen aus einer Traube von Verehrern ausgewählt hatte.

»Männer mit solchen Händen denken wie eine Frau«, hatte sie gesagt und noch so allerhand krudes Zeug, und es hatte auch nur ein paar Monate gehalten. Aber mit seinen Händen verstand Liebermann sich seitdem ganz gut. Er nickte unentschlossen.

»Also«, sagte Nico. »Bibliothekar, Buchhändler. Schriftsteller? Nein? Verleger. Lektor.«

Liebermann überlegte kurz und hob dann einen Finger.

»Lektor?« Sie sah beeindruckt aus. Liebermann war es auch. Er war das erste Mal in der Szenekneipe des Wohnviertels seiner Exfrau, traf eine Tischrunde, die ihn wohlwollend aufnahm, und er, der Kommissar, log sie an! Andererseits war ein Kommissar, grob gesagt, eine Art Bulle. Und das Ansehen von Bullen stand hier, wie er gemerkt hatte, auf wackligen Füßen. Darüber hinaus hatte Liebermann als Kind tatsächlich einige Wochen lang den Wunsch gehegt, Lektor zu werden. Hauptsächlich, weil er sich nichts darunter hatte vorstellen können. In seiner Phantasie hatte er an einem Pult mit Hunderten blinkender Knöpfchen die Geschicke ratloser Nationen gelenkt, oder wenigstens die Geschicke einzelner Stadtbezirke oder Hausgemeinschaften.

»Für welchen Verlag?«

Zum Glück hatte er gerade die Flasche am Mund. »Keinen«, sagte er beim Absetzen. »Selbständig.«

»Wie viel würdest du dafür verlangen, mein Buch zu lektorieren?«, fragte Nils.

Liebermann schrak zusammen. »Du hast ein Buch geschrieben?«

»Hör nicht auf ihn!«, sagte Nico. »Nils kann es nicht ertragen, wenn er nicht im Mittelpunkt steht. Es würde mich wundern, wenn er schon mal einen Brief zustande bekommen hätte.«

Zu seiner Erleichterung sah Liebermann den Hausmeister grinsen. »Ich bereite ihn noch vor. Prost, Lektor! Die nächste Runde geht auf dich.«

Liebermann hatte nichts dagegen, für ein paar Minuten vom Tisch wegzukommen. Es gab ihm Gelegenheit, sich mit seinem neuen Ich anzufreunden. Als Lektor gab er die Bestellung auf. Dabei suchte er Frida Kahlos alias Estrellas Gesicht nach Spuren von Spott oder Zweifel ab. Aber sie ließ nur ihre Ohrringe blitzen und ging zum Kühlschrank. Liebermann stellte fest, dass die Bar sich merklich geleert hatte. Statt »The Clash« säuselte Elvis durch den Dunst. Noch vor wenigen Jahren hätte Liebermann sich darüber beschwert. Jetzt summte er mit, bis Estrella ihm die Flaschen über den Tresen reichte. »Willkommen im Klub«, sagte sie.

Liebermann wusste nicht so recht, was sie damit meinte, aber die Stimmung, in der er an den Tisch zurückkehrte, war beschwingt. Die Lehmklumpen im Kopf bröselten nicht, aber sie waren geschrumpft. Zum Teufel mit den Identitäten! Heute war er Lektor, über morgen würde er sich morgen Gedanken machen. Falls seine wahre Profession bis dahin nicht sowieso durch die ätherische Frau Bärmann aufflog, in deren Aufgang Ralph und Laura wohnten.

Er begann, die Flaschen zu verteilen. »Ihr seid dran.«

»Studentin«, sagte Laura. »Design.«

»Restaurator«, sagte Moritz.

»Hausmeister.« Nils steckte sich eine Zigarette an.

»Und Fotomodell.«

Nils zog die Augen zu Schlitzen. »Neidisch?«

Unter dem Tisch begann etwas zu piepen. Seufzend zog Nico ein Handy ans Licht. Die Runde schwieg respektvoll, bis sie es wieder einsteckte.

»Das war Lilly. Sagt Jürgen, er soll mich auf die Rechnung setzen!«

Ehe Nico die Runde verließ, beugte sie sich noch einmal zu Liebermann hinab. »Wir brauchen für das Theaterstück zum Pfingstfest im Kindergarten noch einen Jäger.«

Nach ihrem Abgang litt die Stimmung am Tisch unter leichter Schlagseite. Goran trank sein Bier aus und entschied sich zum Gehen. Nils ließ sein Feuerzeug schnappen, Laura nippte an ihrem Bier, und Moritz hatte sein Handy aufgeklappt und tippte darauf herum. Kinder, denen kein neues Spiel mehr einfiel, dachte Liebermann. Auch er hatte Lust zu gehen, aber er brachte es nicht über sich, seine halbvolle Flasche auf dem Tisch zurückzulassen. Außerdem war die Frage wieder aus ihrem Versteck gekrochen. Als nach drei Minuten noch immer niemand etwas gesagt hatte, straffte er sich.

»Ich suche nach einer Frau.«

Der Effekt des Satzes war beeindruckend. Die Hände an Feuerzeug und Handy erstarrten, Laura verschluckte sich. Eine Weile herrschte völlige Stille. Nur Elvis lachte sich über sein eigenes Lied kaputt. Endlich räusperte sich Nils.

»Tja, dann geht's dir wie Moritz hier. Moritz sucht auch eine Frau. Wenn aber dann mal eine kommt, will er sie nicht.

Die Crux ist, dass er nämlich gar nicht wirklich nach einer *Frau* sucht. Seine Suche ist der reine Selbstzweck. Maximal sucht er ein Idealbild. Die Unerreichbare. Seine Kunst hat ihn versaut.«

»Interessant«, sagte Liebermann. »Ich hingegen suche tatsächlich eine Frau. Leider weiß ich nicht viel über sie. Nur wie sie aussieht und dass sie mich am Freitag auf der Straße angesprochen hat.«

Nils' Gesicht hellte sich auf. »Ich fass es nicht: Der Neuzugang hat sich verliebt!« Er griff nach seinem Zigarettenpäckchen und bot es Liebermann an. Nach kurzem Zögern bediente sich Liebermann. Lauras Lächeln wurde traurig. »Wirklich?«

Er hasste es, rot zu werden. »Ich denke, ja. Sie ... hat sich nach dem Weg erkundigt.«

»Also, wenn das kein Zeichen ist«, sagte Nils. »Wie sah sie aus?«

»Elegant. Schlank, rote Locken, lange Beine, Sonnenbrille, schwarzes Kleid. Türkisfarbene Augen. Nicht echt, vermutlich. Trotzdem war sie sehr ... schön.«

Er sah Laura an und bemerkte, dass ihr Gesicht langsam festere Konturen annahm. Das Lächeln war verschwunden.

»Wie alt?«

»Um die dreißig.« Inzwischen wusste Liebermann, dass Charlotte Olbinghaus einundvierzig war, aber niemand, am wenigsten er selbst, hätte das vermutet.

Die drei wechselten einen Blick. »Und du willst, dass wir dir helfen, diese Frau zu finden?«, fragte Nils.

»Na ja, ihr wohnt länger hier als ich«, sagte Liebermann. »Ihr kennt euch aus. Vielleicht habt ihr sie schon mal in der Gegend gesehen. Sie fährt ein gelbes Cabrio.«

Lauras Schluchzen traf ihn völlig unvorbereitet. Selbst die beiden Männer an ihrer Seite wirkten erschüttert. Nils berührte ihren Arm, sie zog ihn weg.

Betretenes Schweigen.

»Es ist wegen ihres Freundes«, murmelte Nils, als Laura in ihrer Tasche wühlte und mit zittrigen Fingern ein Taschentuch ans Licht beförderte. »Er hatte ein Cabrio.«

Liebermann starrte Laura an. »Das … tut mir leid.«

Eine neue Flasche landete auf dem Tisch. »Was ist das denn für eine Beerdigungsgesellschaft!«, fragte Ralph. »Stör ich?«

»Nein«, sagte Nils. »Der Lektor hier hat ein Cabrio erwähnt. Gelb.«

»Oh!« Ralph zog die Lippen ein. Laura ließ ihr Taschentuch fallen, um sich ein neues aus der Packung zu ziehen. Derweil rutschte Liebermann verlegen auf seinem Platz herum. Vielleicht lag es am Bier, dass ihm die Szene, deren Mittelpunkt er darstellte, so surreal vorkam, wie aus einem Film von diesem, na, dem mit dem zerschnittenen Hundeauge, für den Thekla einmal geschwärmt hatte.

Nils nahm seine Mütze ab, drehte sie einmal um sich selbst und setzte sie wieder auf. »Wie geht's Susi?«

Ralph zuckte die Achseln. »Ich hab mein Bestes getan. Aber Weihnachten feiert die nicht mehr, so viel ist sicher.«

»Was hat sie denn?«, fragte Liebermann, der, was Ralph betraf, inzwischen von Arzt auf Altenpfleger umgeschwenkt war.

»Na ja, sie hat mindestens zwanzig Jahre auf dem Buckel. Irgendwann ist immer Schluss.«

Polternd setzte Liebermann seine Flasche ab. Tierarzt! Er wies auf die zerfledderte einohrige Katze, die eben aus dem Nebel der Bar auftauchte und dem Ausgang zustrebte.

»Ist sie das?«

»Wer?«

»Susi.«

Ein paar Sekunden lang herrschte Stille. Selbst Elvis hielt den Mund. Dann begann Laura hinter ihrem Taschentuch hysterisch zu kichern. Um Nils' Lippen spielte ein verräterisches Grinsen, und Moritz prustete in seine Flasche. Nur Ralph blieb ernst.

»Das ist Serrano«, sagte er. »Susi ist eine Miele de-luxe.«

Auf dem Heimweg erteilte Ralph Liebermann eine Lektion über Namen. Der Katinka-Wirt hatte seine Waschmaschinen nach verflossenen Liebschaften benannt: Olga, Mia, Trischa und Susi. Wie Liebermann inzwischen sattsam bekannt war, gab Letztere langsam den Geist auf, aber Jürgen wollte sich nicht von ihr trennen. »Verständlich«, sagte Ralph. »Es wäre wie ein Eingriff in seine Biographie, nicht wahr?« Neben den Maschinen stand Horst, der Trockner. Sein Namenspatron, Jürgens Stiefvater, war vor ein paar Jahren bei einem Unfall ums Leben gekommen. Vorher hatte er Jürgen geholfen, die Bar einzurichten. Nun half er ihm – auf seine Weise – immer noch. Liebermann war beeindruckt.

»Und Katinka«, sagte Ralph abschließend, »heißt Jürgens aktuelle Freundin. Wobei aktuell, ich weiß nicht …«, er sah zu Laura, die in sich gekehrt neben ihnen herschlich. Als ihm von dort keine Hilfe kam, beendete er den Satz selbst. »Es werden bereits Wetten abgeschlossen, wie lange es dauert, bis Jürgen die Bar umbenennt und eine neue Waschmaschine Einzug in die Galerie hält.«

»Und wie wird die Bar dann heißen?«

Ralph blähte die Nasenflügel. »Estrella natürlich.«

An der Ecke, wo Ossietzky- und Meistersingerstraße aufeinandertrafen, trennten sie sich. Ralph reichte ihm eine behaarte Pranke. Lauras Hand war kühl und ein wenig feucht. Ihr Blick flackerte an Liebermann vorbei, als sie »Tschüs« murmelte.

»Es tut mir leid, wenn ich dir den Abend verdorben habe«, sagte Liebermann.

»Hast du nicht. Ich habe einfach nah am Wasser gebaut.«

Sie wehrte sich nicht, als Liebermann seine Hände auf

ihre Schultern legte. Sie wurde nur ein wenig steifer. »Diese Frau, die du da suchst«, sagte sie plötzlich. »Suchst du die wirklich? Ist die Erinnerung an einen schönen Augenblick nicht auch was wert?«

»Doch. Aber wenn ich die Wahl zwischen einer bezaubernden Frau und der Erinnerung an diese Frau habe, nehme ich lieber die Frau.«

»Ja, aber woher willst du wissen, dass die Frau bezaubernd ist? Vielleicht entpuppt sie sich als Ekel. Ich meine, wenn man die Leute schon mit Kontaktlinsen bescheißt. Vielleicht will sie dich ja auch überhaupt nicht!«

Durch Liebermanns Kopf vagabundierte feixend die Wortgruppe *nur weil Sie keine Ahnung von Verhütung haben*. »Vielleicht hast du recht«, sagte er. »Aber all diese Fragen werden sich beantworten, wenn ich sie finde. Die Erinnerung bleibt mir schließlich in jedem Fall.«

Sie runzelte die Stirn. »Eine angebissene Stulle muss man auch aufessen, was?«

Liebermann lächelte. Trotz ihrer Frisur war Laura ein rührendes Geschöpf. Und sie schien ihn zu mögen. Unter anderen Umständen hätte er vielleicht versucht, sie über Nacht zu sich zu locken.

»Ich finde das nämlich nicht«, sagte sie. »Ich finde, man kann ruhig auch mal nur von einer Stulle abbeißen und den Rest anderen überlassen. Aber da müssen wir uns nicht einig werden.« Dann nahm sie seine Hände von ihren Schultern, drückte sie sanft und ging zu Ralph, der schon vorausgeschlendert war.

Bismarck war eben dabei, das Polster in seinem Kinderwagen aufzurauen, als Serrano durch das Kellerfenster kletterte. »Und?«

»Nichts. Außer, dass er Kontakt zu Leuten aus der Gegend aufgenommen hat. Zu deiner Heringsfrau zum Beispiel. Und zu Nils.«

Der Alte rupfte noch einmal an seiner Unterlage.

»Auch zu Nils?«

»Ja. Aber Nils mag ihn nicht.«

»Nils mag die Heringsfrau. Er steckt sein Revier ab.«

»Möglich«, sagte Serrano. Da war noch etwas, von dem er nicht wusste, wie er es erklären sollte. Einen Wechsel in der Stimmung der Tischrunde, gegen Ende des Abends. Aber der konnte auch mit Nils zusammenhängen oder irgendeinem banalen menschlichen Problem. Von menschlichen Problemen hatte Serrano genug in der Fleischerei mitbekommen, und auch wenn er sie nie begriff, so begriff er doch zumindest, dass die Menschen ohne sie nicht auskamen. Als er schon gehen wollte, fiel Serrano doch etwas ein.

»Das Mädchen, das mit Aurelias Frau zusammenwohnt, fing an zu weinen, nachdem der Fremde etwas gesagt hatte.«

»Du hast vermutlich nichts von seinem Gebrabbel verstanden?«

»Nein. Aurelias Name ist nicht gefallen.«

Bismarck zog sich zusammen. Er wurde fellgebundene Konzentration. »War Aurelias Besitzerin dabei?«, fragte er nach einer Weile.

»Nicht direkt. Sie hat im selben Raum gearbeitet.«

Bismarck nickte. »Versuch, an den Fremden heranzukommen.«

»Wozu?«, fragte Serrano. »Glaubst du, dass er Aurelia hat?«

»Nein. Aber er hat etwas mit dem Verschwinden deiner Freundin zu tun, das ist so sicher wie der Holzbock, der seit Tagen an meinem Hals sitzt. Und wie ein Holzbock bohrt er sich in dieses Viertel. Und in einem rasanten Tempo, wie mir scheint. Vor drei Tagen ist er gekommen, und heute bringt er schon Leute zum Weinen. Leute, die Aurelia kannten, wohlgemerkt. Der Mann ist gefährlicher als der Schwätzer damals.«

Serrano fand, dass der Alte ein wenig übertrieb. Dennoch

musste er sich eingestehen, dass er ihn langsam ansteckte mit seinem Misstrauen gegen den Fremden. Zwei Tage. Ankunft und Verschwinden. Sein unerklärlicher Wachposten auf dem Balkon. Ja, es konnte etwas dran sein an Bismarcks Gefasel. Blieb das Wie und Warum. Vor allem das Warum.

Nachdenklich wünschte er dem Alten eine gute Nacht und ging in seinen eigenen Verschlag hinüber. Im Gegensatz zu ihm verzichtete Serrano darauf, seine Unterlage aufzurauen. Es war ein steifes Gewebe, das weder über die Wärme einer Decke noch über die Härte von Holz oder Stein verfügte. Aber Serrano fühlte sich so zerschlagen, dass ihm die Qualität seines Schlafplatzes beinahe egal war.

Behände kletterte Nils über das niedrige Gitter zur Parkgärtnerei. Sein Fahrrad hatte er wenige Meter weiter in die Büsche geworfen, für den unwahrscheinlichen Fall, dass jemand vorbeikam. Aus demselben Grund hatte er auch den Anhänger abmontiert. Außerdem brauchte er ihn nicht. Er wollte nur mal gucken, ob es stimmte, was ihm auf den verschlungenen Wegen, die er über die letzten zwei Jahre verteilt sorgfältig angelegt hatte, zugetragen worden war.

Seine Luftgummisohlen landeten unhörbar auf dem sandigen Boden. Eine Weile blieb er im Schutz der Mauer hocken, um sich zu orientieren, dann flitzte er gebückt an den Beeten mit Stiefmütterchen, Tagetes und knospenden Pfingstrosen entlang, bis er vor einem langgestreckten Bungalow endlich haltmachte. Hier irgendwo musste es sein. Ihn störte die Laterne, die neben dem Bungalow stand. Aber immerhin sah er etwas, zumindest im blassen Kreis ihres Lichtkegels. Und wenn er sich außerhalb des Kegels aufhielt, konnte er hineinsehen, ohne selbst entdeckt zu werden.

Die einzige Gefahr blieb, dass einer der Parkwächter seine Runde gerade zufällig auf die Gärtnerei ausdehnte.

Nils strengte seine Augen an. Nachts sah er nicht besonders gut. Nach einer Weile war ihm, als nehme er eine Bewegung am anderen Ende des Bungalows wahr, aber wie gesagt, nachts waren seine Augen trübe wie Pfützen auf einem Kirchhof.

Eine Katze. Katzen gab es hier zuhauf. Manchmal verirrte sich auch ein Reh in die Gärtnerei, durch die mauerlose Stelle, die in den Kompostbereich überleitete. Es gab einen Rehgarten im Park, in dem im Herbst manchmal Jagden abgehalten wurden, wenn der Bestand zu groß wurde. Nils schätzte seinen Fluchtweg ab und beruhigte sich. Er würde über die Mauer sein, ehe der andere überhaupt einen klaren Gedanken gefasst hätte, also kein Grund zur Panik.

Ungefähr zwanzig Meter vor ihm stand ein Traktor mit Anhänger vor dem Bungalow. Nils schlich dorthin, alle paar Schritte innehaltend, um zu lauschen. Als er am Anhänger ankam, sah er, dass er beladen war. Durch das Dreivierteldunkel der Nacht schimmerte das noch dunklere Laub des jungen Rhododendrons. Er schwang sich hinauf. Mindestens zwanzig Pflanzen, vermutlich mehr, aber so genau ließ sich das nicht ausmachen, weil ihr Blattwerk miteinander verschmolz. Nils sprang wieder vom Anhänger herunter und huschte, flink wie ein Wiesel, zur Mauer zurück.

Als er schon auf der sicheren Seite war und noch einmal zurückblickte, sah er eine Gestalt durch den Lichtkegel der Laterne schlurfen. Kein Reh und keine Katze. Ein Mensch. Aber ein Parkwächter war es auch nicht. Vor der Brust trug die Person etwas, das wie eine kleine Kiste aussah. Nils kniff die Augen zusammen. Die leicht gekrümmte Haltung der Gestalt kam ihm vertraut vor. Sie verschwand in Richtung der Blumenbeete.

Nils starrte ihr nach. Dann verzogen sich seine Lippen zu einem Grinsen.

Den Seinen gibt's der Herr im Schlaf, dachte er. Das Bild hinkte ein bisschen. Es müsste lauten: Den Seinen gibt's der Herr während des Schlafes anderer.

Dienstag

Im Büro von Hauptkommissar Hendrik Liebermann und Kriminalkommissar Uwe Schüler herrschte Weltuntergangsstimmung. Das lag zum einen an einem gerade eingegangenen Anruf aus dem Emma-Lazarus-Seniorenheim, das Uwe über einen Fluchtversuch seiner Mutter unterrichtet hatte. Dem zweiten in diesem Monat, insgesamt waren es sechs, seit Uwe das Aufnahmeformular unterschrieben hatte.

Zum anderen war ihm, und das setzte ihm wesentlich mehr zu, beim Wassereinfüllen die Kanne der Kaffeemaschine heruntergefallen. Fassungslos starrte er auf das Häufchen Scherben zu seinen Füßen. Zähne weg, Kaffeemaschine weg, Mutter weg – er fragte sich ernsthaft, wie viel von seinem Leben überhaupt noch übrig war, als Marion hereinkam. Ihre Haare klebten in fettigen Strähnen helmartig um ihren Kopf.

»Sag nichts! Ich geh gleich wieder.« Ihr Blick fiel auf die Scherben. »Schade. Ich hätte jetzt einen Kaffee gebraucht.«

Noch während sie redete, ging sie eine Kehrschaufel holen. Dazu wäre Uwe nicht in der Lage gewesen. Die Scherben der Kaffeekanne wegzufegen bedeutete das Eingeständnis, dass sie unwiederbringlich hinüber war, und das ging nicht. Kaffee war sein Elixier, er bestand zu fünfundneunzig Prozent aus dem Sud der gerösteten Bohnen, die Betrachtung einer x-beliebigen Zelle seines süchtigen Körpers würde es beweisen.

Marion beförderte die Überreste seines Arbeitsauftakts in den Mülleimer und ließ ihn allein. Vielleicht hatte sie erkannt, dass mit einem Kollegen, der sich auf Entzug befand, nichts anzufangen war.

Aber nein: Minuten später erschien sie mit zwei dampfenden Pappbechern wieder im Büro. Aromatischer Dampf, den Uwe mit einem Zucken seiner Nasenflügel aus Millionen anderer herausgefiltert hätte. Er war so perplex, dass er Marion einen Blick schenkte. Zu seiner Überraschung stellte er fest, dass sie gar nicht so übel aussah mit diesen romantischen Schatten unter den Augen und ihrem glänzenden Helm. Es gab Stämme, wusste Uwe, die sich die Haare absichtlich mit Talg einschmierten, um sie gegen die Unbilden der Regenzeit zu imprägnieren. Weiterhin fiel ihm auf, wie ordentlich sie ihre Bluse gebügelt hatte, beinahe perfekt. Kein Fältchen, keine schlaffen Gewebeteile, alles saß zackig auf Kante.

»Warum guckst du so?« Marion hatte auf Liebermanns Drehstuhl Platz genommen, die Beine ordentlich übereinandergeschlagen.

»Wegen des Kaffees? Draußen ist ein Automat. Wegen meiner Haare? Das ist *Nydal L.* Ein Läusemittel, ich spüle es nachher aus.«

Dieser Satz genügte, um sie in Uwes Augen von einer Stammesfürstin wieder zu dem werden zu lassen, was sie wirklich war. Kommissarin Marion Allhorn, einunddreißig Jahre, ledig, Mutter eines Sohnes, der Ungeziefer in die Welt streute und damit dem organisierten Verbrechen Vorschub leistete. Allein aus diesem Grund gehörte sie in den Außendienst versetzt. Das »prophylaktisch«, das sie hinterherwarf, nutzte ihr jetzt auch nichts mehr.

Der Kaffee war mit Abstand zu dünn.

»Was willst du hier überhaupt?«

Marion pustete in ihren Kaffee. »Ich dachte, wir werfen mal zusammen, was wir so haben.«

Sie ließ ihren Schuh auf der Fußspitze wippen. Er war ein wenig zu groß, dafür saß der Name des Labels gut sichtbar oberhalb der Sohle. Es irritierte Uwe, dass sie hier so selbstverständlich hereinmarschiert kam, um auf dem Stuhl des Chefs Platz zu nehmen. Normalerweise hockte Marion artig auf ihrem eigenen im Nebenraum, wo sie hingehörte.

»Was willst du schon großartig zusammentragen? Du hast gestern geschwänzt.«

Marion lächelte. »Gestern habe ich ein interessantes Telefonat geführt.«

Die Tür öffnete sich, und Uwe drehte sich in seinem Stuhl, um Arnie zu begrüßen. Aber es war Liebermann. Ohne Umschweife ging er in die Mitte des Büros und legte sich auf den Boden. »Macht weiter!«, sagte er.

Seine Mitarbeiter wechselten einen flüchtigen Blick. »Und was tust *du* hier?«, fragte Uwe.

»Ist es sehr schlimm?«, fragte Marion.

»Wenn ich liege, nicht«, sagte Liebermann zu ihr. Und zu Uwe: »Ich brauche das retuschierte Foto von Charlotte Olbinghaus. Sie hat meine Plane mitgenommen.« Nach einer schlaflosen Nacht hatte Liebermann beschlossen, seine Kollegen nicht auf einer halben Geschichte sitzen zu lassen.

Marions Mund blieb eine Weile offen, dann formte sie zwei Worte. »Wie bitte?«

»Eine alte Armeeplane, ein Strich/kein Strich. Ich hatte sie als Regenschutz über ihr offenes Cabrio gelegt. Zusammen mit einer Faltboothaut.« Liebermann räusperte sich. »Wegen des Regens. Morgens war das Cabrio samt Zeug verschwunden.«

»Oh«, machte Marion. »Tja, vielleicht hat sie gedacht, du brauchst es nicht mehr.«

»Sie braucht es noch weniger. Die Plane war schmutzig und das Faltboot morsch.«

Marion wagte einen zweiten Vorstoß. »Und wenn sie die Sachen irgendwo unterwegs entsorgt hat?«

»Unterwegs wohin?«

Sie zuckte die Achseln.

»Vielleicht hat sie sie auch einfach liegen gelassen«, sagte Uwe.

Liebermann sah seinen Stellvertreter von unten herauf an. »Wie ich schon sagte: Sie waren weg.«

»Na und, dann hat sie eben ein anderer mitgenommen. Ich dachte, wir suchen eine Frau und keine Plane.«

»Ich puzzle nur. Und ich habe ein paar Teile, von denen ich noch nicht weiß, ob sie zu diesem oder einem anderen Bild gehören: Die Plane, die Stunden bis zum Verschwinden des Cabrios und eine Rose.«

»Eine Rose?« Marions Gesicht wurde flach.

»Eine rot-gelb marmorierte Rose, die auf dem Beifahrersitz des Cabrios lag. Zufälligerweise wachsen dieselben Rosen im Vorgarten der Berlichs. Das heißt, wuchsen. Es sind nur noch zwei da, die anderen wurden abgeschnitten.«

Im Büro breitete sich Schweigen aus, das bei jedem der Anwesenden eine andere Ursache hatte. Marion dachte an die sonore Stimme von Stefan Berlich. Sie war das Einzige, was es ihr ermöglichte, diesen Fall überhaupt ernst zu nehmen, von dem Uwe ihr gestern so vorwurfsvoll berichtet hatte, als wäre sie persönlich schuld am Verschwinden dieser Journalistin. Liebermann fiel ein, dass Charlotte Olbinghaus vermutlich schon vor ihrer denkwürdigen Begegnung am Zaun im Besitz der Rose gewesen war, denn danach hatte er das Cabrio überwacht. Bis auf die mickrigen zehn Minuten, die er für Miris Gutenachtgeschichte benötigt hatte.

Weder er noch Marion aber wären je auf das gekommen, was gerade wie ein Senkblei durch die Nervenbahnen von Kommissar Schüler sauste, bis es in Form seines Kaffeebechers auf den Tisch niederging. »Verdammt!«

»Na ja, nun«, sagte Liebermann irritiert. »Noch ist nicht gesagt, dass die Rose mit dem Fall zu tun hat. Höchstens, dass die Beziehung zwischen Berlich und Charlotte Olbinghaus noch ...«

»Ich meine nicht die Rose, ich meine den Anruf.«

»Was?«

Uwe raufte sich die Haare. »Am Telefon hat Olbinghaus erwähnt, dass er seine Frau am Freitagabend nach einer

Weile vergeblicher Warterei vom Adlon aus angerufen hat, um sie zu fragen, wo sie bleibe. So gegen neun.«

Liebermann spannte sich. »Warum sagst du das erst jetzt?«

»Ich habe es vergessen.«

»Vergessen?«, fragte Liebermann überrascht. Er konnte sich nicht erinnern, dass Derartiges schon einmal während der Dienstlaufbahn von Kommissar Schüler passiert wäre.

»Es muss an meinen Zähnen liegen«, sagte Uwe niedergeschlagen. »Ich bin nicht mehr derselbe.«

Liebermann gab Marion ein Zeichen, worauf sie das Büro verließ. Kurz darauf kehrte sie mit einem dampfenden Kaffeebecher zurück. Uwe nahm ihn zerstreut entgegen.

»Hat Olbinghaus seine Frau erreicht?«

»Nicht direkt.«

»Sondern?«

»Das Meer.«

Liebermann runzelte die Stirn.

»Aha. Und was hat es gesagt?«

»Es hat Wellen, Wind und Möwen sprechen lassen, wenn du verstehst. Die Rede war auch von einem Tuten. Von einem Schiff vermutlich.«

»Verstehe.« Liebermann schien in keiner Weise überrumpelt oder belustigt. Er dachte nach. »Solche Geräusche könnten zu Mailbox-Jingles oder zu einer Warteschleifenmusik gehören«, sagte er endlich.

»Das hab ich auch erst vermutet, aber Olbinghaus wusste nichts von derlei Tandaradei seiner Frau. Außerdem hat er später noch häufiger versucht, sie zu erreichen, und *da* war die Mailbox dran. Inzwischen ist die Verbindung komplett tot.«

Eine tote Verbindung. Eine mit einer Plane verschwundene Schöne. Es gab Dinge, die sofort und ohne dass man viel dagegen tun konnte, zum Träumen anregten.

»Gut«, sagte Liebermann. »Entweder sie will nicht mit

ihrem Mann reden, oder … Olbinghaus hat nicht zufällig mit seiner Frau gestritten, ehe sie das Weite gesucht hat.«

»Ich glaube nicht, dass er mir so etwas verraten hätte«, murmelte Uwe. »Du kennst ihn nicht. Ich weiß nicht, ob er eine Vorstellung davon hat, was mit seiner Frau passiert sein könnte, aber er besitzt eine glasklare Vorstellung davon, wie die Fahndung nach ihr zu laufen habe. Und zwar nach dem Motto: Gib den blöden Bullen nur den Anfangsbuchstaben eines Namens, und bring sie dazu, dir in kürzester Zeit die dazugehörige Person zu liefern.«

»Schön, dann geben wir ihm einen noch blöderen Bullen. Ab jetzt kümmere ich mich um Olbinghaus.« Auf Tuchfühlung mit der Konkurrenz. Doch dann fiel Liebermann ein, dass die wahre Konkurrenz in Potsdam saß und Rosen züchtete.

»Verstehe ich richtig, dass die Vermisste um neun am Meer gewesen sein soll?«, fragte Marion. »Das ist doch albern! Wie soll sie denn so schnell dahin gekommen sein? Sie hätte nur etwas mehr als zwei Stunden gehabt, und das ohne Auto, denn ihr Cabrio stand ja noch bis in den späten Abend hinein vor Liebermanns Haus.«

Ihre Worte wirkten wie ein Luftreiniger. Uwe gab seine demütige Haltung auf, und Liebermann kehrte endgültig aus dem Tal der Träume zurück. »Du hast recht. Bleibt also die Frage, wie die Geräusche in Charlotte Olbinghaus' Handy gekommen sind … Aber vielleicht gibt es da eine Möglichkeit.« Zum Glück sah Liebermann nicht, wie Uwes Augen einen Salto schlugen – er war mit einer Idee beschäftigt. »Die Geräusche auf Charlotte Olbinghaus' Handy müssen nicht das Meer wiedergegeben haben. Wellen, Wind und Möwen finden sich auch an anderen Gewässern, wenn sie groß genug sind. Zum Beispiel am Ufer der Havel. Dorthin gelangt man in zehn Minuten von der Ossietzkystraße. Möglich, dass Charlotte Olbinghaus in einem Havelgarten auf den Rückruf aus der Redaktion gewartet hat. Ich werde mich da mal umhören. Und ich bin mir fast sicher, dass da Dampfer verkehren.«

»Abends?«, fragte Uwe.

»Mondscheinfahrten«, sagte Liebermann.

Marion schüttelte ihren Helm. »Das ist doch Humbug! Also, entweder Charlotte Olbinghaus spricht mit ihrem Mann, wenn er sie anruft, oder sie geht einfach nicht ran, wenn sie keine Lust dazu hat. Was soll denn der Quatsch, einen Anruf anzunehmen, um dann das Handy in die Luft zu halten?«

Liebermann nickte. »Das ist die Frage. Was will Charlotte Olbinghaus ihrem Mann damit sagen?«

»Dass sie am Wasser ist«, schlug Uwe vor.

»Sie will ihrem Mann durch das Handy sagen, dass sie an der *Havel* ist?«, fragte Marion entgeistert.

»Sie will ihm Möwen, Wellen, Tuten vorspielen«, sagte Liebermann.

»Wozu denn aber, um Himmels willen?«

Liebermann fuhr sich durch die Haare, eine Handlung, die Uwe ängstlich verfolgte.

»Das weiß ich nicht. Ich versuche, mich an die Fakten zu halten und Schlüsse zu ziehen. Fakten sind: der Anruf und die Geräusche. Schlussfolgerung: dass die Angerufene das Handy wortlos in die Luft hält, in der sich die Schallwellen von Möwen und Schiffen herumtreiben. Fakt: Charlotte Olbinghaus' Cabrio stand vor dem Haus meiner Exfrau in der Meistersingerstraße. Schlussfolgerung: Sie ist in der Nähe. Fakt: In der Nähe der Meistersingerstraße gibt es nur eine Möglichkeit, an Wind, Wasser und Möwen zu kommen, und das ist das Ufer der Havel.« Liebermann glättete seine Frisur wieder und zeigte auf das Bücherregal. Marion reichte ihm das StGB hinunter. Er schob es sich unter den Kopf.

»Es könnte noch einen Grund geben, den alten Olbinghaus mit unverständlichen Signalen abzuspeisen«, sagte

Uwe unvermittelt. »Nämlich, dass sie nicht allein romantisch an der Havel saß, wenn es denn stimmen sollte, sondern mit Berlich zum Beispiel. Es würde mich nicht wundern, wenn sie überhaupt nicht auf einen Rückruf aus der Redaktion gewartet hat. Für sie ist die Sache nach einer kurzen Meldung bei der *Illustrierten* erledigt, aber das angebliche Warten gestattet ihr einen Spaziergang mit dem Liebsten. Dann ruft Olbinghaus an. Vielleicht mit verdeckter Nummer, so dass sie schon dran war, ehe sie begriffen hat, wer es ist, oder sie hat sich über den eifersüchtigen Alten einfach nur lustig gemacht.«

Liebermann betrachtete die Neonröhren an der Decke. Sie waren hell und energiesparend, aber nach einer Weile machte ihr Licht ihn aggressiv. Er spürte einen unbestimmten Groll in sich aufsteigen, ähnlich wie gestern, als er Nils in der Bar angetroffen hatte. Er fragte sich, warum – es war strahlender Mai, niemand hatte die Lampen eingeschaltet. Er war beinahe erleichtert, als Marion sagte:

»Stefan Berlich ist am Freitag nicht an der Havel herumspaziert. Er war über Nacht in Rheinsberg! Ich habe gestern Abend mit ihm telefoniert. Er ist gegen sechs losgefahren. Und er war ehrlich überrascht, als er hörte, dass Charlotte Olbinghaus vermisst wird.«

»Du meinst, er *klang* ehrlich überrascht«, korrigierte Uwe.

»Natürlich. Wenn man überrascht ist, klingt man auch so. Und von seinem Charme könntest du dir eine Scheibe abschneiden.«

Uwe begann, seine Zettelablage zu sortieren. »Ted Bundy soll auch sehr charmant gewesen sein«, murmelte er. »Und ganz nebenbei hat er über dreißig Mädchen umgebracht.«

»Willst du damit andeuten, dass Stefan Berlich seine Exfreundin abgemurkst und beiseitegeschafft hat?!«

»Ich will gar nichts andeuten«, sagte Uwe.

Mit einem Fluch, der das Stöhnen nur halb überdeckte,

erhob sich Liebermann vom Fußboden. Er lief die vorgeschriebenen sechs Meter Büro zweimal nacheinander ab, ehe er sich zu seinen ratlosen Mitarbeitern umdrehte. »Dann lasst mich mal etwas andeuten: Nehmen wir an, Stefan Berlich war von Freitag zu Sonnabend in Rheinsberg. Und als Hans Olbinghaus seine Frau vom Adlon aus angerufen hat, hatte er nicht die Havel im Ohr. Sondern einen der Rheinsberger Seen.«

Wieder sagte niemand etwas. Uwe knisterte mit seinen Papieren herum, Marion pustete in ihren Pappbecher. Liebermann lief weiter. »Ich finde, es könnte nicht schaden, wenn du dich in Rheinsberg erkundigst, wann Stefan Berlich dort eingetroffen ist, wo er geschlafen hat und ob er den Abend, vielleicht sogar die Nacht über, Gesellschaft hatte«, sagte er, als er an Marion vorbeikam.

»Zu Befehl. Aber ich weiß ehrlich nicht, wozu. Die waren doch längst getrennt! Und das behauptet ja nun nicht nur er«, sie blickte kalt zur Seite, wo Uwe sich gerade am Klammeraffen betätigte, »sondern auch die Damen aus der Redaktion.«

»Trotzdem.«

Marion öffnete den Mund. Aber sie sagte nichts mehr. Sie wusste, dass es keinen Sinn hatte. Wenn Liebermann eine Spur witterte, blieb er dran, selbst wenn er am Ende mit der Nase in einem Kothaufen landete. Manchmal war er allerdings auch am Körper eines Vermissten gelandet, einem lebendigen oder einem, der die Mühsal des Lebens bereits hinter sich hatte. Jedenfalls hatte die Suche nicht selten mit einer so spinnerten Idee begonnen wie der, Tuten, Wind und Möwengeschrei zu folgen.

»Eins noch«, sagte sie. »Ich weiß nicht, ob es uns was angeht, aber bei Stefan Berlich wurde eingebrochen.« Die Nachricht bewirkte, dass sowohl Uwe als auch Liebermann mit ihren jeweiligen Beschäftigungen innehielten. Unter der Wucht doppelter ungeteilter Aufmerksamkeit senkte

Marion den Kopf. »Scheinbar wurden Bilder gestohlen. Von Tizian.«

»Ach«, machte Liebermann, und Uwe warf sich eine Knoblauchpille in den Mund.

Auf dem Weg nach Potsdam kam Liebermann an dem Bistro vorbei, in dem er Thekla vor neun Jahren kennengelernt hatte. Er hatte es schon oft im Vorbeifahren gesehen, ohne ihm besondere Beachtung zu schenken. Diesmal überlegte er, ob er aussteigen und ihm einen Besuch abstatten sollte. Die Vergangenheit hatte plötzlich etwas Magisches. Er merkte es zum Beispiel an der Wirkung verschiedener Gegenstände aus ihrer gemeinsamen Zeit, die er in Theklas Wohnung wiederentdeckt hatte: Becher, Handtücher, die Schreibtischlampe, nicht zuletzt seine Plane, unter der sie im ersten Sommer ihrer Liebe einige wilde Nächte verbracht hatten. Sie erinnerten ihn an früher, aber noch eher schien ihm, als ob sie an die Vergänglichkeit an sich erinnern wollten. Auch dieses Bistro. Liebermann bemerkte eine neue Markise und einen zur Hälfte abgeblätterten Klebebuchstaben am linken Schaufenster. Eine unmögliche Sehnsucht nach billigem Kaffee und dem Geruch von aufgebackenen Tiefkühlhörnchen überkam ihn. Aber die Straße vor dem Bistro war mit Lieferfahrzeugen und PKWs vollgestellt. Liebermann wusste, dass es aussichtslos war, einen Parkplatz in der Nähe zu finden. Beinahe erleichtert setzte er seinen Weg fort. Die Vergangenheit winkte, aber sie gewährte ihm keinen Zutritt.

Dann vielleicht die Gegenwart. Liebermann blickte hinüber zu dem obersten Ausdruck des neuen Fotos auf seinem Beifahrersitz. Es war einer von fünf, die er an markanten Orten im Viertel zu verteilen gedachte. Arnie hatte gute Arbeit geleistet. Er strich ehrfürchtig über die kupfernen Photoshop-Locken und musste auf einmal an Laura denken. Sie hatte ihm geraten, sich mit einer Erinnerung zufriedenzugeben, die weder Erfüllung noch böse Überraschungen barg. Liebermann lächelte. Die kleine Laura. Laura war kein schönes Mädchen. Sie war – abgesehen von der Frisur – eine normale, natürliche junge Frau. Und darin unterschied sie sich von Charlotte Olbinghaus.

Charlotte Olbinghaus hatte, wie er zugeben musste, viel mehr von einer Erscheinung als von einer Frau: einer goldenen, erotischen, eleganten Erscheinung. Wobei elegant das Schlüsselwort darstellte. Vom Schwung der Augenbrauen bis hin zu ihrem betörenden Lächeln war sie ein perfektes Kunstwerk. Liebermann presste die Lippen zusammen und trat hart aufs Gas. Er hatte die Aufgabe, sie dorthin zurückzubringen, wo sie hingehörte: ins Haus eines Galeristen.

Gegen Mittag kehrte Serrano von seiner Viertelrunde zurück. Es war Zeit, dass er seine Geschäfte wiederaufnahm, ehe jemand auf dumme Ideen kam. Cäsar war nicht der einzige ehrgeizige Kater in der Gegend. Zum Glück hatte sich in den letzten Tagen wenig ereignet, wenn man davon absah, dass gepaart und geworfen wurde und der Fleischer Zettel mit einem Bild von Serrano an die Bäume geheftet hatte. Dass er nicht nur Sucher, sondern auch Gesuchter war, hatte Serrano zunächst gerührt. Dann war ihm klargeworden, dass genau genommen auch der Fleischer die Schuld an Aurelias Verschwinden trug. Er hatte einen der Zettel vom Baum gerissen und zerfetzt. Danach war es ihm für eine Weile bessergegangen.

Nicht viel Neues im Kiez. Der buschige Sven war aus Versehen unter die Füße seines Steinmetzen geraten und hinkte. Und Streuner war wieder einmal untergetaucht. Was im Prinzip nur seinem Namen entsprach, aber der Zeitpunkt war seltsam. Für gewöhnlich bekam Streuner seinen Rappel angesichts der ersten Schneeglöckchen. Dann verließ er das Viertel für mehrere Wochen und kehrte

Anfang Mai zurück, ohne je über seine Ausflüge zu sprechen.

Weil der Geräteschuppen des Kindergartens, in dem er bisher gewohnt hatte, während seiner Abwesenheit abgerissen worden war, hatte Streuner diesmal nach seiner Ankunft in einem maroden Baumhaus Quartier bezogen. Nur um gleich darauf wieder zu verschwinden. Serrano hatte eine entsprechende Anzeige am Kratzbaum gefunden, der Schrift nach vom friedlichen Ben. Ben und Streuner trafen sich regelmäßig, um einander anschließend aus dem Weg zu gehen, das Zeichen höchsten Respekts.

Müde bog Serrano aus der Ossietzky- in die Meistersingerstraße ein. Dann überlegte er es sich anders und ging noch einmal zur Ossietzkystraße zurück. Auf der anderen Straßenseite war der Fremde in derselben Richtung unterwegs. Serrano bemerkte, dass sein Gang sich im Vergleich zum Freitag halbwegs normalisiert hatte, auch wenn ihm noch immer etwas Steifes anhaftete. Den Blick hielt der Fremde zu Boden gesenkt.

Serrano überholte ihn, flitzte über die Kreuzung und strich am Lebensmittelladen vorbei. Ihm fiel ein, dass sein Antrittsbesuch bei Maja noch ausstand. Irgendwo da, hinter den verschmierten Fenstern zum Lagerraum, grub sich ein Wurf durch Fell und Decken, der nicht vom ihm war. Serrano hatte keine Lust auf blinde Fellbällchen, die ihm hohnlachten. Zwei Aufgänge weiter hatte er sie vergessen.

In den weißen Gespinsten um Aurelias Haus fing sich die Mittagssonne. Davor stand, unter der Aufsicht der Alten mit der Schürze, ein Grüppchen rauchender und schwatzender Männer. Die Alte hielt einen Teppichklopfer in der Hand, mit dem sie vorgab, einen Fußabtreter zu bearbeiten, aber alle paar Sekunden vergaß sie ihr Vorhaben und ließ ihre Ohren zu den Männern hinüberwachsen. In sicherem Abstand hockte Serrano sich zwischen zwei Mülltonnen und rief.

Augenblicklich schoss der Teppichklopfer der Alten in die Höhe. »Da! Schon wieder!«

Die Männer lachten und sahen sich um. Serrano duckte sich. Aber das Gefuchtel der Alten ging nur ins Ungefähre. Als wieder Ruhe eingekehrt war, versuchte er, durch den Bauvorhang Aurelias Fenster zu erahnen. Einen dunklen Fleck, der alles sein konnte, selbst ein Bauarbeiter; mehr gab er nicht preis.

Es war Zufall, dass Serranos Augen auf dem Weg nach unten an der rechten der beiden Mülltonnen hängenblieben. Und Schicksal, dass er erkannte, was da zur Hälfte herausragte: ein Katzenkorb.

Liebermann hatte seinen Blick auf das Bürgersteigpflaster geheftet und las in dem zierlichen grau-weißen Mosaik recht interessante Geschichten von missglückten Einkäufen, dem nachvollziehbaren Hass auf Schirmmützen und – auf der anderen Straßenseite lief der einohrige Kater. Nicht nötig, die Stein-Geschichten zu unterbrechen. Sie liefen wie ein Balancierstreifen durch das Zentrum seines Blickfeldes. Doch auch in dessen Randgebieten gab es Bewegungen: ein Toyota, ein Radfahrer vorn an der Ecke – links der Kater. Gestern Abend hatte er Liebermann im Vorgarten von Nicos Haus erwartet. Da war Liebermann sich sicher. Serrano war just in dem Augenblick verschwunden, als er den Schlüssel aus der Tasche gezogen hatte. Vorher: zwei gelbgrüne Lichtpunkte unter Laternen, deren Ziel: er. Es gab längst einen Satz an der Pinnwand. *Der Einohrige verfolgt mich*. Und auch wenn er sich zum Beispiel Uwes Reaktion auf die Notiz lebhaft vorstellen konnte, blieb Liebermann dabei. Der Kater war ihm auf dem Hinweg zur Kneipe hinterhergelaufen, dort hatte er ihn durch Nikotin- und Schweißnebel angeglüht, und dann das Willkommen bei der Heimkehr. Liebermann fragte sich, womit er so viel Aufmerksamkeit verdient hatte. Er überquerte die Straße und betrat einen Moment später unter dem aufmerksamen Geleit dreier Augenpaare den Lebensmittelladen an der Ecke Meistersinger-/Ossietzkystraße.

Die Augen gehörten zu Bauarbeitern, die Liebermann schon gestern um die Mittagszeit hier sitzen gesehen hatte. Vor jedem stand eine Flasche Rex Pils.

Er nickte den Männern zu. Einer nickte zurück. Drinnen erblickte er zu seiner Freude Moritz den Restaurator. Er lehnte an der Wursttheke, ins Gespräch vertieft mit einer etwa sechzigjährigen Verkäuferin, die, während sie zuhörte, Bonbons aus Plastiktüten in ein Schraubglas füllte. Sonst war niemand da. Als Liebermann eintrat, ging ein freundliches Wetterleuchten über Moritz' Gesicht. Liebermann schüttelte ihm die Hand und deutete eine Verbeugung in Richtung Theke an.

»Einer von der alten Schule«, stellte die Verkäuferin befriedigt fest.

»Das ist Liebermann«, klärte Moritz sie auf. »Vater einer Kleinen aus der Meistersinger 4, Lektor und Inhaber einer lädierten Bandscheibe.« Und zu dem errötenden Liebermann mit einer leichten Geste zur Theke: »Tante Lehmann.«

»So isses«, sagte Tante Lehmann und glättete ihren Kittel.

Liebermann hätte sie gern gefragt, ob der Knoten auf ihrem Kopf echt oder ein Haarteil war. Seine Großmutter hatte einen solchen Dutt tagsüber getragen. Die Nächte hatte er in einem eigenen Körbchen auf ihrem Nachttisch verbracht. Tante Lehmann griff nach einem Briefumschlag aus Packpapier, der zwischen ihr und dem Restaurator auf der Theke lag, schob ihn in eine ihrer Schürzentaschen und sagte warm: »Ja, ja, die Bandscheibe ist wie das mittlere Kind von dreien. Man bemerkt sie nur, wenn sie schreit. Kommen Sie aus dem Westen?«

»Aus Berlin.«

»Das ist was anderes.«

»Inwiefern?«, fragte Liebermann.

»Westen ist Westen, Osten ist Osten, Berlin ist Berlin. Heutzutage, will ich mal ergänzen.«

»Und wofür ist das wichtig?«

Tante Lehmann sah auf ihre Armbanduhr. »Für das Kaufverhalten.«

Liebermanns Blick wanderte vom Dutt hinunter auf ihr Handgelenk. Es sah nicht so aus, aber der Laden musste florieren, wenn seine Inhaberin sich ein solches Stück leisten konnte. Ein zierliches goldenes Oval, mit einem Armband aus gleichfalls goldenen Gliedern. Dem leisen Funkeln des Ziffernblattes entnahm er, dass Brillanten darin eingelassen waren. Aber vielleicht war die Uhr auch nur eines dieser Imitate, die Marion sich in Abständen als Treueprämie von ihrem Schuhversand schicken ließ.

»Ich frage mich, wo Laura bleibt«, sagte Tante Lehmann. »Sie wollte mir beim Schaufenster helfen. Ah, na endlich!«

Aber es war nicht Laura, sondern ein Gemenge aus zwei Körpern, die versuchten, sich gleichzeitig durch die Tür zu schieben. Mit etwas Mühe machte Liebermann die Konturen eines etwa vierzigjährigen Mannes und einer Greisin aus, bei deren Anblick er automatisch den Hintern einzog.

»Unmöglich, die Jugend!«, krähte die Alte.

Die »Jugend« passierte die Schwelle mit einer Brustlänge Vorsprung, um ihr hernach galant die Tür aufzuhalten. »Madame!«

»Hat sich was mit Madame!«, blaffte die Alte und marschierte zur Theke. Eine riesige goldene Tasche flog knapp am Ohr des Restaurators vorbei auf das Glas. »Tag, Frau Krebs«, sagte Tante Lehmann matt. »Tag, Reiner!«

Unterdes schoss der Pächter der Jugend auf den Bierkistenturm in der Mitte des Ladens zu und erstarrte. Er streckte die Hand nach einer Flasche aus, zog sie wieder zurück, streckte sie aus, zog sie zurück, bis Tante Lehmann endlich, des Spiels überdrüssig, hinging und ihm eine in die Hand drückte. Der Mann sah die Flasche lange an. Dann stellte er sie wieder in die Kiste.

»Ist was nicht in Ordnung damit?«, fragte Tante Lehmann.

»Es ist Alkohol drin.«

Tante Lehmann runzelte die Stirn. »Sag nicht, das hättest du noch nicht gemerkt.«

Amüsiert machte Liebermann sich auf zum Kühlregal. Der Laden schien ein Sammelbecken für Sonderlinge. Ein Grund vielleicht, ihn häufiger zu besuchen. Hinter ihm schimpfte die Alte derweil über den Niedergang des Viertels. »Viecher in jeder Ecke und dreckige Männer, die es nicht nötig haben zu grüßen.«

»Ich würde sie anzeigen«, sagte Moritz, worauf die Krebs erwiderte:

»Sie zuerst!«

Die Ecke, in der sich vermutlich einmal die Milch befunden hatte, gähnte leer, bis auf einen angetrockneten gelblichen Fleck. Nirgendwo Quark. Wenigstens Bier gab es in diesem merkwürdigen Laden. An Reiner, der noch immer in den Anblick der unseligen Flaschen versunken war, vorbei griff Liebermann in den Kasten.

»Alkohol ist ein Laster«, sagte Reiner dumpf.

Liebermann zuckte die Achseln. »Das kommt auf die Menge und den Grund an.«

»Finden Sie?« In Reiners Augen stahl sich ein hoffnungsvoller Schimmer. Er neigte sich so nah zu ihm, dass Liebermann seinen entzündeten Magen roch. »Ich habe den Geist der Musik gesehen. Es war eine Warnung. Er duldet keine Laster, wissen Sie?«

»Nein«, sagte Liebermann. »Sind Sie Musiker?«

Reiner nickte resigniert. »Jimi Hendrix hat ihn auch gesehen, aber er hat die Warnung nicht beherzigt. Jetzt ist er tot.«

»Ich kann nicht glauben, dass der Geist der Musik ihm

ein paar Flaschen Bier übelgenommen hat«, sagte Liebermann überzeugt. »Eher, wie er mit seiner Gitarre umgegangen ist.«

»Ja. Er hat sie verbrannt, nicht? Ich würde meine Gitarre nie verbrennen. Wozu?«

»Eben, wozu?«

Reiner strahlte und nahm sich eine Flasche aus der Kiste. »Wenn ich's mir recht überlege, müsste der Geist der Musik eigentlich auch irgendwie musikalisch ausgesehen haben. So wie Mozart, zum Beispiel.«

»Wie sah er denn aus?«

Reiner kratzte sich an der Nase. »Weiß. Glaub ich. Aber so'n alten Fummel wie Mozart hat er nicht getragen. Eine Perücke höchstens, das könnte sein.« Sein Blick wanderte zur Bierflasche hinunter, auf den Kistenturm und – schwupp hatte die Flasche Gesellschaft. »Du meinst, das nimmt er mir wirklich nicht übel?«

»Wenn es Mozart ist, nicht. Der hat selbst gern mal einen über den Durst getrunken«, sagte Liebermann, dem das Geschwafel über verblichene Musen langsam auf die Nerven ging. Vielleicht war es ein Fehler gewesen, Reiner das Bier aufzuschwatzen. Offensichtlich hatte er sich den Verstand längst weggesoffen. Wenn es überhaupt eine Strafe fürs Trinken gab, dann ja wohl diese, wozu brauchte es dann noch Geister? Er nahm Reiner die Flaschen wieder aus der Hand und ersetzte sie durch Malzbier. »Lieber kein Risiko eingehen«, murmelte er. Dann machte er sich davon.

An der Theke versuchte die alte Krebs sich gerade daran zu erinnern, weshalb sie hergekommen war. Hin und wieder gab Tante Lehmann ihr einen Tipp, während ihre Augen die Regale mit den Dosengerichten abgingen. Die Alte dachte über jeden Hinweis gründlich nach, ehe sie den Kopf schüttelte. In eine ihrer Denkpausen hinein fragte Liebermann: »Haben Sie noch Milch am Lager?«

Das Gesicht der Greisin hellte sich auf. »Milch! Ein Pfund Sauerkraut und zwei Flaschen Milch!«

Tante Lehmann wurde blass. »Keine mehr da? Dabei habe ich ... aber die Kunden sind heute auch milchsüchtig! Ich begreife nicht, warum immer alle am selben Tag Milchreis oder Pudding kochen müssen!«

»Ich koche Blutwurst«, erklärte die Alte.

»Dazu braucht man nicht unbedingt Milch«, sagte Moritz. Die Alte warf ihm einen misstrauischen Blick zu und versank wieder in Grübelei.

Dafür straffte sich Tante Lehmann. »In Kürze erwarte ich eine neue Lieferung! Wenn ihr so lange warten wollt?«

In ihren Augen lag so viel Hoffnung, dass Liebermann schneller »Kein Problem!« sagte, als er denken konnte. Strahlend zog die Ladeninhaberin einen Block und einen Stift aus der Kitteltasche.

»Also: Was darf's noch sein?« Leicht verwundert bestellte Liebermann Brötchen und Eier aus dem Phantomsortiment und Apfelmus und Zigaretten aus dem realen. Auch die alte Krebs schien endlich zu einem Entschluss gekommen zu sein.

»Blumenkohl, eine Flasche Milch und Rahmbutter.«

»Meinst du Rama?«

»Rahm-Butter!«, sagte die Krebs akzentuiert, als hätte sie es mit einer Schwachsinnigen zu tun.

Tante Lehmann zuckte die Schultern und schrieb. »Was ist mit dem Sauerkraut?«

Die Alte kratzte sich den Schädel. »Davon habe ich noch was da.«

Seufzend ließ Tante Lehmann den Block sinken. »Michael!«

Aus einem Reich, irgendwo unter Liebermanns Füßen, drang lautes Poltern.

Wenige Sekunden später erschien in einer Tür, die offensichtlich in den Keller hinunterführte, ein hochaufgeschossener, pickliger Junge. »Mein Lehrling«, erklärte Tante Lehmann.

Liebermann beobachtete fasziniert, wie der Lehrling näher kam. Michael bewegte sich mit einer prinzipiellen Vorsicht. Bei jedem Schritt drehte er den hinteren Fuß leicht auswärts. Auf diese Weise enthielt er immer schon die Andeutung einer Flucht.

Tante Lehmann riss den Bestellzettel vom Block. »Expresslieferung. Gib Gas!«

Michael schlug die Hacken zusammen, drehte seinen Fuß, bis es knirschte, und rauschte ab.

»Na, der könnte auch ein bisschen mehr Fett auf den Rippen vertragen«, sagte die Krebs. »Gib ihm Schmalz zu essen!«

Tante Lehmann lächelte zerstreut. »Tja. Das dauert jetzt ein Weilchen. Kann ich euch so lange einen Kaffee anbieten?«

Liebermann nutzte die Wartezeit lieber für einen therapeutischen Spaziergang.

Vor Nicos Haus standen Gorans Pick-up und dahinter ein unscheinbares Auto, das den Schriftzug »N. Bartels – Hebamme« trug. Neugierig blieb Liebermann stehen. N. Bartels. Er lächelte und beugte sich vor, um durch das Beifahrerfenster zu spähen.

»Spar dir die Mühe, Liebermann, ich verkaufe es nicht.«

Nico trug Grau heute. Bluse, Hose und zu allem ein kurzärmliges, geringeltes Kleid. Es stand ihr. In einer Hand trug sie die unförmige Tasche, mit der sie am Freitag das Haus verlassen hatte. Sie neigte den Kopf leicht zur Seite. »Deinem Blick nach sehe ich aus wie der grinsende Neck.«

»Wer?«, fragte Liebermann.

»Ein gefräßiger Flussgeist. Suchst du etwas?«

»Ja und nein. Ich beantworte mir gerade eine Frage.«

»Die da wäre?«

»Wie das Blut gestern auf deine Nase gekommen ist.«

»Und?«

»Du hast eine Frau mit dem Messer malträtiert.«

»Falsch«, sagte sie. »Mit der Schere. Müsstest du nicht Manuskripte lesen?«

Liebermann begann ein bisschen zu schwitzen. »Doch, gleich. Ich warte nur noch auf eine Lieferung von Tante Lehmann.«

Nico warf einen Blick zum Eckladen hinüber. »Die Arme. Sie bestellt nur noch, was sie auch verkaufen kann, sonst verderben ihr die Waren in den Regalen. Im Moment lebt sie hauptsächlich von den Bauarbeitern, und die kaufen keinen Joghurt, sondern Würstchen, Bier und Zigaretten.«

»Dann hoffen wir mal, dass sie noch eine Weile bleiben«, entgegnete Liebermann.

Nicos Augen streiften ihn flüchtig und wanderten dann auf das Baugerüst, das die Häuser neben dem Laden umklammerte.

»Wenn du nichts dagegen hast, würden wir uns heute Nachmittag gern deine Tochter ausleihen«, sagte Liebermann. »Ist dir das recht?«

»Sehr. Ich hab noch einen Termin, zu dem ich Zyra nur ungern mitnehmen würde.«

»Einen Fototermin?«

Sie sah ihn verblüfft an.

»Hamlet«, sagte Liebermann.

Nachdem sie ihn eine Weile angestarrt hatte, nisteten sich plötzlich die Grübchen in ihren Wangen ein. »Ach so. Nein. Übrigens habe ich dich für die Rolle des Jägers angemeldet.« Und als Liebermanns Ausdruck nicht das gewünschte Verständnis widerspiegelte, fügte sie vorwurfsvoll hinzu: »Sag nicht, ich hätte dir nichts erzählt! Für das Pfingststück vom Kindergarten. Um acht ist Probe.«

»Ich hatte noch nicht zugestimmt«, bemerkte Liebermann.

»Oh«, sagte sie. »Und was machen wir nun? Der Kindergarten rechnet fest mit dir.«

»Wie das?«

»Schade auch für Miri«, fuhr Nico unbeeindruckt fort. »Sie hat sich so gefreut.«

Hexe, dachte Liebermann. Mit großen, grauen Augen.

In der Nähe schlug die Uhr der Erlöserkirche. In Nico kam Bewegung. »Ich muss«, sagte sie. »Mein blutiges Werk vollenden. Bis heute Abend, schickt Zyra einfach rüber, wenn ihr genug habt.«

Als Liebermann die Kreuzung überquerte, sah er Michael mit seinem Fahrrad die Ossietzkystraße heraufgeprescht kommen. Die Bauarbeiter vor dem Schaufenster waren inzwischen zu Kaffee übergegangen, und Liebermann begann es zu dämmern, wie das »Haus, das nie fertig wird« zu seinem Namen kam. Aus der Ladentür schoss Tante Lehmann. »Wo kommst *du* denn her?«

Die Gespräche der Bauarbeiter kamen zum Erliegen. Alle starrten auf den Lehrling der Krämerin, der das Tempo drosselte und den Kopf einzog. Vor dem Laden fädelte er umsichtig sein langes Bein vor und zurück über die Stange seines Rades, setzte seinen Rucksack ab, nestelte eine verblichene Satteltasche los und wischte ein wenig unterhalb seines Basecaps herum, wo Schweiß ein paar Pickel zum Glänzen brachte.

»Bei Aldi gab's keine Rama«, schnaufte er.

Tante Lehmann klatschte sich mit der Hand gegen die Stirn und verschwand wieder in ihrem Laden.

Unschlüssig, seinen Fluchtfuß noch stärker auswärts gekehrt als gewöhnlich, folgte ihr Michael mit dem Rucksack. Und ihm folgte Liebermann, deprimiert über das Schicksal des unschuldigen Lehrlings und seiner ebenso unschuldigen Chefin und darüber, dass er nach dreißig Jahren wieder in einer Verkleidung vor einem Publikum stehen musste; etwas, das er nie für möglich gehalten hätte.

Maja ließ über Krümel ausrichten, dass sie erst zu Ende stillen wolle, ehe sie Besuch empfing.

»Seit wann bist du ihr Kammerweibchen?«, fragte Serrano. Seine Tochter zog die ohnehin schon mageren Wangen ein und sah an ihm vorbei. Hinter ihr an der Kellerwand stand eine halbleere Schüssel mit Hackfleisch. Daneben eine offene Sahnedose. »Na gut. Wie lange wird es dauern?«

»So lange es eben dauert«, sagte Krümel und schob sich ängstlich einen Meter zurück.

Serrano konnte es ihr nicht verdenken. Seine Nerven vibrierten, er wusste, dass sein Rückenfell aufstand, dass seine Lefzen hochgezogen waren. Es kostete ihn unendliche Beherrschung, nicht auf der Stelle in Majas Ammenstube einzubrechen, um herauszuzerren, was an Neuigkeiten in den letzten Tagen den Weg dort hineingefunden hatte. Wenn es sein musste, auf Kosten seiner Tochter. Und alles wegen eines zarten Straußes orangegoldener Haare.

Trotz seiner Furcht vor der keifenden Alten war er auf die Mülltonne gesprungen, um das Unmögliche aus der Nähe zu besehen. Er hatte Aurelias Korb nur ein einziges Mal zu Gesicht bekommen, und möglicherweise war das da oben auch überhaupt kein Katzenkorb, sondern etwas völlig anderes. Serrano war bereit gewesen, sich so gut wie alles einzureden: gepolsterte Wäschekörbe, umflochtene Kopfstützen, sogar Hundebetten, obwohl es in Aurelias Haus nie einen Hund gegeben hatte.

Das Büschel goldener Haare mitten auf dem braunen Polster hatte seine hoffnungsvollen Phantasien abrupt beendet. Es ging ein Leuchten von ihnen aus, von dem er nicht wusste, ob es von der Maisonne herrührte oder ob sie es selbst produzierten. Vier, fünf Haare, die von keiner anderen Katze und schon gar nicht von einem Hund stammen konnten.

»Lass ihn rein!«

Der Raum, den Maja sich als Geburtszimmer gewählt hatte, war der hintere von zwei Lagerräumen. Die Inhaberin des Lebensmittelgeschäfts nutzte ihn im Winter zum Unterstellen ihrer Sonnenschirme und Bänke. Jetzt war er bis auf einige uralte Getränkekisten leer. Hinter diesen residierte Maja in einem breiten Nest aus Socken und Handschuhen, die sie den Winter über eifrig gesammelt hatte. Handschuhe waren seit jeher ihre Obsession, jedes Jahr kamen Dutzende dazu. Als Serrano näher kam, stutzte er. Die Handschuhe waren beweglich. Dann bemerkte er die schimmernden Pelze dazwischen. Es mussten mindestens fünf sein.

Maja bewegte eine ihrer dicken Pfoten und beförderte einen Ausreißer mit sanftem Schubs wieder in den Kreis seiner Geschwister.

»Du siehst gut aus«, sagte Serrano.

Majas träger Blick wanderte über ihn hinweg. »Du nicht.«

Das alte Spiel. Aber heute fühlte Serrano sich unfähig, es fortzusetzen. Während er gegen die fortschreitende Auflösung seiner Beherrschung ankämpfte, hörte er Krallen im zerklüfteten Beton des Estrichs brechen. Maja kniff die Augen zusammen. »Scheinbar bist du nicht hier, um mir zu gratulieren.«

»Ich brauche Informationen.«

Maja nickte. Sie war fett, aber nicht blöd, und sie witterte Wetteränderungen vielleicht besser als manch anderer. »Ich habe gehört, dass dein Schatz verschwunden ist.«

»Von wem?«

»Ben.«

Eines der Jungen hatte es geschafft, unbemerkt zu Serrano vorzudringen. Als es den Griff spürte, stieß es ein schrilles Fiepen aus. Im nächsten Moment lag es wieder im Nest. Maja leckte ihm den Rücken, was es dem Geschrei nach als Strafe empfand. »Wann hast du sie das letzte Mal gesehen?«, fragte sie nebenher.

»Am letzten Wochentag, kurz nach Mittag.«

»Und da war alles ganz normal?«

»Ähm … ja.«

Maja hob den Kopf und sah ihn forschend an. »Alles in Ordnung zwischen euch?«

»Ich wüsste nicht, was dich das angeht!«, fauchte Serrano. Aber Maja war gerade Mutter geworden, und in ihr wohnte die Ruhe einer Mutter.

»Wenn ich dir helfen soll, muss ich schließlich fragen dürfen«, sagte sie.

»Also, ihr habt euch … getroffen – und dann?«

»Nichts. Abends wollte ich zu ihr, aber sie war weg.«

»Und seitdem kein Zeichen von ihr?«

»Nein. Und sag jetzt nicht, dass eine läufige Katze schon mal ein, zwei Tage verschwindet! Das ist mir klar, aber nicht *vier*!«

Maja hielt ihr Junges fest. »Sie ist also läufig gewesen.«

Am liebsten hätte Serrano sich die Zunge abgebissen. Aber eine der besseren Eigenschaften von Maja war, dass sie wusste, wann es darauf ankam, das Maul zu halten.

»Gut«, sagte sie nach einer Weile. »Wenn sie das Viertel nicht deinetwegen verlassen hat …«

»Nein. Sie hat es nicht meinetwegen und nicht freiwillig verlassen. Etwas ist passiert, und ich will wissen, was.«

Maja verzog leicht das Maul. Sie war immer noch schön, trotz der dicken Zotteln um ihre Ohren. Aus irgendeinem Grund hatte sie ihr Winterfell noch nicht abgeworfen. »Wie kommst du darauf, dass ihr etwas passiert ist?« Das »ihr« ganz sanft und wie aus Versehen, aber der Blick messerscharf. In diesem Augenblick wusste Serrano wieder, warum er sie so lange allen anderen Weibchen vorgezogen hatte.

»Ich habe ihren Katzenkorb gefunden«, sagte er. »In einer Mülltonne.«

Maja begann instinktiv, ihre Kleinen an sich zu ziehen.

»Bist du sicher?«, fragte sie. »Dass es ihrer war?«

Ihre Blicke begegneten sich.

»Ja«, sagte er. »Und du weißt etwas.«

»Es ist nur ein Gerücht.«

»Natürlich, verdammt! Deshalb bin ich hier. Du bist die Königin der Gerüchte!«

»Na gut. Ist gut«, sagte Maja und schmiegte sich um ihren Nachwuchs. »Ein Katzenfänger.«

»Ein was?«

»Es ist ein Gerücht, das habe ich dir gleich gesagt. Und erst ein paar Tage alt. Aber vielleicht ist was dran. Von Mathilda sind auch zwei Junge verschwunden. Das erste Mal über Nacht aus der Höhle, und weg.« Zerstreut spielte Maja mit einem grünen Handschuh. »Kann sein, dass ich ihn gehört habe«, fügte sie hinzu.

»Du hast den Katzenfänger *gehört*?«

Maja ließ vom Handschuh ab und sah ihren Exliebhaber an. »*Gesehen* habe ich nur glitschige kleine Wesen, die aus mir herausgerutscht kamen«, sagte sie. »Aber oben war in der Zeit mächtig was los. Ein großes Vierrad, mindestens eins, ich weiß nicht genau, aber jedenfalls war es laut. Türen auf und zu, Brummen aus und an, schrecklich. Und ein Gepolter im Keller nebenan, ich dachte, sie brechen durch die Wand zu mir durch. Wie soll einer bei dem Krach entbinden, habe ich mich gefragt. Kann auch sein, dass ich eine Katze schreien gehört habe. Ich wäre rübergegangen, wenn ich nicht anderweitig beschäftigt gewesen wäre. Und am nächsten Tag kommt Mathilda angeschlichen und erzählt das von ihren Söhnen. Und kurz darauf Ben, dass Aurelia weg sei und Streuner ihm unlängst was von einem Katzenfänger erzählt habe, dem er auf der Rückkehr ins Viertel entwischt sei. Eine Maus und noch eine ergebe zwei. Da stimmt was nicht, sage ich mir.«

Serrano schloss die Augen. Ein Katzenfänger. Darauf wäre er nicht gekommen.

»Werden noch andere vermisst?«

»Keine Ahnung. Ich kenne hier längst nicht mehr alle.«

Serrano wusste, was sie meinte. Es hatte mit den Baugerüsten zu tun. Wenn sie kamen, ging oft ein Großteil der

Menschen aus den Häusern dahinter fort. Kaum waren sie weg, kamen neue, und bei ihnen schien es neuerdings Mode zu sein, eine Katze mit sich zu führen. Allerdings lebten die meisten von ihnen fast ausschließlich im Haus und fungierten somit nur als Marginalien in Serranos Revierliste. Er beschloss, von seiner Gewohnheit, nur die Kater des Viertels mit Besuchen zu beglücken, abzugehen und zur Abwechslung einmal bei Mathilda vorbeizuschauen. »Danke«, sagte er. »Pass gut auf deine Kleinen auf. Wer ist eigentlich der Vater?«

Maja lächelte weich. »Eifersüchtig?«

»Nein.«

»Streuner.«

»So«, machte Serrano perplex. Ihm war nie aufgefallen, dass Streuner sich sonderlich für das weibliche Geschlecht interessierte. Er hatte ihn für kastriert gehalten. Stattdessen war er selbst es. Das Leben schlug manchmal verdammt quer.

An der Tür blieb er noch einmal stehen.

»Wenn Ben hier war, hast du sicher gehört, dass Streuner auch verschwunden ist.«

»Da stimmt etwas nicht«, sagte Maja und biss einem ihrer Jungen in den Nacken.

Liebermann streckte sich auf einer der Spielplatzbänke aus und ließ die Sonne sich auf seinem Gesicht austoben. Nach einigen Minuten landete ein Kieselstein auf seiner Stirn.

»Siehst du, er schläft nicht«, sagte Miri zu Zyra. »Er ist immer müde, aber er schläft nie ein.«

Zyra sah Liebermann interessiert an. »Abends auch nicht?«

»Doch«, sagte Liebermann und stemmte sich auf. »Abends schon. Rutscht noch eine Runde, dann gehen wir hoch.«

Als Zyra abgedampft war, setzte Liebermann sich so, dass er das Graffito an der Basketballwand betrachten konnte.

Mit etwas Mühe erkannte er in dem rotbunten Durcheinander nach einer Weile ein fledermausohriges Meerschwein mit Reißzähnen und überdimensionalen Augen. Er stand auf und ging langsam darauf zu. Dabei stellte er fest, dass man ab etwa anderthalb Metern Nähe das Gefühl für den Gegenstand der Darstellung verlor. Liebermann sah hauptsächlich Farben, gekreuzt von den dunkelroten Umrissen der Pfoten, der Fänge und dem Tag des Künstlers, das quer über das Bild lief. Letzteres war das einzige goldene Element.

»Das ist Muffti, der stärkste Pokémon, den es gibt.« Zyra hatte sich zu ihm gesellt.

»Woher weißt du das?«

»Von Nils.«

»Und woher weiß er es?«

»Er hat ihn sich für mich ausgedacht«, sagte sie stolz. »Ich habe die Büchsen geschüttelt, damit sie sprühen.«

Offenbar musste Liebermann sich daran gewöhnen, dass sich die Präsenz des Hausmeisters nicht nur auf Kneipen und die Wohnungen alleinerziehender junger Mütter erstreckte. Er war schon gespannt, wo er ihn als Nächstes entdecken würde – als er ihn hinter der Spielplatzhecke vorbeiradeln sah.

In seinem abenteuerlichen Anhänger schmiegten sich zwei große Papiersäcke aneinander. Nils winkte Zyra zu und verschwand in der Meistersingerstraße. Liebermann zog seinen Block heraus.

»Was machst du?«, fragte Zyra neugierig.

»Ich schreib mir nur was auf, damit ich es nicht vergesse.«

»Ich kann auch schon ein bisschen schreiben. Nils hat's mir beigebracht.«

»Der Nils ist ein richtiger Tausendsassa, wie?«

»Was?«

»Nichts«, sagte Liebermann und verstaute den Block.

Inzwischen erklomm der Tausendsassa drei Stockwerke und klingelte. Während er wartete, pfiff er den Refrain eines Liedes, das sie seit einer Weile im Radio rauf und runter spielten. Hinter der Tür blieb es ruhig. Daraufhin gab Nils das Pfeifen auf und förderte einen Kreidestummel aus seinem Blaumann zutage. Ein paar zügige Striche, zwei Punkte. Er trat zurück und betrachtete grinsend sein Werk. Von Nicos Tür glotzte ein Schaf in den dämmrigen Hausflur. Die Konturen seiner Vorgänger waren nur noch zu ahnen. Zyra wischte die Meldeschafe regelmäßig ab, um Platz für neue zu machen.

Nils verpasste dem neuen eine Blume ins Maul, dann steckte er den Stummel wieder ein. Er hätte Nico gern gesagt, dass sie mit dem Lektor vorsichtiger umgehen sollte. Zyra schien ganz vernarrt in ihn zu sein.

Der Lektor und die beiden Mädchen hielten vor dem Anhänger. »Nils ist da«, stellte Zyra fest.

Als Liebermann emporsah, fand er die purpurne Gardine des Wohnzimmers geschlossen. »Ich dachte, deine Mutter hätte einen Termin?«

»Na und«, sagte Zyra. »Willst du Bismarck mal sehen?«

Sie ging in die Knie. Halb erwartete Liebermann, dass sie eine vom Alter angegangene Büste des seligen Kanzlers aus dem Flieder zaubern würde, aber es war eine vom Alter angegangene Katze, die lasch mit den Beinen ruderte.

»Hier.« Ehe Liebermann sich wehren konnte, schlossen sich seine Finger um strohiges Fell. Darunter fühlte es sich seltsam spitz an.

»Bismarck wohnt hier schon ewig. Er ist uralt. Nils sagt, ungefähr hundertvierzig Jahre.«

»Das möchte ich bezweifeln«, entgegnete Liebermann und schielte in das geöffnete Maul des Katers. Viel war nicht drin.

»Katzenjahre, natürlich«, belehrte ihn Zyra.

Der Kater bedachte Liebermann mit einem vernichtenden Blick aus seinen Schwefelaugen. Liebermann sah besorgt, wie sich einige altersgelbe Krallen aus den Ballen seiner Pfoten schoben. Bevor es noch mehr wurden, warf er das Tier von sich. Heiseres Greinen, das Geräusch reißenden Papiers. »O Mist!«, rief Zyra. Der Kater plumpste vom Anhänger und verschwand wie von Furien gehetzt zurück unter den Fliederbusch.

Als er verschwunden war, bemerkte Liebermann, dass Bismarck den rechten der Säcke auf Nils' Anhänger erwischt hatte. Rindenmulch bröselte auf den Bürgersteig. Aus dem Haus drang das Geräusch von Schritten. Ohne Kommentar packte Liebermann die Mädchen und zog sie über die Straße.

Der Kastellan des Rheinsberger Schlosses erklärte Marion weitschweifig, welch ein Geschenk Stefan Berlich nicht nur für die Kulturbranche, sondern auch für jede Feier sei. So geistreich, so amüsant, so charmant, und nicht nur mit Frauen, natürlich aber besonders mit Frauen, und so weiter. Umso größer sein Bedauern, ihn am vergangenen Freitag schon verhältnismäßig früh verabschiedet haben zu müssen. Gegen zehn, wenn er sich recht erinnerte. Offensichtlich hatte er noch einen anderen – kleine Pause – Termin gehabt. Einen ausnehmend schönen nebenbei … Woher wissen Sie, dass sie rothaarig … ach ja, Polizei. Nicht, dass dem Herrn Berlich am Ende noch etwas zugestoßen …!? Nicht, Gott sei Dank, war ja auch kaum vorstellbar: einem so umsichtigen und sympathischen Menschen wie ihm. Beehrte das Schloss mindestens einmal im Jahr, meistens anlässlich einer Preisverleihung, und brachte ihm jedes Mal eine gute Flasche Wein mit. Ein Kenner, der Berlich. Das fand übrigens auch seine Frau, und die war nicht so leicht zu begeistern. Ehe sie es sich versah, schwamm Marion in einem Meer höchst persönlicher Kastellanerinnerungen. Sie beendete das Gespräch, bevor sie darin ersoff, mit einer knappen Frage.

Geschlafen? »Vermutlich im Seehof, wie immer«, sagte der Kastellan enttäuscht.

Trotz der fortgeschrittenen Stunde und ihres im Kindergarten harrenden Sohnes gönnte Marion sich ein paar Minuten Erholung, ehe sie sich ans nächste Telefonat wagte. Charlotte Olbinghaus in Rheinsberg. Liebermann würde sich freuen. Vertrackt, seine ewigen Ahnungen brachten sie noch ins Grab. Wie machte er das – aus einem Allerweltstuten und ein bisschen Möwengeschrei eine Frau filtern? Marion fürchtete sich fast davor, was das Medium Liebermann als Nächstes ausspucken mochte. Denn Rheinsberg hin oder her: Berlich war längst wieder bei seinem angestammten Weib in Potsdam. Und falls er seine Geliebte nicht im Schrank versteckt hielt – wo war sie dann? Marion gab sich einen Ruck und wählte die Nummer des Seehofes. Die Hostess am anderen Ende klang, als müsse sie ebenfalls dringend einen Sohn aus dem Kindergarten abholen.

»BerlichsagenSie? WennSieeinenAugenblickwartenwürden: IchseheinderBuchungslistenach.«

»Schön.« Marion stellte das Telefon auf laut und schloss schon mal das Fenster.

»Hören Sie?«

»Ja.«

»Freitag, 18. 05., zu Samstag, 19. 05., Zimmer 212.«

»Gut. Hatten Sie an dem Abend Dienst?«

»Nein, am Morgen danach. Jetzt erinnere ich mich auch, wegen der Zimmernummer.« Der Ton der Hostess hatte sich geändert. Und nicht nur das: Auf einmal schien sie alle Zeit der Welt zu besitzen.

»Der Gast von 212 hatte nämlich darum gebeten, sein Frühstück aufs Zimmer zu bekommen.«

»Ja und?«, fragte Marion ungeduldig.

»Die Angestellte hat es wieder heruntergebracht, weil er

nicht da war. Er hat nicht hier geschlafen, kam aber kurz nach zehn, um seine Sachen zu holen und den Schlüssel zurückzubringen. Ich hab noch gescherzt, dass er das beste Frühstück der Seenplatte verpasst habe. Er meinte, das täte ihm leid, er würde beim nächsten Mal zwei essen, oder so ähnlich. Ein sympathischer Mann.« Fehlt nur noch ein Seufzen, dachte Marion. Gleich darauf kam es.

»Und Sie sind sicher, dass er die Nacht auswärts verbracht hat?«

»Na ja, muss er wohl, oder? Sein Bett hat er jedenfalls nicht benutzt. Sogar die Pralinen, die wir unseren Gästen als Willkommensgruß auf die Kissen legen, waren noch da.«

Marion bedankte sich steif. Im letzten Moment fiel ihr Liebermann ein.

»Sagen Sie, befindet sich in Reichweite Ihres Hotels ein See?«

»Natürlich! Der Grienericksee. Schließlich heißen wir Seehof.«

»Wir haben hier ein Hotel Alter Fritz. Da können Sie den Alten Fritzen suchen, bis Sie schwarz werden. Trotzdem danke.« Marion knallte das Telefon in die Basis. Sie wusste, dass sie zickig war. Aber warum musste Stefan Berlich sich auch in dieser entscheidenden Nacht, warum überhaupt, draußen herumtreiben. In ihrem Ärger hatte sie ganz vergessen, nach Möwen und Tuten zu fragen. Aber sie war sich fast sicher, dass der Grienericksee über dieses Beiwerk verfügte. Wenn sich schon ein Hotel mit ihm rühmte.

Vor Bismarck lag ein Hering, als Serrano zurückkehrte. Der Alte betrachtete ihn unglücklich.

»Nur zu«, sagte Serrano.

»Sie würde sich Sorgen machen, wenn ich ihn nicht fresse«, sagte Bismarck.

»Mit Sicherheit.«

»Möchtest du ein Stück?«

»Danke, ich bin satt.«

»Die Abfalltonne?«

»Ja.« Das war gelogen. Serranos Magensäfte verdauten sich zum x-ten Mal selbst, dennoch war Hunger im Moment das Letzte, was ihn beschäftigte.

Bismarck dagegen entspannte sich leicht. »Die Abfalltonne ist auch eine Art Fütterung«, sagte er.

»Du hast recht. Nur anonym.«

»Sie verpflichtet zu nichts.«

»Nein. Nun friss endlich!«

Behutsam biss der Alte ein Stück von seinem Hering ab. Serrano überlegte, ob er ihm von seiner Entdeckung und dem Gespräch mit Maja erzählen sollte. Es sprengte ihm fast die Brust. Als er sich dafür entschied, sagte Bismarck kauend: »Der Fremde hat mich gehalten.«

Es dauerte einen Moment, bis Serrano begriff. Dann durchfuhr es ihn wie ein Beilschlag des Fleischers. »Der Fremde?« Vorsichtig. Nichts überstürzen, das Beil nicht zu knapp ansetzen.

»Umklammert hat er mich, als ob er mir die Knochen brechen will. Dann hat er mich weggeworfen.«

Serrano sah zu, wie Bismarck den Fischbrocken mühsam hinunterwürgte. Seinem Freund fehlte es an Backenzähnen. »Wie das?«

»Die Kleine war's, die Tochter der Heringsfrau. Hinterher hat sie mir den hier gegeben. Als Entschädigung, wahrscheinlich.« Verbittert riss Bismarck ein weiteres Stück aus dem Silberrücken des Fischs.

»Sie hat dich für den Fremden hier herausgeholt?«

»Wozu, frag ich mich?«

Das fragte Serrano sich auch. Ein Katzenfänger. Und der Fremde, der stockend wie ein Schluckauf durch die Gegend strich. Sein matter, zu Boden gerichteter Blick. Versonnen, hatte er anfangs geglaubt. Aber jetzt nicht mehr. Jetzt dachte er, dass der Fremde sich wohl wenig für Menschen interessierte. Sonst würde er sie ansehen. Bei den Menschen galt die alte Regel nicht, sich aus dem Weg zu gehen, um sich gegenseitig Respekt zu bezeugen. Der Fremde sah nach unten. Unten aber gab es für Menschen nicht viel zu entdecken. Außer dem einen oder anderen verlorenen Gegenstand vielleicht und – Katzen.

»Friss deinen Hering«, sagte Serrano zu Bismarck. »Und bleib ruhig. Ich werde mich um den Fremden kümmern.« Was verzwickt werden könnte, wenn der Fremde bereits das halbe Viertel in den Bann seiner nebelblauen Augen gezogen hatte, dachte er. Darunter sogar die Tochter der Heringsfrau.

Es war bereits kurz nach halb neun, als Liebermann am Abend die Tür zum Kindergarten aufschob und gegen eine Frau prallte. Die Wucht der Begegnung warf sie beide ein Stück zurück.

»Na, na«, sagte sie, rückte ihre Haare an Ort und Stelle und glättete ihr Kleid, das verdächtig nach einem Nachthemd aussah. »Ruhig Blut!« Sie richtete sich zu ihrer vollen Größe auf, womit sie Liebermann immerhin beinahe bis an die Schulter reichte. »Bist du der Jäger?«

Liebermann reichte ihr die Hand. »Zu Diensten. Schneewittchen, nehme ich an.«

»Du nimmst richtig an. Alias Gabi. Und kein Wort über meine Figur!«

Liebermann wurde rot. Tatsächlich war ihm gerade die Frage durch den Kopf gegangen, ob die Gebrüder Grimm sich unter dem schönsten Mädchen des Königreiches jemanden wie Gabi vorgestellt hatten.

Gabi musterte ihn von Kopf bis Fuß. »Du hättest auch einen passablen Prinzen abgegeben. Der jetzige ist mir ein bisschen zu behaart.«

Während sie sprach, tauchte aus einem der Gruppenräume Nico auf. Bis auf ein goldenes Pappkrönchen war sie unverkleidet. Ihr Lächeln kam Liebermann schmaler vor als am Nachmittag. »Ich dachte schon, du hast es dir anders überlegt.« Auch ihre Stimme klang fremd, obwohl Liebermann den Unterschied nicht in Worte fassen konnte. Sie gab ihm nicht die Hand und kam auch nicht näher, sondern wandte sich an das pummlige Schneewittchen: »Ralph wäre so weit.«

»Kannst du improvisieren?«, fragte Schneewittchen Liebermann.

Liebermann blickte auf ihre gut durchbluteten Wangen und die schalkhaften, flinken Äuglein. »Ich versuch's.«

»Na dann: Bis gleich auf der Bühne.« Sie verließ ihn, um einer jungen Frau beim Tragen eines Sperrholzbaumes zu helfen. Liebermann folgte ihnen. Im Gruppenraum seiner Tochter war ein Seil von einer Wand zur anderen gezogen worden, über das man einen Vorhang geworfen hatte. Dahinter erspähte er eine Puppenküche. Schneewittchen und ihre Begleiterin richteten den Sperrholzbaum auf.

»Minimalkulisse«, sagte Schneewittchen. »Der Rest kommt später.«

Liebermann stellte sich neben Nico an den rechten »Bühnenrand«. Sie warf ihm einen knappen Blick zu und heftete ihn dann wieder auf die Bühne. »Bist du etwa der behaarte Prinz?«, fragte er.

»Die Stiefmutter.«

Drei rotbemützte Zwerge zogen an ihnen vorbei. Dann kam der Prinz.

Es bereitete Liebermann einige Mühe, den Waschmaschinenklempner unter seinem angeklebten Bart und dem Samtbarett zu erkennen. Bei der Begrüßung zerquetschte Ralph ihm fast die Hand.

»Ich wusste nicht, dass du ein Kind hast!«, sagte Liebermann überrascht.

Ralph grinste. »Schneewittchen weiß es auch noch nicht.«

Gabi kam angestampft und überreichte Liebermann

einen Lodenhut. An einer Seite klebte ein zerzauster Gamsbart. »Du weißt, was du zu tun hast?«

Liebermann drückte sich den Hut auf den Kopf.

»Ich schleppe dich in den Wald, um dich zu erschießen. Deine rührende Unschuld hält mich davon ab, und ich erlege stattdessen den Bären dort.« Er zeigte auf einen blauen Plüschbären, den irgendjemand gewaltsam in einen Puppenwagen gestopft hatte. »Ich reiße ihm das Herz heraus und bringe es der bösen Königin.« Er warf einen Blick zu Nico, den sie nicht erwiderte.

»So ungefähr«, sagte Schneewittchen. »Gut. Alle auf die Plätze, es muss nicht wieder elf werden.«

Gabi war hauptberufliche Regisseurin, aber das erfuhr Liebermann erst hinterher, als er, mit seiner Erstlingsleistung durchaus zufrieden, an der Seite von Ralph und Nico heimwärts schlenderte. Er hatte sich nur ein einziges Mal verzettelt, als er auf Schneewittchen angelegt – und plötzlich dicht neben sich ein Hirsch geröhrt hatte. Der Ruf war von Band gekommen. Ebenso wie später der Uhu, das Vogelgezwitscher und das Schlagen einer Standuhr. Schneewittchen alias Gabi hatte ihm erklärt, dass die Theateraufführungen sehr an Atmosphäre gewonnen hatten, seit Ralph sie mit seinen CDs abrundete.

Während Liebermann sich mit ihm auf dem kurzen Weg in die Meistersingerstraße durch ein höfliches Gespräch über die Vor- und Nachteile einer Feuerschutztür arbeitete, die der Kindergarten in den Umkleideraum zu bauen gedachte, blieb Nico schweigsam. Ihre Augen glitten über die Balkons an Liebermanns Haus.

»Ist Lilly schon weg?«, fragte sie plötzlich.

Ralph ließ einen begonnenen Satz unvollendet: »Sie fährt morgen.«

»Wer betreut sie dort?«

»Der Nachbar ihrer Mutter ist Arzt. Und es ist ja nur eine Stunde mit dem Auto von hier.«

Nico nickte. »Gut. Ich komme morgen früh noch mal vorbei. Pass auf, dass sie ihre Packungen auflegt. Versuch, sie auf andere Gedanken zu bringen!«

»Kannst du mir sagen, wie ich das anstellen soll?«

Im Licht der Laterne, unter der sie während des Wortwechsels stehen geblieben waren, sah Liebermann, wie Nico errötete. »Entschuldige«, sagte sie leise. »Wahrscheinlich ist ein Ortswechsel wirklich das Beste. Eine Mama, die sie verwöhnt, und gesunde Landluft. Und dem Glücksklee wird es auch nicht schaden.«

Liebermann lauschte der Unterhaltung mit wachsendem Interesse. Wie er seit gestern wusste, wohnte Ralph im selben Haus wie Laura und die Bärmanns, von denen er allerdings nur Frau Bärmann und einen Teil des Nachwuchses kennengelernt hatte. Eine Idee nahm langsam Gestalt an, genauso wie der Schatten einer Katze, die eben den Flieder neben Nicos Haus verließ.

»Sag nicht, *du* bist der Vater der berühmten Vierlinge!«

Ralph zog die Brauen hoch. »Ach, sind sie berühmt? Unsere Versicherung hält sie sicher nicht für berühmt, sonst hätte sie uns eine vernünftige Haushaltshilfe geschickt.«

»Aber Vierlinge!«, sagte Liebermann eifrig. »So etwas gibt es einmal in hundert Jahren! Die Zeitungen müssen euch die Türen eingerannt haben.«

Ralph sah aus irgendeinem Grund Nico an. »Na ja. Die lokalen. Und eine aus Berlin, aber die hat es sich im letzten Moment anders überlegt.«

Liebermann fühlte sich wie ein Verräter, als er fragte: »Warum das?«

»Unsere Bedingungen waren wohl nicht akzeptabel.«

Nicos Hand fuhr in die Tasche ihrer Jeansjacke. Als sie sie wieder herauszog, hörte Liebermann Schlüssel klimpern.

»Die Idee mit der Wald-CD war gut«, sagte Liebermann, aus dem plötzlichen Bedürfnis heraus, den Abschied noch hinauszuzögern. Hier standen sie, es war warm und duftete nach Erde und Akazienblüten, und die Aussicht, den Rest des Abends allein zu sein mit seinen Gedanken über Charlotte Olbinghaus, die ihn am Freitag auf dem Balkon hatte versauern lassen, um ihren Exliebhaber zu besuchen, schreckte ihn. Liebermann hatte das Gefühl, dass er sich heute keine gute Gesellschaft sein würde. Zu viel Kraut.

Ralph erlöste ihn vorübergehend aus seinem Dilemma. »Du hättest das Märchen vom letzten Jahr sehen sollen! Da haben wir »Der süße Brei« gespielt. Mit einer Lava-CD. Den Leuten ist reihenweise schlecht geworden.«

»Lava?«

»Flüssiges Gestein«, sagte Nico. Die Schlüssel an ihrem Bund klimperten leise gegeneinander.

»Ich weiß, was Lava ist. Nur nicht, dass man sie sich auf CD kaufen kann.«

Ralph winkte ab. »Man kann jedes Geräusch kaufen. Eine Zeitlang waren Motoren von Nobelschlitten der letzte Schrei. Dieses Jahr sind es Frösche. Die Kleingärtner spielen sie an ihren Zierteichen ab, weißt du. Es gibt auch welche mit Bienensummen oder Kaffeehauslärm. Die lege ich manchmal ein, wenn meine Mutter kommt, dann ist es nicht so still am Tisch.«

»Nicht zu fassen«, sagte Liebermann und bannte den Schlüssel mit den Augen. Nico bemerkte es und schob ihn ins Schloss ihrer Tür. Ralph gab ihm die Hand.

»Mach's gut. Ich muss los. Wenn's dir mal zu ruhig ist, sag Bescheid.«

Er umarmte Nico. Gleich darauf war er über die Straße, und Liebermann gewahrte zu seinem Leidwesen, dass Nico bereits in der offenen Tür stand. Sie hatte das Licht nicht angeschaltet, und die Dunkelheit des Hausflurs gab nur einen zierlichen Schatten preis, aus dem sich in Kopfhöhe ein schwacher heller Fleck schälte.

»Nils sagte mir, dass du eine Frau suchst. Eine rothaarige Barbie mit Cabrio, stimmt das?«

»Es ist interessant, wie Nils sie beschreibt«, sagte Liebermann. »Aber es stimmt. Warum?«

Nico ließ eine viertel Minute vergehen, dann sagte sie leichtfertig: »Wenn es die ist, die mir zu der Beschreibung einfällt, habe ich sie einige Male hier in der Gegend gesehen.«

Mit einem Schritt war Liebermann an der Tür. »Wirklich?«

Nico bewegte sich sacht. »Sie war mit einem Mann unterwegs. Sah eng aus.«

Die Tür fiel zu. Liebermann hörte Schritte, das Knarzen betagter Treppenstufen, nichts mehr.

Sein Gaumen brannte, was vielleicht am allgemeinen Geblühe rundherum lag. Wenn ihm eines fehlte, dann, dass er zu allem Übel jetzt auch noch Allergiker wurde.

Auf der Terrasse seiner Doppelhaushälfte gönnte Uwe sich einen Schuss Nasenspray und erschlug mit der Linken gleichzeitig eine Mücke, die sich auf dem blanken Streifen zwischen Hosensaum und Socke niedergelassen hatte. Er pickte sie mit zwei Fingern auf und hielt sie ins Licht. Erstens, um sie zu betrachten, zweitens als Warnung für andere Blutsauger. Aber als sie da kopfüber hing, die zuckenden Beine im stummen Echo des Todeskampfes, tat sie ihm leid. Nein, er ekelte sich, vor dem Insekt und vor sich selbst. Denn er wusste, dass er mit der nächsten und übernächsten Mücke nicht anders verfahren würde, und falls es eine der Kröten aus dem nahe gelegenen Weiher wagen sollte – wehe ihr! An Abenden wie diesem bereute er, in das Haus seiner Mutter gezogen zu sein. Er neidete ihr das antibakterielle Zimmer, in dem er sie vor zwei Jahren abgesetzt hatte und in dem sie sich aus Gründen, die ihm schleierhaft waren, nicht wohl fühlte. Er hatte das zweitbeste Heim des Stadtbezirks für sie ausgesucht, eines, in das sich mit Sicherheit nie eine Mücke verirrte.

Uwe kratzte missmutig den Stich. Für ihre Henkersmahlzeit hatte die Mücke noch gesorgt. Dann schlug er die *Époque* auf. Wie gehabt: Werbung, Mode, schöne Gesichter, ewig lange Beiträge über die Weiße Wüste und ein neues Medikament gegen Hautkrebs, die einigermaßen interessant zu sein schienen, endlich Kultur. Und mitten darin, der Name, den er suchte.

Die Zeitung hatte schon in seiner Tasche gesteckt, als Marion ihm Bescheid gegeben hatte. Es sah aus, als hätte Liebermann recht, etwas, das Uwe beinahe noch mehr störte als die Insekten und Unken in seinem Garten. Das einzige Gegengewicht zu seinem eigenen Unmut war der seiner Kollegin. Vermutlich hatte Berlich sie am Telefon um den Finger gewickelt. Uwe stellte sich Marions Gesicht bei der Nachricht vor, dass der Kritiker die Festveranstaltung in Rheinsberg mit einer Frau vorzeitig verlassen hatte, nicht in Richtung Hotel, sondern ... Schon etwas besser gelaunt vertiefte Uwe sich in Berlichs Artikel.

Er beschäftigte sich mit einer jungen Künstlerin namens Selma Balthasar. Berlich schien große Stücke auf sie zu halten. Er nannte sie hoffnungsvoll, lobte ihren Strich, die Plastizität der Objekte, deren sie sich annahm, ebenso wie die mutige Themenwahl.

In der Tat mutig, dachte Uwe mit Blick auf das beigefügte Bildbeispiel. Es erinnerte an einen aus der Form geratenen Blutegel auf einem Goldteller. Der Artikel endete mit der Ankündigung einer Vernissage für den 29. 05., 19 Uhr, in der – Uwe trank in Zeitlupe einen Schluck Wasser – *Galerie Olbinghaus, Fasanenstraße 12.*

In seinem Kopf geriet einiges durcheinander.

Hans Olbinghaus und Stefan Berlich. Der Galerist und der Kritiker. Vielleicht war es reiner Zufall, dass Stefan Berlich die Ankündigung weitergab, weil seine Redaktion sie eben hereinbekommen hatte. Und er hatte die Gelegenheit zum Anlass genommen, eine künstlerische Neuentdeckung zu protegieren. Aber jetzt, wo er darauf gestoßen war, schien es Uwe mehr als unwahrscheinlich, dass diese beiden Größen der Berliner Kunstszene sich in ihrem begrenzten Universum nie über den Weg gelaufen sein sollten. Berlich und Olbinghaus mussten sich kennen. Darauf hätte er schon in Gegenwart Mademoiselle Evas kommen müssen. Ein peinliches Versäumnis. Das er nun mit einem Tag Verspätung ausglich.

Uwe lehnte sich zurück. Frösche quakten aus dem geschmacklosen Zierteich seines Nachbarn herüber. Fingen jeden Abend um dieselbe Zeit an, unabhängig vom Wetter, das war doch nicht normal. Während Uwe das Leben einer weiteren Mücke abkürzte, überlegte er, ob der Galerist Hans Olbinghaus darüber im Bilde war, dass Stefan Berlich auch seine Frau gekannt hatte. Und – wie gut.

Mittwoch

Liebermann warf Brötchen in den Backofen und ging ins Wohnzimmer, um seine Morgengymnastik zu absolvieren. Langsam begann er sich wieder wie ein Mensch zu fühlen. Heute früh war er beim ersten Anlauf aus dem Bett gekommen. Das weit geöffnete Küchenfenster ließ laue, nahezu benzinfreie Luft herein, der Mai spielte Hochsommer, und im Bad sang Miri ein Lied über einen größenwahnsinnigen Hahn. Es war fast alles in Ordnung.

Nach dem Sport befreite Liebermann seine Pinnwand von *»Nicos Nasenblut«*-Zettel und dem, der sich mit der Herkunft von Goran dem Getränkelieferanten beschäftigte, überflog die anderen und kehrte in die Küche zurück. Am Tisch saß seine Tochter mit Zahnpastarändern um den Mund. »Kommt Zyra heut zu mir, oder geh ich zu Zyra?«

Liebermann schenkte ihr Milch ein. »Vielleicht vergnügt ihr euch zur Abwechslung mal draußen.« Thekla wäre stolz auf ihn gewesen. Vom Kühlschrank her lächelte Charlotte Olbinghaus Zustimmung.

Vor dem Haus fegte der alte Bellin mit mürrischem Gesicht den Bürgersteig.

Aus dem Bedürfnis heraus, seinen Patzer vom Montag wiedergutzumachen, grüßte Liebermann ihn freundlich. Der Alte hielt inne, klemmte sich das Ende seines Besenstiels unter das Kinn und starrte ihn finster an. Dann nicht. Miris Hand in seiner, drängte Liebermann sich an ihm vorbei.

»Sie gehören jetzt also zu Frau Liebermann.«

Liebermann blieb stehen und wandte sich um. »Gewissermaßen. Mein Name ist ebenfalls Liebermann.«

»Verstehe«, sagte der Alte, sah aber nicht so aus. »Bellin, mir gehören die beiden Häuser hier.« Nachlässig und darum umso stolzer klappte sein ausgestreckter Daumen erst auf Theklas, dann auf Nicos Domizil.

»Herzlichen Glückwunsch«, sagte Liebermann, hoffend, dass es das Richtige war.

»Also wohnen Sie jetzt hier.« Eine Frage in eine Feststellung verpackt. Schon die zweite, registrierte Liebermann.

»Vorübergehend.«

»Und die Frau macht Urlaub.«

Während Liebermann zustimmte, spürte er einen Anflug von Interesse für den Alten. Bellin schien sich keine Blöße geben zu wollen, nicht einmal die Blöße einer Frage. Sein ganzes zerknittertes Gesicht glänzte vor Autorität.

Der Alte zeigte eine Reihe falscher Zähne. »Sie haben sich ja schon gut eingelebt, wie's aussieht.«

Was bedeutete das nun wieder? Bellin drehte seinen Zeigestockdaumen zu Nicos Haus hinüber.

»Nette junge Frau, die Bartels.«

»Ja«, sagte Liebermann. »Ihre Tochter ist mit meiner befreundet.«

»Weiß ich, weiß ich.« Noch mehr Kunstzahn wurde sichtbar. »Wenn die Kinder sich mögen, ist es immer praktisch, wenn die Eltern es auch tun, nicht wahr.«

Vorsichtshalber blieb Liebermann bei seinem »Ja«.

»Und Ihre Frau weiß davon«, stellte Bellin fest.

Liebermanns Brauen hoben sich. »Wovon?«

Aber der Alte schüttelte nur den Kopf und begann wieder, seinen Besen zu schwenken. Erst als Vater und Tochter schon auf der Straße waren, sagte er wie zu sich selbst: »Den Urlaub der Frau ausnutzen, um einem anderen die Frau auszuspannen. Das kommt davon, wenn die Leute sich langweilen.«

Liebermann tat, als hätte er nichts gehört. Der alte Bellin hatte definitiv ein Rad ab. Er war gestört, ein Dissoziierter, Internatsdirektor, Straßenfeger und Spitzel in einem. Aber der Spitzel neigte zum Schlendrian, sonst wäre dem Alten klar gewesen, dass der vermeintlichen Ehe seiner Mieterin aus ganz anderer Richtung Gefahr drohte. Und abgesehen davon – wem, bitte, sollte er Nico ausspannen? Auf dem Spielplatz verließ Miri ihren schlechtgelaunten Vater, um eine Runde zu rutschen.

Liebermann wusste selbst nicht, warum ihn das Geplapper des Alten so nervte. Vielleicht, weil es ihn an Marions Geplapper von gestern Abend erinnerte. Sie hatte ihn angerufen, um Berlichs Anwesenheit in Rheinsberg, in Begleitung einer rothaarigen Frau, zu bestätigen. Er hatte also recht gehabt. Mist. Und nicht nur Mist – nicht nur, dass Charlotte Olbinghaus ihn zugunsten ihres Kunstkritikers versetzt hatte, sie war immer noch weg. Ließ ihn nicht los, die schöne, goldene Klette. Zeigte sich aber auch nicht. Zum ersten Mal ertappte Liebermann sich bei dem Wunsch, einer seiner beiden Mitarbeiter möge anrufen, um ihm mitzuteilen, dass Charlotte Olbinghaus wohlbehalten wieder bei ihrem Galeristen gelandet war. Oder seinetwegen auch leicht lädiert. Liebermann fühlte sich betrogen.

Er kickte unwillig einen angebissenen Apfel über den Spielplatz. Aber statt dessen Flug zu verfolgen, blickte er hinter sich. Weder Nase noch Ohren hatten ihm ein Signal gegeben. Vielleicht war es eine Bewegung am äußersten Rand seines Sichtfeldes, die ihn veranlasste, sich umzudrehen. Neben ihm stand der einohrige Kater.

Serrano schoss der Schreck bis in die Schwanzspitze, als sein Blick dem verhangenen Blick des Fremden begegnete. Mühsam rang er den Impuls nieder, auf der Stelle dem blauen Nebel zu entfliehen, der ihn einzuhüllen drohte. Umso mehr, als er das Unheil las, das in seiner dunklen Mitte schlummerte. Ein anderes als in den schlierigen Augen des alten Knochens aus Aurelias Haus. Dort trat es deutlich zutage, dieses hier, erkannte er sofort, war gezähmt. Und dadurch umso gefährlicher. Serrano riss sich von ihm los und beruhigte sich, indem er die Schuhe des Fremden studierte. Schuhe waren neutral, sie ließen sich nicht reizen wie ihre Träger. Diese hier waren steife, braune Treter mit ausgefransten Schnürsenkeln. Er kannte sie schon, sie hatten vor zwei Abenden unter einem Tisch in der Bar von Aurelias Besitzerin gestanden. Robust und harmlos. Trotzdem konnte Serrano nicht vermeiden, dass sich sein Ohr unruhig bewegte.

Mit einer Mischung aus Abscheu und Faszination sah Liebermann auf die Stelle nieder, an der einmal das zweite Ohr der Katze gesessen hatte. Sie erinnerte ihn an den alten Brunnen, den es früher im Garten seiner Großeltern gegeben hatte. Hohes, verblichenes Gras, unter dem die dunkle Öffnung und die kläglichen Reste der ehemaligen Einfassungsmauer mehr zu ahnen als zu erkennen gewesen waren.

Jeden Sommer hatte der Brunnen Liebermanns Phantasie neues Futter gegeben. So wie jetzt dieses Ohr. Oder besser, das *fehlende* Ohr. Es schien zu den Eigentümlichkeiten des Viertels zu zählen, dachte er plötzlich, dass Dinge und Lebewesen verschwanden. Ohren, Mützenstummel, Planen und Frauen. Liebermann war versucht, seinen Block aus der Tasche zu ziehen, ließ es aber, als Miri durch den Sand zu ihm gestapft kam.

»Das ist Serrano«, sagte sie, als stelle sie einen alten Bekannten vor.

»Ich weiß.« Liebermann erwartete, dass sie sich zu dem Tier hinunterbeugen würde, um es zu streicheln, wie sie es vor zwei Tagen bei diesem anderen Kater – wie hieß er noch, Cäsar? – getan hatte. Aber sie blieb stehen. Vielleicht war ihre lyrische Ader für Brunnen noch nicht ausgereift. »Was ist mit seinem Ohr passiert?«

»Der Hund von Reiner hat es abgebissen.«

»Reiner?«

»Der Gitarrenmann, der immer auf der Einkaufsstraße

singt. Aber ich mag ihn nicht. Er redet komisch, und Mama sagt, er stinkt.«

Liebermann erinnerte sich. Tante Lehmanns Laden: Bier, Jimi Hendrix, der Geist der Musik, Reiner. Er stank? Vermutlich hatte Thekla gemeint, dass er trank.

»Serrano geht bestimmt zu Aurelia«, sagte Miri. »Das ist seine Freundin. Wenn sie Babys bekommt, darf ich vielleicht eins haben.«

»So«, machte Liebermann. »Dann lass uns hoffen, dass Aurelias Kinder mehr als ein Ohr abbekommen. Ein schöner Name, immerhin«, fügte er hinzu, als sich Miris Gesicht verfinsterte. »Aurelia bedeutet: die Goldene. Weißt du, dass die Mutter von Cäsar Aurelia hieß?«

Miri runzelte die Stirn. »Aurelia ist nicht Cäsars Mutter.«

»Aber sicher. Mein Kollege hat's mir erzählt, und der kennt sich aus.«

»Stimmt aber nicht. Cäsars Mutter ist überfahren worden.«

Liebermann stutzte kurz, dann begriff er. »Ach so, nein: Ich meine einen Kaiser, keine Katze. Ist auch egal, wir müssen los. Viel Glück, du Streuner«, sagte er zu dem Kater, der ihrem Wortwechsel aufmerksam zugehört hatte. Wer weiß, dachte er, als sie weitergingen: Vielleicht verfügt die Welt der Katzen über Strukturen, die den unseren gar nicht so unähnlich sind.

Der mollige Cäsar aus dem Busch hatte durchaus das Zeug zu einem Kaiser. Oder auch der Einohrige. Liebermann warf einen raschen Blick über die Schulter und sah, dass Serrano sich keinen Millimeter von der Stelle bewegt hatte. Der Kater starrte ihm nach. Und plötzlich war Liebermann davon überzeugt, dass er es auf ihn abgesehen hatte.

Erst im Quietschen des Kindergartentors löste sich der Spuk auf. Im nächsten Moment wurde er durch einen leichten, aber angenehmen Schrecken ersetzt, als Nicos Stimme hinter ihm sagte: »Dein Hörvermögen scheint völlig im

Keller zu sein. Ich habe schon zweimal gerufen, aber du reagierst nicht.«

»Ich habe geträumt.« Und tu's vielleicht immer noch, dachte Liebermann. Wieso sah sie auf einmal auch golden aus? Ach ja, die Sonne in ihrem Rücken.

»So, so, ein Tagträumer«, sagte Nico lächelnd. »Trinkt der Kaffee?«

Als auch das letzte Geruchsmolekül des Fremden verweht war, stand Serrano auf. Er hatte genau vier Worte verstanden. Namen, genau genommen. Aurelia, Streuner und Cäsar. Cäsar. Nie hätte Serrano vermutet, dass der Name seines Sohnes ihn einmal so treffen würde. Aber es war eine Tatsache, dass er Cäsar seit jenem denkwürdigen Kampf nicht mehr gesehen hatte. Bei Streuner war es noch länger her, und Aurelia … Auch sein eigener Name war gefallen. Das Mädchen hatte ihn genannt, vermutlich, um ihn dem Fremden vorzustellen.

Das Mädchen wohnte schon so lange hier wie Aurelia und war darüber hinaus mit der Tochter der Heringsfrau befreundet. Nicht sie bereitete Serrano Sorge, sondern ihr Vater.

Denn das war der Fremde, daran bestand kein Zweifel. Und zwar nicht, weil er sie an der Hand gehalten hatte, als vielmehr wegen des Gleichklangs ihrer Bewegungen und des Tonfalls. Schön, so viel wusste er also, und weiter? Der Fremde war ein Vater, der plötzlich aufgetaucht war, seltsam lief und über Katzen sprach, die gleich nach seiner Ankunft verschwanden. Dessen Interesse so weit ging, dass er sich sogar den alten Bismarck in den Arm drücken ließ. Obwohl er – und davon brachten Serrano keine zehn angebratene Schnitzel ab, denn er hatte es in seinen Augen gelesen – Katzen nicht mochte. Und der seinerseits von Nils mit Argwohn betrachtet wurde.

Serrano rupfte eine frühe Jasminblüte von einem Busch

nahe der Kirche und zerkaute sie langsam. Bald darauf wurde sein Kopf von einer angenehmen Leichtigkeit geflutet. Er wusste, dass diese nicht lange anhalten würde, und mehr als zwei Blüten verursachten ihm Übelkeit. Aber sie würde ihn über die nächste halbe Stunde bringen, mehr verlangte er nicht.

Heiter schwebte er zum Pfarrhaus hinüber, sah, dass Cäsars Napf halbleer war, was ihm ein gutes Zeichen schien, dann machte er sich auf den Weg in die Lennéstraße zu Mathilda.

»Dein Handy klingelt.« Liebermann wurde rot. »Willst du nicht rangehen? Vielleicht ist es einer deiner Autoren.«

»Ich rufe später zurück.«

»Wie du willst«, sagte Nico und schob ihm über den Rand ihres Kofferraums ein in Decken geschlagenes Paket zu. »Meinst du, du schaffst das?«

»Na, hör mal!«, sagte Liebermann. »Du schleppst sie schließlich auch.«

»Aber ich hab's nicht am Rücken.« Liebermann warf Nico einen beleidigten Blick zu und hob das Paket an. Im nächsten Moment knickten seine Beine ein. Aus seinen Poren brach der Schweiß. Nico betrachtete ihn besorgt. »Ich finde es toll, dass du mir hilfst, aber ich will nicht unbedingt schuld an deiner vorzeitigen Pensionierung sein ... Außerdem ...«

»Was?«

Sie schüttelte den Kopf. Vor ihrer Wohnungstür setzten sie die Pakete ab. Sie schloss auf, und Liebermann wankte ins Wohnzimmer, wo er sich auf das rote Sofa fallen ließ. Einatmen. Geschirrgeklapper nebenan. Ausatmen. Unter der Zimmerdecke zog sich ein Stuckfries entlang, dessen Blütenornamente unter den Farbschichten der letzten hundert Jahre teilweise verborgen lagen. Einatmen.

Liebermann drehte sich auf die Seite.

Auf dem Tisch unter dem Fenster lag, wie schon beim letzten Mal, Nicos Fotoausrüstung. Sie hatte ihm erklärt, dass die Rahmen für eine Ausstellung im Katinka bestimmt waren, in der unter anderem Hamlet der Hausmeister hängen sollte. »Jürgen hat sich eine Stammkundengalerie zum fünfjährigen Kneipenjubiläum gewünscht.«

»Hamlet als Stammkunde im Katinka?«

»Stammkunden und als was sie sich sehen, wenn sie drei Bier getrunken haben.«

In der Küche rauschte der Wasserhahn. Liebermann fragte sich, ob Nicos Abfluss inzwischen wieder intakt war, und schraubte sich hoch. Das Sofa war zu weich. Er hinkte zur Fotoausrüstung hinüber. Schweres Zeug, teures Zeug, vermutlich. Bis auf die Digitalkamera, die kaum mehr wog als eine gefüllte Zigarettenpackung. Während er dem Pfeifen lauschte, das den Wasserhahn abgelöst hatte, spielte Liebermann damit herum, ließ geräuschlos den Zoom ausfahren und gestattete sich schließlich einen neugierigen Blick in den Speicher. Zu seiner Überraschung traf er dort auf die Bärmanns. Die ganze Familie, einschließlich Ralph und seines Erstgeborenen, dem er seine Rolle als Prinz des Kindergartens verdankte. Es war eine friedliche Szene. Oder, verbesserte sich Liebermann, als er die nächsten fünf Bilder zurücklaufen ließ, wohl eher eine Serie. Die zeigte, wie drei von vier Säuglingen von ihrer ätherischen Mutter nacheinander auf dem Sofa gewickelt wurden, während Ralph und sein ältester Sohn Pferd spielten. Ein Scheppern aus der Küche.

»Mist!«

Liebermann ließ die Kamera sinken. »Alles in Ordnung?«

»Ja. Nur eine Tasse!«

Die Liebermann Zeit gab, die Bilder weiter zu studieren. Offenbar war Nico mit den Bärmanns ziemlich vertraut, wenn sie ihr gestatteten, solche intimen Bilder zu machen. Natürlich, dachte er, sie war ihre Hebamme, sie hatte viel

Intimeres gesehen. Trotzdem war hier etwas, das ihm eigentümlich vorkam. Liebermann betrachtete sie eins nach dem anderen noch einmal. Vielleicht das Licht? Der Abstand? Der Winkel? Die beiden weißen Flusen, die durch die Luft schwebten? Die Flusen: noch mal von vorn. Wenn nacheinander drei Babys gewickelt worden waren, sollten sich die Flusen bereits nach dem ersten Bild gesetzt haben. Hatten sie aber nicht. Sie hingen vom ersten bis zum letzten an exakt derselben Stelle, links neben einem überfüllten Bücherregal. Was bedeutete, dass es keine Flusen waren.

Liebermann zögerte. Neugier stand gegen Diskretion.

Er könnte Nico fragen, das wäre das Einfachste. Und dabei zugeben, dass er in ihren Sachen gestöbert hatte. Oder einmal eine Frage unbeantwortet lassen. Was gingen ihn schließlich Nicos Privatvergnügen an. Nichts, dachte Liebermann und ließ die Speicherkarte der Kamera in seine Hosentasche gleiten.

Als Nico mit dem Kaffee kam, hielt Liebermann das Telefon in der Hand. Uwe hatte zwei Flüche und eine Information hinterlassen. Eine recht interessante. Berlich kündigte also eine Ausstellung in der Galerie des Mannes an, dessen Frau seine Geliebte war. Das brachte Liebermann darauf, dass er Olbinghaus längst einmal persönlich hätte kennenlernen sollen.

»Arbeit?«

»Ja.«

»Ein Autor?«

»Hm.«

»Ich würde gern mal ein Buch lesen, das du lektoriert hast«, sagte Nico und stellte das Tablett auf den Couchtisch. »Gibt es etwas von diesem Autor zu kaufen?«

»Bald«, murmelte Liebermann, mit Blick auf ihre Beine, die heute in braunen Kordhosen steckten. Dazu ein brauner Kordrock. Liebermann fand die Kombination immer noch eigenwillig, aber er musste zugeben, dass er sich Nico mittlerweile nicht mehr anders vorstellen konnte. Er ließ sich auf einem Sessel nieder. Sie auf dem Sofa.

»Wie heißt er?«

Liebermann fuhr sich mit dem Arm übers Gesicht, um eventuelle Reste von Schweiß abzuwischen und seine Verlegenheit zu verbergen. Ein Name, er brauchte einen Namen, möglichst einen, den er beim nächsten Gespräch nicht schon wieder vergessen hatte.

»Uwe Schüler«, sagte er. »Er ist ein ... äh ... vielversprechender Debütant. Preisträger von Wettbewerben und so was. Das Übliche.«

»Ich weiß nicht, was bei euch das Übliche ist. Woran schreibt er denn gerade?«

Liebermann ging die Puste aus. Er hatte sich das Lügen nicht so anstrengend vorgestellt. Andererseits kam ihm die Wahrheit gerade auch ziemlich anstrengend vor.

»An einem Roman.«

Nicos Mund kräuselte sich. »Tatsächlich! In dem es um *was* noch mal geht?«

»Du bist hartnäckig.«

»*Du* bist störrisch! Warum lässt du dir jedes Wort aus der Nase ziehen? Ist der Inhalt dieses Romans ein Geheimnis, wegen der Urheberrechte oder so? Na gut. Dann sag mir wenigstens das Genre!«

»Krimi.« Es kam schneller, als Liebermann lieb war.

»Wow!«

Liebermann trank seine Tasse aus und beschloss zu gehen. Doch noch bevor er aufgestanden war, hatte Nico ihm nachgeschenkt.

»Ich will gar nicht alles bis zum letzten i-Tüpfelchen wissen. Nur so im Groben: Wo spielt dieser Krimi, und wer ...

»Nicht zu fassen. Du bist schlimmer als Marion!«

»Wer?«

»Die Frau vom Jugendamt!«, sagte Liebermann matt. »Na schön. Aber der Roman ist noch unfertig, und ich weiß auch nicht, was der Autor, also Herr Schüler, in letzter Zeit für Veränderungen vorgenommen hat.«

»Egal.«

Liebermann seufzte.

Dann tastete er sich behutsam in ein Gebiet voller Fallen und Minen vor, die er selbst gelegt hatte. Er gab sich die größte Mühe, weder Ortsbezeichnungen noch Namen zu nennen. Aus dem geplanten Interview mit den Bärmanns machte er kurzerhand eins mit einem Lottogewinner. Aus dem Cabrio eine Limousine. Der Geliebte blieb, arbeitete aber beim Rundfunk, eine Idee, auf die Liebermann einigermaßen stolz war, der alte Olbinghaus mutierte zum Inhaber einer Supermarktkette.

Nach den ersten Sätzen stand er auf und begann aus alter Gewohnheit, auf und ab zu wandern.

Er stellte fest, dass es gut war, die Geschichte des Engels einmal im Zusammenhang zu erzählen. Denn dabei fielen ihm wieder all die kleinen Merkwürdigkeiten auf, die sein Verschwinden begleiteten, die aber in den Turbulenzen der letzten Tage untergegangen waren. Der geplatzte Interviewtermin, das Rheinsberger Tuten und Rauschen im Ohr ihres Mannes, das mit einer rot-gelben Rose geschmückte Cabrio, das bis tief in die Nacht unter seinem Balkon gestanden hatte, die verschwundene Plane und das Faltboot. Dazu ein verheirateter Geliebter und eine Praktikantin der *Illustrierten*, die zu frisch im Geschäft gewesen war, um Hans Olbinghaus fachgerecht zu belügen. Was davon stand in Zusammenhang mit Charlottes unerklärlicher Abwesenheit und was nicht? Er kam sich vor wie ein Spieler, der zwar jede Menge Karten in der Hand hielt, aber ein unsortiertes Blatt mit einem Haufen Luschen darunter. Eine zeigte einen Buben, der sich kürzlich von seiner Geliebten getrennt hatte, oder sie sich von ihm. Oder gar nichts von beiden. Auf jeden Fall hatte sie sich ein neues Äußeres zugelegt. Und plötzlich überkam Liebermann wie ein

Schluckauf die Ahnung, dass die Geschichte vorn und hinten nicht stimmte.

Er fuhr sich durch die Haare und sah sich nach Nico um. Sie saß, die Hände im Schoß zusammengelegt, auf dem Sofa und blickte aufmerksam zu ihm empor. Liebermann zwang sich zu einem Lächeln. »Weiter ist er noch nicht. Er hat sich in seinen falschen Fährten verheddert. Das passiert, wenn man auf mehreren Ebenen gleichzeitig denken muss.«

»Die Frau ist tot, nicht wahr?«

Die nüchterne Art, in der Nico sprach, schockierte ihn fast mehr als die Frage selbst. »Wie kommst du darauf?«

Sie lächelte. »Du hast gesagt, es ist ein Krimi.«

»Ah, ja.«

»Und, wer war's?«

»Was würdest du sagen?«

»Ihr Mann«, antwortete Nico wie aus der Pistole geschossen.

»Ihr Mann?«, fragte Liebermann erstaunt. »Warum?«

»Was weiß ich? Aus Eifersucht. Warum hat er dem Kommissar verschwiegen, dass er von der Liaison seiner Frau wusste? Wenn er ständig in der Redaktion anrief, muss er doch einen Verdacht gehabt haben. Und dann noch die Praktikantin: Sie sagt ihm, seine Frau sei nach Hause gegangen, wo sie aber nicht ankommt, weil sie wie jeden Mittwoch mit ihrem Freund unterwegs ist. Sie trudelt also erst viel später zu Hause ein und erzählt ihm, wie mit ihren Kolleginnen verabredet, sie habe noch einen Interviewtermin gehabt. Also *ich* würde da stutzig werden. Aber der Mann erwähnt seinen Verdacht gegenüber der Polizei nicht, obwohl er sie so schnell aufsucht, dass man auf große Sorge schließen muss.«

Liebermann versteinerte.

»Tja, oder es war der Radiotyp«, überlegte Nico weiter. »Die Frau war mit ihrer Rolle als Liebhaberin nicht mehr zufrieden, und er hat Angst bekommen, dass sie seine Ehe zerstört.« Sie schürzte die Lippen. »Nein. Ich bleibe beim Ehemann.«

Etwas klimperte auf den Boden, vielleicht ein Löffel. Nico scherte sich nicht darum, aber Liebermann riss es aus seinen Gedanken.

»Richtig oder falsch?«

»Das … steht noch nicht so genau fest.«

»Was?« Sie verzog das Gesicht. »Wie kann es denn eine Leiche ohne Mörder geben?«

»Herzinfarkt«, sagte Liebermann. »Selbstmord oder Unfall. Egal, hör nicht hin, ich rede nur so daher, weil mir etwas eingefallen ist. Ich glaube, ich muss dringend einen Blick in das Manuskript von Herrn Schüler werfen. Danke für den Kaffee. Ich revanchiere mich.«

»Schenk uns Miri heute Nachmittag!«

»Gern, aber das ist eher ein Grund für eine doppelte Revanche.«

»Dann lass dir was einfallen«, sagte Nico, und ihre Augen blitzten.

Noch auf der Treppe riss Liebermann das Handy aus der Tasche. Er ließ Uwe nicht einmal die Zeit, sich zu melden.

»Ich will noch einmal wortwörtlich wissen, was Olbinghaus am Telefon zu dir gesagt hat! Ich will wortwörtlich wissen, was er zu den Wilmersdorfern gesagt hat, als er seine Anzeige aufgegeben hat! Herrgott, muss ich mich erst von wildfremden Leuten darauf stoßen lassen, dass er dem Verhältnis seiner Frau mit Berlich nicht blind gegenübergestanden haben kann? Weiter: Hast du diesen ominösen letzten Anruf überhaupt überprüft? Woher wollen wir wissen, dass die Geschichte mit dem Wellenrauschen nicht hanebüchener Unsinn ist? Was, wenn er selbst das Cabrio um halb zwölf oder später weggefahren hat? Wenn hinter der Vermisstengeschichte etwas ganz anderes steckt. Was macht ihr überhaupt den ganzen Tag?«

»Ich hab den Kasten angeschlossen«, sagte eine tiefe Stimme.

Liebermann starrte auf sein Handy. »Wer ist da?«

»Arnie«, brummte Arnie. »Könnt loslegen.«

»Wo ist Uwe?«

»Kaffeemaschine kaufen.«

»Spinnt der? Marion?«

»Gucken«, sagte Arnie nach einer Bedenkpause.

»Lass sein. Was für einen Kasten meinst du?«

»Den Computer. Mit der Festplatte von dieser Journalistin.«

»Gut.« Wenigstens etwas. »Wenn Uwe wiederkommt, sag ihm ...«

»Sag's ihm selber.« Im nächsten Moment hatte Liebermann seinen etwas abgehetzten, aber gutgelaunten Stellvertreter im Ohr.

»Entschuldigung. Der Automat ist auch kaputt. Ich zieh's von der Mittagspause ab.«

»Ich hoffe, es hat sich wenigstens gelohnt!«

»O ja, ja!« In Uwes Ton klang die Begeisterung eines frischgebackenen Vaters.

»Es ist ein Kaffeevollautomat. Das heißt, dass er gleichzeitig Kaffee, Espresso, Cappuccino – was du willst, machen kann.«

»Aha. Ist er auch in der Lage, Daten aus einem Computer zu ziehen?«

»Nein«, murmelte Uwe, und Liebermann begriff, dass er ihm die Freude verdorben hatte.

»Ich mache mich jetzt auf den Weg zu Olbinghaus«, sagte er etwas sanfter.

»Dafür brauche ich ungefähr eine Dreiviertelstunde, vielleicht eine, wenn ich noch tanken muss. Es würde mich freuen, wenn Charlotte Olbinghaus' Festplatte uns bis dahin schon etwas zu sagen hätte. Also koch dir einen Doppelten, und dann los!«

Serrano war noch ein federhaariges Junges gewesen, als der Krieg um die südliche Reviergrenze zwischen dem schwarzen Balthas, dem damaligen Oberhaupt des Viertels, und Schwätzer vom Park aufgebrandet war.

Schwätzer, der zwar über ein ausgedehntes Gelände, aber nur zwei männliche Vasallen herrschte, hatte die Lennéstraße eines schönen Tages zur natürlichen Grenzlinie erklärt. Der Grund dafür war so durchsichtig wie Aspik. In mehreren der niedrigen ehemaligen Handwerkerhäusern, die sich auf der von ihm annektierten Straßenseite befanden, lebten Katzen: die Voraussetzung für das Fortbestehen der Schwätzerlinie.

Natürlich war Balthas sofort auf den Plan getreten, um die Sache zu regeln. Wo gab es denn so was, dass irgendein dahergelaufener Kater ihm einen halben Straßenzug wegschnappte? Aber er hatte bald feststellen müssen, dass sich die Sache so einfach nicht regeln ließ. Er war klug und kräftig, der Schwätzer dafür zäh und gerissen. Die Regeln der Kampfkunst rangen ihm nur ein hohles Lachen ab. Und darüber hinaus begattete er die Weiblichkeit des umstrittenen Gebiets in einem Tempo, als gälte es, innerhalb eines Sommers eine Armee auf die Beine zu stellen. Wahrscheinlich war das sogar sein Ziel. Aber ehe er es erreichte, begriff Balthas, dass er mit seinem Rivalen nicht auf die herkömmliche Art umgehen durfte, wollte er sein Problem lösen. Einem, der aus dem Hinterhalt angriff, kam man nur aus dem Hinterhalt bei.

Eine von Serranos frühesten Erinnerungen war, wie der damalige Herrscher des Viertels mit zerfetzten Ohren und blutendem Maul über den Hof in den Keller der Fleischerei gekrochen kam, umweht vom Geruch eines schrecklichen Kampfes.

Serranos Tatzen waren damals noch weich und rosa gewesen, seine Zähne zu kurz, um ein Schnitzel am Stück zu fressen, und er war stolz, dass Balthas bei ihm Unterschlupf suchte. In diesen Tagen, als der Schwarze im Keller der Fleischerei von seinen Verletzungen genas, beschloss Serrano, dereinst selbst Vorsteher und Hüter seines Viertels zu sein.

Jetzt war er es. Der Kampf um die Krone zwei Jahre später war nur eine Formsache gewesen. Balthas litt zu dieser Zeit bereits unter Arthritis und hegte den Plan, sich aus dem Viertel zurückzuziehen.

Der Schwätzer galt seit jenem denkwürdigen Ereignis als verschollen. Vielleicht war er tot, vielleicht hatte Balthas ihn so zugerichtet, dass er sich nicht mehr ans Licht wagte: Balthas hatte nie über den Kampf gesprochen, also füllten Gerüchte und später Legenden die Wissenslücken. Von den anderen beiden Katern hatte keiner die Nachfolge des Schwätzers angetreten, der Park gehörte demnach offiziell allen, inoffiziell schlug man ihn automatisch dem Viertel zu, also Serrano.

Trotzdem haftete den Häusern und Gärten auf der westlichen Seite der Lennéstraße noch immer ein Hauch von Niemandsland an. Serrano mied sie nicht direkt, manchmal sah er dort nach dem Rechten, aber immer wenn er es tat, begleitete ihn der Schatten des schwarzen Balthas, und er hatte das Gefühl, als gehörte die Straße weder ihm noch dem Schwätzer, sondern dem, der sie bitter erstritten hatte.

Mathilda lebte im Gartenhaus des letzten Wohngrundstücks vor der parkeigenen Gärtnerei. Sie war im Gefolge ihrer Besitzer erst im letzten Sommer hierhergezogen. Nachdem Maja ihm damals von ihr berichtet hatte, war er zum Antrittsbesuch erschienen, auch um zu prüfen, ob sie zu einer potentiellen Geliebten taugte. Er hatte ein scheues Wesen vorgefunden, das kaum einen vollständigen Satz über die Lippen gebracht und die ganze Zeit nervös an einer Wolldecke herumgezupft hatte. Nach einigen Minuten tödlicher Langeweile hatte Serrano sich mit der Absicht verabschiedet, es mit diesem einen Besuch auf sich beruhen zu lassen.

Aber jetzt hatte er Fragen, und er hoffte, dass sie imstande war, sie zusammenhängend zu beantworten.

Die Rollos des Gartenhauses waren heruntergelassen. Trotzdem konnte Serrano Bilder ringsum an den Wänden erspähen. Die meisten zeigten Landschaften, die ihm vage bekannt vorkamen, aber es waren auch großzügig gezeichnete Porträts von Katzen darunter. Vermutlich stellten sie Mathilda und ihre Jungen dar. Das Modell selbst klemmte zwischen einigen leeren Blumentöpfen in einer Ecke des Pavillons. Den Geräuschen nach befand sich ihr Nachwuchs unter dem Sofa neben der Tür.

»Ich tue euch nichts«, sagte Serrano. »Ich will nur mit euch reden.«

Er musste den Satz wiederholen, ehe sich zwischen den Blumentöpfen etwas regte. Mathildas Kopf erschien, mehr nicht. Angesichts von so viel Furcht fragte Serrano sich, wie sie es geschafft hatte, schwanger zu werden.

»Es geht um deine Jungen.«

Sofort wich der Kopf ein Stück zurück. Serrano riss die Geduld.

»Jetzt reicht's! Komm raus, ich unterhalte mich nicht mit Blumentöpfen.«

Es war, als hätte Mathilda nur mal ein strenges Wort gebraucht. Eine Sekunde später hockte ihr ganzes zitterndes Selbst vor ihm, den Blick ängstlich auf den unteren Teil des Sofas gerichtet.

»Sind die immer da unten?«

»Nein«, flüsterte Mathilda.

»Sprich deutlich mit mir, ich habe nur ein Ohr.« Sie sah scheu zur Öffnung seines trotz allem hervorragend funktionierenden rechten Gehörgangs und wiederholte, etwas lauter: »Nein.«

»Maja hat mir das mit deinen Jungen erzählt. Und da dies mein Revier ist, sehe ich es als meine Aufgabe, der Angelegenheit nachzugehen. Ich dulde nicht, dass hier einfach so junge Katzen verschwinden.«

Scheinbar hatte er den richtigen Weg gewählt. Mathilda lockerte sich ein wenig.

»Es waren also zwei?«

Sie nickte. »Zwei Kater.«

»Wie bitte?«

Mathilda zuckte zusammen. »Kater und Katze.«

»Wie alt?«

»Acht Wochen.«

»Das ist ein normales Alter, um die Mutter zu verlassen!«, sagte Serrano erstaunt. Aber dem Ausdruck in Mathildas Gesicht nach sah sie das offenbar anders. Und Serrano musste zugeben, dass es sich hier auch um einen anderen Schlag Jungen handelte. »Hingen sie noch an der Zitze?«

Das gehauchte »Ja« wunderte ihn schon nicht mehr.

»Gut. Wann sind sie verschwunden?«

»Freitag.«

Freitag. Durch Serranos Brust ging ein Ziehen. Für den Bruchteil einer Sekunde verlor er Mathilda aus dem Blick, denn seine Augen zogen sich einwärts, auf der Suche nach dem unverwundbaren Punkt, von dem es hieß, dass er einen sechs Mal auferstehen ließ. Aber niemand wusste genau, wo er war, und er fand ihn nicht.

»Sie bekamen ihre Abendmilch, dann hat mich die Frau geholt und gefüttert«, murmelte Mathilda. »Der Mann war nicht da, aber ein anderer, in der Diele. Ich war in der Küche. Als ich aufgefressen hatte, hab ich gewartet, bis die Frau kam und mich hinausließ.« Sie stockte plötzlich und würgte, als wäre ihr gerade klargeworden, dass sie mit dem Futter vom Freitagabend auch versehentlich zwei ihrer Jungen verschluckt hatte.

»Hinausgelassen?«, fragte Serrano.

»Aus der Küche. Sie macht sie zu, damit ich beim Fressen meine Ruhe habe.«

»Waren sie noch da, als du zurückkamst?«

Mathilda stöhnte auf, ihre Vorderpfoten krampften ins Nichts. Antwort genug.

»Und die anderen«, fuhr Serrano, so behutsam es sein eigener wiederaufgelebter Schmerz zuließ, fort, »haben nichts gemerkt? Nichts gesehen?«

Er duckte sich zum dunklen Spalt zwischen Sofa und Boden. »Ihr müsst sie doch gesehen haben.«

»Lass sie!«, fauchte Mathilda ungewohnt scharf. »Sie haben nichts gesehen, und sie reden nicht mit Fremden.«

»Wenn sie in diesem Viertel bleiben wollen, werden sie lernen müssen, wenigstens mit mir zu reden«, fauchte Serrano zurück. Mathildas Augen funkelten noch einmal auf, dann erloschen sie. Sie schien zu begreifen, was sie soeben getan hatte: Sie hatte den Vorsteher des Reviers angegriffen, einen Kater, der doppelt so groß war wie sie. Sie sah aus, als würde sie sich am liebsten in Luft auflösen.

»Die beiden waren hier im Gartenhaus«, hauchte sie. »Wahrscheinlich sind die anderen … mir nachgelaufen. Ich habe sie schon einmal vor der Tür zum Wohnhaus erwischt. Und sie dafür gerügt«, fügte sie hinzu, vermutlich um Serranos Vorwurf, sie vernachlässige ihre Jungen, im Keim zu ersticken.

Serrano dachte nur, dass diese beiden Jungen wahrscheinlich ihrem Vater nachschlugen, einem, von seinem Frauengeschmack abgesehen, offensichtlich ganz normalen Kater.

»Der Mann«, fragte er, »war der noch da, als du rauskamst?«

»Der Mann? Ich weiß nicht. In der Diele nicht.« Sie sah ihn verständnislos an. Dann wurde sie mit einem Schlag zu Holz.

»Hat er etwas damit zu tun?«

»Ich weiß es noch nicht. Wie sah er aus?«

»Das – ich hab nicht so genau hingesehen, ich bin nur an ihm vorbei in die Küche.«

»Versuch dich zu erinnern!«

Mathilda presste die Lefzen zusammen. Das Ringen um die Erinnerung an einen fremden Menschen in der Diele ihrer Herrschaft kostete sie sichtlich Überwindung. »Braune Schuhe«, sagte sie endlich.

»Mit Schnürsenkeln?«

»Ja.«

»Waren sie zerfranst?«

Mathilda überlegte erneut. »Ich bin nur an ihm vorbeigerannt. Er trug eine schwarze Hose.«

Schwarze Hose. Braune Schuhe. Über die Hälfte aller Männer im Viertel kleidete sich so. »Waren seine Haare dunkel?«

»Kann sein.« Mathildas Lider begannen zu flattern. »Ja, bestimmt, jedenfalls waren sie nicht richtig hell. Und er war groß.«

Ja, so groß wie ein Baum oder wie ein Stromkasten oder wie eben ein Mensch. Wenn das Schicksal ihm schon eine Zeugin sandte, warum musste es ausgerechnet Mathilda sein? Serrano beschloss, es auf sich beruhen zu lassen, als ihm etwas einfiel. »Eine letzte Frage. Denk gut nach! Lass dir Zeit. Geh zurück zu dem Moment, als ihr euch getroffen habt! Und dann sag mir, ob dir an den Bewegungen des Mannes etwas aufgefallen ist, an seinem Gang, möglicherweise.«

Er wusste, dass er viel von Mathilda verlangte, aber sie würde es tun, und wenn es sie den Rest ihrer Nerven kosten würde, denn es ging um ihre Kinder.

Während sie unter leisem Wimmern abermals in jenen unseligen Freitagabend glitt, spähte er unter das Sofa und begegnete vier gleißenden Knöpfen. Einen Moment später tauchte Mathilda keuchend aus ihren Erinnerungen auf. »Nein. Mir ist nichts aufgefallen.«

»Sicher?«

»Ja. Nur ich habe mich bewegt. Er nicht.«

Die Enttäuschung legte sich wie eine schwere Hand auf sein Fell. »Tja, dann …«

»Aber am Montag war hier einer, den ich genau gesehen habe, denn ich war vor Schreck so starr, dass ich ihn nur ansehen konnte.«

»Am Montag sind keine Katzen verschwunden.«

»Nein. Aber vielleicht beinahe.« In Mathildas Augen trat ein neuer Ausdruck, der Serrano an aufgeschäumte Milch erinnerte. Auch in ihren Mundwinkeln hing etwas davon. Und erstmals kam sie näher. »Der Mann am Montag hat mich angestarrt. Ich weiß, dass er nach mir greifen wollte. Ich hab's gerochen.«

»Erinnerst du dich an seine Schuhe?«

»Braun. Und seine Augen waren blau. Das Blau der Seelenlosen. Wenn der meine Kleinen hat, sind sie verloren.« Mathilda stieß einen Ton aus, der die Fenster des Gartenhäuschens zum Klirren brachte, und stürzte zwischen die Blumentöpfe.

Liebermann bog gerade in die Fasanenstraße ein, als Uwe anrief. Er steuerte das Auto in die erstbeste Liefereinfahrt und stellte das Handy auf laut. Uwe war mitten im Satz.

»… drübergeflogen. Zuerst über ihren Posteingang. Nichts Augenfälliges, aber ich hab ihn an Marion weitergeleitet, damit sie ihn noch mal in Ruhe durchgeht. Die meisten Ordner waren auch Schrott.«

»Das heißt?« Liebermann lehnte sich zurück, ein Verhandlungsangebot für seine knirschenden Lendenwirbel.

»Alle möglichen Artikel. Ältere. Kleingartenkriege, abgerissene und wieder angenähte Ohren. Diätpläne. Unsere Vermisste hatte ihren Miss-Körper unter Kontrolle.«

Liebermann stimmte ihm schweigend zu. Laut sagte er: »Und sonst gar nichts aus der letzten Zeit?«

»Doch. Es gibt da einen Artikel, nur einen und noch dazu unvollendet, aber der wiegt sämtliche Diätpläne auf. Er ist vom 17. Mai. Ich habe ihn dir gemailt.«

»Das ist nett von dir«, sagte Liebermann geduldig. »Aber momentan befinde ich mich vierzig Kilometer von meinem Laptop entfernt. Über diese Distanz fällt es mir schwer, einen Artikel zu lesen.«

»Ich sag's ja bloß.«

»Also, worum geht's darin?«

»Um Stefan Berlich.«

Liebermann richtete sich ein wenig in seinem Sitz auf.

»Und zwar nicht so, wie du vielleicht denkst«, fuhr Uwe fort. »Der Titel lautet: ›Das schmutzige Geschäft mit der Kunst‹.«

»Ach!« Jetzt saß Liebermann stocksteif hinter dem Lenkrad. Sein Rücken musste warten wie auch der Radfahrer, der sich neben ihm die Seele aus dem Leib klingelte, statt einfach um ihn herumzufahren.

»Um es mal zusammenzufassen«, sagte Uwe, »Charlotte Olbinghaus behauptet, dass ihr Liebhaber neben seinem hauptamtlichen Beruf als Journalist und Kritiker noch einen Nebenjob hat, und zwar als Agent für junge, noch namenlose Künstler, besser, Künstlerinnen. Er pickt sich die Damen von den Hochschulen und bietet ihnen die Vermittlung an renommierte Galerien an.«

»Wie die von Olbinghaus.«

»Die Namen der Galerien sind nicht erwähnt, aber vermutlich so was in der Art.«

»Was ihm ebenso vermutlich recht leicht fällt, bei seinem Ruf.«

»Und im Vorfeld lanciert er einige ansprechende Artikel über die jungen Künstlerinnen«, ergänzte Uwe.

»Na schön. Aber ich verstehe nicht recht, was daran

schmutzig sein soll. Im Gegenteil. Berlich kümmert sich wie ein rührender Vater um den künstlerischen Nachwuchs. Eines Tage wird man deshalb eine Straße nach ihm benennen.«

»Wohl kaum«, sagte Uwe und schlürfte geräuschvoll etwas in sich hinein, »wenn man sich die Verträge ansieht, die er mit seinen Elevinnen schließt. Darin verpflichten sie sich, sechzig Prozent der Erlöse sämtlicher Bilder an ihren Agenten abzutreten, und zwar von denen der Ausstellung und auch den später verkauften. Charlotte Olbinghaus beruft sich hier auf die Aussagen einer Iljana Karuleit, mit der sich Berlich letztes Jahr ein ordentliches Handgeld verdient hat, aber sie betont, dass die Karuleit nur stellvertretend für mindestens ein Dutzend anderer steht. Im selben Ordner, in dem sie diesen unvollendeten Artikel gespeichert hat, befindet sich eine Liste mit Namen und Adressen und teilweise Telefonnummern. Wahrscheinlich sind das die Mädchen, denn die Karuleit war auch darunter. Und diese Selma, deren Vernissage bei Olbinghaus für Sonntag angekündigt ist.«

Liebermann blickte durch die Frontscheibe auf eine Handvoll kunstfertig aneinandergekettete Gartenstühle in einem lichten Hinterhof. Mit etwas Phantasie ergaben sie eine Rosette.

»Was ist als Agentenhonorar üblich?«, fragte er.

»In der Branche bin ich noch nicht so bewandert«, sagte Uwe, und Liebermann hörte das deutliche *noch*. »In anderen sind es zwischen zehn und zwanzig Prozent. Aber nur der Werke, die der Agent selbst vermittelt, nicht auch der davor und danach.«

»Gut. Einigen wir uns darauf, dass Stefan Berlich es sich leisten kann, dreister zu sein als andere.«

»Das kann er eben nicht«, unterbrach Uwe ungewohnt temperamentvoll. »Sein Ruf ist der eines Idealisten. Er ist der ›Vater der jungen Kunst‹! Was ist aber von einem Vater zu halten, der seine Töchter schröpft und –« Er brach ab. Wieder das gurgelnde Geräusch.

»Sag mal, putzt du dir die Zähne, während du mit mir telefonierst?«, fragte Liebermann angeekelt.

Uwe schluckte. »Nein. Man soll den Espresso durch die Mundhöhle spülen, haben sie im Laden gesagt. Dann hat man mehr vom Aroma. Es stimmt.«

»Spül dir die Höhle, wenn wir fertig sind. Ich mache auch keine Gymnastik, während wir reden. Apropos: Kommentiert Charlotte Olbinghaus den Umstand, dass Herr Berlich sich hauptsächlich um Töchter kümmert?«

»Über mehrere Zeilen.«

Liebermann nickte. »Insgesamt wirft sie ihm also vor, sich an den jungen Malerinnen doppelt schadlos zu halten. Indem sie ihm den einen Beutel füllen und die anderen leeren.«

Es dauerte ein paar Sekunden, ehe Uwe sagte: »Bist du dir darüber im Klaren, dass die Potsdamer Provinz dich verändert?«

»Tut sie nicht. Das eben war ein Zitat von Thekla. Aber es trifft zu. Ich frage mich nur, ob der doppelte Beutel genügt, um Berlich einen Strick daraus zu drehen.«

»Es würde zumindest für ziemlichen Wirbel innerhalb der Szene sorgen. Und möglicherweise auch innerhalb Berlichs Ehe.«

Natürlich. Ein anderes Feld, aber auch eines, das man im Auge behalten musste. Liebermanns Finger schlugen wie von selbst einen losen Takt auf das Lenkrad, und in Gedanken wiederholte er endlos zwei Worte, indem er Berlichs in Gefahr geratener *Ehre* abwechselnd einen Buchstaben stahl und ihn wieder hinzufügte.

»Wir wissen zu wenig über Berlichs Ehe.«

»Wir wissen bisher auch wenig über Charlotte Olbinghaus' Ehe«, brummte Uwe. »Wozu auch, wo sie jeden Moment wieder auftauchen kann.«

»Nein«, sagte Liebermann plötzlich hart. »Dazu wissen wir nun wieder zu viel. Zum Beispiel frage ich mich, warum sie den Artikel nicht zu Ende geschrieben hat.«

»Dafür kann es zig Gründe geben.«

»Und einer davon könnte lauten: Weil sie vorher verschwunden ist. Setz dich mit den Mädchen in Verbindung. Dieser Karuleit, aber auch allen anderen. Ich will wissen, ob Charlotte Olbinghaus bei jedem von Berlichs Mädchen vorstellig geworden ist, und wenn ja, was sie sie gefragt hat, und vor allem, wie.«

»Wozu? Denkst du etwa, eines der Mädchen hat sie verschwinden lassen?«

»Ich denke«, sagte Liebermann, »dass sich die Frau, die wir suchen, irgendwo hinter dem Gesicht auf dem Foto verbirgt. Also werden wir hinter das Foto steigen. Wir sehen uns nachher im Büro. Untersteh dich, noch ein Set Kaffeetassen kaufen zu gehen!«

Bevor er das Telefonat beendete, hörte Liebermann von fern Uwes neue Maschine röcheln. Uwe hatte kein Wort über seine Zähne gesagt. Eine der wenigen erfreulichen Tatsachen dieses Tages.

Von außen sah man der Galerie ihren Ruf nicht an. Ohne die Kupferlettern, in denen schlicht »Hans Olbinghaus« über der Eingangstür stand, hätte man sie auch für ein Geschäft halten können, dessen Inhaber auf gutgeputzte Fensterscheiben Wert legte.

Olbinghaus selbst entpuppte sich als rundlicher, gepflegter Sechzigjähriger, der mit etwas mehr Mienenspiel sanftmütig gewirkt hätte. Das überraschte Liebermann. Er hatte sich ein gelbliches Schlitzauge vorgestellt, das in Abständen Schleim und Befehle absonderte und seine Frau in einer durchsichtigen Blase gefangen hielt.

Nach einer militärisch knappen Begrüßung bot Olbinghaus seinem Besucher einen ungemütlichen Stuhl an einem dazu passenden Tischchen in einer Ecke des Ausstellungsraumes an. Auf einem ebensolchen Stuhl nahm er ihm gegenüber Platz. Eine Lüftungsanlage summte. Kanne und Tassen standen schon bereit, was Liebermann zu der Vermutung veranlasste, dass den Galeristen selten etwas unvorbereitet traf. Das Verschwinden seiner Frau schien eine dieser Ausnahmen zu sein.

Hans Olbinghaus eröffnete das Gespräch, indem er die Beine übereinanderschlug. Liebermann ergänzte seinen Kaffee durch einen Tropfen Milch aus einem Kännchen ohne Griff.

»Es wird Sie sicher nicht wundern, wenn ich Ihnen sage, dass wir Ihre Frau noch nicht gefunden haben«, sagte er. »Sonst hätte ich sie mitgebracht. Sind diese Gemälde hinter Ihnen von Selma Balthasar?«

Falls er eine Regung im Gesicht des Galeristen erwartet hatte, blieb sie aus.

»Fräulein Balthasars Vernissage findet am Montag statt. Nach der Finissage von Heinz Kung, dessen Werke Sie hier sehen.«

»Verstehe. Haben Sie ihre Bilder schon hier?«

Hans Olbinghaus schenkte ihm einen kühlen Blick. »Würden sie Ihnen denn bei der Suche nach meiner Frau helfen?«

Liebermann murmelte, man könne nie wissen, und wurde barsch unterbrochen. Welche Schritte die Polizei inzwischen eingeleitet habe, um der Vermissten – Liebermann glaubte, sich verhört zu haben, aber Hans Olbinghaus nannte seine Frau tatsächlich *die Vermisste* – habhaft zu werden, abgesehen von Bildbetrachtungen. Er gab einen kurzen Bericht ab. Dann entschloss er sich zur Offensive.

»Mich beschäftigt, warum Sie schon am Samstagmorgen versucht haben, eine Vermisstenanzeige zu erstatten, nicht einmal zwölf Stunden nach dem letzten Termin Ihrer Frau.«

Ein kaum sichtbares Achselzucken begleitete die Antwort: »Charlotte hatte sich nicht abgemeldet. Und ich habe auch keine Vermisstenanzeige erstattet, sondern die Beamten gebeten, sich um die Sache zu kümmern.«

Mit anderen Worten hatte er ihnen befohlen, sie aufzutreiben, dachte Liebermann. Und das so vehement, dass die Wilmersdorfer die Sache dankbar an das LKA abgetreten hatten. Eine Journalistin, ehemalige Miss 89, dazu noch Gattin eines angesehenen Galeristen, da konnte man nie wissen, wie weit sich der Bogen noch spannen würde.

»Aber warum? Ihre Frau ist erwachsen. Selbst wenn sie sich üblicherweise bei Ihnen *abgemeldet* hat, gibt es doch immer noch die Möglichkeit, dass sie einen Bekannten getroffen und aus Bequemlichkeitsgründen bei ihm die Nacht verbracht haben könnte. Oder dass sie ...«, Liebermann suchte nach Worten, »...irgendeinen anderen Grund hatte, auswärts zu schlafen.«

»Nämlich welchen?«, fragte Olbinghaus dünnlippig.

Wenn Liebermann so darüber nachdachte, fiel ihm nur einer ein.

»Eine Liebschaft, zum Beispiel.«

Hans Olbinghaus begann zu husten. Es war ein trockener Husten, der den Galeristen auf seinem Stuhl wippen ließ. Gerade als Liebermann aufstehen wollte, um nach einem Wasserglas zu suchen, stellte er mit einem Blick in das Gesicht seines Gegenübers fest, dass es sich in Wirklichkeit um eine spezielle Art von Lachen handelte. Sein Körper reagierte mit einer Gänsehaut.

»Mein lieber Hauptkommissar«, kicherte Olbinghaus und betrachtete ihn dabei wie ein minderwertiges Gemälde. »Um einiges klarzustellen: Zwischen uns gab es eine Abmachung, die den Grundstein jeder Ehe bilden sollte. Und die heißt Loyalität. Meine Frau hat mich stets über ihre Termine unterrichtet, so wie ich sie über meine. Ich wusste von ihrem Interview in Potsdam. Sie wollte spätestens um 20 Uhr 30 zurück sein, um mich zu einer Vernissage ins Adlon zu begleiten. Sie ist nicht gekommen, ich habe sie, in der Annahme, dass ihr Termin sich aus irgendeinem Grund in die Länge zieht, angerufen und hatte ein Rauschen im Ohr.«

»Möwen, Tuten, Wellen«, erinnerte sich Liebermann.

»Etwas in der Art.« Olbinghaus' Blick verhärtete sich. »Und nun versetzen Sie sich bitte in meine Lage und sagen Sie mir, was Sie davon halten würden.«

»Nichts.«

»Wie bitte?«

»Nichts, ich hätte keine Ahnung, was das soll.«

Es fiel Liebermann schwer, dem Blick standzuhalten. Olbinghaus war ohne Zweifel jemand, in dessen Wortschatz Redewendungen wie »keine Ahnung haben« nicht vorkamen.

»Ich hätte abgewartet«, setzte er hinzu, »in der Hoffnung, dass sich die Wellen-Möwen-Geschichte mit der Rückkehr der Telefoninhaberin aufklärt.«

»Gute Idee.« Olbinghaus zog ein Zigarettenetui aus einer seiner Jacketttaschen. Er reichte es über den Tisch und forderte Liebermann mit einer kaum sichtbaren Geste auf, sich zu bedienen. Liebermann zog sein eigenes Päckchen heraus, was der Alte mit einem verächtlichen Grunzen kommentierte.

»Was glauben Sie wohl, was ich in der Nacht zum Sonnabend getan habe?«, fragte er. »Ich habe ihre drei, vier Freundinnen angerufen.« Mehr als die Wortwahl verriet sein Ton Liebermann, was er von ihnen hielt. »Dann ihre Mutter, dann in der Redaktion. Keiner wusste etwas beziehungsweise in der Redaktion war niemand mehr. Bis zum nächsten Mittag hatte sich Charlotte mit mir noch immer nicht in Verbindung gesetzt. Und jetzt kommen Sie und werfen mir vor, dass ich mir Sorgen mache?«

»Nein«, sagte Liebermann ruhig. »Ich wusste nicht, dass die Möglichkeiten für ein Fernbleiben über Nacht bei Ihrer Frau so begrenzt waren. Es bleibt immerhin noch eine: der Liebhaber.«

Er rechnete mit einem neuerlichen Hustenanfall. Aber Olbinghaus zündete sich nur seine Zigarette an. »Sie lesen zu viele Schundromane.«

Das war unmissverständlich. Mit diesem einen Satz teilte er Liebermann mit, dass er von ihm als Polizisten nicht viel mehr hielt als von den Freundinnen seiner Frau. Liebermann hatte nicht übel Lust, ihn unter irgendeinem an den Haaren herbeigezogenen Grund in Handschellen zu legen, nur um ihn aus seiner öligen Selbstzufriedenheit zu reißen. Aber er beherrschte sich.

Er ließ eine gute Minute verstreichen, in der er vorgab, die Bilder von Heinz Kung zu studieren – die im Großen und Ganzen braun waren –, und in der er rauchte und Kaffee trank. Dabei dachte er über die Foltermethoden des Mittelalters nach. Auf ihre Weise hatten die Leute damals ein recht effektives Rechtssystem gehabt, grausam, oft ungerecht, aber effektiv.

Er trank noch einen Schluck, dann sagte er. »Ich weiß nicht, welche Romane Ihre Frau konsumiert, aber dafür weiß ich, dass sie eine handfeste Affäre hatte.«

Er lehnte sich zurück und wartete die Wirkung dieser Information ab.

Sie ließ auf sich warten. Olbinghaus behielt sein Lächeln bei. Doch Liebermann hatte den Eindruck, dass es eher von einer Verkrampfung seiner Mundmuskulatur herrührte als von Frohsinn. Er registrierte weiterhin, dass der Galerist seine Zigarette erst zu zwei Dritteln aufgeraucht hatte, als er sie ausdrückte, und dass die Hand, die die Tasse zum Mund führte, minimal zitterte.

In jeder anderen Situation hätte Liebermann dieses Zittern Olbinghaus' Alter zugeschrieben. Es war ihm eine Genugtuung.

Er führte seinen Zug zu Ende, indem er sagte: »Die Kolleginnen Ihrer Frau in der Redaktion waren darüber im Bilde. Entweder waren Sie es auch, oder Sie müssen zugeben, dass die Grundfesten der Ehe, soweit es Sie und Ihre Frau betrifft, bröckeln.«

Olbinghaus wurde ein wenig fahl. Er spitzte die Lippen, was, so nahm Liebermann an, bei ihm ein Zeichen höchster Erregung darstellte. Die nächste Frage zeugte davon, dass sein logisches Denken trotzdem nicht in Mitleidenschaft gezogen worden war. »Bei diesem Mann ist sie nicht?«

»Er sagt, nein.«

»Sie wissen, wer es ist.«

»Stefan Berlich.«

Für Hans Olbinghaus war es wahrscheinlich ein Glück, für Liebermann ein Ärgernis, dass just in diesem Augenblick die Tür aufging und ein junger Mann hereinkam. Jung im Vergleich zu Olbinghaus.

Liebermann schätzte ihn auf etwas über vierzig. Er schien mit der Galerie und deren Inhaber vertraut zu sein, denn er ließ seinen Gruß im Anmarsch auf ihren Tisch fallen und reichte Liebermann schwungvoll die Hand.

»Seeland, Anton.«

»Liebermann.«

»Maler, Agent oder Sammler?«

Liebermann schüttelte den Kopf.

»Presse?«

»Polizei.«

Schneller, als Alter, Schock und Korpulenz hätten vermuten lassen, war Olbinghaus auf den Füßen. »Herr Seeland ist da, um einige Bilder abzuholen. Sie kommen sicher einen Moment allein zurecht.«

Liebermann nickte dem Besucher zu. »Maler, Agent oder Sammler?«

»Letzteres«, sagte der junge Mann und beeilte sich, Olbinghaus zu folgen, der eben durch eine Tür im unsichtbaren Hinterland der Galerie verschwand.

Liebermann sah ihm enttäuscht nach. Der Sammler hatte ihm die Show vermasselt.

Er trank seinen Kaffee aus und stand auf, um sich ein wenig umzusehen.

Die braunen Bilder von Heinz Kung ähnelten einander. Sie erinnerten ihn an die marmorierten Kacheln im Badezimmer seiner Kindheit. Das machte sie ihm sympathisch, obwohl er nicht hätte sagen können, was der Künstler versucht hatte darzustellen. Bis auf eines, auf dem er einen gepflügten Acker zu erkennen glaubte. Darunter befand sich ein Schild, auf dem der Titel und ein Kaufpreis verzeichnet waren: 1400,- Euro. Liebermann war beeindruckt.

Vom Titel allerdings weniger. *Vomit 1.* Vomit 2–4 folgten, dann kam eine Serie erdfarbener *Violated brains*. Heinz Kung schien die Zukunft seiner Bilder in Krankenhäusern und Arztpraxen zu sehen. Er wandte sich ab und rettete sich an ein Stehpult, auf dem ein paar Kataloge auslagen. Ein schmales Bändchen über den ihm nun sattsam bekannten Heinz Kung und der Katalog eines Auktionshauses namens Lambert.

Da von seinem Gastgeber noch nichts zu sehen war, nahm Liebermann das Verzeichnis mit an den Tisch und schenkte sich Kaffee nach.

Zuerst stellte er fest, dass Kung sich mit seiner Vorliebe für Gebrechen wenigstens nicht allein fühlen musste. Titel wie *Amok*, *Valse triste* und *Everybody's whore* sprachen für sich, selbst wenn die Künstler sie rücksichtsvoll in Fremdsprachen kleideten.

Einige Bilder gefielen ihm. Auch wenn er nicht immer sagen konnte, was sie darstellten, und ihm die Titel nicht weiterhalfen, weil sie keine besaßen.

Dann geriet er an zwei, die ein wenig aus der Norm fielen, weil sich darauf detailgetreu abgebildete Menschen befanden. Auf dem einen sah er einige im Sechziger-Jahre-Stil gekleidete junge Leute mit Sektgläsern, die einer offenbar ziemlich langweiligen Feier beiwohnten; auf dem anderen beobachtete ein Mann beim Schneiden seiner Hecke eine dösende Schönheit im Bikini. Liebermann fahndete nach dem Namen des Künstlers und stutzte. Iljana Karuleit.

Er blätterte zum Anhang des Kataloges, in der Hoffnung, dort ein paar zusätzliche Informationen über die beiden zur Auktion gestellten Bilder und deren Schöpferin zu finden, als Olbinghaus, noch immer blass, aber ganz Herr der Lage, durch die Hintertür trat. Ihm folgte Seeland mit einem Paket unter dem Arm. Als er an Liebermann vorbeikam, klopfte er ihm mit der freien Hand auf die Schulter. »Viel Glück!«

»Wobei?«

Seeland nickte nur, grinste und ging.

Hans Olbinghaus kehrte an den Tisch zurück. Auf zwei Fotos, eins vor und eins nach der Enthüllung des Liebhabers seiner Frau aufgenommen, konnte er einem Laien fast unverändert scheinen. Dasselbe Lächeln, die unzerstörbaren Züge, der scharfe Blick, alles gebettet in ein bisschen jovialen Speck. Aber Liebermann war kein Laie. Der Mann, der sich erneut ihm gegenüber niederließ, wünschte sich nichts sehnlicher, als ihn loszuwerden. Liebermann dachte nicht daran, ihm den Wunsch zu erfüllen. »Sie kennen Stefan Berlich?«

Olbinghaus sah ihn ausdruckslos an.

»Er schreibt für die Kulturseite der *Époque*, wie sollte ich ihn da nicht kennen.«

»Haben Sie ihn mal getroffen?«

Hans Olbinghaus trank einen Schluck von seinem kalten Kaffee. Liebermann nahm es als ja.

»Auch hier, in Ihrer eigenen Galerie?«

Ein halbes Nicken. Zu wie eine Auster, dachte Liebermann. Entweder hat er einen Schock, oder er ist auf der Hut. Er sah Olbinghaus freundlich an und wartete. Olbinghaus schien in den Bodensatz seiner Tasse versunken. Im Summen der Klimaanlage verstrichen einige Minuten. Endlich gab der Alte den Bodensatz auf. Offensichtlich hatte nichts Befriedigendes dringestanden.

»Ist das nicht vielleicht nur ein Gerücht dieser Tratschweiber aus der Redaktion?«

»Ich fürchte, nicht. Berlich hat die Liebschaft zugegeben, und Ihre Frau hat die Tratschweiber aus der Redaktion damit so sehr genervt, dass sie argwöhnten, Ihre Frau hätte die Absicht, sich mitsamt kostbarer Informanten in die *Époque* zu schlafen.«

Für einen Augenblick schlich sich etwas Lebendiges in Olbinghaus' Augen und erlosch wieder. »Und, hatte sie die Absicht?«

»Wir prüfen das gerade. Falls es Sie tröstet«, Liebermann hatte eigentlich keine große Lust, einen Mann, der ihn des Lesens von Schundliteratur bezichtigte, zu trösten, »die Affäre ist ungefähr eine Woche vor ihrem Verschwinden beendet worden. Ob von Ihrer Frau oder Stefan Berlich, ist noch offen. Da streiten sich die Quellen.«

»Welche Quellen?«, fragte Olbinghaus, ohne sich anmerken zu lassen, ob er sich getröstet fühlte oder nicht.

»Die Tratschweiber und Stefan Berlich.«

»Aha.«

Liebermann fragte sich, ob Olbinghaus vielleicht unter Parkinson litt. Ob er für seine starre Miene vielleicht gar nichts konnte. Das würde auch das Zittern seiner Hand erklären, das sich möglicherweise noch verstärkt hatte.

»Also nur noch mal für die Akten: Sie wussten nichts von der Beziehung?«

Olbinghaus sah ihn an, als sei er ein Häufchen Abfall, das jemand aus reiner Bosheit auf den Stuhl ihm gegenüber gekippt hatte.

»Sie sollten etwas sagen, sonst muss ich an die Stelle Ihrer Aussage in den Akten drei Pünktchen machen, und das würde unnütze Fragen aufwerfen.«

»Raus!«, sagte Hans Olbinghaus.

Liebermann nickte und blieb sitzen. »Sie können mich wegen Hausfriedensbruch anzeigen. In dem Fall werde ich mit einer Anzeige wegen Verschleierung antworten.«

Er sah, wie auf Hans Olbinghaus' Gesicht plötzlich sämtliche unterdrückten Regungen in schneller Abfolge zutage traten, ehe sie einer etwas milderen Version der Überlegenheit von vorher Platz machten.

»Vorsicht, junger Mann!«

»Ich bin vorsichtig«, sagte Liebermann. »Und ich möchte wie Sie herausfinden, was mit Ihrer Frau passiert ist. Denn dass etwas passiert ist, darin sind wir beide uns wohl nach fünf Tagen ohne Lebenszeichen einig. Wir gehen allen Spuren nach, und das sind bisher nicht sehr viele. Aber bis jetzt führen sie zu Stefan Berlich und zu Ihnen.«

Mit einer blitzartigen Bewegung stieß Olbinghaus sein Zigarettenetui beiseite.

»Haben Sie noch alle Tassen im Schrank? Meinen Sie, ich halte meine eigene Frau gefangen und melde sie dann als vermisst? Wie blöd kann man eigentlich sein!«

»Seien Sie auch vorsichtig!«, warnte Liebermann, der das Erwachen von Olbinghaus' Temperament interessiert verfolgte. »Und helfen Sie mir aus diesen ermüdenden Redundanzen. Haben Sie von der Affäre zwischen Ihrer Frau und Herrn Berlich gewusst?«

Olbinghaus lief rot an.

»Dann könnten wir nämlich weitermachen.«

»Was soll dieser Kindergartenquatsch eigentlich?«, schrie der Alte. »Sie haben doch wohl mitgekriegt, dass ich nichts wusste.«

Liebermann dachte an den alten Bellin mit seinem Besen. »Aber geahnt haben Sie etwas.«

Olbinghaus fingerte nach einer Zigarette. »Sie hatte mehr Termine als früher und hat sich hübsch gemacht. Ist dauernd zum Friseur und zur Kosmetik, wenn Sie verstehen, was ich meine.«

»Ja. Und um sicherzugehen, haben Sie ihre Termine durch Anrufe in der Redaktion nachgeprüft.«

»Die haben mich belogen, diese Weiber«, sagte Olbinghaus plötzlich erstaunt.

»Na ... ja. Man kann nur einer Seite gegenüber loyal sein«, gab Liebermann zu. »Und das Hemd ist einem näher als die Hose. Soweit ich informiert bin, hat zumindest eine Praktikantin Ihnen die Wahrheit gesagt. Eine Woche vor dem Verschwinden Ihrer Frau, Mittwoch. Sie hat gesagt, dass Ihre Frau Feierabend gemacht hätte.«

»Ja. Merkwürdig. Denn in meinem Kalender – ich habe mir Charlottes Termine immer übertragen – stand ein Interview ohne Adresse. Nichts von Feierabend, sonst hätte ich nicht angerufen. Charlotte kam ungefähr eine Stunde später nach Hause, und als ich sie danach fragte, hat sie nur gesagt, der Termin sei geplatzt. Ist das wichtig?«

»Nur insofern, als Ihre Frau am nächsten Tag in der Redaktion die Trennung von Herrn Berlich bekanntgegeben hat. Es ist naheliegend zu glauben, dass ihr Spiel aufgeflogen war und Sie mithin über Berlich Bescheid wissen.«

Hans Olbinghaus rieb sich die Augen und versank in Schweigen. Liebermann ließ ihn die Nachrichten der letzten halben Stunde in Ruhe verdauen. Eigentlich konnte er zufrieden sein. Die Schundliteratur war gerächt. Aber er fühlte sich nur ein wenig müde. Hans Olbinghaus war, zumindest was Berlich anging, so unwissend gewesen wie ein Kind.

Er schlug die Seite mit den Bildern von Iljana Karuleit auf und schob Olbinghaus den Katalog hin. »Diese Dame hier erwähnt Ihre Frau in einem Artikel, an dem sie kurz vor ihrem Verschwinden gearbeitet hat. Ein Artikel über junge Kunst und ihren Förderer Stefan Berlich. Übrigens keiner, über dessen Veröffentlichung der Betreffende sich sonderlich gefreut hätte.«

Olbinghaus sah auf die beiden Bilder und zuckte die Achseln.

»Kennen Sie sie?«

»Sie hingen in meiner Galerie«, gab Olbinghaus widerwillig zu. »Ein Sammler hat sie gekauft und lässt sie nun versteigern. Das ist normal.«

Liebermann hob die Brauen. »Erklären Sie mir etwas: Ihre Galerie ist eine der renommiertesten der Stadt. Iljana Karuleit dagegen hat erst vor nicht allzu langer Zeit die Kunsthochschule verlassen. Eine junge, unbekannte Malerin. Wie kommt es, dass Sie ihr eine Ausstellung zugebilligt haben?«

»Charlotte hat sie mir empfohlen.«

Liebermann hob die Brauen. »Ihre Frau hat sie bei der Auswahl der Künstler beraten?«

»Bei Iljana schon.«

»Warum?«

Der Alte ließ sich schwer gegen die Lehne seines Stuhls fallen. »Sie ist bei ihrer Kosmetikerin auf eines ihrer Bilder gestoßen und war so angetan, dass sie es sich ausgeliehen und mitgebracht hat. Zwei Tage lang hat sie mich bearbeitet, Kontakt zu Iljana Karuleit aufzunehmen. Am Ende habe ich eingewilligt.«

»Ihrer Frau zuliebe?«

»Die Bilder sind nicht schlecht, auch wenn sie meinen Geschmack nicht treffen«, sagte Olbinghaus ausweichend. »Die Kunden mochten sie.«

»Stefan Berlich hat vor, während und nach der Ausstellung über Frau Karuleit geschrieben.«

»Kann sein. Ich lese sein Modeblättchen nicht.«

»Ich frage mich nur eben, ob es nicht sein könnte, dass er hinter der ungewöhnlichen Begeisterung Ihrer Frau für eine unbekannte junge Künstlerin gesteckt hat«, dachte Liebermann laut.

Olbinghaus sah ihn starr an. »Wozu sollte er?«

»Um sich an den Einnahmen der verkauften Bilder zu beteiligen. Mit Iljana Karuleit zumindest gibt es einen entsprechenden Vertrag. Und vielleicht auch mit Selma Balthasar, die nächste Woche hier ihre erste Vernissage feiert. War die auch eine Entdeckung Ihrer Frau?«

Olbinghaus sagte nichts mehr. Er saß zusammengesunken auf seinem 1000-Euro-Stuhl und starrte auf den Tisch.

»Ich würde mir gern das Zimmer Ihrer Frau ansehen«, meinte Liebermann abschließend.

Olbinghaus sah kurz auf. Ein alter, reicher Mann, den man in jeder Hinsicht betrogen hatte.

»Ich gebe der Haushälterin Bescheid, damit sie Sie hereinlässt.«

»Gut.« Liebermann erhob sich. Länger hätte er auch nicht sitzen können. Er wunderte sich, dass der alte Olbinghaus noch über eine intakte Bandscheibe verfügte.

Iljana Karuleit klang, als spräche sie durch mehrere Steppdecken hindurch.

Uwe beklopfte das Telefon, schüttelte es, hielt sich die Nase zu und presste Luft in seinen Kopf, damit sich eventuelle Verstopfungen im Ohr lösten, aber es blieb dabei. Als er sie bat, ein wenig lauter zu reden, legte sie auf.

Uwe seufzte und versuchte es erneut. Diesmal ging sie gar nicht erst ran.

Er wartete, bis sich ihr Anrufbeantworter meldete. Dann erklärte er so milde wie möglich, was er von ihr wollte, und bat um einen Rückruf.

Ein paar Minuten saß er regungslos vor dem Apparat, ehe er wiederum zum Hörer griff: Wenn schon kein Rückruf, dann wenigstens eine schriftliche Nachricht! Er nannte ihr die Adresse.

Künstler!, dachte er zerknirscht, als er die Nummer des zweiten Mädchens, Selma Balthasar, in die Tastatur drosch. Auch bei Selma ging nur der Anrufbeantworter ran. Uwe unterdrückte einen Fluch und sagte sein Sprüchlein auf.

Unter der dritten Nummer, endlich, erreichte er eine

Frau, die normal sprach und ihm bestätigte, dass sich eine Journalistin der *Illustrierten* bei ihr gemeldet habe, um Erkundigungen über Stefan Berlich einzuziehen. Uwe atmete auf.

»Judy« las er neben der Nummer. Judy war in Ordnung. Ja, es war um den Vertrag gegangen. Aber sie hatte nichts dazu gesagt.

Warum nicht? Kurzes Schweigen. Eine Abmachung zwischen ihrem Agenten und ihr. Uwe erwähnte die Zahlen aus Charlotte Olbinghaus' unvollständigem Artikel und hörte Misstrauen in Judys Stimme, als sie sich erkundigte, woher er sie habe. Aber sie bestätigte nichts. Uwe merkte es sich. Er fragte nach der Galerie, in der Berlich sie untergebracht hatte. »Hagedorn«, sagte Judy. Obere Liga, nicht ganz oben, aber immerhin.

»Das war alles, was Frau Olbinghaus interessiert hat? Die Konditionen Ihres Vertrages?«

Judy antworte nicht sofort. Dann fragte sie: »Olbinghaus? Hat die irgendwas mit der gleichnamigen Galerie zu tun? Stefan hat zuerst versucht, mich dort unterzubringen.«

»Sie ist mit dem Inhaber verheiratet.«

»Warum hat sie das nicht erwähnt?«, fragte Judy erstaunt. »Sie hat gesagt, sie würde für dieses Schmierblatt arbeiten.«

»Das ist richtig«, sagte Uwe. »Ein Mensch kann verheiratet sein und gleichzeitig arbeiten. Und sich in Luft auflösen. Das ist der Punkt.«

»Oh!«

Uwe genoss ihre Verwirrung. Er wartete einige Sekunden, ehe er sagte: »Sie meinten eben, Herr Berlich hätte in der Galerie Olbinghaus für Sie angeklopft?«

»Ja. Aber der Inhaber wollte nicht. Hat das Verschwinden seiner Frau etwas mit Stefan zu tun?«

Uwe wurde hellhörig. Es war nur ein federleichter Nuancenwechsel in ihrer Stimme, aber er war ihm nicht entgangen. »Das versuchen wir gerade herauszufinden. Vielleicht bringt es uns weiter, wenn Sie mir erzählen, worum es in dem Gespräch noch so ging.«

»Hauptsächlich um den Vertrag.«

»War Frau Olbinghaus ärgerlich, als Sie nicht darüber reden wollten?«

»Weiß ich nicht. Kaum, denn wir haben noch ein bisschen geplaudert. Dabei ist mir aufgefallen, dass sie über Stefan ziemlich gut Bescheid wusste. Sogar über seine Verflossenen. Sie fand die Karuleit genauso behämmert wie ich. Aber als sie dann anfing, um die Ecke zu fragen, wie nah *ich* Stefan stehen würde, wurde es mir zu bunt, und ich hab aufgelegt.«

Ein helles Mädchen, dachte Uwe. Er beschloss, sich gegebenenfalls mal eine ihrer Ausstellungen anzusehen.

»Gut. Bleiben Sie jetzt ruhig!«, sagte er. »Im Gegensatz zu Frau Olbinghaus muss ich das fragen: Hatten Sie außer dem geschäftlichen auch ein privates Verhältnis zu Ihrem Förderer und Agenten?«

Die Antwort war ruhig und lautete ja. Judy schob nicht mal das erwartete »Warum« hinterher.

»Und was für eins ist es jetzt?«

Sie zögerte kurz. »Wenn er in der Nähe ist, kommt er vorbei. Das ist so ein-, zweimal im Jahr. Stefan hat mir damals, nach der Ausstellung, geraten, aus Berlin wegzuziehen. Er hatte Angst, dass das dichte Treiben der Künstler in der Großstadt, das Gerangel um Stipendien und Ausstellungsfläche, mich auf Dauer kaputtmachen würde. Wahrscheinlich hatte er recht. Hier in Hettstedt bin ich ein Star.« Sie lachte leise. »Na ja. Ich hatte einen längerfristigen Auftrag nach der Ausstellung. Ich brauchte wirklich ein bisschen Platz und Ruhe. Nur war Stefan damit plötzlich sehr weit weg.«

Uwe räusperte sich. »Aber Sie wissen schon, dass er verheiratet ist?«

»Mit dieser Kunstlehrerin? Ja. Ich hab mal ein paar

Stunden bei ihr genommen. Und ich hab ihr ihre Krankheit gar nicht angemerkt.«

Krankheit? Für Uwe bekam Stefan Berlich immer mehr Ähnlichkeit mit einem Adventskalender. In kurzen Intervallen öffneten sich Türchen und brachten jedes Mal etwas Neues zum Vorschein.

»Was hat sie denn?«

»Multiple Sklerose.«

Holla! »Und sie arbeitet noch?«

»Keine Ahnung. Wenn Stefan mal kommt, haben wir anderes zu tun, als uns über den Gesundheitszustand seiner Frau zu unterhalten.«

»Und Sie, haben Sie einen Partner?«, fragte er. »Ich meine, neben Stefan Berlich.«

Wieder dieses trockene Lachen.

»Waren Sie schon mal in Hettstedt? Von den hundert Männern, die hier heranwachsen, suchen sechzig das Weite, sobald sie das heiratsfähige Alter auch nur von Ferne erblicken, dreißig heiraten ihre Nachbarin, und der Rest ist entweder entwicklungsgestört oder kennt nur den Weg vom Sofa zur Getränkeabteilung bei ›Spar‹. Sagen Sie mir, wo ich hier einen Freund finden soll.«

Liebermann hörte sich den Bericht seines Stellvertreters im Auto an.

Je länger Uwe erzählte, desto mehr Bewunderung rang Berlichs Kaltschnäuzigkeit ihm ab.

»Schlau eingefädelt!«, bemerkte er, als Uwe mit Judys Schlusssatz endete.

»Er beendet seine Affären nicht einfach, wenn die Damen ihren Obolus an ihn entrichtet haben. Er verfrachtet sie auf irgendein männerloses Kaff, besorgt um ihre sensiblen Künstlerseelen. Und hält sie damit für den Fall der Fälle. Wer schafft so was, ohne dass die Frauen ihn zum Mond schießen wollen?«

»Ein sehr charismatischer Mensch«, sagte Uwe, in dessen Hintergrund Liebermann schon wieder die Maschine rauschen hörte.

»Genau. Charismatisch und ehrlich.«

»Was?«

»Na, immerhin hält er mit seiner Ehe nicht hinter dem Berg.«

»Das ist doch nicht ehrlich! Das ist …«

»Abgebrüht«, ergänzte Liebermann zufrieden. Stefan Berlich begann ihm zu gefallen. Die Fragen, die er aufwarf, gefielen ihm. Das Einzige, das ihm nicht gefiel, war seine Verbindung zu Charlotte Olbinghaus. »Also gut«, fasste er zusammen. »Für seine malenden Mädchen ist Berlich DER Eine: Geliebter, Berater, väterlicher Freund und ihr Agent, der sie glauben lässt, sie gehörten zu den Erwählten der … Wie heißt die Muse der Malerei?«

»Es gibt keine«, erwiderte Uwe.

»Tatsächlich? Also gut, sie würden zu seinen Erwählten gehören, denn die entsprechende Muse verkörpert dann ja wohl er selbst. Zu den Erwählten, denen er das Schicksal der vielen namenlosen Künstler und lokalen Berühmtheiten ersparen will, die sich in unserer Metropole aneinander wundreiben. Zack, befördert er sie in den Hinterwald. Dass sie wirklich gehen, erreicht er nicht nur mit Charme, Suggestion oder Hypnose, sondern auch durch die Bereitwilligkeit, mit der er zu seiner Ehe steht.«

»Verstehe ich nicht«, sagte Uwe. »Die hauen vor der Frau ab?«

»Nicht direkt, sie hauen vor der Bastion Ehe ab, die von Anfang an die Grenzen ihrer eigenen Liaison mit Berlich absteckt. Er gibt ihnen alles, ich würde schon so weit gehen, das zu behaupten, außer eines: Die Hoffnung auf ein offizielles Leben an seiner Seite. So, bitte um Einwand!«

Am anderen Ende der Leitung goss Uwe sich Schwarzbrand in eine Tasse und nahm sie mit an seinen Tisch. »Hm.

Wie wär's mit: Wieso versuchen sie nicht, die Ehefrau auszubooten?«

»Du enttäuschst mich. Weil sie krank ist und der treue Stefan sie nicht im Stich lassen darf. Aus demselben Grund kommen sie auch gar nicht auf die Idee, ihn als das zu sehen, was er letztlich ist: Ein stilvoller Playboy. Noch mal!«

»Kein Einwand: Glaubst du das mit ihrer Krankheit?«

»Was heißt glauben: Krieg's raus! Und bleib weiter an den anderen Mädels. Ich besuche derweil den Palast des Sultans.«

Liebermann stand im Begriff, das Telefon auszustellen, als Uwes Stimme sich noch einmal meldete. »Fast wäre es mir wieder passiert«, sagte er ärgerlich. »Stefan Berlich hat versucht, auch Judy in der Olbinghaus-Galerie unterzubringen. Aber der alte Olbinghaus hat sich gesperrt, weil sie jung und unbekannt war. Tja, auch nicht unbekannter als die Karuleit, würde ich sagen. Ich weiß nicht, ob das wichtig ist.«

»Es wird sich zeigen«, antwortete Liebermann. »Kann man mit deiner Maschine eigentlich auch normalen Kaffee machen?«

»Alles, was du willst.«

Eine Dreiviertelstunde später parkte er vor einem Gebäude, das ihn zum ersten Mal an der Richtigkeit seiner Berufswahl zweifeln ließ.

In Villen wie diesen war einst eine Marlene Dietrich über ihre Hosensäume gestolpert, hatte lasziv über Balkonbrüstungen gelehnt und die Wangen zugunsten eines schmalen Halbprofils eingesaugt.

Der helle Anstrich stach hart durch das Grün der Kastanien, die den Zugang zum Haus säumten. Noch strotzten ihre Blätter vor Kraft, aber Liebermann wusste, dass sie in einigen Monaten ebenso Opfer der Miniermottenlarven werden würden wie die Blätter jeder anderen Kastanie. Die Miniermotte, der große Gleichmacher, der keinen Sinn für die pekuniären Verhältnisse der Umgebung hatte, in der sein Frühstück wuchs. Beschwingt drückte Liebermann auf den Klingelknopf, den er dicht neben einem riesigen Edelstahlbriefkasten am Tor fand.

Es summte. Liebermann ging zwanzig Meter und klingelte erneut.

Diesmal summte nichts, sondern eine schlanke junge Frau öffnete.

»Sind Sie der Polizist?«

Sie sprach einen weichen Akzent, der sich nicht sofort zuordnen ließ, aber Liebermanns Ohren schmeichelte.

Als er ihr durch die Halle folgte, betrachtete er ihre glatten schwarzen Haare, die sie im Nacken zusammengebunden hatte, ihren aufrechten Gang und stellte fest, dass ihm in letzter Zeit auffallend viele attraktive Frauen über den Weg liefen.

»Arbeiten Sie schon lange bei Familie Olbinghaus?«

Sie blickte über die Schulter zurück. »Seit fast einem halben Jahr.«

Es fiel Liebermann schwer, sich vorzustellen, dass ein solches Mädchen sein Leben als Haushälterin verbringen wollte. Sie stieg vor ihm eine gewundene Treppe hinauf in den ersten Stock, öffnete eine Tür und lud ihn mit einer Geste herein wie *ihren* Gast, nicht wie einen Gast ihrer Dienstherrschaft.

»Noch eine Frage.«

»Ja?«

Irrte er sich, oder versteifte sie sich gerade? »Eine Routinefrage«, sagte er lächelnd. »Wie vertraut waren Sie mit der Dame des Hauses?«

Ihre Haltung entspannte sich wieder. »Nicht sehr.«

»Sie hat Ihnen also keine persönlichen Dinge anvertraut, wie man das unter Frauen manchmal so macht?«

»Nein.«

Mit dieser Antwort betrat Liebermann den Raum. Sie schien ihm ein wenig spärlich für eine Frau, die seit einem halben Jahr mit Charlotte Olbinghaus quasi unter einem Dach lebte.

Das Erste, was er bemerkte, war das Bett. Es war in eine Art Alkoven eingelassen, wie eine Schlafstätte aus dem 18. Jahrhundert, mit einer goldenen Tagesdecke versehen, und es sah ziemlich kurz aus.

»Hat Frau Olbinghaus dieses Bett benutzt?«

Die junge Haushälterin verzog leicht die Lippen. »Ich weiß nicht. Sie müssen ihren Mann fragen.«

»Es ist nicht so wichtig«, sagte Liebermann.

»Kann ich gehen?«

»Ja. Sagen Sie mir Ihren Namen, damit ich Sie nicht ›Hallo‹ rufen muss, falls mir noch etwas einfällt?«

Die junge Frau errötete leicht. »Lesja.«

»Gut, Lesja. Ich melde mich.«

Er wartete, bis sie gegangen war. Dann wandte er sich wieder dem Zimmer zu.

Auch ohne das historische Bett glich es eher einem Museum als einem Wohnraum. Bodenvasen, ein safrangelber Teppich, dessen Flor einer Maus bequem Unterschlupf gewährt hätte, schwere Vorhänge, Konsolen und ein antiker Sekretär mit dazu passendem Sessel.

Ihm wandte Liebermann seine Aufmerksamkeit zu.

Zu seinem Bedauern musste er feststellen, dass die goldene Charlotte kein besonders ordentlicher Mensch gewesen war. Auf der Platte des Sekretärs gaben sich Rechnungen, Fotografien, Schmuck, Tablettenschachteln und Zettel ein buntes Stelldichein. Es dauerte eine Viertelstunde, bis Liebermann endlich etwas in der Hand hielt, das ihm einigermaßen gehaltvoll vorkam: Ein Moleskine-Buch, aus dem an einer Seite das Ende eines Briefes lugte. Liebermann zog ihn heraus und schob ihn wieder zurück. Glück gehabt. Er steckte Buch und Brief ein. Ansonsten blieb seine Suche ergebnislos, wenn man davon absah, dass er seinen goldenen

Engel danach etwas besser kannte. Die Rechnungen über Kleider, Schuhe und Unterwäsche sprachen für sich. Außerdem entdeckte Liebermann, dass Charlotte Olbinghaus sich eingehend mit einer neuartigen Methode befasst hatte, eingefallene Wangen wieder aufzuplustern, was ein ebenso teures wie schmerzhaftes Unterfangen sein musste, nach allem, was er darüber las.

Lesja, die Haushälterin, wartete unten in der Halle auf ihn. »Sind Sie zufrieden?«

»Ich denke darüber nach«, sagte Liebermann lächelnd. »Gehört der Schreibtisch von Frau Olbinghaus auch zu Ihrem Aufgabenbereich?«

Die junge Frau schüttelte den Kopf. »Die Schreibtische sind tabu. Außerdem gibt es eine Reinigungskraft. Ich bin die Haushälterin, nicht die Putzfrau.«

»Natürlich«, sagte Liebermann. »Entschuldigen Sie.« Gleichzeitig fragte er sich, was wohl die Aufgabe einer Haushälterin in einem Haushalt wie diesem war. Sein Blick fiel auf Lesjas manikürte Fingernägel. Kochen wohl kaum.

Eine Stunde später strich Liebermann den schmalen Brief auf Charlotte Olbinghaus' Notizbuch glatt.

Uwe wuselte unter Beschwörungsformeln um seine Kaffeemaschine.

»Espresso?«

»Jetzt nicht. Und setz dich hin, ich kann nicht lesen, wenn du hinter mir herumklapperst.«

Uwe sackte enttäuscht auf seinen Stuhl. »Besser?«

»Perfekt. Lies selbst!«

Werte Frau Olbinghaus!

Hiermit möchte ich Sie bitten, unser gestriges Gespräch als nicht stattgefunden zu betrachten, und widerrufe alle meine Aussagen.

Sollten Sie einen von mir genannten oder meinen Namen in Ihrem Artikel erwähnen, den ich im Übrigen verurteile, werde ich entsprechende Schritte einleiten. Ich möchte Sie außerdem darauf hinweisen, dass dieser Brief auch Herrn Berlich zugeht.

Iljana Karuleit

Uwe ließ den Brief sinken.

»Was sagst du dazu?«

»Sie ist ihm verfallen.«

»Oder sie hat Angst vor ihm«, meinte Liebermann und griff nach dem Buch, in dem der Brief gelegen hatte. »Sie hat nach dem Gespräch mit Charlotte Olbinghaus Kontakt zu Berlich aufgenommen, und er hat ihr den Kopf zurechtgesetzt. Brüh mir doch einen von deinen Zaubertränken, in den nächsten Minuten brauche ich vielleicht etwas zum Festhalten.« Kurz darauf dachte er, dass ein Schnaps besser gewesen wäre.

Während der Espresso sich durch seine Magenwände grub, grub Liebermann sich mit wachsendem Befremden durch Charlotte Olbinghaus' Vorstellungen von den Fundamenten einer Ehe.

Während der ersten Seiten musste er mehrmals absetzen, so detailfreudig hatte sie den Beginn ihrer Affäre mit Berlich dokumentiert. Der Schauplatz war zumeist ein Ort namens *unser Versteck*.

Da *unser Versteck* über ein Bett, eine Dusche und eine Magnolie vor dem Fenster verfügte, nahm Liebermann an, dass es sich dabei um eine Wohnung oder ein Hotelzimmer handelte. Leider erwähnte das Buch nicht, wo das geheime Refugium zu suchen war. Aber dafür etwas anderes: Nämlich, dass Stefan Berlich seiner Liebsten von einer jungen Frau aus seiner Gegend berichtet hatte, die aufgrund einer Vierlingsschwangerschaft zunehmend Ähnlichkeit mit einem Heißluftballon bekam. Die Beschreibung amüsierte Charlotte, und sie fasste den Beschluss, sich *den schlaffen Ballon nach der Niederkunft mal aus der Nähe anzusehen. Vielleicht springen wir nachher noch kurz in unser Versteck, und ich nehme mir seinen Ballon vor … als weitere Erinnerung an mich, wenn er das nächste Mal auf seiner muskellosen Frau liegt.*

Die Kaffeereste auf Liebermanns Zunge schmeckten bitter. Als er im März ankam, hatte er nicht übel Lust, das Buch in den Papierkorb zu pfeffern.

Und wenn sich herausstellt, dass sie ein Ekel ist? Laura war nicht nur ein natürliches, sondern auch ein hellsichtiges Mädchen. Liebermann leistete ihr Abbitte. Dann stand er auf und holte sich ein Glas Wasser.

Zum Glück wurden die Einträge ab Mitte März spärlicher. Liebermann schrieb dies der Regelmäßigkeit zu, mit der Charlotte Olbinghaus ihren Liebhaber traf und die zwangsläufig zu einer gewissen Gewohnheit geführt hatte. Es gab nur einen, der aus der Rolle fiel, im April.

Liebermann hatte Mühe, ihn zu lesen, weil Charlotte ihn in offensichtlicher Erregung ohne Rücksicht auf jeden ästhetischen Anspruch schräg über die Seite gekritzelt hatte. Sie hatte unter dem Kopfkissen im Versteck eine auf das Laken geschriebene Liebeserklärung gefunden.

Stefan war bereits auf dem Weg zu seiner Familie gewesen, als sie ihn deswegen angerufen hatte, aber er hatte sie weggedrückt. *Der Hund, dieser Hurensohn!* Es folgte eine Sammlung zum Teil recht origineller Schimpfwörter, die Liebermann beschloss sich nicht zu merken. Er merkte sich aber, dass Charlotte Olbinghaus Berlichs kranke Frau, wie alle anderen, als gegeben hingenommen hatte.

Auf der nächsten Seite war alles wieder im Lot.

Stefan hatte ihr erklärt, dass die Liebesbekundung unter dem Kissen sein Werk gewesen sei, ein kleines Geschenk für sie, die Frau seines Herzens.

Danach hatte es noch einmal eine kurze Hoch-Zeit gegeben, bevor der 9. Mai mit einem einzigen Satz aufwartete:

Ich bringe ihn um.

»Ei, jei!«, machte Uwe, als Liebermann ihm die vier Worte unter die Nase hielt. Liebermann nutzte das Staunen, um sich erneut mit Wasser zu versorgen.

»Weißt du, was für ein Tag das war, der 9. Mai?«, fragte er dann.

»Der Tag der ehrlichen Praktikantin.«

Argwöhnisch beobachtete Uwe, wie sein Chef eine tropfende Tasse auf seinem Tisch abstellte.

»Ist das nicht interessant?«, fragte Liebermann. »Olbinghaus behauptet, kein Misstrauen geschöpft zu haben, sondern nur verwundert gewesen zu sein, als seine Frau an jenem Mittwoch nach Hause kam, mit der Bemerkung, ihr Termin wäre geplatzt. Mir scheint, dass dieser geplatzte Termin gerade einen Namen bekommen hat.«

»Mittwochs war sie immer mit Berlich unterwegs.«

Liebermann nickte und begann, auf der Tischplatte herumzutrommeln, eine Angewohnheit, die Uwe jedes Mal an den Rand nervlicher Zerrüttung trieb.

Um sich davon abzuhalten, seinem Chef die Hand zu zerschmettern, fragte er:

»Ist das der letzte Eintrag?«

Die Trommelei ebbte ab. »Die letzte dieses Kapitels. Alles danach ist in Stichpunkten gehalten. Ich würde es Rache nennen.«

Uwes Augenlider zuckten leicht. »Wofür?«

»Das, Kommissar Schüler, ist eine Frage, die uns wie eine Klette am Bein hängt«, sagte Liebermann und begab sich hinunter aufs Linoleum, um ein paar Dehnübungen zu machen.

Uwe schlug das Buch auf. »Der Grund für die Rache muss doch daraus hervorgehen.«

»Nein. Aber etwas anderes: Nämlich, dass sie bereits am 11. Mai bei Iljana Karuleit angerufen hat, die sie für eine – ich zitiere frei aus dem Kopf – depressive Flachwarze hält.«

»Was nahelegt, dass sie sie zu den Geliebten ihres Exgeliebten zählt.«

»Ja.«

»Also Eifersucht?«

Liebermann wechselte ächzend die Seite. Zwei Tage eiserne Disziplin dahin wegen einer halben Stunde auf einem Designerstuhl. »Kann sein. Wie hat Charlotte Olbinghaus in der Hinsicht auf Berlichs Malerinnen gewirkt?«

Uwe zuckte die Achseln. »Professionell. Dass sie sie überhaupt angerufen und ausgequetscht hat, spricht für sich, finde ich.«

Erneuter Seitenwechsel.

»Eifersucht *kann* der Grund für ihren Bruch sein, falls Charlotte Olbinghaus am 9. Mai zum ersten Mal auf Berlichs Mädchensammlung gestoßen ist«, sagte Liebermann. »Aber die Erklärung befriedigt mich nicht. Nicht bei Charlotte Olbinghaus. Sie ist keine naive Neunzehnjährige. Und sie hatte selbst einen betrogenen Mann zu Hause sitzen. Ich bezweifle, dass ein paar über die Republik verstreute Mädchen, die ihr Freund in Abständen besucht, sie dazu veranlassen würden, ihm gleich den Tod zu wünschen. Außerdem halte ich Berlich für gewandt genug, um sich, selbst wenn es so gewesen wäre, aus der Affäre zu ziehen.«

»Wie wäre es damit, dass er sie einfach hat fallenlassen«, fragte Uwe nachdenklich. »Und vielleicht nicht besonders zart. Nach allem, was ich darüber gehört habe, reagieren Frauen auf so was ziemlich empfindlich.«

»Ist das so?« Liebermann dachte an Thekla. Bei ihnen war es anders gelaufen. Er hatte sie nicht fallenlassen. Sie hatten sich nach einem von vielen Streite, in denen es immer um dasselbe gegangen war, getrennt. Trotzdem reagierte sie noch immer recht empfindlich auf ihn.

»Nun gut«, sagte er. »Nehmen wir uns also den Adonis vor.«

Er fand Marion über einen Stoß von Akten gebeugt. Ihr Computerbildschirm zeigte die Maske eines Berichts. Als er die Tür schloss, sah sie auf.

»Oh, wie geht's dem Rücken?«

»Er ist aufmüpfig. Gibt es zufällig jemanden, der heute Abend auf deinen Sohn aufpassen könnte?«

Marion legte die Hände flach neben ihre Tastatur. »Willst du mit mir ausgehen?«

Liebermann lächelte sie an. »Also, gibt es da jemanden?«

Sie zögerte. »Ich könnte meine Mutter anrufen. Im Notfall.«

»Sagen wir, dies ist einer. Was tut sich übrigens in Sachen Stefan Berlichs Nacht in Rheinsberg?«

Prompt stieg Marion die Farbe in die Wangen. »Ich warte auf seinen Rückruf. Wenn er arbeitet, geht er nicht ans Telefon.«

»Ein Journalist, der nicht ans Telefon geht?«

Marion wurde noch röter. »Er ist kein Journalist. Er ist Kritiker.«

»Abgesehen davon, was er sonst noch so macht, schreibt er, glaube ich, für ein Journal, also nenne ich ihn einen Journalisten. Aber sei's drum: Ich möchte, dass du ihn besuchst.«

Liebermann bekam plötzlich Angst um die feinen Blutgefäße in Marions Gesicht. Einem derartigen Blutandrang konnten die nicht allzu lange gewachsen sein.

»Ich … also, ich weiß nicht, ob das was bringt. Dieser Redakteur aus der Kulturredaktion hat gesagt, dass Berlich dort nur zu Sitzungen auftaucht oder wenn er –«

»An die *Époque* dachte ich nicht. Ich dachte eher an sein privates Heim.«

»Was?« Marion verlor vollends die Fassung. Sie griff

einen Stapel Papiere und legte ihn von der linken auf die rechte Seite ihrer Tastatur. Dann öffnete sie den obersten Knopf ihrer Bluse und schloss ihn wieder.

»Warum laden wir ihn nicht einfach vor?«, murmelte sie.

Liebermann schenkte ihr einen seiner blauesten Blicke. »Ach, mir gefällt die Vorstellung einer zwanglosen Unterhaltung besser. Und am zwanglosesten unterhält man sich wohl innerhalb der eigenen vier Wände. Eine kurzweilige Fachsimpelei mit einer reizenden jungen Frau über eine Preisverleihung vor vier Tagen und noch so dies und das, möglichst in Anwesenheit seiner Gattin.«

»Ich verstehe trotzdem nicht, warum das besser sein soll, als ihn herzubitten. Und was seine Frau damit zu tun hat, noch viel weniger.« Marion begann, hastig in ihrer Ablage zu kramen, und förderte eine Schachtel mit kleinen weißen Pillen zutage. Sie warf sich eine davon in den Mund.

»Was ist das?«

»Baldrian.«

»Marion«, sagte Liebermann sanft. Er hatte das Gefühl, dass Sanftmut in den nächsten Minuten von entscheidender Bedeutung sein würde. »Ich schicke dich nicht in die Höhle des Löwen, sondern in die Höhle eines vermutlich sehr attraktiven Mannes, der eine Schwäche für schöne Frauen besitzt. Eine der schönen Frauen, mit denen er verkehrt hat, ist kürzlich verschwunden. Möglich, dass er damit nicht das Geringste zu tun hat. Aber das Gegenteil ist ebenso möglich. Was tut einer wie Berlich in diesem Fall, wenn die Polizei vor seiner Tür steht und neugierige Fragen stellt? Ein cleverer Mann, der das Lügen über die Jahre zu einer Leibesübung gemacht hat?«

Marion blickte in ihre geöffnete Pillenschachtel.

»Er lügt«, fuhr Liebermann fort. »Folglich müssen wir alles, was er über sein Verhältnis mit Charlotte Olbinghaus gesagt hat, auf den Kopf stellen. Er sagt, er habe sich von ihr getrennt. Also ist es umgekehrt, oder es gab gar keine

Trennung. Er sagt, er habe sie seit zwei Wochen nicht gesehen. Also hat er sie gesehen. Vermutlich in Rheinsberg, wo Möwen kreischen und Wellen ins Mobilfunknetz schlagen. Fragen wir ihn, ob er irgendwo ein Versteck hat, in das er sich mit seinen Liebsten gern zurückzieht, wie wird die Antwort lauten?«

Marion löste sich von ihrer Beruhigungsschachtel. »Was für ein Versteck?«

»Uwe wird dir in Kürze das Tagebuch von Charlotte Olbinghaus weitergeben. In dieser modernen Fassung eines Kamasutra wird eine Liebeshöhle erwähnt, die vermutlich ihm gehört. Möglicherweise nutzt Berlich sie auch zum Arbeiten, aber das glaube ich eher nicht. Einen Arbeitsplatz kann er schlecht vor seiner Frau geheim halten. Das bringt uns zu unserer nächsten Frage: Wie viel weiß Frau Berlich über das Leben ihres Mannes seitlich ihrer Ehe?«

»Ist das wichtig?«

»Es sagt uns, ob Stefan Berlich erpressbar ist. Und was das Versteck angeht, wird er es natürlich leugnen, falls es ihm gefährlich werden könnte. Besonders, falls Charlotte Olbinghaus dort ist oder kürzlich war.«

»Aber sie erwähnt es doch in ihrem Tagebuch. Also kann er es gar nicht leugnen.«

Liebermann lehnte sich an die Wand und kreuzte die Arme über der Brust.

»Ich stelle mir vor, ich wäre er und hätte meine Exfreundin auf dem Gewissen. Ich würde leugnen, bis ich schwarz würde oder der Tisch unter den Beweisen meiner Schuld zusammenbricht. Und als Beweis taugt das Tagebuch wenig. Charlotte Olbinghaus hat ihre Treffen mit Berlich zwar bunt illustriert, aber sie hat ihn, vermutlich aus ökonomischen Gründen, stets mit S. abgekürzt. Ich als Stefan Berlich würde mir darob ins Fäustchen lachen und laut vermuten, dass sie sich wohl sechs Monate lang mit einem Sven oder Sebastian getroffen hat.«

»Zwei Dinge«, sagte Marion mit schwirrendem Kopf. »Erstens: Gesetzt den Fall, Stefan Berlich *hat* etwas mit dem Verschwinden von Charlotte Olbinghaus zu tun und er *ist* ein pathologischer Lügner – sehe ich nicht, welchen Vorteil uns eine Befragung in Gegenwart seiner Frau verschaffen sollte. Im Gegenteil: Wenn die Affäre geheim war, wird er den Teufel tun, auch nur ein Wort mehr zu sagen, als unbedingt nötig ist. Und zweitens«, sie räusperte sich und sah Liebermann an, »hast du gerade gesagt, dass er sie ›auf dem Gewissen hat‹. Damit erklärst du Charlotte Olbinghaus für tot!«

Liebermann erwiderte ihren Blick und schwieg. Jemand von außen hätte sie wahrscheinlich für ein Liebespaar in der ersten unvermeidlichen Krise gehalten. Zumal sich das Rot von Marions Wangen zwar auf ihren Hals verlagert hatte, aber noch deutlich sichtbar war. »Wie kommst du darauf?«, fragte sie.

Das war die Frage. *Die* Frage, über deren Antwort Liebermann seit der morgendlichen Lesestunde bei Nico brütete. Bisher hatte ihn kein Erklärungsmodell so recht überzeugt. Aber das bedeutete vielleicht nur, dass er das richtige noch nicht gefunden hatte. Er kratzte sich den Schädel.

»Hast du ihr Konto im Blick?«

»Äh, ja. Es gab in den letzten fünf Tagen keine Bewegungen, aber das –« Liebermann unterbrach sie.

»Es gibt noch andere Indizien. Die Unhöflichkeit ihrem Mann gegenüber, beispielsweise als er sie am Freitagabend anrief. Dann ihr Verschwinden selbst, so spontan. Sie hat nicht mehr mitgenommen, als sie am Leib und in ihrer Handtasche trug, nicht mal ihren Schmuck. Aber mehr als das ist sie es selbst. Wenn eine Frau wie Charlotte Olbinghaus irgendwo entlanggeht, kommt sie nicht als ein Schatten daher. Sie ist kein Floß, das träge über Flüsse dümpelt. Eine wie sie hinterlässt Wellen, hinter ihr muss sich das Wasser erst wieder schließen.« Er fuhr sich durch die Haare, bis sie zu allen Seiten abstanden. »Es ist mir zu ruhig«, sagte er.

Marion sah aus, als hätte er ihr einen Dezimalbruch auf den Tisch gelegt, mit dem Befehl, ihn schleunigst zu vertonen. Sie nahm noch eine Pille aus dem Döschen, drehte es in den Fingern und hielt es ihm schließlich hin. Liebermann schüttelte lächelnd den Kopf.

»Nimm du sie, du wirst sie brauchen. Und jetzt lass uns einen Plan schmieden, der Berlich die Zunge löst.«

Als er auf den Fahrstuhl wartete, war es eine Fügung des Himmels, dass ihm Arnie mit seinem Wickeltuch über der Schulter Gesellschaft leistete.

»Feierabend?«, fragte Liebermann.

»Hm.«

Der Fahrstuhl hielt und öffnete sich mit einem Sirren, das Uwe vermutlich auf der Liste seiner meistgehassten Geräusche stehen hatte.

Er ließ dem Techniker den Vortritt. Arnie bedankte sich mit einem weichen Grunzen. Als der Fahrstuhl den zweiten Stock über sich gelassen hatte, kramte Liebermann einen zerkratzten USB-Stick aus der Tasche. »Könntest du dir mal ein paar Fotos ansehen und mir sagen, ob dir etwas auffällt?«

Arnie streifte ihn mit einem Blick.

»Lutz«, brummte er. Lutz war der Polizeifotograf.

Aber Liebermann wusste, dass Arnie selbst leidenschaftlich gern fotografierte und sich häufig bei Lutz im Labor herumtrieb, um dort zu entwickeln. Einige seiner Bilder hingen in der Kantine. Sensible Landschaftsaufnahmen, die er Arnie nie zugetraut hätte.

»Meinetwegen, zeig sie ihm«, sagte Liebermann. »Ich möchte nur, dass jemand Versiertes draufguckt. Es ist privat.«

Arnie schnaubte und nahm den Stick.

»Du bist ein Schatz!«, sagte Liebermann.

Da riss Arnie die Augen auf. Liebermann verließ ihn mit einem Lächeln.

Eine der vielen guten Eigenschaften des Technikers war, dass er sich nicht mit Fragenstellen aufhielt.

Auf dem Rückweg nach Potsdam fand Liebermann einen Laden, dessen Öffnungszeiten moderner waren als die des Lebensmittelgeschäfts von Tante Lehmann, und kaufte eine Flasche Wein. Kurz hinter der Glienicker Brücke hielt er abermals, um eine frühe Hortensie abzubrechen. Dann trat er aufs Gas.

Bismarcks Nachmittagsschlaf dauerte heute ungewöhnlich lange. Zweimal war Serrano nach ihm sehen gegangen und hatte ihn dösend gefunden. Es brachte nichts, ihn zu wecken. Verschlafen war Bismarck schlecht gelaunt, unkonzentriert und unterhielt sich höchstens über vergangene Zeiten.

Beim dritten Mal hatte Serrano ihn nicht angetroffen. Der Alte befand sich offensichtlich auf seiner Runde. Auch der Fremde war unterwegs, sein Vierrad fehlte. Serrano vertrat sich die Beine, indem er einen kleinen Spaziergang zur Abfalltonne der Fleischerei unternahm und bei Maja vorbeischaute, die ihm noch dicker und zufriedener vorkam als beim letzten Mal. Sie nahm seinen Bericht über Mathilda und den Fremden mit sichtbarer Befriedigung auf.

»Ich sag doch, ein Katzenfänger. Hast du Mathilda nach einem Vierrad gefragt?« Beschämt musste Serrano eingestehen, dass er es versäumt hatte.

»Macht nichts. Es war eins da, glaub mir. Aber so neben sich, wie Mathilda ist, hat sie es wahrscheinlich sowieso nicht mitbekommen. Was wirst du nun tun?«

Serrano ließ von den Handschuhen ab, die er während ihrer Rede geistesabwesend sortiert hatte. Im letzten Winter hatten die Menschen eine Vorliebe für Türkis und

Orange gehabt. Der kleine Haufen orangegelber Handschuhe betrübte ihn.

»Ich werde mich mit Bismarck besprechen«, sagte er, »wenn er von seiner Runde zurück ist.«

»Wozu? Die Dinge liegen doch klar: Der Fremde ist an dem Tag ins Viertel geplatzt, an dem Aurelia und die beiden Mathilda-Jungen verschwunden sind. Er kennt unsere Namen. Er strolcht durch die Straßen mit seinem steifen Rücken, und du weißt, nur der Teufel ist steif, weil er Eis statt Blut in den Adern hat. Just an dem Abend, als Mathildas Kleine verschwinden, ist er bei ihr zu Gast.

Und am Ende schreckt er nicht einmal davor zurück, Bismarck zu begutachten.

Klar, dass er mit ihm nichts anfangen kann, bei den paar Haaren die er noch am Leibe hat, aber dennoch: Was willst du mehr? Der Mann ist gefährlich! Du selbst hast gesagt, dass Bismarck dich vor ihm gewarnt hat. Und Haare hin oder her – Bismarck hat eine Witterung für Menschen. Wenn du mich fragst, bereitet dein Fremder in diesem Augenblick seinen nächsten Zug vor. Aurelia, die beiden Kleinen und vielleicht Streuner hat er schon. Vier weiche Felle. Willst du warten, bis er sich das von Cäsar auch noch holt?«

Ihre Worte schockten ihn. Maja hatte schon immer gut reden können. Weicher Körper, spitze Zunge, türkisfarbene Handschuhe, orangefarbene Handschuhe – sie achtete in allem auf Ausgewogenheit.

Dennoch gab es einen Haken an dem, was sie gesagt hatte. Eine Handvoll Petersilie auf der Wurstplatte.

»Von wo genau kam der Krach, den du während der Geburt gehört hast?«, fragte Serrano.

Maja schob missmutig einen Fausthandschuh beiseite und förderte ein piepsendes Etwas darunter zutage.

»Irgendwo vor dem Laden. Und nebenan im Keller. Ich hab's dir schon mal gesagt, und ich hasse es, wenn du so tust, als ob du nur die Hälfte hörst. Grüß Bismarck! Und wenn du Krümel triffst, sag ihr, dass gestern eine ganze Ladung Bouletten draußen in die Tonne gewandert ist. Sven und der Knöterich vom Bahnhof haben sich schon bedient. Sie soll sich beeilen, wenn ihr was dran liegt.«

Serrano verließ das dämmrige Lager des Lebensmittelladens. Kurz darauf kratzte er an der Kellertür der Ossietzkystraße 17. Sie war verschlossen, solides Holz. Er sprang an die Klinke. Sie senkte sich, aber das nutzte nichts. Abgeschlossen. Serrano machte sich auf in den Hof. Hier hatte er mehr Glück. Von einem der Kellerfenster fehlte ein Teil der Scheibe. Als Serrano sich hindurchgezwängt hatte, gelangte er in einen winzigen Raum, in dem die Luft vor Schwarzschimmel stockte. Einige aufrecht gestellte Matratzen moderten vor sich hin, daneben zeugten vereinzelte Häufchen und über den staubigen Boden verlaufende Krakelschnüre von Mäusewirtschaft. Menschen dagegen schien dieser Keller seit Ewigkeiten nicht mehr gesehen zu haben. Außerdem grenzte er nicht an Majas Wochenbett. Die Tür war, wie oben, verschlossen. Serrano kletterte wieder heraus und setzte sich unter das Baugerüst, um nachzudenken.

Vor ihm füllten Blumen und Kräuter jeden freien Zentimeter des Hofes. Zwischen den Rosen dort hatte er einige Male für Aurelia gesungen, bis das Messer des Knochens ihm fast das zweite Ohr geraubt hatte. Hör auf zu heulen, Serrano, streng deinen Kopf an! Vom Heulen kommt sie weder zurück, noch verhinderst du, dass der Fremde sich die Nächsten unter den Nagel reißt.

Dumm nur, dass ihm die Nächsten gerade fast egal waren. Denn beim ersten Mal hatte der Fremde Aurelia mitgenommen.

Etwa in der Mitte des Hofs befand sich ein rundes Rasenstück mit einem Sandkasten im Zentrum. Dahinter die alte Kühltruhe aus dem Lebensmittelladen, in der es inzwischen fröhlich blühte. Neben ihr hatte der Knochen unlängst seinen Wassereimer ausgeschüttet. Es musste ein magischer Eimer gewesen sein, denn an der Stelle, wo das Wasser die Erde getroffen hatte, spross ein Kreis leuchtender orangeroter Blumen. Als Serrano dorthin trottete, wehte ihm ein übler Geruch entgegen. Kaum auszuhalten, als er da war. Wer so etwas pflanzte, hatte nicht viel Freude am Leben oder ein Geruchsorgan, das hinüber war. Wäre Aurelia noch hier gewesen, hätte Serrano jedes einzelne der stinkenden Dinger ausgerissen. So hob er nur ein Bein und zeigte, was er davon hielt. Danach fühlte er sich keinen Deut besser.

Als Nico die Tür öffnete, streckte Liebermann ihr Wein und Blume entgegen.

»Revanche, erster Teil. Zugegeben, etwas unoriginell.«

»Darfst trotzdem rein.«

Liebermann streifte sich die Schuhe von den Füßen, bereute es aber sofort, als er seinen rechten großen Zeh durch ein Fenster in der Socke lachen sah.

»Die Mädchen sind in der Küche«, sagte Nico.

Daraufhin steckte Liebermann den Kopf durch die Tür. Sein Blick fiel auf einen festlich dekorierten Tisch, Kerzenleuchter, Blumen.

»Was wird das? Ein Bankett oder ein Aufstocken meines Revanche-Depots?«

»Geh raus!«, kreischte Miri mit glühendem Gesicht.

In Nicos Wangen zeigten sich kurz die Grübchen. Aber ihre Augen blieben ernst. Sie füllte ein Glas mit Wasser, stellte die Hortensie hinein und ging ihm voran ins Wohnzimmer.

Dort traf Liebermann wieder einmal auf den Hausmeister. Mit Mütze, ohne Kostüm. Selbst auf sein Grinsen hatte Nils heute verzichtet.

»Hallo, Lektor! Ich habe das Feld nur gehütet, um es dir zu überlassen. Unberührt.«

Liebermann probierte es mit einem Lächeln. »Was spielt ihr, Timm Thaler?«

Der Scherz verpuffte unbeachtet im Raum.

»Komme ich ungelegen?«

»Nein, ich.« Nils tippte sich an die Schläfe, blickte Nico düster an und verließ das Zimmer.

Nico rannte ihm hinterher. »Das hier ist eben keins von deinen albernen Spielchen!«, schrie sie. Die Tür fiel ins Schloss.

Als sie zurückkam, standen ihre Wangen in Flammen. Sie umrundete Liebermann, der noch immer mitten im Raum stand, und ließ sich aufs Sofa fallen.

»Habt ihr gestritten?«, fragte Liebermann.

Nico durchbohrte ihn mit ihren Schieferaugen. »Nach was sieht es denn aus?«

Trotz einer leichten Spannung in der Luft und Nicos Maulfaulheit wurde es ein gelungenes Mahl. Liebermann ließ sich von den jugendlichen Köchinnen jeden Schritt der Zubereitung ihres *Coq au miel*, das Miri »Kokomiel« nannte, erläutern, bewunderte die goldene Kruste, die zart glasierten Bohnen und verfügte sich zwischendurch auf die Toilette, um bei der Gelegenheit die Speicherkarte wieder in Nicos Kamera zu schieben. Bei seiner Rückkehr fragte Zyra, ob Miri über Nacht bleiben dürfe.

»Das kann ich allein nicht beantworten.«

Nico trank einen Schluck Wein. »Warum nicht, ich habe schließlich auch allein darauf geantwortet.«

Sie deckten zusammen ab. Dann verabschiedete sich Liebermann, um Miris Zahnbürste und Schlafanzug zu holen. An der Tür drückte Nico ihm einen Teller in die Hand. »Ich bin mit Bismarcks Hering im Verzug. Könntest du ihm den bringen?«

Liebermann, der sein Lebtag lang unter unüberwindbarem Ekel vor jeder Art von Fisch litt, nahm widerstrebend den Teller und balancierte ihn die Treppe hinunter, bemüht, möglichst wenig vom tranigen Aroma seiner Fracht einzuatmen. Dabei versuchte er, der eigenartigen Stimmung auf den Grund zu kommen, die ihn gefangen hielt. Noch als er bei Nico geklingelt hatte, war er guter Dinge gewesen. Der Tag hatte ihm allerhand Denkstoff beschert, und er war noch nicht zu Ende. In ungefähr einer Stunde würden die Berlichs die Tür öffnen und davor eine junge Frau finden, die ein Bild kaufen wollte. Liebermann hatte Marion perfekt vorbereitet. Er hatte sie sogar losgeschickt, um rote Haartönung zu kaufen, damit sie sich schon bei der Begrüßung in Stefan Berlichs Augen bohrte. Daran lag es nicht. Es schien ein Teil der Stimmung aus Nicos Wohnzimmer auf ihn übergegangen zu sein.

Nils war abgehauen. Und Nico hatte ihm nachgerufen, dass dies hier keins seiner Spielchen sei. Liebermann trat aus der Tür und blieb stehen.

Im Inneren des Fliederbusches flimmerten zwei grünliche Punkte. Hungrig oder argwöhnisch. Beides, vermutlich. Der pensionierte Kater mochte sich noch an seinen Flug auf den Mulchsack erinnern.

Jederzeit einen Prankenhieb fürchtend, ging Liebermann in die Knie und schob die Schüssel, so weit er konnte, in den Busch hinein.

Die grünen Punkte verfolgten seine Bewegungen. Als er den Arm wieder zurückzog, meinte Liebermann, eine Veränderung zu bemerken. Als ob das Schwefelgrün in ein Schwefelgelb überging. Aber all das waren nur Überlegungen, die ihn von seiner Hauptfrage abzulenken versuchten. Was hatte Nico mit Spielchen gemeint, die keine waren?

»Willst du jetzt jeden Abend so ein Theater machen? Versuch nicht, mir zu imponieren, indem du auf deine alten Tage noch zum Moralisten wirst, indem du der Menschen Gaben verschmähst. Und deinem Hering ist es auch egal.«

»Witzbold«, knurrte Bismarck und starrte weiter auf den Fisch, als versuche er, etwas in dessen matter Haut zu lesen. Sein Atem ging schwer.

»Alles in Ordnung?«, fragte Serrano.

»Wenn du damit meinst, ob alle Haare an ihrem Platz sind: ja. Fragst du, ob dieser Tag seinen Weg ohne Störungen genommen hat: nein.«

»Ich gehe einen Schritt weiter und frage nach der Art dieser Störungen.«

Bismarck warf ihm einen raschen und, wie es Serrano schien, anerkennenden Blick zu. »Genau genommen gab es zwei. Die letzte liegt hier vor uns.«

Serrano sah auf den Fisch.

»Was ist mit dem? Er sieht aus wie seine Vorgänger, nur etwas größer.«

»Das meine ich nicht. Ich meine die Art und Weise, wie er zu mir gelangt ist.«

»Aha. Und wie?«

»Zu spät. Viel zu spät. Aber gut. Das wirft mich nicht um, obwohl ich zugeben muss, dass mein Magen auf feste Zeiten eingestellt ist. Er wird unbequem, wenn man sich nicht daran hält.«

»Dann erlöse ihn doch endlich!«

»Hast du nicht zugehört? Es ist zu spät! Schlimmer, als einen Magen warten zu lassen, ist, ihn zu überfallen. Außerdem kann ich nicht gleichzeitig essen und denken. Zum Beispiel daran, dass Nils vor einer guten Weile ins Haus hinein- und wieder herausgegangen ist. Mag sein, dass er die Heringsfrau aufgehalten hat. In dem Fall hätte sie ihm den Hering aber mitgeben können, nicht wahr? Stattdessen ging wieder eine Ewigkeit ins Land, und dann kam er.«

»Er?«

»Der Fremde.«

Serrano straffte sich. *Willst du, dass er die Nächsten wegschnappt?* Nein, das wollte er nicht, und schon gar nicht diesen hier, den stolzen Alten mit dem hässlichsten Fell der Gegend.

»Ich finde, du solltest eine Weile von hier verschwinden. Je eher, desto besser.«

Bismarck sah ihn ungnädig an. »So, sollte ich?«

Serrano holte tief Luft und setzte zu einer Antwort an. Erst in letzter Sekunde roch er den Braten: Das Sollen-soll-niemand-können-können-viele-Spiel! Bismarck ließ keine Gelegenheit dafür aus, nicht einmal in einer Lage wie dieser. Denn die Lage war ihm völlig bewusst, wie ihm plötzlich klarwurde. Kein Schreck, kein Erstaunen, nicht einmal die Frage nach einem Warum – weil Bismarck es wusste.

»Ja«, sagte Serrano. »Dir und ... mir zuliebe. Und ich sag dir auch, warum.«

In groben bis detaillierten Zügen berichtete er von seinen Erlebnissen auf dem Spielplatz, bei Mathilda, Maja und – nach kurzer Überlegung – in Aurelias Hof.

Er unterbrach nur, als der Fremde über die Straße kam und gleich darauf im Haus verschwand. Die Kater wechselten einen bedeutungsvollen Blick.

»Du hattest vollkommen recht«, gab Serrano zu. »Du hast ihn von Anfang an durchschaut. Wie machst du das?«

Der Alte beendete mühsam einen Atemzug. »Meine Augen lassen nach«, krächzte er. »Das ist praktisch, denn dadurch fällt das ganze überflüssige Zeug weg. Versuch mal, nur auf Bewegungen zu achten, du wirst staunen! Der Rest ist Training. Abgesehen davon habe ich nie behauptet, dass der Fremde Katzen fängt. Ich habe gesagt, dass er Unheil bringt, das ist was anderes.«

»Wenn ein Katzenfänger für dich kein Unheil bedeutet, was dann?«

»Dreh mir nicht das Wort im Maul rum! Meinetwegen soll der Fremde auch Katzenfänger sein, aber eins ist wohl klar: Am Freitagabend hat er keine Katze gestohlen. Jedenfalls nicht zwischen dem Vier- und Zehnuhrläuten. Da hat er wie angewachsen auf seinem Balkon gesessen, bis auf ein paar Minuten, in denen er aber nur rein- und nicht rausgegangen ist.«

Serrano sah seinen stolzen Indizienturm wanken. »Und nach zehn?«

Aber er winkte selbst ab – nach zehn hatten an Mathildas Junge nur noch zwei Duftflecken unter dem Sofa im Gartenhaus erinnert. War der Bus vom Katinka-Wirt mitsamt Bernhard und dem Schrank längst abgefahren, hatte Maja in Seelenruhe ihren letzten Mutterkuchen gefressen, war Aurelia …«

»Mach dir nichts draus. Ist der Fremde nicht die Lösung, ist er eben der Weg. Bleib an ihm dran. Er fängt langsam an zu rappeln, er bewegt sich, irgendwann wird er wie eine magnetische Nadel ausschlagen. Der ist so einer, zieht das Unheil an, aber wenigstens weiß man dann, wo man es suchen muss. Ich bin müde. Wenn du willst, friss meinen Fisch, aber Vorsicht: vielleicht klebt Unheil dran.«

»Ich bring ihn Krümel«, sagte Serrano, der sich nicht daran erinnern konnte, dass Bismarck je einen Fisch verschmäht hatte, ob mit Unheil paniert oder nicht.

Schon im Fenster, drehte sich der Alte noch mal um …

»Ehe ich's vergesse: Der Streuner war vorhin hier.«

Die Nachricht senkte sich wie ein Bleinetz über Serrano. »Er … ist wieder da?«

»Sieht so aus.«

»Und was wollte er?«

»Morgen«, brummte Bismarck. »Jetzt kriege ich das nicht mehr zusammen.«

Liebermann überführte die Weinflasche und die Gläser ins Wohnzimmer, während Nico den Mädchen ein Lied vorsang. Ihre leise Stimme begleitete seine Schritte und Handgriffe und veränderte seine Stimmung erneut. Sie hatte jetzt etwas Lyrisches. Er fand es beunruhigend, so manipulierbar zu sein.

In wenigen Minuten würde Marion an die Pforten des hoffentlich bis aufs äußerste sensibilisierten Stefan Berlich klopfen, und er selbst trank gemütlich Wein mit einer Frau.

Nico zog sich im Hereinkommen das T-Shirt zurecht.

Mit einer sehr lebendigen, mit einer ziemlich *reizvollen*, lebendigen Frau, ergänzte Liebermann.

Sie ließ sich in einen Sessel fallen. »Ich kann jetzt einen Schluck gebrauchen.«

Liebermann reichte ihr ein Glas.

»Na dann, Prost!«

»Salute.« Sie trank ihr Glas in wenigen Zügen leer und schenkte sich nach.

»Tut mir leid, das mit vorhin. Du musst dir wie ein Trottel vorgekommen sein.«

»Wie einer, der in einen Streit geplatzt ist.«

Nico versenkte sich in den Anblick der rot schimmernden Flüssigkeit. Sie zuckte die Achseln. »Manchmal streitet man sich eben.«

»Hätte Gott dem Streit keinen Wert beigemessen, hätte er ihn nicht erfunden«, sagte Liebermann. Himmel, was redete er da? »Man verträgt sich zum Glück auch wieder«, fügte er hinzu.

Nico erwiderte nichts, sondern trank. »Hattest du Erfolg beim Verlag?«

Liebermann bewegte den Kopf so, dass man es als Nicken auslegen konnte, und wartete beklommen auf Folgefragen. Aber Nico war mit den Gedanken schon wieder woanders. Sie kam ihm blass vor. Trotz des Weins. Blass und traurig und sehr kindlich, mit ihren zusammengepressten Knien.

Plötzlich verspürte Liebermann das Bedürfnis, auf sie aufzupassen, damit niemand sie durch ein grobes Wort verletzte oder ordinär angrinste.

Der Anblick von Charlotte Olbinghaus vor fünf Tagen

hatte eine gänzlich andere Wirkung auf ihn gehabt. Eine sehr unmittelbare, besonders auf bestimmte Regionen seines Körpers. Wenn Liebermann ihr Foto ansah, regte sich dort manchmal noch immer etwas, aber er ahnte, dass es nicht mehr als ein letztes Aufzucken war, eine kleine Reizung der Synapsen. Der heiße Teil ihrer fiktiven Beziehung hatte sich vor der Lektüre ihres Tagebuchs abgespielt. Und jetzt saß dort dieses Mädchen mit den Lachgrübchen, völlig frei von jeder Heiterkeit, und schwieg sich aus.

Er stand auf und nahm sie in die Arme. Es war ein etwas schwieriges Unterfangen, weil er gezwungen war, sich vor Nico hinzuhocken, aber er war froh, dass sie es zuließ. Kurz darauf sank ihr Kopf auf seine Schulter.

»Was ist das bloß?«, murmelte sie.

Sie würde doch keine Sinnkrise durchmachen, fragte Liebermann sich erschrocken. Soweit er sich erinnerte, hatten sich die seinen zwischen seinem vierzehnten und achtzehnten Lebensjahr abgespielt. Und dann noch einmal vor ungefähr drei Jahren. Aber warum nicht, Menschen waren eben unterschiedlich.

»Hattest du einen anstrengenden Tag?«

»Eigentlich nicht. Nur eine Brustentzündung.«

»Lilly Bärmann.«

Ihr Kopf auf seiner Schulter bewegte sich. »Woher weißt du das?«

»Du bist Hebamme. Du hast zu Ralph gesagt, dass du Lilly bei ihrer Mutter besuchen würdest. Sie solle ihre Packungen auflegen. Meine Frau hat sich nach Miris Geburt Quarkpackungen auf die Brüste gelegt, wenn sie entzündet waren. Eine einfache Rechnung. Wie geht es ihr?«

»Den Umständen entsprechend.« Sie löste sich von ihm und trank, ohne ihn anzusehen, auch das zweite Glas aus.

Liebermann sah ihr ein wenig besorgt dabei zu. Dann fragte er: »Welche ›Umstände‹ meinst du?«

Sie ließ sich Zeit mit der Antwort.

»Postnatale Depression, vier Säuglinge und – sonstiger Stress. Und jetzt möchte ich nicht mehr über Arbeit reden.«

»Ich auch nicht. Also reden wir über was anderes.«

»Kinder?«, fragte Nico und lächelte endlich wieder.

»Meinetwegen. Oder Katzen.«

Katzen waren auch das Erste, dem Marion in Potsdam-West begegnete.

Sie hob rasch den rechten Absatz von etwas, das sie fälschlicherweise für Kopfsteinpflaster gehalten hatte, und sah einen jaulenden Schatten davonwischen. Das begann ja vielversprechend!

»Willst du einen Apfel kennenlernen, mach es wie der Wurm«, hatte Liebermann gesagt. »Arbeite dich von der Schale bis zum Kern vor.«

Uwes Einwand: »Wenn ich den Apfel aufschneide, sehe ich auch alles, sogar den Wurm«, hatte er nicht gelten lassen. »Nein! Du siehst wieder nur einen Teil, nämlich die Schnittflächen. Der Wurm dagegen fühlt den Apfel mit jedem Ringmuskel, denn er umgibt ihn völlig. Nun: Stefan Berlich ist ein glattes, gewachstes, rotbackiges Exemplar. Vielleicht im Kern vergiftet, so was sieht man nicht. Wenn wir ihn aufschneiden, werden sich uns stets zwei weiße, makellose Schnittflächen zeigen. Wir werden also einen Wurm in ihn bohren, und dieser Wurm ist Marion – eine junge Frau, die es sich in den Kopf gesetzt hat, ein Bild von Iljana Karuleit zu erwerben.«

»Muss ich mir unbedingt die Haare färben?«, hatte Marion gefragt. »Künstliches Rot ist so ordinär.«

Liebermann hatte gelächelt. »Ach, mir ist nur aufgefallen, dass Rot sowohl die Haarfarbe von Charlotte Olbinghaus als auch die von Iljana Karuleit ist, zumindest auf dem Foto in Olbinghaus' Katalog. Schaden kann es jedenfalls nicht, es ist eine Signalfarbe. Und ich glaube, es wird dir stehen.«

Um die Signalwirkung noch zu erhöhen, zog Marion vor dem Berlich'schen Anwesen ihren Lippenstift nach und versuchte ein Lächeln. Sie fühlte sich furchtbar.

Susanne Berlich sah die Frau mit den flammenden Haaren und seufzte. Wieder ein Abend futsch. Na gut, aber wenigstens kam sie hierher, statt Stefan irgendwohin zu locken. Ihre Absichten schienen ehrenhaft – was für ein Wort –, nicht wie die dieser aufgeblasenen Tussi von der … wie hieß ihr Wischblatt gleich … na, egal.

»Hallo!«, sagte sie zeitgleich mit der anderen.

Marion räusperte sich. »Ich hoffe, ich störe nicht.«

»Na ja, wenn Sie schon so direkt fragen – wir sind gerade beim Abendbrot. Kommen Sie rein. Es gibt Gulasch.«

In der für die Ausmaße des Hauses ziemlich geräumigen Diele nahm Frau Berlich Marion den Mantel ab. »Selma, nicht wahr?«

»Nein, Maria.«

»Maria?«

Frau Berlich sah sie forschend an. »Aber Sie sind Künstlerin?«

»Um Himmels willen!«, sagte Marion. »Nein, ich bin hier, um mich nach einer Künstlerin zu *erkundigen*, die Ihr Mann betreut.«

»Presse?«

Marion speicherte gierig den Anflug von Misstrauen. »Auch nicht. Ich habe ein völlig privates Interesse an Iljana Karuleit. Sie kennen sie doch?«

Jetzt lächelte Frau Berlich. »Ach so. Ja, ich hab sie mal getroffen. Nett, aber sehr introvertiert. Ohne Stefan wäre sie untergegangen.«

Vermutlich, dachte Marion und folgte ihr in ein angrenzendes Zimmer.

Als sie eintrat, wusste sie, wie sich ein so kleines Haus eine geräumige Diele leisten konnte. Die Wände des Zimmers bestanden nur zur Hälfte aus ehrwürdigem Gemäuer, die andere war aus Glas und ragte ein ganzes Stück in den Garten hinein.

An einem riesigen Esstisch saßen ein Junge von etwa acht und ein Mädchen von vielleicht sechs Jahren. Sie sahen ihr neugierig entgegen, während ihr Vater aufstand.

»Die junge Frau hier möchte sich mit dir über Iljana unterhalten«, sagte Frau Berlich.

Stefan Berlich sah Marion einen Moment lang aufmerksam an. Aufmerksamer, als ihr guttat. So schaute Liebermann manchmal, wenn er in ihrem Gesicht nach einer Begründung für eine seiner abstrusen Ideen suchte, und auch da wurde ihr regelmäßig etwas eng um die Brust. Aber Liebermanns Augen sprachen nicht, sie ließen nur ahnen. Die Deutlichkeit in denen von Berlich warf sie um.

»Na dann«, sagte er, »holen wir einfach noch einen Teller. Es wäre fatal, wenn Sie sich den Weg zu uns gemacht hätten, ohne in den Genuss von Susannes Gulasch zu kommen. Sie sind wohl keine Vegetarierin, oder?«

»Was?«, hauchte Marion.

»Was?«

»Ich glaube, es wird Zeit für mich«, wiederholte Liebermann etwas lauter.

»Wofür?« Nico wandte sich vom CD-Regal zu ihm um.

Liebermann überlegte. Ja, wofür eigentlich. Er goss sich noch einen Schluck Wein ein und unterzog ihn einer Geschmacksprüfung, so wie Uwe es mit neuem Kaffee tat. Lecker – viel besser als seiner! Er durfte nachher nicht vergessen, sich den Namen vom Etikett abzuschreiben. Wo war er stehengeblieben … ach ja: wofür eigentlich. Wofür eigentlich *was*?

Er streckte sich auf dem Sofa aus und genoss Nicos leises Gemurmel, während sie ihre Musiksammlung durchging. Erstaunt stellte er fest, dass er rundum zufrieden war. Die

Luft floss ihm seidig und beinahe ohne sein Zutun in die Lungen. Liebermann hatte das angenehme Gefühl, beatmet zu werden. Wer weiß, dachte er träge, vielleicht hatte Nico etwas mit der Raumluft gemacht.

Der Wein gärte in seinen Adern, und durch das Fenster sah Liebermann in einen surrealistischen violetten Himmel. Nico selbst stand mit dem Rücken zu ihm und beugte sich zu ihrer Anlage hinunter. Durch das Kleid zeichneten sich schemenhaft ihre Hinterbacken ab. Es gab nichts, was diesem Augenblick noch hinzugefügt werden konnte. Fast. Als die Musik begann, schloss Liebermann die Augen.

Er hatte keine Ahnung, was Nico da eingelegt hatte. Zwei Mädchenstimmen, von denen ihn eine an eine Katze erinnerte und die andere an Sahne, besangen die Grausamkeit von Engeln. Möglicherweise sangen sie auch etwas anderes. Liebermanns Englischkenntnisse bedurften der Auffrischung, und außerdem interessierte es ihn nicht besonders.

»Gefällt es dir?«, fragte Nico. Ihr Atem flog warm in sein Ohr.

Liebermann hatte nicht damit gerechnet, sie plötzlich so nah bei sich zu haben. Der Schreck war köstlich, aber er sprengte ihm beinahe die Lenden. Mit noch immer geschlossenen Augen streckte er die Hände aus, traf ihre Schultern und zog sie zu sich herunter. Nico gab einen spitzen Laut von sich, als er sie küsste. Es entzückte ihn. Alles an ihr entzückte ihn. Ihre verstrubbelten Haare, ihre Haut, ihr Duft, die Energie, die von ihr ausging. Als Nico die Arme hochnahm und er ihr, wie er es von seiner Tochter gewohnt war, das Kleid über den Kopf zog, seufzte sie, und er war sprachlos.

Langsam hob er die Hände und schloss sie sacht um ihre Brüste.

»Hallo«, flüsterte sie. »Willkommen zu Hause.«

Vielleicht war es dieser Satz. Die Partie unterhalb von

Liebermanns Nabel schwoll so plötzlich an, dass der derbe Stoff seiner Jeans ihm die Tränen in die Augen trieb.

»Ich …«

»Psst!«

Mit einer Hand hielt sie ihm den Mund zu, die andere flog über seine Verschlüsse. Liebermanns Männlichkeit schnellte aus ihrem Verlies. Ein kurzer Luftzug, dann hüllte wunderbare Wärme sie ein.

Mühsam hob Liebermann den Kopf. Er sah eine Flut von Haaren und Nicos elfenbeinfarbenen Nacken sich sacht auf und ab bewegen. »Wo kommst du denn her?«, murmelte er staunend.

»Und was machen Sie beruflich?«

Marion senkte den Blick auf ihren Teller. »Ich arbeite … äh, in einer sozialen Einrichtung.«

»Alle Achtung!«, sagte Stefan und schenkte ihr einen Blick, der mit sozialen Einrichtungen nun überhaupt nichts zu tun hatte.

Was die Kochkünste seiner Frau anging, hatte er allerdings nicht übertrieben. Die Klöße zerschmolzen auf Marions Zunge und wurden von einem Gulasch, das ebenso geschmeidig wie feurig war, umschlossen, ehe sie sich auf den Weg der Verdauung machten. Dazu gab es einen schattig schmeckenden Rotwein. Stefan war extra zu seinem Auto gegangen, um ihn zu holen, was Marion vor die Frage gestellt hatte, ob er zusätzlich zu seinen Kunstgeschäften noch einen mobilen Weinhandel unterhielt.

Zwischen Bissen und Lobeshymnen gab sie sich große Mühe, dem von Susanne Berlich mit Interesse aufgenommenen Berufsthema eine andere Richtung zu geben. Wie sich herausstellte, hatte Frau Berlich als Kunsttherapeutin eine Zeitlang mit geistig behinderten Kindern zu tun gehabt.

»Diese Freiheit im Stil«, schwärmte sie, »müssen sich andere erst über Jahre wieder mühsam erarbeiten!«

»Und wo arbeiten Sie jetzt?«, bog Marion energisch an einer Weiche. Susanne Berlich sah auf ihre Hände. »Im Moment gar nicht. Ich bin krankgeschrieben.«

»Oh!«, sagte Marion mitfühlend und machte einen Haken auf ihrer Liste.

Frau Berlich lächelte schwach. »Ach, das wird schon wieder.«

»Sie ist eine Kämpferin«, sagte ihr Mann und beugte sich zu seiner Frau, um ihr einen Kuss auf die Stirn zu drücken.

Die Harmonie, die die beiden verströmten, wurde Marion langsam ein bisschen zu viel. An Charlotte Olbinghaus erinnerte hier nicht einmal eine aufgeschlagene *Illustrierte*. Und am *eigentlichen* Grund ihres Besuches manövrierte Stefan Berlich charmant, aber beharrlich vorbei. Immerhin, das war interessant. Interessant auch, wie er es schaffte, mit ihr und seiner Frau gleichzeitig zu flirten. Vielleicht merkte sie nichts davon. Wahrscheinlicher aber war, dass Susanne Berlich sich insgeheim über die besondere Aufmerksamkeit, die ihr Mann dem Gast zukommen ließ, amüsierte. Sie war selbstbewusst und freundlich und erwiderte die Zärtlichkeiten ihres Mannes mit offener Zuneigung, was wohl bedeutete, dass sie sich seiner sicher war. Je länger sie inmitten all der Freundlichkeit und Zuneigung saß, desto unerträglicher fand Marion sie.

Zur Erholung ließ sie ihren Blick durch eine der Glaswände in den lichten Garten wandern. Der Rasen war frisch gemäht. In einiger Entfernung befand sich ein kleiner Gartenpavillon, etwas weiter vorn ein Obsthain, wahrscheinlich Apfel.

Und unter einem der Bäume, im rotvioletten Zwielicht – eine Nixe. Marion blinzelte verwirrt. Sie probierte es noch einmal.

Rotgoldenes Haar, lose über die Schulter geworfen, eine leichte Neigung des Kopfes, weiße Haut. Sogar ihre Hosen besaßen den blausilbernen Schimmer eines Herings. Oben trug sie ein roséfarbenes Shirt. Ihre Beine öffneten und schlossen sich wieder – das einzige Detail, das Marions seliges Déjà-vu störte.

Die Nixe glitt vorüber, abwechselnd sichtbar und von Stämmen verdeckt. Doch jedes Mal, wenn sie auftauchte, saugte sich ihr Blick an die Abendbrottafel der Berlichs.

»Darf ich Ihnen nachschenken?«

Marion hob ihr Glas, ohne den Blick von der Gestalt zu wenden, die langsam ihrem Blickfeld entschwand.

»Ist alles in Ordnung?«

»Ich habe gerade eine Nixe gesehen«, sagte Marion. »Sie ist durch Ihren Garten gelaufen.«

Die gesamte Familie Berlich sah höflich in die Richtung, die Marions Finger wies. Eine Katze streunte über den gestutzten Rasen. Sonst war nichts zu sehen.

»Nixen können nicht laufen«, sagte Berlichs Tochter nach einer Weile. »Die haben einen Fischschwanz.«

Natürlich können Nixen laufen, dachte Marion, als sie Stefan Berlich wenig später in sein Büro folgte. Sie hatte es schließlich selbst gesehen! Und was wussten altkluge sechsjährige Gören schon davon.

Berlichs Büro war gerade groß genug für einen Schreibtisch und ein überquellendes Bücherregal. In seiner Hose piepte es.

»Niemals Feierabend!«, sagte er entschuldigend. Marion lächelte. Während Stefan mit unbewegter Miene seine SMS las, trat sie an den Tisch und schnupperte an einer von zwei rot-gelben Rosen in einer schlanken Vase. Sie rochen nach nichts.

»Wunderschön.«

Berlich klappte sein Handy zu. »Ja, Tizian.«

»Bitte?«

»So heißen sie, nach dem Ton ihres Rots.«

Marion schaffte es gerade noch, ein Kichern zu ersticken.

»Ach so. Die sind bestimmt selten, nicht?«

»Es gibt nur einen Züchter in Europa.«

»Und der sind Sie?«

Berlich schenkte ihr einen seiner Saphirblicke. »Nein, ich bin nur Liebhaber. Aber Sie sind ja nicht wegen der Rosen hier. Sondern wegen – Bildern von Iljana.« Angesichts des kurzen Innehaltens vor dem letzten Teil des Satzes und des Glimmens in seinen Augen stockte Marion das Blut. Sie fühlte sich durchleuchtet, ein Kaninchen auf dem Röntgentisch.

Er wusste, warum sie wirklich hier war, sinnlos, ihm etwas vorzumachen, lächerlich geradezu. Sie würde ihn um Entschuldigung bitten. Schließlich war diese kindische Schnüffelei nicht ihre Idee gewesen, sondern eine Ausgeburt der schwimmenden Phantasien ihres Chefs, der im Moment – wie sie zu seiner Entschuldigung ergänzte – ohnehin nicht ganz zurechnungsfähig war.

Laut sagte sie: »Genau. Ich habe Frau Karuleits Ausstellung in der Galerie Olbinghaus gesehen und war sehr angetan. Sehr! Leider haben meine finanziellen Verhältnisse damals den Erwerb eines Bildes verhindert. Inzwischen ist das anders.« Sie machte die kurze Pause, die sie für diese Stelle ihres Vortrages vorgesehen hatte. »Nur habe ich jetzt das Problem, dass die Ausstellung vorbei ist und ich nicht weiß, wie ich an die Künstlerin herankommen soll. Herr Olbinghaus hat mir ihre Nummer gegeben, aber sie geht nicht ans Telefon, noch ruft sie zurück. Aber dann fiel mir ein, dass im Katalog ein Agent verzeichnet war, und nun dachte ich, also, ich hoffe …« Marion ließ den Monolog in hilflosem Gestammel ausklingen und senkte die Augen.

Als sie wieder aufsah, blickte Stefan Berlich enttäuschenderweise gerade auf die Uhr. Dann erneuerte er sein Lächeln. »Ich fühle mich über die Maßen geehrt«, blaues Funkeln, dann eine Hand.

»Stefan.«

»Äh … Maria.«

»Maria«, wiederholte er. Und noch ehe Marion begriff, was geschah, explodierte ihre Wange unter einem warmen Lippenpaar. Nie zuvor hatte sie das Fehlen eines Spiegels so begrüßt. Stefan nahm eine ihrer falschen Strähnen in die Hand und hielt sie gegen das Abendlicht.

»Wie Granat mit einem Tropfen Honig, siehst du?«

»Ja.«

Er legte die Strähne sorgsam auf ihre Schulter zurück.

»Als ihr Agent würde ich gern wissen, was genau dich an Iljanas Bildern so fasziniert. Natürlich kippt die Presse nach jeder Vernissage ihren Kot in die Welt, aber die Kritiker nutzen meine Künstler nur als Medium, eigentlich reden sie über sich. Umso wertvoller ist mir die unverfälschte Meinung einer normalen – einer bezaubernd normalen Frau. Hättest du Lust zu einem kleinen Kunstgespräch?«

Marion schluckte. »Unbedingt.«

»Sehr schön. Schön. Am besten in meinem Büro.«

»Ich dachte, das hier ist dein Büro?«

»Das war's mal. Aber als klar wurde, dass Susanne nicht mehr arbeiten kann, habe ich mir ein neues gesucht, nicht weit von hier und mit einem schönen Blick über die Havel.« Er lächelte. »Wenn du mich besuchst, wirst du feststellen, dass ich mehrere recht großformatige Bilder von Iljana dort habe. Vielleicht gefällt dir eins davon.«

»Darfst du sie denn einfach verkaufen?«

Stefan hob die Hände und warf bei der Gelegenheit einen weiteren Blick auf seine Uhr. »Ich bin Iljanas Agent. Es ist mein Job, ihre Bilder zu verkaufen. Und es ist meine Sache, wie viel oder wenig Gewinn ich dabei mache. Moment!«

Er begann, auf einer der Schreibtischablagen herumzusuchen.

»Hier«, sagte er, und Marion fühlte Papier und einen Stift zwischen den Fingern.

»Vielleicht möchtest du mir deine Nummer aufschreiben,

damit ich dich anrufen kann, wenn ich einen Überblick über den Rest der Woche habe?«

Marion bekam einen Schreck. Was, wenn er bemerkte, dass er die Handynummer, die sie ihm aufschrieb, schon einmal gewählt hatte? An ihr Festnetz aber kam sie erst abends. Sei's drum. Beim Schreiben dachte Marion an das Dutzend ihrer Rückrufgesuche, das in Stefan Berlichs Mailbox unerhört vor sich hin schimmelte.

Er ließ den Zettel in seiner Jacketttasche verschwinden. Eine Jacketttasche schien ihr ein denkbar ungeeigneter Platz für die Telefonnummer einer fremden Frau. Doch ihre Sorge ging in Stefans Abschiedslächeln unter. Es war noch beredter als sein Blick und hundertmal hoffnungsfroher als der Satz, den es begleitete: »Ich bring dich zur Tür.«

Als sie außer Sicht- und Hörweite war, ließ Marion ihrem Überschwang freien Lauf. »Wow!« Ein unmögliches Wort, aber das einzige, das ihr einfiel. Noch ein Wow, für den bravourös bestandenen Test. Liebermann würde sie anbeten. In Kürze würde sie jeden, der wollte, zu Stefan Berlichs geheimem Büro führen können. Das einzige Problem bestand darin, dass Marion sich nicht mehr so sicher war, ob sie das überhaupt wollte.

Während sie die Wendeschleife durchquerte, lauschte sie in sich hinein und fand ein schrilles Durcheinander von Geigen und Harfen. Sie blieb stehen und zählte langsam bis zwanzig. Danach war nur Gesäusel übrig. Na und, dachte sie. Schließlich war es Liebermanns Idee gewesen, sie zu Berlich zu schicken. Und, ergänzte sie trotzig, es ist Mai!

Dass Stefan etwas mit dem Verschwinden von Charlotte Olbinghaus zu tun haben sollte, schien ihr so abwegig wie die Straße, in die sie gerade einbog. Sie drehte um und versuchte es mit der nächsten. Ossietzky, ja richtig. Nach ungefähr dreißig Metern entdeckte Marion auch ihren VW hinter der Absperrung einer Baustelle. Einen anderen Parkplatz hatte sie nicht gefunden. Unter einem der Scheibenwischer klemmte ein Zettel. Die haben hier ein reges Ordnungsamt, dachte sie und beschloss gutgelaunt, das Knöllchen auf die Spesenrechnung zu setzen. Aber es war kein Knöllchen, sondern ein Blatt aus braunem Packpapier. Als Marion es auffaltete, las sie: »Bitte parken Sie auch tagsüber hier!«

Sie grinste und steckte ihn in die Tasche. Zumindest hatte sie vor, ihn in die Tasche zu stecken, als sie feststellte, dass keine Tasche da war. Dem Schrecken folgte ein angenehmes Prickeln. Wenn sie sich nicht irrte, lag die Tasche noch neben der Vase mit den Tizianrosen auf Stefan Berlichs Schreibtisch.

Ein paar Meter vor dem Gartentor traf sie auf Susanne Berlich in Jacke und Turnschuhen, die mit verzogenem Mund eine prall gefüllte Mülltüte neben der Terrasse absetzte. Während Marion ihr Anliegen vorbrachte, massierte sie sich das Handgelenk. Dann nickte sie zum Haus hinüber. »Na, kommen Sie!«

Ihr Mund hatte einen Teil des weichen Schwungs, der dem ihres Mannes ähnelte, verloren. Vielleicht Schmerzen, dachte Marion. Sie erinnerte sich, irgendwo gelesen zu haben, dass chronische Schmerzen gegen Abend hin schlimmer wurden. Susanne Berlich folgte ihr nicht in das Arbeitszimmer, sondern wartete in der Diele auf sie.

»Voilà!«, sagte Marion, als sie zurückkehrte. »Ist Ihr Mann schon im Bett?«

Susanne Berlich schüttelte den Kopf.

»Er ist noch auf einen Absacker zu einem Bekannten.«

Marion versuchte ihre Enttäuschung darüber, dass sie so kurzerhand ausgetauscht worden war, hinunterzuschlucken. »Und Sie gehen auch noch aus?«

»Ich?«, fragte Susanne Berlich verblüfft.

Marion deutete auf die Jacke.

»Ach so, nein. Ich *war* aus, sozusagen. Die Katze füttern,

Müll entsorgen und solche Sachen. Mehr wird es wohl heute nicht, schon wegen der Kinder.« Sie sah zur Uhr, und Marion registrierte, dass Zeit für die Berlichs eine essentielle Bedeutung zu haben schien.

»Na dann«, sagte sie, »werd ich mal, bevor noch jemand mein Auto als Briefkasten benutzt.«

Susanne Berlich sah dem rothaarigen Geschöpf nach, bis die Dämmerung es verschluckt hatte. Nett, aber einfältig. Und die Haare – gefärbt. Das Rot in ihren eigenen Haaren war nur zu sehen, wenn das Licht direkt darauf fiel, ansonsten schimmerten sie kastanienbraun. Dafür war es echt.

Er war kaum eingeschlafen, da wachte Serrano wieder auf. Da war es wieder! Ein Geräusch, wie von aneinanderreibenden Insektenflügeln.

Nach einer Weile brach es ab und begann wieder von vorn.

Manchmal verirrten sich Motten in den Keller. Diese hier musste sehr groß sein und dem hektischen Schaben nach ziemlich paarungswütig. Pech für sie. Selbst eine große Motte war zwar nur ein Happen, aber ein delikater. Serrano stand auf und trottete dem Geräusch nach. Es schien aus Bismarcks Apartment zu kommen. Komisch, dass es den Alten nicht störte. Aber vielleicht war er nur zu faul aufzustehen.

Genau in dem Augenblick, als Serrano am Ziel ankam, hörte das Schaben auf. Verdammt, sie hatte ihn gehört! Bismarck nicht, er lag zusammengerollt in seinem Kinderwagen und schlief wie ein Stein. Serrano setzte sich. Nach einer Weile begann er sich zu putzen. Kein Schnarchen aus dem Kinderwagen. Offenbar hatte Bismarck sein Nebenhöhlenproblem endlich in den Griff gekriegt. Serrano ließ seinem Fell eine ausgiebige Pflege angedeihen, dann begann er, sich zu langweilen. Die Motte war auf der Hut. Umso mehr Appetit bekam Serrano auf den Nachtfalter. Vielleicht konnte er ein wenig ins Blinde jagen, ihn aus seinem Versteck treiben? Aber davon würde Bismarck womöglich aufwachen. Am besten, er legte sich wieder hin. Es war ja nicht direkt Hunger, was er verspürte, nur Appetit. Und Appetit konnte warten.

Halb auf-, halb nebeneinander lagen Liebermann und Nico in den Sofapolstern. Liebermanns rechte Hand ruhte auf Nicos linker Brust. Ihm war danach, sie zu streicheln, wieder und wieder. Aber er wagte es nicht, aus Angst vor Abrieb.

Aus irgendeinem Grund kamen ihm plötzlich die Engel, von denen die beiden Mädchen vorhin gesungen hatten, in den Sinn. Liebermann vergewisserte sich Nicos unveränderter körperlicher Gegenwart, indem er ihre Brust losließ und mit der Hand zwischen ihre Schenkel fuhr. Erst die Wärme, die ihn dort empfing, entspannte ihn.

»Wo genau sitzt eigentlich deine rebellische Bandscheibe?« Ihre Finger kletterten über seinen Rücken.

»Tiefer«, sagte Liebermann. »L5/S1.«

»Wirklich?«

»Ja, wieso? Ist das etwas Außergewöhnliches?«

»Das hättest du wohl gern. Nein, ich überlege nur gerade, was es bedeutet.«

»Dass zwei meiner Bandscheiben auf Wanderschaft gegangen sind.«

»Denkst du. Jetzt hab ich's: L5 – du trägst schon länger etwas mit dir herum, S1 – mit deinem Kontakt zur Erde stimmt was nicht.«

»Mein Kontakt zur Erde ist zurzeit ziemlich eng.«

»Na ja, vielleicht *zu* eng. Gib nichts drauf, ich hab das von einer meiner Frauen. War das, was wir eben gemacht haben, schmerzhaft?«

»Ich hab nicht drauf geachtet. Außerdem hat mein Arzt kontrollierte Bewegung empfohlen.«

Nico lachte und öffnete den gerade eroberten Hort seiner Sicherheit. »Wenn das so ist, dann lass uns ins Bett gehen und ein bisschen weitermachen.«

Liebermann folgte ihr, das Bündel mit seinen Kleidern im Arm.

»Das sollte als Trainingsgelände reichen.« Im Licht einer trüben Lampe wies Nico auf ein Bett, in dem sämtliche Bärmanns bequem untergekommen wären.

Das Schlafzimmer selbst wirkte dagegen winzig. Außer der Liegewiese erspähte Liebermann nur noch einen altmodischen Kleiderschrank und ein Tischchen mit einer Nähmaschine. Dahinter: Er zuckte zusammen. Dahinter stand Charlotte Olbinghaus.

»Ist was?«

Liebermann hob stumm den Finger. Er erwartete, dass Nico in Geschrei ausbrach, sich hysterisch an ihn klammerte, so wie er es umgekehrt gern bei ihr gemacht hätte, stattdessen begann sie zu glucksen.

Sie ging zu Charlotte Olbinghaus hinüber, griff ihr beherzt in die Locken und riss sie ihr mit einem Ruck vom Kopf. »Darf ich vorstellen: Birgit, Schneiderpuppe – Liebermann, Lektor.«

Liebermann schloss die Augen. Er hatte sich wegen einer Schneiderpuppe beinahe eingenässt.

»Birgit ist meine Alpwächterin«, sagte Nico und gab ihr behutsam die Haare zurück. »Sie lässt nur die guten Träume durch. Die anderen hält sie fest.«

»Ihr Kleid ist darüber schwarz geworden«, murmelte Liebermann.

Nico warf der Puppe einen abschätzenden Blick zu. »So kann man es auch sehen.« Sie schlüpfte unter die Decke. »Bist du bereit?«

Donnerstag

Kein Rattenkratzen oder Mäuseschnaufen, nicht das leiseste Schaben von Mottenflügeln. Nur Asseln, das graue Volk, das niemand fressen wollte, weil es so dämlich war. Was nicht stimmte, aber so ist es nun mal mit dem Image: Was haftet, das wirkt. In Wirklichkeit bewunderte Serrano das gepanzerte Heer der Asseln und dessen ermüdende falsche Desorientiertheit, die nur einem Zweck diente: Die Blicke der Feinde von Eiern und Jungtieren abzulenken und ihnen darüber hinaus den Appetit zu vergällen. Mit Erfolg. Zwar hatte sich Serranos Appetit während der letzten Nachtstunden zu einem handfesten Hunger ausgewachsen, trotzdem verspürte er wenig Lust, sich das Maul mit Asseln vollzuschlagen.

Er stand auf, bemerkte bei einem Blick aus dem Fenster, dass es geregnet hatte, und ging zu Bismarck. Normalerweise war der Alte vor ihm auf den Beinen. Er ging früh schlafen, kroch dafür aber lange vor Sonnenaufgang aus den Federn, um seine Runde zu drehen, bevor die Hunde kamen.

Heute ruhte Bismarck noch in seinem Wagen. »Aufstehen!«, sagte Serrano.

Dann blieb er wie angenagelt stehen. Dann wurde ihm kalt.

Es war der Geruch, der zwischen den in der Morgensonne tanzenden Staubteilchen hing. Diesem Geruch war er täglich in der Fleischerei begegnet. Bismarcks Fell hob und senkte sich leicht. Aber die Bewegung rührte nicht von einem kraftvoll schlagenden Herzen her. Sondern von einem riesigen Vierrad, das draußen die Straße entlangdonnerte.

Serrano setzte sich. Er wusste nicht, was er sonst tun sollte. Dafür wusste er jetzt, woher das feine Schaben in der letzten Nacht gekommen war. Es waren keine Motten, sondern zwei Lungenflügel gewesen, die ängstlich aneinandergerieben hatten.

Serranos Augen nahmen das gescheckte Fellbündel, das bis gestern noch seinen Freund beherbergt hatte, in sich auf, um es so lange zu speichern, bis sie selbst irgendwann brechen würden und ein anderer Kater an seiner Stelle saß, um dasselbe zu tun. Sich die lächerliche Hülle eines Einohrigen einzuprägen.

Draußen, hinter dem Flieder, gingen zwei Beine vorbei.

»Aufgestanden!«, sagte Serrano.

Liebermann erwachte davon, dass die Erde bebte.

Neben ihm schlief eine nackte Nico. Mehr aus Gewohnheit als aus Sorge darum, dass sie auskühlen könnte, deckte Liebermann sie zu. Dann stand er auf und ging zum Fenster. Es musste über Nacht geregnet haben. Die Straße glänzte wie frisch gescheuert, was den alten Bellin, wie er bemerkte, nicht davon abhielt, noch einmal mit dem Besen drüberzugehen.

Ein Laster ratterte vorbei und bog in die Ossietzkystraße ein. Im Schlepptau hatte er einen Kran, oder zumindest Teile eines Krans. Liebermann versicherte sich der Uhrzeit und ging ins Kinderzimmer hinüber, wo er die Mädchen in ein Hörspiel vertieft bäuchlings auf dem Teppich fand. Miri trug ein Prinzessinnenkleid. Als sie ihn bemerkte, steckte sie ihm die Zunge heraus. Erleichtert, wenn auch ein wenig gekränkt über die ausgebliebene Wiedersehensfreude schlurfte Liebermann in die Küche, setzte die Kaffeemaschine in Gang und machte sich auf die Suche nach einem Brotfach. Es gab keines. Stattdessen fand er einen großen Blumentopf und darin ein halbes Toastbrot. Als er es herausnahm, fiel ihm ein schmaler Umschlag aus Packpapier ins Auge, der zwischen dem Topf und dem benachbarten Toaster klemmte. Zögernd zog er ihn aus seinem Versteck.

Auf dem Umschlag fanden sich weder eine Adresse noch ein Absender, nur Nicos Name in zierlichen schwarzen Buchstaben. Während Liebermann den Umschlag drehte und wendete, zermarterte er sich das Hirn darüber, wo er Derartiges schon einmal gesehen hatte. Endlich tauchte eine nebulöse Szene vor seinen Augen auf, in der Tante Lehmann ein ganz ähnliches Beispiel der Briefkunst in ihre Schürzentasche schob, dieweil Moritz der Restaurator ihn über seinen Kaffee hinweg angrinste. Vielleicht verteilte Moritz Einladungen. Ziemlich umfangreiche Einladungen, zugegeben. Und von einem besonderen Format. Liebermann lauschte in die Wohnung, aber außer dem leisen Gemurmel des Hörspielsprechers im Kinderzimmer war alles still. Ein kurzer Blick, dann schob er den Umschlag wieder an Ort und Stelle.

Geistesabwesend biss Liebermann in eine trockene Scheibe Toast. Wenn Tante Lehmanns Brief dasselbe enthalten hatte wie dieser hier, konnte sie ihren Laden vermutlich noch eine Weile halten oder ihrer kostbaren Uhr eine Kette hinzufügen. Aber wie kam Moritz dazu, Geld zu verteilen?

Das Gurgeln der Kaffeemaschine riss ihn aus seinen Gedanken. Er nahm zwei Tassen aus dem Schrank über der Spüle, einem Ort, an dem jeder außer ihm seine Tassen aufzubewahren schien, füllte sie und nahm sie mit ins Schlafzimmer. Es gab eine einfache Möglichkeit, hinter das Geheimnis der Umschläge zu kommen. Sie war simpel und lautete: fragen. Ihm musste nur noch einfallen, wie er es anstellen sollte, ohne Nico dabei zu verraten, dass er in ihrer Post herumgeschnüffelt hatte.

Jetzt im Licht schämte Liebermann sich, dass er die Schneiderpuppe mit Charlotte Olbinghaus verwechselt hatte. Sie hatte nicht einmal einen Kopf. Mit einem freundlichen Nicken erkundigte er sich, wie ihre Nachtschicht gelaufen war, und stellte die Tassen auf das Tischchen unter dem Fenster. Birgit schwieg. Aufgrund ihres fehlenden Mundes beschloss Liebermann, es ihr nicht zu verübeln.

»Möchtest du dich bei meiner Puppe einkratzen?« Nico saß im Bett, die Decke bis zum Kinn hinaufgezogen.

»Sie trägt ein schönes Kleid«, sagte Liebermann beschämt. »Es sieht … teuer aus.« Nico ließ die Decke fallen und kam zu ihm herüber.

»Teuer? Dior würde es sicher anders beschreiben.« Ihre Brüste berührten seinen Rücken.

Augenblicklich durchlief Liebermanns Körper ein Beben, und er spürte, wie es sich auf den Körper hinter ihm übertrug. Keiner rührte sich. Es war eine besondere Art des Beisammenseins, das umso intensiver war, weil niemand von ihnen damit gerechnet hatte. Am liebsten hätte er Nico auf den Arm genommen und zum Bett zurückgetragen, um die von ihr begonnene Tat zu vollenden. Aber damit hätte er die kostbare Zufälligkeit des Augenblicks zerstört.

Den Blick auf Birgit gerichtet, wünschte er, dass er noch ein wenig fortdauern würde. Auf dem schwarzen Stoff des Kleides tanzte ein Sonnenfunken. Sein Handy klingelte.

»Geh nicht ran«, bat Nico. Liebermann drehte sich zu ihr und gab ihr einen Kuss.

»Es könnte der Verlag sein. Oder ein Autor.«

Ihr Gesicht verfinsterte sich. »Na und? Hast du keine Mailbox?«

Während er das Telefon aus dem Kleiderhaufen vor dem Bett klaubte, lächelte Liebermann entschuldigend. »Es dauert nicht lange.«

Es dauerte länger, als er erwartet hatte.

»Gibt es wieder Probleme mit den falschen Fährten?«, fragte Nico, als er das Handy endlich in die Hosentasche gleiten ließ.

Liebermann trank einen Schluck Kaffee. »Ich muss etwas nachsehen«, sagte er. »Bin gleich wieder da.«

Während er eilig in seine Sachen schlüpfte, fragte er sich,

was Nico dazu sagen würde, wenn er ihr erzählte, dass sich der Hauptverdächtige seines fiktiven Autors gerade verabschiedet hat. Marion war soeben von einer verstörten Susanne Berlich angerufen worden, die ihr mitgeteilt hatte, dass ihr Mann verschwunden sei.

Susanne Berlich hockte zusammengekauert auf dem Sofa im Wohnzimmer. Liebermann erhaschte einen Blick auf sie, ehe Marion ihn packte und hinter sich her in die Küche schleppte.

Er fand, dass die roten Haare ihr standen. Ansonsten konnte er nicht viel Frisches an seiner Kommissarin entdecken.

»Wie lange bist du schon da?«

»Eine halbe Stunde. Sie hat mich aus dem Bett geholt.«

»Warum hat sie nicht die hiesige Polizei angerufen?«

»Weiß ich doch nicht. Vielleicht hat sie meine Nummer hier herumliegen sehen und wollte sich überzeugen, dass ihr Mann die Nacht nicht bei mir verbringt. Meine Mutter hat mir jedenfalls mit dem Jugendamt gedroht, wenn sie meinen Sohn in dieser Woche noch einmal in den Kindergarten bringen muss.« Marion begann, fahrig an einem chromglänzenden Kaffeeautomaten herumzuhantieren. Gleichzeitig zog sie ein Röhrchen aus der Hosentasche.

»Die hab ich im Waschbecken im Bad gefunden. Einzeln. Die halbaufgelösten hab ich weggespült. Das hier lag auf dem Beckenrand.«

Liebermann nahm das Röhrchen und las das Etikett. *Dormocaps.*

»Sind die heute früh dahin geraten?«

»Gestern. Frau Berlich sagt, dass sie Schmerzen hatte und nicht einschlafen konnte.«

Liebermann legte das Röhrchen auf den Küchenschrank.

»Wenn das so ist, können wir sie ihr wohl nicht wegnehmen.«

»Aber in diesem Haushalt leben Kinder!«, fauchte Marion. »Wie kann man da einfach seine Drogen herumstreuen!«

»Wo sind die Kinder jetzt?«

»In der Schule. Ich frag mich, ob wir nicht jemand herbestellen sollten, der sie nachher in Empfang nimmt. Hast du gesehen, wie sie auf dem Sofa hockt und die Wand anstarrt? Sie ist nicht davon abzubringen, dass etwas passiert ist.«

Liebermann strahlte sie an. »Natürlich ist etwas passiert.«

»Ich meine, etwas Schlimmes«, sagte Marion gereizt. »Du scheinst ja geradezu glücklich über Berlichs Verschwinden zu sein!«

Liebermann hob die Schultern. »Ich hab noch nicht gefrühstückt und muss meine Tochter in den Kindergarten bringen. Also schlage ich einen Zehnminutenrapport vor. Fünf für den offenbar durchschlagenden Erfolg deines Besuchs gestern und fünf für Frau Berlich und ihren Kummer.«

»Und dann willst du mich wieder mit ihr allein lassen? Du bist grausam!«

»Hunger ist auch grausam. Kindergärtnerinnen können grausam sein, ganz zu schweigen von Nachbarinnen, die auf die Töchter fremder Männer aufpassen.«

Er errötete, und Marion begriff.

»Na gut«, sagte sie. »Aber ich weiß nicht, ob fünf Minuten ausreichen.«

Der Kaffee war einen Tick früher fertig als Marion. Liebermann goss ihn in zwei herumstehende Teetassen und reichte ihr eine davon.

»Lass mal sehen, ob ich alles verstanden habe«, sagte er. »Also, Stefan Berlich ist ein gutaussehender Mann mit einer wahnsinnigen Ausstrahlung. Er hat dich zum Familienabendessen eingeladen, während dessen er in Minne zu dir und in Anbetung zu seiner Frau geschwelgt hat. Seine

Frau hat tatsächlich MS, sie ist krankgeschrieben, weshalb Stefan, im Übrigen ein wahnsinnig charmanter Mann, sich hier in der Nähe ein Büro mit Havelblick gesucht hat. Auf seinem nun verwaisten, hiesigen Schreibtisch steht eine Vase mit Tizianrosen, die so selten sind, dass nur ein so umwerfender Mensch wie Stefan Berlich sie besitzen kann. Aber irgendein Neider hat sie ihm aus dem Garten geklaut und nur diese beiden übriggelassen. Das entnehmen wir einem Telefonat vom Montagabend zwischen dem vortrefflichen Stefan und Marion alias Maria. Noch was? Ach ja. Er empfing eine SMS in der Zeit, die ihr beiden allein wart. Und später hat er dich in sein aktuelles ›Büro‹ eingeladen, wo er, hm, Bilder von Iljana Karuleit aufbewahrt. Leider hat er dir die Adresse nicht gegeben, sondern stattdessen deine Telefonnummer eingesteckt. Zehn Minuten nachdem du gegangen warst, bist du noch einmal hierher zurück, weil du deine Tasche vergessen hattest. Da war der bezaubernde Stefan, laut Aussage seiner Frau, bereits unterwegs, um mit einem Bekannten namens Dirk einen Absacker zu trinken. Der Nachname ist Frau Berlich nicht geläufig. Richtig?«

»An den zehn Minuten zwischen der Verabschiedung und meiner Rückkehr würde ich mich nicht aufhängen. Es können auch fünfzehn gewesen sein. Und dein postpubertärer Sarkasmus Berlich gegenüber ist peinlich. Aber sonst stimmt's.«

»Hast du seine Affäre mit Charlotte Olbinghaus erwähnt?«

»Natürlich! Immerhin kann es ja sein, dass die beiden sich zeitversetzt irgendwohin abgeseilt haben!«

»Und was sagt sie dazu?«

»Dass ihr jetzt klar ist, warum die Kriminalität in den letzten Jahren so zugenommen hat.«

»Hat sie nicht. Sie hat abgenommen«, sagte Liebermann. Er sah aus dem Küchenfenster hinaus in den Garten. Im

Vergleich zum Vorgarten wirkte er fast verwildert. Einige Meter von ihnen entfernt ragte ein kleiner Pavillon aus einer blühenden Brombeerhecke.

»Da ist vielleicht noch was«, sagte Marion. »Gestern während des Abendessens habe ich auch aus dem Fenster gesehen. Und ich schwöre, dass da eine Nixe durch den Garten gelaufen ist.«

Liebermann war sofort hellwach. »Wo?«

Marion deutete auf eine Anzahl Obstbäume links vor dem Pavillon.

»Sie sah aus wie die Nixen aus einem meiner Kinderbücher früher, das über die kleine Seejungfrau.«

»Ich hatte es nicht so mit Seejungfrauen. Und Familie Berlich hat sie auch gesehen?«

»Äh ... nein. Als ich sie ihnen zeigen wollte, war sie weg. Aber ich *weiß*, dass sie da war.«

»Wie ist sie in den Garten gekommen?«

Marion machte ein ratloses Gesicht. »Über den Zaun gesprungen vielleicht. Oder durch die Hecke gekrochen.«

»Nur, um über einen fremden Rasen zu gehen?«

»Ich glaube, um uns beim Essen zuzusehen. Ihr Blick hing wie gebannt am Tisch.«

»Wo da genau?«, fragte Liebermann gespannt.

Marion dachte nach.

»Hauptsächlich auf Stefan, Herrn Berlich, glaub ich.«

Liebermann starrte Löcher in die Luft. Er war erst zufrieden, als er ein Teesieb aus ihr gemacht hatte, dafür aber war seine Zufriedenheit vollkommen. »Ich glaube, diese Nixe möchte uns etwas sagen.«

»Dann wäre sie doch dageblieben.«

»Vielleicht konnte sie nicht. Aber nach allem, was ich weiß, ist es Nixen wohl eigen, in Abständen auf- und wieder abzutauchen. Warten wir also darauf, dass sie wieder auftaucht. Inzwischen ruf einen der Potsdamer Kollegen, und nehmt Frau Berlichs Aussage zu Protokoll. Und bereitet sie schon mal schonend darauf vor, dass in nächster Zeit noch einiges auf sie zukommt.«

»Bist du sicher?«

»Nein. Aber es kann nicht schaden, gewappnet zu sein.«

»Und dieser Bekannte aus dem Viertel?«

»Um den kümmere ich mich.«

Susanne Berlich hatte sich noch nicht gerührt.

Liebermann gab sich einen Ruck, marschierte in den lichtgefluteten Raum und steuerte mit ausgestreckter Hand auf sie zu. »Hauptkommissar Liebermann. Kommissarin Allhorn, die Sie schon kennen, und ein Kollege werden sich sofort Ihrer Angelegenheit annehmen. Wann ist eigentlich das mit den Rosen passiert?«

Susanne Berlich zog ihre Füße so eng an den Körper, wie es möglich war, und schielte zu Marion. Marion zuckte die Achseln.

»Letzten Freitag.«

»Letzten Freitag. Abends?«

»Stefan war jedenfalls schon in Rheinsberg. Ich hatte einen Interessenten hier für zwei von Mathildas Kleinen.«

»Wer ist Mathilda?«

»Unsere Katze. Das war so gegen acht. Und als ich ihn hinausbegleitet habe, waren sie –«

»Weg«, ergänzte Liebermann.

Susanne drehte sich langsam zu ihm herum. »Nein. Sie lagen in der Mülltonne.«

Liebermann studierte ihr Gesicht. Er fand es überraschend zart für eine so kräftige Frau. Denn dass sie mindestens einen Kopf größer als Marion war, verbarg auch ihre origamigleiche Haltung nicht. Ihre kurzgeschnittenen kastanienbraunen Haare betonten die aristokratischen Züge.

»Wer zieht denn herum und köpft Rosen?«, fragte er. »Und dann noch so seltene. Tizian, nicht?«

»Ja. Deshalb hab ich die Anzeige aufgegeben. Weniger wegen der Rosen, sondern weil ich Angst bekommen habe. Dies ist das letzte Haus am Park, und es heißt, dass es dort Winkel gibt, in denen sich merkwürdige Zirkel treffen ... Ach, hören Sie nicht hin, mir gehen gerade die Nerven durch.«

»Verständlich«, sagte Liebermann freundlich.

Susanne Berlich nahm ihr Gesicht in die Hände, als hätte sie plötzlich Angst, es auch noch zu verlieren. »Glauben Sie, diese Sache hat etwas mit Stefans Verschwinden zu tun?«, flüsterte sie.

»Ich werde sofort in der Mülltonne nachsehen«, sagte Liebermann und erhielt von Marion dafür einen Rippenstoß.

»Keine Sorge. Wir treiben ihn für Sie auf.«

Bismarck war kalt geworden. Kein Wunder bei diesem Fell, aber es bekümmerte Serrano trotzdem, dass der Alte es nicht vermochte, seine Temperatur, die er zwanzig Jahre so eisern gehalten hatte, wenigstens ein paar Stunden über den Tod hinaus zu retten. Wenigstens so lange, bis Serrano sich daran gewöhnt hätte. Weil er nicht wusste, was er sonst tun sollte, hockte er sich unter den Flieder. Alle paar Minuten stand er auf, um nachzusehen, ob sich drinnen im Keller etwas tat.

Vielleicht hatte er sich geirrt, und Bismarck hatte sich nur eine Auszeit genommen. Bei Bismarck war alles möglich. Vielleicht experimentierte er mit seiner Temperatur, hatte vom Winter geträumt, warum nicht.

Aber je höher die Sonne stieg, desto dünner wurde der Strohhalm, an dem Serrano sich festklammerte. Er verkümmerte völlig, als bei seinem letzten Besuch im Keller drei Fliegen vom Kopf seines Freundes aufstiegen, um sich vorübergehend auf dem Verdeck des Kinderwagens niederzulassen. Verdammte Aasfresser.

Nicht viel später öffnete sich die Tür, und der Fremde ging. Offenbar hatte er die Nacht hier verbracht. Und plötzlich wurde Serrano alles klar. Der Fremde im Haus – er konnte wahrscheinlich von Glück sagen, dass es ihn verschont hatte. Das Unglück hatte den Älteren und Schwächeren erwischt. War auf die Jagd gegangen, irgendwas musste es ja tun in der Nacht.

Und jetzt, wo sich der Fremde mit seinem gesättigten Unglück verzogen hatte, kamen die Fliegen. Er musste etwas tun.

Aber es dauerte. Beine hinter dem Zaun, Hunde, weitere Fliegen, die über ihre geheimen Kanäle die gute Nachricht von einem üppigen Frühstück erhalten hatten. Und endlich Nils.

Nils kam, wie immer, zuerst zum Zaun vor dem Flieder.

Als Bismarcks Name fiel, schoss Serrano durch das Kellerfenster. Und er tat, was er im Allgemeinen verabscheute: Er miaute.

Einen Augenblick später stand Nils neben ihm.

»He, sag nicht, es ist was mit dem Alten.«

Nicht, dass Serrano etwas verstand, aber er wusste, dass er verstanden worden war.

Meine Brust beißt zweierlei. Liebermann schlenderte die Lennéstraße hinunter. Er fragte sich, wie diese Zeile in seinen Kopf geraten war. Und wann? Das war das Problem mit seinem Gedächtnis. Es war außerordentlich zuverlässig, was das Speichern anging. Aber mit der Wiedergabe haperte es manchmal. Er hatte erlebt, dass es mikroskopische Details – zum Beispiel eines Gesprächs, das er vor Jahren mit einer Zugbegleiterin auf dem Weg von Berlin nach Frankfurt geführt hatte – ausspuckte, während er sich eigentlich an den Namen eines sehr aktuellen Zeugen zu erinnern suchte. Allerdings musste er zugeben, dass der Gedichtfetzen, der ihm gerade eingefallen war, seinen Zustand ziemlich genau beschrieb. In der linken Seite seiner Brust biss ihn das Staunen über die vergangene Nacht. Er spürte es bis in die Fingerspitzen. Das Einzige, was Liebermann mehr zu schaffen machte als dieses Beißen, war die Angst, dass es wieder aufhören könnte. Er bog in die Ossietzkystraße ein. Die anderen Bisse waren sauer, denn es waren Ameisenbisse. Er stand auf der Spitze eines Ameisenhaufens und mühte sich, in dem Gewimmel unter seinen Füßen einzelne Tiere zu erkennen. Es gelang ihm nicht. Sie bewegten sich zu schnell, zu ungeordnet, wie die Asseln früher unter den Wegplatten seiner Großeltern. Pflanzenstängelchen wurden betriebsam verschoben, Richtungen geändert, und in all der Hektik blinkte nur ab und zu der glänzende Panzer eines Mistkäfers auf. Liebermann blieb dabei, dass es ein toter Mistkäfer war. Daran änderte auch Stefan Berlichs Flucht nichts, im Gegenteil. Marion hatte ihn aus dem Bau gelockt. Seltsam war nur das Tempo. Er hätte Berlich mehr Nonchalance zugetraut. Mehr Spieleifer. Bei Lichte besehen musste Liebermann zugeben, dass er von ihm enttäuscht war.

Vor der eingerüsteten Nummer 17 neben dem Lebensmittelladen stand ein Grüppchen Bauarbeiter und rauchte. Unter ihnen gewahrte Liebermann Moritz.

»Hallo, Lektor!«

»Hallo, Restaurator!«

Die Arbeiter bildeten eine stumme Gasse, damit die beiden Männer zueinandergelangen und sich auf die Schulter klopfen konnten. Moritz zog einen zusammengefalteten Zettel aus der Tasche seiner gipsbeschmierten Jeans.

»Wo du schon da bist: Kannst du das Bellin geben? Du wohnst doch bei ihm.«

Liebermann beäugte den Zettel. »Was ist das?«

»Ein Kostenvoranschlag. Der Alte will seine Remise sanieren lassen.« Moritz paffte grinsend ein Wölkchen in die Luft.

»Keine Ahnung, wozu. In seinem Hof ist es viel zu dunkel, als dass es da jemand aushalten würde. Aber ich frag nicht. Ich rechne nur.«

Liebermann schob den Zettel in seine Jackentasche. »Hab ich bemerkt«, sagte er. »Du rechnest ab.«

Moritz wechselte einen Blick mit seinem Kollegium. »Was meinst du?«

Liebermann antwortete nicht. Stattdessen fragte er: »Habt ihr gerade Lagebesprechung?«

»Da gibt's nicht viel zu besprechen«, sagte rechts von ihm ein Kerl wie ein Mastbaum und zündete sich eine neue Zigarette an seiner alten an. »Wir warten.«

»Worauf?«

»Auf den Bauleiter.«

Er deutete auf das Gerüst, das den Block umgab.

»Er hat wieder zugeschlagen.«

»Wer?«

»Na, der Silberfresser.«

Vor Liebermanns innerem Auge erschien ein possierliches Tierchen, das sich mit Heißhunger über einen Satz Tafelsilber hermachte. Aber es war wohl unwahrscheinlich, dass der Mastbaum etwas in der Art meinte.

»Du bist nicht von hier, was?«, fragte ein kleiner Kerl mit Glatze.

»Er ist ein Zuzug«, sprang Moritz ein.

»Ach so.« Die Männer nickten und rauchten.

»Dann weißt du vielleicht noch nichts vom Silberfresser«, meinte der Kleine nachdenklich. »Er kommt nachts und klaut Gerüstteile: Streben, Schrauben, Schellen und Kupplungen. Alles, was er kriegen kann. Wir hatten eine Weile den Wachschutz hier. Aber auf Dauer ist das zu teuer.«

»Und weißt du, was das Neueste ist?«, sagte der Mastbaum. »Seit einer Weile nimmt er nur noch die Schrauben. Vor einer halben Stunde ist unser Rico hier vom ersten Stock runtergesegelt, weil er sich gegen eine Sicherheitsstrebe gelehnt hat.«

Aller Blicke richteten sich auf einen aknenarbigen jungen Mann, der verlegen lächelte.

»Zeig's ihm!«, befahl der Mastbaum.

Rico zog seinen Pullover hoch und ließ einen handtellergroßen roten Fleck sehen, der bald dunkelviolett sein würde.

»Wozu macht einer so was?«, fragte Liebermann.

»Sabotage«, sagte der Mastbaum, der hier der Wortführer zu sein schien.

»Oder er vertickt die Teile.«

Liebermann runzelte die Stirn. »Schrauben?«

»Eben, Schrauben zu verticken ist Quatsch. Also Sabotage.«

»Und wer sollte so was machen?«

Der Glatzkopf schob sich ein Stück an ihn heran. »Die Konkurrenz«, raunte er.

Liebermann fiel auf, dass sich Moritz aus dem Gespräch heraushielt. Er lehnte an einer Laterne, rauchte und kratzte Gips mit einer Schuhspitze von der anderen.

»Was meinst du?«, fragte Liebermann ihn.

Moritz zuckte die Achseln. »Ich weiß nur, dass es gefährlich ist, auf einem unbefestigten Gerüst zu arbeiten. Deshalb hab ich vorgeschlagen, auf den Bauleiter zu warten. Wie die letzten Male.« Durch die Runde ging eine leichte Unruhe.

»Wir halten die Termine nicht ein«, gab der Mastbaum zu bedenken.

»Und dann sind wir alle am Arsch.«

»Letztens hast du dich noch über die lange Frühstückspause gefreut«, sagte Moritz.

»Das ist eine Weile her«, knurrte der Mastbaum. »Wir sind alle am Arsch, wenn das so weitergeht. Ich wette, das war dieser Türke, der hier rumstreunt.«

»Kroate«, berichtigte Moritz noch immer gelassen, aber Liebermann bemerkte, dass in seinen Augen etwas aufblitzte. »Und er hat eine Familie bei sich da oben sitzen, die so groß ist wie eine Schulklasse. Denkst du, der riskiert, in den Knast zu wandern?«

Der Mastbaum scharrte ein paar Kippen zusammen. »Ich meine nur, weil er hier so herumscharwenzelt.«

»Er liefert Getränke aus, und er sammelt Pfandflaschen. Wenn ihr ihm einen Gefallen tun wollt, lasst ihm zum Feierabend ein paar stehen.«

Ein Jeep kam die Straße heraufgerattert.

»Na endlich.« Der Mastbaum ließ seine halbgerauchte Zigarette fallen. Liebermann zertrat sie, als er sich aus der Runde verabschiedete. Was für ein Viertel. Kaum ging er mal ein paar Meter, schon klebten ihm neue Fragen am Revers.

»Vergiss den Wisch für den Alten nicht!«, rief Moritz ihm hinterher.

Liebermann erwischte Theklas Vermieter im Hof beim Sprengen eines imaginierten Rasens. »Ich habe etwas für Sie«, sagte er und zog den gefalteten Zettel aus der Tasche. »Von Moritz.«

Bellin ließ den Schlauch sinken.

»Welchem Moritz? Moritz Bleyl?«

Erst in diesem Moment merkte Liebermann, dass er kaum Nachnamen kannte, nur Vornamen, Katzennamen und Straßen. »Dem Restaurator.«

Die Augen des Alten glommen auf. Er streckte die freie Hand aus, und Liebermann legte den Zettel hinein.

»Langsam wird es grün hier«, sagte er dabei.

Das war gelogen. Der Hof sah aus wie ein schlecht rasiertes Kinn. Aber er war glücklich, warum sollte der Alte es nicht auch sein. Bellin zeigte stolz auf zwei von insgesamt vielleicht zwanzig Halmen, die es durch die magere Erdkruste geschafft hatten. »Ich habe neuen Rasensamen.«

»Das sieht man«, bestätigte Liebermann und entschloss sich spontan zu einer Frage. »Haben Sie am Freitagabend oder Sonnabend früh zufällig eine alte Armeeplane und eine Bootshaut auf dem Bürgersteig vor dem Haus gefunden?«

Bellin zog seine buschigen Brauen zusammen. »Eine Armeeplane? Vor dem Haus – hä?«

»Ja.«

»Am Freitagabend?«

»Oder …«

Der Alte schnitt Liebermann mit einer eckigen Armbewegung das Wort ab und fasste ihn genauer ins Auge. »Und vielleicht noch was?«

»Noch was?«, fragte Liebermann baff.

Bellin entblößte eine Reihe gelber Zähne. »Rauchen Sie?«

»Ich wüsste nicht, was das mit meiner Frage zu tun hat.«

»Nicht? Dann kommen Sie mal mit!«

Verwirrt folgte Liebermann dem Alten zur Remise, die wie ein Schwalbennest an einem Seitenflügel des Nebenhauses klebte. Er ging hinein und kehrte wenige Sekunden später mit einer Keksdose zurück.

Als er den Deckel abhob, fiel Liebermanns Blick auf eine Ansammlung durchsichtiger Tüten, an deren oberen Enden kleine Schildchen befestigt waren. »Freitag«, murmelte Bellin, während seine knotigen Finger über die Schilder krabbelten. Endlich verhielten sie, und er zog eine der Tüten ans Licht. »Aha. Na, sagt Ihnen das was?« Liebermann schluckte. In der Tüte lagen zwei Zigaretten. Eine davon war nicht ganz zu Ende geraucht worden. Der Alte nickte zufrieden. »Ich will Ihnen mal was sagen, junger Mann. Von mir aus können Sie sich die Lunge schwarz qualmen. Mir völlig egal. Es ist ja nicht meine. Aber das Haus hier und das da drüben, die gehören mir. Und die bleiben sauber. Was denken Sie, wer hier fegt, Schnee schippt und sich um die Grünanlagen kümmert?«

Liebermann schwieg. Er überlegte, ob es Folgen für Thekla haben konnte, wenn er einfach ging.

Im nächsten Moment hielt er das eingetütete Beweismittel in der Hand.

»Ich lasse noch einmal Gnade vor Recht ergehen«, knurrte der Alte, »weil Sie mit den Gepflogenheiten hier noch nicht vertraut sind. Haben Sie eigentlich schon mal einen Blick in die Hausordnung geworfen?«

»Nein.«

»Dann wird's Zeit! So, und jetzt ab in die Mülltonne damit.«

Liebermann blieb, die Tüte in der Hand, stehen. »Wo wir das nun geklärt hätten«, sagte er, »würde ich gern wissen, ob Sie außer diesen Kippen hier vielleicht eine Bootshaut und eine Plane gesehen haben.«

Über die runzligen Züge vor ihm kroch ein mitleidiges Lächeln. »Der Plunder, mit dem Sie dieses Auto abgedeckt haben? Sehen Sie ihn hier irgendwo in meiner Dose? Seien Sie froh, dass der Besitzer des Wagens Sie nicht wegen Verunreinigung verklagt hat. *Ich* hätte es getan.« Der Alte klappte den Deckel auf seine Beweissammlung, stellte sie in die Remise und schlurfte zurück zu seinem Schlauch. Liebermann eilte ihm hinterher. »Sie haben also gesehen, wie er, ich meine, sie zurückgekommen ist?«

Doch er fand Bellin nicht mehr in Gesprächslaune vor. Wasser schoss aus dem Schlauch und benetzte die Erde, die den kostbaren Samen barg, und den linken von Liebermanns Schuhen.

»Bin ich die Polizei?«, brummte er. »Auch ich muss ab und zu schlafen.«

Ab und zu zur falschen Zeit, dachte Liebermann enttäuscht, als er die Tüte zur Mülltonne trug.

Gegenüber, im Vorgarten von Nicos Haus, hockte Nils. Neben ihm stand eine Kiste mit Studentenblumen. Ein Stück weiter hockte der einohrige Kater und verfolgte konzentriert, wie der Hausmeister eine Schaufel Sand in ein Loch warf. Von Bismarck war nichts zu sehen. Liebermann vergaß die Kippen und schlenderte neugierig zu den beiden hinüber. Ein knapper Gruß unter Männern, dann fragte Liebermann: »Was tust du da?«

Nils richtete sich auf und schob seine stummellose Mütze in den Nacken.

»Tja, jetzt hat's ihn erwischt, den Alten.«

Die überraschende Botschaft traf Liebermann. »Überfahren?«

»Eher überrumpelt. Serrano hat ihn gefunden.«

Als sein Name fiel, bewegte der Kater sein Ohr.

»Weiß Nico es schon?«

»Hab's ihr eben gesagt, als sie mit den Mädels los ist.«

Liebermanns Herz sank ein paar Etagen tiefer. Sie hätte ihn anrufen können.

Nein, hätte sie nicht. Er hatte ihr nie seine Nummer gegeben. Was er sofort nachholen würde, wenn sie zurückkam. Er sah zur Straße. Ihr Auto stand nicht da. »Sie ist arbeiten«, sagte Nils mit schrägem Grinsen und warf eine Ladung Sand in Bismarcks Loch. »Übrigens ist der Sarg fertig.«

Liebermann fuhr zusammen. »Bitte?«

»Schneewittchen. Ich hab gehört, dass du dich als engagiertes Elternteil in das Stück einbringst.«

»Ach ja. Ich wusste nicht, dass du auch für den Kindergarten arbeitest.«

»Tu ich auch nicht. Aber sag denen trotzdem Bescheid!«

Vielleicht waren Fetzen des seltsamen Gesprächs über die Straße und durch die offene Haustür auf der anderen Seite geweht. Der fast kahle Schädel des alten Bellin stürzte über das Kopfsteinpflaster zu ihnen heran.

»Was machen Sie denn hier draußen?«, schrie er.

Nils ließ den Spaten sinken. »Ich begrabe den Kater einer Ihrer Mieterinnen.«

Bellin riss die Arme in die Höhe. »Aber doch nicht hier! Ich habe Ihnen die Stelle markiert, oder nicht, wo Haustiere verscharrt werden dürfen. Kommen Sie mit, ich zeig's Ihnen noch mal. Und nehmen Sie um Himmels willen diese grässlichen Blumen da mit!«

Der Hausmeister richtete sich auf und nahm seine Baskenmütze ab, um sich durch die Locken zu fahren.

»Bismarck hat niemanden gestört, solange er hier gesessen hat. Also wird er wohl auch niemanden stören, wenn er hier liegt.«

Am Hals des Alten trat eine Ader hervor.

»Wenn man Sie reden hört, könnte man glauben, dass Sie den Kanzler persönlich begraben. Aber es ist nur eine *Katze*! Und die kommt auf den Hof!«

Unter dem entsetzten Blick des Alten griff Nils nach einer der orangefarbenen Pflanzen und setzte sie in die Erde. »Sie haben da drüben einen hübschen Sack mit Grassamen stehen«, sagte er. »Ist das nicht dieser Rotschwingelrasen, den sie gerade auf der Südseite des Parks anlegen?«

Dem alten Bellin fielen beinahe die Augen aus dem Kopf. Er bewegte ein, zwei Mal die Lippen, aber es wollte kein Ton kommen. Am Ende gab er es auf und verschwand so eilig, wie er gekommen war, im entfernteren seiner beiden Häuser.

Zuerst ging der Alte, zappelnd wie ein Fisch und mit ebensolchen vorstehenden Augen. Wenig später folgte ihm der Fremde. Serrano harrte aus, bis Nils die letzte Blume in der Erde versenkt und ein hübsches rundes Beet zustande gebracht hatte. Zusammen schwiegen sie einen Augenblick, dann sagte Nils etwas zu ihm, packte seine Sachen und verschwand ebenfalls.

Serrano blieb, wo er war. Er würde Bismarcks Sturkopf vermissen, sein Gezupfe an der Decke im Kinderwagen, sogar den vermaledeiten Hering. Ja – er war traurig, warum auch nicht, und nebenbei war er wütend auf den Alten, weil er ihn gerade jetzt im Stich ließ. Nein, der Alte konnte nichts dafür, er war nicht schuld, nur die Jahre, die er angesammelt hatte und die ihn erst seine Zähne und am Ende sein Herz gekostet hatten. Und, dachte Serrano plötzlich bitter, der Fremde mit seinem Unglück. Marschierte hier herein und verseuchte alles und jeden. Ließ hier eine hoffnungsvolle junge Katze verschwinden und zwei kleine noch dazu, raubte dort einem alten Recken den Puls, und wenn man schon dabei war, woher wollte man wissen, wie der Fleischer ausgerechnet an jenem Freitagmorgen auf die Idee gekommen war, Serrano die Männlichkeit zu nehmen? Nein, so durfte er nicht denken, nicht zum Opfer des Unglücks werden, das das Pech nach sich zog wie einen Markierungsduft – nicht am Grab von Bismarck. Bismarck würde kein Lamento dulden, er würde wollen, dass Serrano die Schnurrhaare vorwärtsrichtete. Dass er genau da weitermachte, wo es aufgehört hatte. Und aufgehört hatte es mit: *Der Streuner war da.* Und vorher: *Der Fremde bringt Unheil, aber er ist kein Katzenfänger.* Zwei Sachen, um die man sich kümmern musste. Für Aurelia, das war er ihr schuldig, und für Bismarck, auch ihm war er etwas schuldig.

Serrano erhob sich. Bismarcks Beerdigung war vorüber. Nils hatte ihn auf seine Weise geehrt. Nun war es an ihm. Ein abschließendes Wort, ihm etwas mit auf den Weg zu geben, das Bismarck nicht pathetisch finden würde, aber trotzdem nur ihm galt. Serrano ging nah an die Blumen heran. Sie stanken fürchterlich, aber der Geruch passte wie kein anderer zu Bismarck.

»Ich habe deinen Fisch gegessen«, sagte er.

Liebermann aß ein einsames zweites Frühstück, rasierte sich und rief erst Marion an, die mitten im Protokollieren steckte, und dann Uwe, der sich noch immer durch Berlichs Mädchen quälte. Die, die überhaupt ans Telefon gingen, sagten alle dasselbe, Liebe, Frau, Ausstellung. Und wurden stumm, wenn es um ihre Verträge ging. Iljana Karuleit hatte ihr Telefon abgestellt, was Uwe mit dem Gedanken spielen ließ, ins sächsische Oberau zu fahren, um sie zu besuchen, wenn er mit den anderen durch war. Liebermann fragte nach neuen Erkenntnissen über Charlotte Olbinghaus' Mailverkehr. Die einzige interessante Nachricht, vom Vortag ihres Verschwindens, lautete: *Es geht nichts über Recherche, wie Sie wissen.* Unterschrift: *Sally* Aber keine Sally unter den Berlich-Mädchen. Es konnte also alles oder nichts heißen.

Liebermann ging mit einem frühen Bier und einer Zigarette auf den Balkon.

Drüben packte Nils gerade seine Sachen zusammen. Der Einohrige sah ihm dabei zu. Nirgendwo ein Hebammenauto. Und plötzlich kamen Liebermann Zweifel daran, dass die letzte Nacht wirklich stattgefunden hatte. Als Kind war er ein intensiver Träumer gewesen. Manchmal hatte die Welt hinter der Welt ihn so im Griff gehabt, dass sein Vater ihn in die eigentliche zurückschütteln musste.

Er hatte keine Lust, sich daran zu erinnern, diese Träume gehörten einem staubigen Präteritum an. Was jetzt zählte, war das Präsens. Und in dem fehlten zweifelsohne zwei Personen.

Interessant, Susanne Berlichs strikte Weigerung, die Liebhaberin ihres Mannes als Tatsache anzuerkennen. Entweder hatte sie Marion misstraut und die Behauptung für eine Finte gehalten. Warum? Oder sie vertraute ihrem Mann blind, oder sie vertraute ihm zu Recht. Oder sie log. Liebermann trank sein Bier aus und verbrannte sich die Lippen am Filter seiner Zigarette.

Streuner hatte sein Baumhaus aufgegeben. Es bedurfte eines Tipps von Ben, ehe Serrano ihn in seinem neuen Domizil auftrieb, einem abgetakelten Imkerwagen am Rande des Parks.

Eine der buntbemalten Kisten wurde noch von einem inzwischen verwilderten Volk bewohnt, dessen Späher ihnen um die Nasen summten, während Streuner sich gelassen auf einem dreibeinigen Tisch vor dem Wagen ausstreckte.

»Sind ein bisschen aufgeregt«, sagte er. »Das gibt sich.«

»Du wolltest mich sprechen.«

»Was heißt, ich wollte. Maja hat mich geschickt. Neckisch, die Kleinen, nicht?«

»Sehr«, sagte Serrano kühl. »Wenn Maja dich geschickt hat, dann weil du etwas für mich hast, nehme ich an.«

»Sie sagt, du könntest dir vielleicht was rauspicken aus meiner Reisegeschichte.«

»Reise?«

»Na ja, keine freiwillige, wenn du verstehst. Freitag, erinnerst du dich, hat's geregnet.«

»Ich erinnere mich gut.«

»Macht mir nichts, im Gegenteil, der Regen lockt die Schnecken raus. Manche schmecken vorzüglich, ich meine die ohne Haus.«

»Überspring die Schnecken!«, sagte Serrano.

Streuner sah ihn gereizt an. »Wenn du die Geschichte hören willst, dann im Ganzen. Ich kann nicht picken, das musst du schon selber tun. Also, zu den Schnecken kam es gar nicht mehr. Die zeigen sich ja erst, wenn der Regen vorbei ist. Ich dachte, ich leg mich ein bisschen aufs Ohr, bis es so weit ist – aber es hat nicht geklappt. Mein Baumhaus war undicht. Nun: Rumlaufen im Regen ist eine Sache, in einer Pfütze schlafen eine andere. Ich bin also noch ein bisschen rumgelaufen, ich dachte, dass Maja mich vielleicht ... aber Maja war beschäftigt.« Er grinste. »Wirklich stramm, die Kleinen. Na ja, ums kurz zu machen, ich seh ja, dass du nicht mehr lange durchhältst, dein rechter Hinterlauf zuckt nämlich, und ich hab Angst, dass er demnächst auf mich draufzuckt: In der Straße vom alten Bismarck stand die Rettung. Mehr als das, ein Palast. Eins von diesen Vierrädern ohne Dach. Aber das da hatte sogar eins, ohne eins zu haben, kannst du mir folgen?«

»Ja«, sagte Serrano, ganz Ohr. »Es war gelb.«

»Kann sein. Fakt war, es war trocken, weil es ein Dach hatte, und ich konnte hinein, weil es kein Dach hatte. Nur so zwei Häute. Da, wo die sich getroffen haben, gab's einen Spalt, den hab ich mir genommen.«

»Und dann?«

»Bin ich eingeschlafen. Wäre jeder nach dem ganzen Rumgerenne, und so warm und trocken, wie's da war. Ich muss wohl einen kurzen Schwarzen gehabt haben. Als ich aufgewacht bin, jedenfalls, war das Vierrad unterwegs. Und mein Dach weg. Hat gezogen wie Hechtsuppe, das kann ich dir sagen. Eigentlich ist es ein Wunder, dass ich ohne Schnupfen davongekommen bin.«

»Überspring den Schnupfen!«

»Wenn du mich noch ein Mal unterbrichst, höre ich auf«, knurrte Streuner. »Ich habe gesagt, picken musst du selbst. Also, wie du siehst, kein Schnupfen, nur ein bisschen Bindehaut.«

»Konntest du erkennen, wer das Vierrad gefahren hat?«

»Nee. Hab nur mal kurz hochgelinst, um rauszukriegen, wo wir sind. Das hat mich mehr interessiert als der Typ, der gefahren ist. Ein Mann, würde ich sagen, breite Schultern, kurzes Kopffell. Und recht helles, das könnte noch sein. Ansonsten hab ich mich so tief wie möglich in die Polster gedrückt, wegen des Windes. Bei der nächsten Gelegenheit, als das Vierrad gehalten hat, bin ich rausgesprungen. An einem dieser Lichtkästen. Tja, was soll ich sagen: Nichts von Revier, nur flache Häuser und jede Menge Wiese dahinter. Jeder andere hätte gedacht, er wäre am Ende der Welt. Aber ich kannte die Gegend zum Glück, ich bin erst letztens da gewesen. Trotzdem hab ich ewig für den Heimweg gebraucht. Ich hab mir was eingetreten unterwegs.« Stolz zeigte Streuner einen schwarzverkrusteten Ritz im Ballen seines linken Vorderlaufs. »Tja. Ich weiß nicht, ob du da was rauspicken kannst.«

»Du hast es selber rausgepickt, wie ich sehe«, sagte Serrano.

»Ich meine, aus der Geschichte. Bismarck fand sie jedenfalls interessant. Er hat nur an meiner Erzählweise rumgemäkelt, wie du.«

»Nimm es ihm nicht übel, er ist tot.«

Streuner riss die Augen auf. »Nein! Hat die Geschichte ihn so mitgenommen?«

Darüber musste Serrano eine Weile nachdenken. Es wurde ihm dadurch erleichtert, dass die Bienen inzwischen abgezogen waren. »Ich glaube, da kam vieles zusammen«, sagte er traurig.

»Waren noch mehr Katzen unterwegs?«, fragte Streuner lauernd. Vermutlich fürchtete er um die Exklusivität seines Abenteuers.

»Schön, wenn es so wäre«, sagte Serrano und reckte sich. »Dann geh ich mal. Picken.«

»Tu das. Und versuch bei Gelegenheit mal eine von den Schnecken. Du musst sie vorher eine Weile in Wasser legen. Noch besser ist Milch, frag Maja.«

»Bei Gelegenheit«, sagte Serrano, den allein die Vorstellung von aufgeweichten Schnecken entsetzte.

Den Rest des Vormittags nutzte Liebermann, um beim Fleischer und im Zeitungsladen vorbeizuschauen.

Er sah den Hausmeister wieder, als er den Kiosk mit einer *Illustrierten* unter dem Arm verließ. Schräg gegenüber, vor dem Katinka, half Nils dem Wirt beim Entladen eines Kleinbusses. Das Ende einer Arbeit bedeutete für ihn scheinbar nur den Beginn der nächsten.

Im Näherkommen wurde Liebermann gewahr, dass es sich bei der Last des Busses nicht um Getränkekisten, sondern Steinplatten handelte. Jürgen wuchtete einen Stapel aus dem Bus auf eine Sackkarre, und Nils verschwand damit hinter der Bar. Wie ein Pensionär, der auf seinem Sonntagsspaziergang ein paar Turteltauben entdeckt hatte, blieb Liebermann stehen.

Jürgen zündete sich eine Zigarette an. Die Begrüßung

der beiden Männer fiel knapp, aber herzlich aus. Liebermann war nicht sicher gewesen, ob Jürgen ihn erkennen würde.

»Arbeit vor der Arbeit?«, fragte er und deutete auf die geöffnete Heckklappe des Busses.

»Warum fragst du? Willst du helfen, Lektor?«

»Ich würde gern, aber dann bezahlt meine Kasse die nächste Arztrechnung nicht.«

»Ach ja«, sagte Jürgen mitleidig. »Du hast es am Rücken.«

Ein wenig pikiert darüber, wie schnell seine Gebrechen sich herumsprachen, fragte Liebermann: »Was macht ihr hier?«

Jürgen stippte Asche auf den Bürgersteig. »Willst du's mal sehen?«

Ohne eine Antwort abzuwarten, ging er Liebermann voran. Auf halbem Wege trafen sie Nils mit der leeren Sackkarre.

»Der Lektor will sich mal die Terrasse ansehen.«

Nils runzelte die Stirn. »Warum?«

»Warum nicht? In einer Woche sieht sie doch ohnehin jeder.«

Jürgen winkte ihn durch das Tor eines weinberankten Zaunes, an dem Liebermann schon einige Male ahnungslos vorbeigegangen war. Mit einem Rums stellte Nils die Sackkarre ab und folgte ihnen.

Als er die Baustelle betrat, beschlichen Liebermann Zweifel daran, dass Jürgen seine Terrasse termingerecht einweihen würde. Das Einzige, was halbwegs fertig war, waren zwei frisch gemulchte Rhododendronbeete. Dazwischen befanden sich Teile eines rudimentären Kopfsteinpflasters. An den Stellen, an denen es aufgebrochen war, stapelten sich kindskopfgroße Steine. Dahinter lag ein zerlegter Schrank.

»Ich lieg seit Jahren im Clinch mit dem Ordnungsamt«, erklärte Jürgen.

»Im Sommer sitzen die Gäste gern an Tischen auf dem Bürgersteig.«

»Verständlich«, sagte Liebermann.

»Ist bloß nicht erlaubt. Das kann mich die Lizenz kosten. Aber dreimal darfst du raten, was passiert, wenn ich draußen sitzen verbiete!«

Jürgen warf seine Kippe auf einen frischen Sandhaufen am Rand der Baustelle. »Zuwachs für Frank von der Strandbar, drüben an der Havel. Nicht, dass ich's ihm nicht gönne. Hab mir früher mit ihm eine Bude geteilt. Aber halbe-halbe, genau wie damals, so ist es ausgemacht. Na ja, Frank kann nichts dafür. Und ich habe bald eine Terrasse. Wie findest du sie?«

»Das, was ich bis jetzt sehen kann, sieht ordentlich aus«, sagte Liebermann diplomatisch. »Aber warum arbeitest du von außen nach innen?«

Liebermann wies auf die knospenden Büsche auf den Seitenbeeten. Jürgen wechselte einen Blick mit Nils, der immer noch sein Vollstreckergesicht zur Schau trug, und entgegnete: »Man muss die Feste feiern, wie sie fallen.«

»Aha. Und wonach fallen die?«

»Nach dem Material«, sagte Jürgen und schritt über seine Schutthalde zurück zum Zaun.

Nils blieb. Als Liebermann auf seiner Höhe war, trat er ihm in den Weg.

»Du bist Gast hier, also benimm dich auch so«, sagte er leise. »Lass deine Finger von Sachen, die dich nichts angehen.« Er war rot bis unter den wolligen Rand seiner Mütze.

»Bitte welche?«, fragte Liebermann und spürte, wie ihm ebenfalls das Blut in die Wangen stieg. Nils' Hände hatten sich geballt, seine Augen ähnelten geschliffenen Bernsteinen. Und Liebermann begriff plötzlich, dass der Hausmeister ihn nicht mochte. Aber weder wusste er warum, noch was sich dagegen tun ließ. Genauso überraschend, wie er sein Bein vorgeschoben hatte, zog Nils es wieder zurück. »Wenn du sie nicht glücklich machst, bringe ich dich um«, sagte er und griff nach seiner Karre.

Serrano kehrte wieder unter den Flieder und zu Bismarck zurück. Er blieb dabei, dass der Geist des Alten noch über den orangefarbenen Blumen schwebte. Was wusste man schon von Geistern? Sie konnten überall sein, sie waren frei, aber wenn Bismarcks Geist auch nur annähernd seinem Besitzer ähnelte, würde er nicht so schnell von seinen Gewohnheiten lassen. Und eine davon war der Flieder.

Picken, hatte Streuner gesagt. Also setzte Serrano sich auf die Bastmatte des Alten und pickte. Zunächst: der Fremde. Der Fremde, denn Toten widersprach man nicht, war kein Katzenräuber. Aber auch vom Privileg der Toten abgesehen, war Serrano inzwischen geneigt, Bismarck zuzustimmen, was das betraf. Streuner war ganz allein und ohne Mitwisser in das Vierrad gekrochen. Unter eine Haut allerdings, die der Fremde darübergespannt hatte, vermutlich, um es gegen denselben Regen zu schützen, der Streuner daruntergetrieben hatte. Aber der Fremde führte das Unheil wie einen Hundeschiss mit sich, da brauchte Streuner sich nicht zu wundern: Wenn er unter dessen Häute kroch, konnte es passieren, dass er sich plötzlich fünf Tagesmärsche von daheim wiederfand. Blieb die Frage, warum der Fremde das Vierrad überhaupt geschützt hatte. Sein eigenes war blau, Serrano hatte ihn damit wegfahren sehen, und verfügte über ein Dach. Also gehörte das dachlose Ding jemand anderem. Picken, Serrano!

Es hatte ein Gespräch mit Bismarck gegeben, das erste nach der Tragödie, in dem der Alte eine Frau erwähnt hatte.

Es war ihres, das Vierrad!

Und jetzt wurde es spannend. Denn wenn Streuner richtig gesehen hatte, war der Fahrer in jener Freitagnacht ein Mann gewesen.

Eventuell, wahrscheinlich, mit hellem Kopffell. Das des Fremden war dunkel. Picken, Serrano, picken, aber mit System wie die Elstern, nicht wie die Tauben, mit ihren vom ständigen Danebenhauen stumpfen Schnäbeln. Vielleicht gab es an Streuners Geschichte gar nichts herumzupicken. Aber Bismarck hatte sich dafür interessiert, also musste er es wenigstens versuchen. Obwohl, den alten Querkopf hatten vermutlich Details beschäftigt, die ihm nie … Serrano starrte auf das Grab. Ein Grab und orangefarbene, stinkende Blumen. Und Nils, der sie gepflanzt hatte. Nichts davon hatte mit Streuner zu tun, es war einfach ein Korn, das aufgepickt werden wollte.

Und was den Fremden betraf, war er ein Idiot! Kann sein, dass er eben eine Prise von Bismarcks Geist in die Nase bekommen hatte. Und von da ins Hirn, um ihm zu sagen, dass er die ganze Zeit auf der falschen Seite der Straße gehockt habe. Von der aus man vier Katzen sah, die an einem Abend verschwunden waren, und: den Fremden, an eben diesem Abend im Viertel angekommen, mit seinem krummen Gang, den zu Boden gerichteten Augen, seinem Wachposten auf dem Balkon. Der dann plötzlich überall auftauchte, sogar in Bismarcks Versteck, der die Namen der Vermissten aussprach, als hätte er sie ihnen persönlich gegeben. Von der falschen Seite der Straße aus sah man einen, der aussah wie einer, der Übles im Schilde führte. Zum Beispiel Katzen zu fangen.

Machte man sich aber mal die Mühe, die Straßenseite zu wechseln, was sah man dann? Dasselbe. Nur mit einem Unterschied: Bismarcks Behauptung, dass der Fremde ein Magnet des Unglücks war. Das änderte alles. Demnach wäre der Fremde gefährlich, aber ohne, dass er etwas dafür konnte. Ein Magnet war ein Magnet und zog an, und wer sich zufällig in seiner Nähe aufhielt, bekam seinen Teil vom Unglück ab. Das Revier hatte ordentlich was abbekommen. Aber was war mit dem Fremden selbst, der Frau, mit der er geredet und deren Vierrad er vor dem Regen geschützt hatte? Das Vierrad war weg, von einem Mann gefahren. Picken, Serrano! Warum? Weil die Frau es nicht konnte. Warum nicht? Weil sie zu dicht bei dem Unglücksraben gestanden hatte, weil er sich auch noch um ihr Vierrad bemüht hatte. So viel Nähe konnte nicht folgenlos bleiben! Nach dem Wortwechsel mit der Frau war der Fremde auf den Balkon gezogen. Dann unter die Leute, er war herumgeschlichen, weil …?

… er sie suchte!

Anders konnte es nicht sein. So, wie er Aurelia suchte, die am selben Abend verschwunden war.

So einfach war das, wenn man das Picken auf die andere Straßenseite verlegte.

»Was sagst du?«, fragte er Bismarck.

Die Antwort des Alten wehte ihm in Form einer stinkenden Wolke von den orangefarbenen Blüten auf dessen Grab in die Nase.

Serrano spannte sich. Er war davon überzeugt gewesen, dass Nils die Blumen mit der Absicht gepflanzt hatte, ungebetene Gäste von Bismarcks Grab fernzuhalten. Deshalb hatte Serrano sie gebilligt. Er hatte nur an Bismarcks Ruhe gedacht. Dabei hätte er an etwas anderes denken sollen. Daran nämlich, dass dieselben Blumen seit kurzem auch in Aurelias Hof wuchsen.

Er kam zu spät. Oder zu früh, jedenfalls zur falschen Zeit. Da standen der Sockel, die Kühltruhe mit den Erdbeeren, alles an seinem Platz. Aber es war noch etwas hinzugekommen. Eine Wanne. Dreckig, wuchtig und so groß, dass nicht einmal ein stinkendes Blütenblatt unter ihr hervorlugte. Versuchsweise stemmte Serrano sich dagegen. Er hatte nichts anderes erwartet. Knurrend begann er zu scharren. Hörte wieder auf. Es tat sich etwas auf dem Baugerüst. Die Arbeiter riefen sich etwas zu und begannen, einer nach dem anderen, die Leitern herabzuklettern. Vielleicht, um die Wanne wegzuräumen? Serrano umrundete sie und spähte hoffnungsvoll um die Ecke. Nein. Um geschlossen den Hof zu verlassen. Er wartete, bis der letzte der Männer verschwunden war, dann grub er weiter. Nach einer Weile gab er es auf. Er war kein Maulwurf. Er brauchte Luft. Nein: Er brauchte Hilfe.

Nachdenklich wanderte Liebermann zu Tante Lehmanns Laden hinüber. So sah Nils ihn also, als einen Gast, der zuvorkommend behandelt wurde, solange er die Finger von den Damen des Hauses ließ? Oder wohl eher, wenn er es richtig verstanden hatte, *der Dame*.

Er hätte gleich drauf kommen können, wenn er wegen des Goldengels nicht so vernagelt gewesen wäre. Aber hätte das etwas geändert? Schließlich war Nico eine erwachsene Frau und Nils nicht ihr Sittenwart. Trotzig wischte Liebermann den Hausmeister beiseite. Leider wurde die Lücke nicht mit der Erinnerung an die letzte Nacht, sondern mit Stefan Berlich ausgefüllt. Und der ließ sich nicht einfach wegwischen. Liebermann war überzeugt davon, dass das Verschwinden des Kritikers etwas mit dem von Charlotte Olbinghaus zu tun hatte. Vorhin, in Berlichs Haus, hatte er so eine Ahnung gehabt, was es sein könnte. Aber es war weg, fortgetragen von den Ameisen. Blieb nur, in dem Gewimmel auszuharren und zu warten, bis einige von ihnen es noch einmal an ihm vorbeitrugen.

Vor dem Laden saßen, wie gehabt, die Bauarbeiter und auf den Treppenstufen ein etwa fünfjähriger Junge, der in einem Buch herummalte und ihm vage bekannt vorkam. Liebermann hob grüßend die Hand.

»Sind die Schrauben noch locker?«

»Nee«, sagte der Mastbaum, während er einen umfangreiche Berg Stullen aus seiner Verschalung pellte. »Mittag. Ein leerer Magen macht aufsässig.«

Liebermann grinste und wandte sich der Treppe zu. Der Junge versperrte ihm den Weg. Um seine Beine strich eine magere schwarzweiße Katze. Ihr Schnurren reichte an die Lautstärke eines 2000-Watt-Staubsaugers heran. Ab und zu verdoppelte sich der Lärm, wenn der Junge ihr mit der freien Hand den Nacken kraulte. Mit der anderen arbeitete der Kleine konzentriert an einem Krieger, der mit erhobenem Schwert auf ein noch unbestimmtes Opfer eindrosch. Er hatte definitiv Talent. Liebermann sagte es ihm und versuchte, sich an ihm vorbeizuquetschen.

»Das habe ich von Mama«, antwortete der Junge bescheiden und fügte dem Opfer liebevoll eine blutende Kopfwunde bei.

»Willst du mal Künstler werden?«, fragte Liebermann.

»Androide.«

Der Junge klebte wie eine Drohne mitten auf der schmalen Treppe. Liebermann sah ein, dass er gezwungen sein würde, ihn zu übersteigen, um in den Laden zu kommen.

»Ein schönes Buch hast du da.« Er peilte die Höhe, die sein Schritt haben musste. Ziemlich hoch.

Der Junge klappte das Buch zu und besah sich den Einband. Verwundert stellte Liebermann fest, dass es sich um ein Moleskine-Notizbuch handelte, ähnlich dem, das er unlängst von Charlotte Olbinghaus' Schreibtisch geklaubt hatte. Er selbst besaß auch eines. Er hatte es zum letzten Geburtstag von Uwe mit der Drohung geschenkt bekommen, dass er es sofort wieder einziehen würde, falls er es herumliegen oder als Notizzettelspender benutzt sehen sollte. Seitdem ruhte es so blank wie je in einer von Liebermanns Schreibtischschubladen.

Die Einstellung des Jungen zu seinem Buch schien liberaler zu sein. Als er es wieder aufschlug, sah Liebermann, dass am Anfang ein paar Seiten herausgerissen waren.

»Hat dir das deine Mama geschenkt?«

»Nö, gefunden«, sagte der Kleine und zückte seinen Bleistift.

»Wo denn? Dann gehe ich auch mal hin und gucke, ob ich eins finde.«

»Wirst du nicht«, sagte der Junge schadenfroh. »Das war das einzige. Es lag im Schnittlauch.«

»Interessant«, sagte Liebermann. »Ich werde in meinen Kräutertöpfen nachsehen.«

Der Junge verdrehte die Augen. Offensichtlich war er selten einem so dämlichen Erwachsenen begegnet.

»Doch nicht im Topf. Im Hof!« Mit dem Finger zeigte er in Richtung des gerade stabilisierten Baugerüsts.

»Ach so.«

»Ich hab Schnittlauch geholt, und das lag da. Es war fast nichts drin.«

»Dann hätte ich es auch nicht liegen lassen«, sagte Liebermann. »Und die vollen Seiten hast du rausgerissen.«

Der Junge nickte. »War nur Schrift drauf. Ich hab sie auf den Kompost getan. Papa hat gesagt, Papier geht auf den Kompost. Plastik nicht.«

»Da hat er völlig recht.«

In der Tür zum Laden erschien Moritz, einen Kaffeebecher in der einen und eine Flasche Limonade in der anderen Hand.

»He, Lektor! Hat Vincent dich in seine Heldenwelt eingeführt?«

Liebermann starrte den Kleinen an, der mit dem Erscheinen des Restaurators aufgesprungen war und jetzt die Flasche in Empfang nahm.

»Der da findet, dass ich gut malen kann«, sagte er.

»Muss erst ein Fremder kommen, um dir das zu sagen?«, grinste Moritz.

»Ist Vincent dein Sohn?«, fragte Liebermann erstaunt. Der Junge sah Moritz an und verzog das Gesicht, wie um ihm zu sagen, dass man auf den da nicht rechnen konnte, er war einfach zu blöd.

»Für heute«, sagte Moritz und legte Vincent die Hand auf die Schulter.

»Er hilft mir ein bisschen, bis Ralph zurück ist.«

Ralph. Wenn man es wusste, war es nicht zu übersehen. Dieselbe braune Mähne.

»Papa ist heute Führer«, sagte Vincent herablassend und ging zu den Bauarbeitern an den Tisch.

»Hast du Bellin den Voranschlag gegeben?«, fragte Moritz.

»Ja. Ich glaube, er findet nicht, dass sein Hof zu dunkel ist.«

»Natürlich nicht«, sagte Moritz. »Er hält drei Grashalme ja auch für einen Rasen.«

Liebermann versorgte sich mit Milch, Bier und einem Glas saurer Gurken, die fast abgelaufen waren. Er brauchte sie nicht, aber in ein paar Tagen würden sie für Tante Lehmann wertlos sein. Die Krämerin war schlechter Laune. Sie sah ständig auf ihre prächtige Uhr und kommandierte ihren Lehrling wie ein Feldwebel herum. Als Liebermann den Laden verließ, ließ sie ihn gerade zum Fensterputzen abtreten. Die magere Katze war verschwunden. An ihrer Stelle saß jetzt der Einohrige. »He, Serrano!«, sagte Liebermann, einigermaßen stolz, sich den Namen gemerkt zu haben.

Serrano bewegte sein Ohr und sah ihn an. Liebermann kam sich fixiert vor.

»Tja, dann. Auch wenn du's nicht verstehst, es tut mir leid um deinen klapprigen Freund.«

Er verabschiedete sich von Moritz, Vincent und den Bauarbeitern und machte sich auf den Heimweg. In seinem Kopf prügelte sich eine nagelneue Frage mit den anderen um die Vormachtstellung. Sie gewann, als er bereits den Fuß auf das Kopfsteinpflaster der Straße gesetzt hatte. Liebermann hob ihn wieder und ging, statt nach Hause, zum Aufgang Nummer 17. Auf Samtpfoten folgte ihm Serrano. Liebermann bemerkte es und blieb stehen.

»Ich hab nichts für dich.« Zum Beweis zeigte er dem Kater den Inhalt seiner Tüte. Serrano beschnüffelte ihn flüchtig, setzte sich und mauzte.

»Na schön, dann bleib hier und halte Wache. Gib mir Bescheid, wenn die Bauarbeiter im Anmarsch sind.« Liebermann ging weiter. Der Kater ebenso. Als Liebermann wiederum stehen blieb, tat er es ihm gleich.

»Du bist hartnäckig«, sagte Liebermann. »Kennst du dich hier aus?« Serrano legte den Kopf schief.

»Gut, dann hilf mir eben suchen. Wir nehmen uns den Schnittlauch vor.«

In Theklas Küche vegetierte ein Plastiktöpfchen vor sich hin, das er aus schierer Faulheit bisher nicht weggeworfen hatte. Hier dagegen, stellte Liebermann, als sie die Einfahrt durchquert hatten, fest, waren Gartenliebhaber am Werke.

Mit Serrano als Adjutanten durchschritt er einen Rosengang und fand sich auf einer von Strauchwerk und ein paar alten Obstbäumen gesäumten Wiese wieder. Die Bäume standen in voller Blüte.

So schön sie waren, ließ Liebermann sie links liegen und wandte sich zunächst dem Komposthaufen in der rechten Ecke des Hofes zu. Beim Durchqueren der Einfahrt war ihm klargeworden, wo er Vincent schon einmal gesehen hatte. Auf den Fotos in Nicos Kamera. Nur hatte er da einen Schlafanzug getragen.

Zu seinem Leidwesen war der Kompost frisch umgegraben worden. Falls sich die ersten Seiten des Notizbuchs noch hier befanden, wurden sie gerade von Regenwürmern verdaut.

Nur zu gern ließ er sich dafür vom Anblick des Schnittlauchs trösten, der ein Stück weiter in festen Büscheln zwischen einigen anderen, ihm unbekannten Küchenkräutern wuchs. Jemand hatte das Beet liebevoll mit Feldsteinen gerahmt. Daneben standen, als einzige Schandflecken der Idylle, eine ausrangierte Kühltruhe und eine Mörtelwanne. Liebermann vermutete, dass die Truhe einst den Laden von Tante Lehmann geziert hatte, dessen Hintertür auf den Hof hinausführte. Jetzt wuchsen Erdbeeren darin.

Er ließ sich auf die Knie nieder und begann, den Boden zwischen den Kräutern abzutasten. Serrano knurrte. »Ich klau dir schon nichts«, sagte Liebermann. Kurz darauf stießen seine Finger auf etwas Hartes. Liebermann förderte ein Buddelförmchen zutage. Er grinste. »Keine Maus.«

Serrano sah ihn kalt an. Liebermann überkam plötzlich das Gefühl, dass der Kater ihn verachtete. Aber warum war er ihm dann hierher gefolgt? Hunger konnte es nicht sein. Serrano machte nicht den Eindruck, dass er auf Almosen angewiesen war. Er setzte sich auf und betrachtete das Tier, das die runden Augen seinerseits fest auf ihn geheftet hielt. Nachdem eine Minute gegenseitigen Abschätzens vergangen war, mauzte Serrano erneut.

»Uns fehlt ein Dolmetscher«, sagte Liebermann und setzte seine Suche fort. Ein Ruck am rechten Hosenbein setzte ihr ein Ende.

»Hör zu!«, sagte er. »Ich hab zu tun. Spiel mit jemand anders!«

Der Kater bohrte seine Zähne tiefer in den Stoff. Wenn Liebermann seine Hose retten wollte, musste er sich wohl oder übel mit ihm beschäftigen. Er ließ die Kräuter Kräuter sein und setzte sich ins Gras. Sofort ließ Serrano von ihm ab. »Also gut. Da sind wir beide nun. Ein denkbar unpassendes Paar. Wir verstehen einander nicht, und was mich betrifft, werde ich auch keine Anstrengungen unternehmen, dich zu verstehen. Denn, ich sag's dir freiheraus, ich mag Katzen nicht besonders. Und schon gar keine, die es sich in den Kopf gesetzt haben, mir die Hose zu zerfetzen. So, und jetzt entschuldige mich.« Serrano machte einige Schritte auf die Mörtelwanne zu.

»Du bist ein kluges Tier.«

»Du bist ein dämliches Tier«, korrigierte Liebermann, als der Kater wieder zu ihm zurückkam. Und dann fiel der Groschen. Nicht der Kater, er war dämlich.

»Okay. Dann zeig's mir!«

Serrano wiederholte seinen Gang zur Mörtelwanne, kratzte kurz daran und sah giftig zu ihm auf.

»Schön. Das ist eine Mörtelwanne«, sagte Liebermann und erhob sich. »Mit Mörtelresten. Soll ich sie vielleicht umkippen, damit du oder einer deiner Bekannten darin wohnen kann?« Er griff den Rand der Wanne und schubste sie auf die Seite. Etwas eingetrockneter Mörtel kullerte heraus. Aber weder Liebermann noch der Kater beachteten es. Sie starrten auf das, was darunter zum Vorschein kam. Ein Beet zerdrückter Studentenblumen.

»Du wolltest die Blumen retten?«

Kaum zu glauben! Ein Kater als Naturschützer. Auf einmal rückten auch der Silberfresser und Marions Nixe in denkbare Nähe. Was für ein Viertel! Liebermann nickte Serrano zu und ging zurück zu seinem Schnittlauch. Kurz darauf flog ihm etwas an den Kopf. Liebermann fuhr herum. Im nächsten Moment hatte er einen Erdklumpen im Auge.

»Was zum Teufel –«

Serrano beachtete ihn nicht. Auch nicht, als Liebermann zu ihm ans Beet trat. Oder an das, was vor kurzem noch ein Beet gewesen war.

»Ich habe die Blumen nicht gerettet, damit du ihnen jetzt den Garaus machst!«, sagte er streng.

Der Einohrige fuhr fort, in der Erde zu wühlen. Und Liebermann fragte sich, ob auch Katzen gelegentlich unter Persönlichkeitsspaltungen litten. Vielleicht hielt der Einohrige sich für einen Maulwurf. Oder er war der Jules Verne unter den Katern und förderte den Beweis eines vulkanischen Erdkerns zutage. Aber warum hier? Man wusste zu wenig über Katzen. Liebermann zuckte die Achseln.

»Ich geh jetzt«, sagte er. »Ich bin hier fertig.« Er nickte auf das »Beet« hinunter und ging. Am Kompost vorbei, durchs Rosenspalier in die Einfahrt.

Als er sie zur Hälfte durchquert hatte, hörte er den Schrei. Einen unvergleichlich, spitzen und im wahrsten Sinn des Wortes tierischen Schrei. Liebermann machte auf der Stelle kehrt. Im Nachhinein wusste er, dass er darauf gewartet hatte. Er hatte diesen Schrei die ganze Zeit in den Augen des Einohrigen gesehen.

Serrano stand knietief in seiner frisch ausgehobenen Grube und scharrte wimmernd auf etwas herum, das wie der Deckel eines Schuhkartons aussah. Liebermann zögerte, dann legte er dem Kater die Hand auf den sandigen Rücken. »Es geht schneller, wenn ich es mache.« Als das nichts half, hob er Serrano kurzerhand aus der Grube. Und ehe der Kater seine Grabungsstätte erneut in Besitz nehmen konnte, schob Liebermann einen Rest Erde vom Deckel des Kartons und hob ihn an.

»O Gott!«

Serrano schrie nicht noch einmal.

Er betrachtete ruhig die Ameisen, die gerade die letzten messbaren Teile von Aurelias Augen abtransportierten. Ihr Fell war stumpfer geworden. Aber das lag vielleicht nur an fehlender Pflege. Wenn er sich etwas Glanz hineindachte, etwas mehr Substanz in die Augenhöhlen, und wenn er seine Nase vor dem schrecklichen Geruch verschloss, der den Fremden gleich nach Öffnung des Deckels in die Flucht geschlagen hatte, dann erstand ihr Bild wieder vor ihm. Die Kehle, die das sanfte Gurren hervorgebracht hatte, war noch da, die Ballen noch fest, ihre Ohren aufrecht, als lausche sie angestrengt auf etwas. Serrano stieß ein leises Brummen aus. Man wusste es ja nicht, vielleicht hörte sie ihn. Unter ihrer Nase klebte ein bisschen geronnenes Blut. So wenig, dass man es getrost ignorieren konnte.

Liebermann bemerkte das fehlende Blut ebenfalls. Oder wenn, dann war es nicht viel, so genau ließ sich das aus drei Meter Abstand nicht sagen. Der Geruch fleischlicher Verwesung war eine der wenigen Begleiterscheinungen seines Berufes, an die er sich nicht gewöhnen konnte. Er wäre gern gegangen.

Aber er konnte den Kadaver unmöglich einfach ausgescharrt hier im Hof liegen lassen. Und Serrano würde ihn wohl kaum neu bestatten. Es sah eher so aus, als wäre er drauf und dran, sich zu ihm zu legen.

Es gab keinen Zweifel: Der Einohrige trauerte. Und die Frage nach dem Warum beantwortete sich von selbst, wenn man sah, wie er die Tote in der Kiste anstupste, während er ein tiefes, beruhigendes Brummen von sich gab.

Hatte Miri nicht etwas von einer Freundin erzählt? Liebermann kramte in seinem unsortierten Gedächtnis und wurde fündig. Aurelia. Der Farbe des Fells nach konnte es hinkommen. Liebermann sah noch einmal auf den vor Zärtlichkeit überfließenden Kater. Dann wandte er sich ab. Es war dies keine Geste des Ekels, obwohl der ihm hart zusetzte, sondern – des Respekts.

Er betrachtete die Erdbeeren in der Kühltruhe, während er darauf wartete, dass Serrano seinen Abschied von Aurelia beendet haben würde. Sie schienen gut zu gedeihen in ihrem übergroßen Blumentopf. Obwohl recht früh im Jahr, zeigten die ersten bereits ein schüchternes Rot. Nur an dem vorderen Truhenrand fanden sich ein paar ramponierte Pflanzen. Die Beeren hingen noch dran, aber ein Teil der Blätter war abgerissen. Vielleicht durch Kinder oder Katzen. Liebermanns Finger strichen über Eisen, von dem die Farbe abgeplatzt war. Von der Straße her hörte er Männerstimmen. Trotzdem wartete er noch eine Minute, ehe er, die Nase im Ärmel vergraben, zu Serrano ging.

»Sie kommen.«

Der Kater blickte mit klaren Augen zu ihm auf. Liebermann zeigte auf die Einfahrt. »Ende der Mittagspause. Gleich wird's laut hier.« Er griff nach dem Deckel und schob ihn hurtig über den Karton. Serranos Schwanz hob sich langsam. »Ich weiß nicht, ob es dich tröstet«, sagte Liebermann. »Dass wir nicht nur euch überfahren.«

Er hatte keine Ahnung, was in Serranos Kopf vorging. Bis heute war Liebermann sich relativ sicher gewesen, dass ein Katerkopf in etwa einem Landbahnhof glich, durch den eine Vielzahl von Zügen reiste, ohne je zu verweilen. Im Grunde hatte er noch nie darüber nachgedacht.

»Wenigstens hat jemand sie ordentlich zur Ruhe ge...« Weiter kam er nicht. Serrano schoss mit aufgesperrtem Rachen vor. Im nächsten Moment schlug ein kalter Schmerz in Liebermanns rechtes Bein.

Er brüllte auf und holte nach ihm aus, aber der Kater hatte sich schon in Sicherheit gebracht. Liebermann packte einen Stein und schleuderte ihn ihm hinterher. Tollwütiges Vieh! Vorsichtig krempelte er sein rechtes Hosenbein auf: Einstiche von vier großen Stiften, aus denen je ein Tropfen Blut quoll, kamen zum Vorschein. Und der Täter: desertiert. Und wieder da.

Aus Serranos Maul hing ein henkelloser, leerer Einkaufsbeutel. Liebermanns Überraschung war so umfassend, dass er seinen Schmerz vergaß. »Das ist nicht dein Ernst!« Aber in den Tiefen seiner Polizistenseele wusste er, dass Serrano es bitterernst meinte. Im Gegensatz zu ihm hatte der Kater seine Liebste gefunden. Jetzt wollte er mehr. Im Grunde wollte er dasselbe wie Liebermann. Wissen. Und diese Erkenntnis war wahrscheinlich die merkwürdigste seines bisherigen Lebens. Liebermann nahm dem Kater, der nun wieder friedfertig wie ein Lamm vor ihm hockte, die Tüte aus dem Maul, hob die Kiste mit abgeklemmter Luftröhre aus der Grube und schob sie hinein.

»Na gut. Ich werde sehen, was sich machen lässt.«

Die achtzehn Touristen waren bass erstaunt, als sie erfuhren, dass Potsdam seit hundertvierzig Jahren ein Eyland war. Dank eines Kanals, also kein ganz natürliches, aber was war schon noch natürlich heutzutage. Ralph zwinkerte und erntete verhaltenes Gelächter. Waren auch schon mal lockerer gewesen, die Leute. Vermutlich lag's an der Mischung: Sachsen, Norddeutsche und ein holländisches Pärchen mit exzellenten Fahrrädern, die sich erst vorhin auf dem Zeltplatz zusammengewürfelt hatten. Sie kannten sich noch nicht, dies war erst die zweite Station der Tour. Noch standen sie in ängstlichem Abstand zu ihm und zueinander. Was für Ralph bedeutete, dass er brüllen musste, damit sie ihn überhaupt verstanden. In zwei Stunden würde es schon anders aussehen, und am Ende lud man sich gegenseitig zum Barbecue ein, wie jedes Mal.

Am lautesten lachten die Holländer. Auf die Holländer war Verlass. Ein fröhliches Volk. Hatten Stullenpakete statt Flickzeug dabei und fotografierten lieber ihre Familien anstelle der Sehenswürdigkeiten. Ralph fand das nachvollziehbar, denn von einem selbst gab es nicht überall Postkarten zu kaufen.

Er liebte seinen Donnerstagsjob. Nach vier Jahren kannte er jeden Stein des Weges, jede Abkürzung, jede Stockente auf der Havel. Das erste Drittel der Tour führte am Fluss entlang, an seinem Heimatviertel vorbei. Dann ging es durch Parks zur Glienicker Brücke, in die Innenstadt und von dort aus an der Havel wieder zurück zum Zeltplatz.

»Ich möchte mich bei demjenigen von Ihnen bedanken, der für gutes Wetter gebetet hat«, sagte er. »Und bei Petrus für sein geneigtes Ohr.« Glucksen aufseiten der Holländer, finstere Mienen bei den anderen.

Ralph gab ein paar Anweisungen, wie er es immer tat, ehe sie sich wieder auf die Räder schwangen. *In Reihe fahren, jeder den Vordermann im Visier, Sicherheitsabstand. Es gibt viele Hunde auf dieser Strecke. Beachten Sie unterwegs den neuen Jachthafen, zur Rechten die Stacheldrahtzäune des Militärhistorischen Instituts. Nächster Stopp nach ungefähr einem Kilometer, an der im letzten Jahr errichteten Aussichtsplattform Großer Kurfürst.*

Auf diese Station freute er sich immer, denn sie bescherte ihm einen Kaffee und einen kurzen Plausch mit Frank, dem Inhaber der neben der Plattform gelegenen Strandbar.

Frank war gerade dabei, den falschen Strand zu harken, der seine Bar und auch den Großen Kurfürsten malerisch einschloss. Die Bar hatte noch geschlossen, aber Ralphs Kaffee dampfte schon in der Kaffeemaschine. Während die ersten Mitglieder seiner Vier-Stunden-Familie die Leiter der Plattform erklommen, bediente Ralph sich selbst und nahm seine Tasse mit zu Frank hinüber.

»Lustige Truppe, was?«, sagte Frank und zog eine Zehnerfurche durch den Sand.

»Mal sehen. Sie ist noch nicht warm.«

»Du machst das schon.«

»Klar.«

»Wie geht's Lilly und den Kleinen?«

Ralph schlürfte seinen Kaffee. »Sie sind bei ihrer Mutter. Nur Vincent ist bei mir.«

»Warum? Habt ihr gestritten?«

»Nein.« Ralph schwenkte seine Tasse und beobachtete, wie die Milch sich im Kaffee verteilte. »Ihr ging's die letzte Zeit nicht so gut. Wir dachten, dass ein bisschen Frischluft ihr guttut.«

Er blickte hinauf zur Plattform. Die Holländer und eine sportliche Norddeutsche in ziemlich knappen Shorts waren schon oben. Sie war ohne ihren Mann unterwegs, und Ralph schwante, dass er nachher Probleme mit ihr kriegen würde. Alleinreisende Frauen waren immer ein Fall für sich. Besser, er sah Frank wieder beim Harken zu.

»Was war denn hier los? Sieht aus wie nach einer Schlacht.«

»Klassentreffen«, sagte Frank und grub die Zinken in den Sand.

Auf der gesamten Fläche des »Strandes« lösten sich erodierende Sandhaufen und tiefe Krater in schöner Regelmäßigkeit ab. Nur dort, wo Franks Harke gewaltet hatte, war es eben.

»Haben die sich gegenseitig eingegraben?«

»Eingegraben und Schanzen gebaut, über die hinweg sie sich mit Oliven beworfen haben.« Er zeigte auf etwas, das wie ein zu groß geratenes Hasenköttel aussah.

»Nach jedem Libre ging's eine Klassenstufe abwärts. Um halb elf waren sie so hinüber, dass ich dichtgemacht hab. Nachher bin ich dran, wenn die sich gegenseitig in die Havel schubsen. Es tat mir nur ein bisschen leid wegen eines Pärchens, das gerade kam, als ich am Saubermachen war. Also wegen einer Hälfte des Pärchens.« Frank grinste, und Ralph grinste zurück.

»Sie wollte ein Tonic«, sagte Frank versonnen. »Wahrscheinlich hatte ihr Typ sie trocken gequatscht.«

»Und?«

»Na, ich hab ihr eben eins gegeben, und sie ist zu ihrem Freund zurück, dabei hat ein Blinder gesehen, dass sie stocksauer auf ihn war. Versteh ich nicht, wieso Frauen bei Typen bleiben, mit denen sie sich nicht verstehen.«

»Hat sich deine mit dir verstanden?«

»Aber hallo!«, sagte Frank.

»Und warum ist sie dann weg?«

»Weil ich abends zu spät im Bett war.«

Frank kickte gelassen einen Stein beiseite. Nach einem Jahr als Barbesitzer hatte er beschlossen, sich nicht mehr aufzuregen. Eine Bar und ein reizbares Gemüt vertrugen sich nicht. Genauso wie Bars und feste Beziehungen. Frank hatte sich für die Bar entschieden.

»Deinen Job will ich nicht haben«, sagte Ralph.

»Kriegst du auch nicht.«

Ralph sah wieder nach oben, dann auf die Uhr und dann auf die zerklüftete Landschaft, die Frank in den zwanzig Minuten bis zum Öffnen der Bar noch bewältigen müsste. Er überlegte, ob er ein paar Oliven einsammeln sollte. Nein, war nicht sein Job. Als ihm zwei rostbraune Spitzen auffielen, die etwa fünf Meter von ihnen entfernt aus dem Sand lugten, sagte er: »Da hat einer seine Schuhe vergessen.«

»Wundert mich nicht«, erwiderte Frank. Er hielt inne und beschattete seine Augen, um besser zu sehen. »Vielleicht passen sie mir ja. Oder dir.« Er ließ die Harke fallen, und gemeinsam gingen sie ihren Fund besichtigen.

»Also billig waren die nicht«, sagte Ralph, als sie ankamen.

»Nee«, meinte Frank. »So was lässt man nur im Suff liegen.« Er zog geräuschvoll die Nase hoch und griff nach einer der Spitzen. Ein Paar sorgfältig gebundener Schnürsenkel wurde sichtbar und mehr von dem rostbraunen Leder. Sehr solide. Frank runzelte die Brauen und zog stärker. Eine Socke. Und darüber ein sandiger Hosensaum. Ralph verschluckte sich an seinem Kaffee.

»Huhu!« Vom Turm winkte die einsame Norddeutsche. Ralph spuckte den Kaffee aus und winkte zurück. »Ruf die Polizei an!«, sagte er zu Frank. »Und ruf mich an, wenn du mich brauchst. In drei Stunden bin ich mit der Tour durch. Aber tu mir einen Gefallen, und grab ihn erst mal wieder ein!«

Uwe brauchte einen doppelten Espresso auf ex und eine Magnesiumkapsel, um die Neuigkeit zu verarbeiten. Danach wischte er im gesamten Büro Staub, putzte einen Fliegenklecks vom Fenster und spitzte seine Stifte an. Er musste umdenken.

Die Kollegen in Potsdam tendierten in ihrer Meinung zu einem Unfall. Marion hatte gerade angerufen. In dem Fall wäre Stefan Berlich am Mittwochabend, vermutlich betrunken, zu nah an die niedrige Brüstung einer fünfzehn Meter hohen Aussichtsplattform an der Havel geraten und kopfüber in den ausgedehnten Sandkasten einer Strandbar geplumpst. Oder zu einem Selbstmord, falls er gesprungen war. Die Leiche wie auch die Plattform wurden gerade untersucht.

Uwe hatte so eine Ahnung, was Liebermann gleich dazu sagen würde.

»Unsinn!«, kam vom anderen Ende der Leitung.

»Und was ist mit Selbstmord? Berlich hat seine Exgeliebte auf dem Gewissen, und dank Marions durchsichtigem Undercovereinsatz wusste er, dass wir ihm auf den Fersen waren. Oder: Charlotte Olbinghaus hat sich aus ihrer Einsiedelei bei ihm gemeldet, um ihm mitzuteilen, dass sie vorhat, ihn fertigzumachen, und er hat kalte Füße gekriegt.«

»Sie hat sich eine Woche lang in der Nähe der Strandbar versteckt?« Eine inspirierende Idee, fand Liebermann. Er würde die Potsdamer Kollegen bitten, den Strand der Bar bis zum Mutterboden umzupflügen. Vielleicht fanden sich nicht nur Kritiker darin, sondern auch Cabrios.

»Nein. Marion hat gestern kein Zeichen von Unsicherheit, schlechtem Gewissen oder Angst bei Berlich entdeckt, sondern im Gegenteil einen heiteren Aktivismus. Ich betone: heiter! Außerdem frage ich mich, wozu jemand Anrufe und Verabredungen erfindet, wenn er von einer Aussichtsplattform springen will. Wir beide würden einfach gehen und springen. Dazu braucht man keinen fingierten Anruf. Den braucht man nur, wenn man vorhat, sich mit jemandem zu treffen, von dem die Frau nichts wissen soll. Gibt es einen Abschiedsbrief oder Ähnliches?«

»Bisher nicht.«

»Es wird auch keinen geben. Warten wir die Obduktion ab. Sonst noch was Neues?«

»Ich hab die Fotos der Mädchen mal aufgestellt. Bezeichnenderweise gibt es keine Agentur, die sie zusammenfasst, aber manche haben Websites. Und die anderen finden sich über Ausstellungsankündigungen und ihre jeweiligen Kunsthochschulen. Hauptsächlich Hamburg, Berlin und Leipzig. Du hattest, was Berlichs Rot-Tick angeht, vielleicht recht. Etwa ein Viertel der Mädchen sind rothaarig, die anderen brünett. Eine goldblond, schwarz keine. Was denkst du?«

Liebermann antwortete nicht. Auch nicht, als Uwe die Frage wiederholte. Uwe merkte, dass er seinem Chef auf den Leim gegangen war. Es passierte manchmal, dass Liebermann ihn mit einigen interessierten Fragen in Schwung brachte und dann endlos reden ließ, während er vor sich hin träumte. In ihrem ersten gemeinsamen Jahr hatte Liebermann Uwe einmal gestanden, dass seine gleichförmige Art zu sprechen wie Dünger auf sein Gehirn wirke. Es hatte wohl ein Kompliment sein sollen.

»Für den Fall, dass Berlich sich also nicht selbst ins Jenseits befördert hat«, fing Liebermann schließlich wieder an, »müssen wir uns mit einem neuen Gedanken anfreunden. Wir brauchen das Alibi vom alten Olbinghaus für gestern Abend.«

»Heute noch?«, fragte Uwe. »Ich hab in einer Stunde einen Zahnarzttermin.«

»In einer Stunde kann man ein stundenlanges Telefonat führen. Ich würd's selbst tun, aber ich hab noch was Dringendes zu erledigen.«

Liebermann steckte das Telefon weg und nickte Serrano zu, der zu seinen Füßen saß und wartete. »Heute scheint der Tag des allgemeinen Ausgrabens zu sein«, sagte er zu ihm.

Susanne Berlich meisterte die Identifizierung der Leiche bewundernswert gefasst. Kein Zusammenbruch, wie Marion befürchtet hatte. Keine Tränen. Ein kurzer Blick, dann nickte sie und verkündete, dass sie zu gehen wünsche. Nur an ihrem stark geschminkten Gesicht ließ sich erahnen, dass ihr Gleichmut auf tönernen Füßen stand. Als sie das Institut verließen, sagte sie: »Sie hätten mir gleich sagen sollen, dass Sie Polizistin sind.«

»Hätte das etwas geändert?«

»Ich hätte Sie beauftragt, auf meinen Mann aufzupassen. Sie brauchen doch immer erst einen Auftrag, ehe Sie in Aktion treten, nicht wahr?«

Sie wandte den Blick vorwärts und schritt hochaufgerichtet durch das Foyer des Instituts zur Tür. Marion hetzte ihr nach.

»Machen Sie sich keine Mühe. Ich gehe zu Fuß.«

»Ja, aber … Ihre Beine«, sagte Marion hilflos.

Susannes purpurfarbene Lippen verzogen sich leicht. »Keine Angst. Die nehme ich mit.«

»Warte hier«, sagte Liebermann zu Serrano. Er warf einen Blick auf das Messingschild mit der Aufschrift »Gerichtsmedizinisches Institut Potsdam« und packte den Karton fester. »Es dauert nicht lange.«

Serrano verkroch sich gehorsam in einem Busch Pfingstrosen, und Liebermann betrat das Foyer. Das Erste, was er sah, war ein kugelrunder Standaschenbecher, das Zweite Kommissarin Allhorn, deren Blässe sich ungesund von ihren flammenden Haaren abhob.

»Ich wusste gar nicht, dass du rauchst«, sagte Liebermann und versuchte auszusehen, als gehöre ein Besuch der Potsdamer Gerichtsmedizin zu seinen täglichen Pflichten. »Was machst du hier?«

»Ich habe seelischen Beistand gespendet«, sagte Marion. »Und du?«

»Ach, ich bring nur was vorbei. Wie schlägt sich die Witwe?«

»Sie ist nach Hause gegangen.«

»Allein?«

Marion zuckte die Achseln. »Was bringst du denn *hier* vorbei?«

»Ein Paket«, sagte Liebermann verlegen und hob seine Tüten. »Falls du heute noch etwas Schönes sehen willst: Gleich gegenüber befindet sich das Schloss Lindstedt.«

»Aha.«

»Im Turm dort soll es ein malerisches Bassin geben.« Er ließ Marion stehen und eilte zur Treppe.

Marion fuhr nach Hause. Sie war müde und schlecht gelaunt. Und zu allem Übel besorgt um Liebermann. Spazierte mit Plastiktüten in der Gegend herum, spielte den Stadtführer und schien es völlig normal zu finden, dass sein Urlaub in Potsdam bereits zwei Menschen das Leben gekostet hatte. Falls er recht hatte, was Charlotte Olbinghaus betraf.

Schlechtgelaunt holte Marion ihren Sohn ab, spielte schlechtgelaunt eine Partie Uno mit ihm und verlor. Als er endlich vor dem Sandmännchen saß, hielt sie es nicht mehr aus und ließ sich mit der Gerichtsmedizin verbinden.

»Haben Sie mal auf die Uhr gesehen?«

Auch die Gerichtsmedizinerin hatte offenbar einen langen Tag hinter sich.

»Entschuldigung. Ich wollte nur wissen, ob Sie schon eine Idee haben, was die Todesursache von Stefan Berlich angeht.«

»Ich mache ihn nicht vor morgen auf. Meine Familie wartet mit dem Abendbrot.«

»Verstehe.« Durch die Bö schlechter Laune, die ihr entgegenwehte, fühlte Marion sich plötzlich wie durch Wunderhand von ihrer eigenen kuriert. Wer schnitt schon gern vor dem Abendbrot Leichen auf? »Mich interessiert auch nur«, fuhr sie freundlicher fort, »was Sie jetzt, da Sie vor dem toten, aber geschlossenen Stefan Berlich stehen, über die Art seines Ablebens sagen würden. Ich hätte Sie vorhin schon gefragt, aber die Anwesenheit der Witwe –«

»Sie waren doch am Fundort! Der Mann ist gefallen, offensichtlich von der Plattform. Was anderes ist da ja nicht in der Gegend, wovon er hätte stürzen können. Er hat eine Platzwunde am Kopf und ein paar ältere blaue Flecken. Und wie es aussieht, eine gebrochene Wirbelsäule, aber ganz genau weiß ich das erst morgen Nachmittag. Und jetzt entschuldigen Sie mich. Ich habe Hunger.«

»Gefallen und dann verscharrt?«

»Haben Sie was an den Ohren? Ich habe gesagt, dass ich mich morgen mit ihm beschäftige!«, schnauzte die Medizinerin, und Marion fragte sich irritiert, ob es wirklich dieselbe war, die sie vorhin in Begleitung Susanne Berlichs getroffen hatte. Eine zarte, blonde Person mit Nickelbrille, die sie zwar ein wenig ungeduldig, aber freundlich angelächelt hatte. Hunger machte zuweilen aus Leuten Monster.

»Okay«, flüsterte sie und legte auf.

Den Einohrigen im Gefolge, schlenderte Liebermann durch den Park zurück ins Viertel. »Gefreut hat sie sich nicht, das kann ich dir sagen. Aber weil es dein Liebchen ist, macht sie eine Ausnahme.«

Serranos Ohr stand steil in die Höhe. Wenn ihnen Leute entgegenkamen, verschwand er im nächsten Gebüsch, um Liebermann wenige Meter später wieder einzuholen.

»Nein, das ist gelogen. Ich habe ihr gesagt, dass Aurelia eine wichtige Zeugin in einem Mordfall ist.« Liebermann blieb stehen und blickte nachdenklich über die anmutig gewellten Wiesen, die den Blick des Betrachters auf das Schlösschen Charlottenhof lenken sollten. Aber Liebermann sah etwas anderes. Eine Nixe, unter deren Füßen die grünen Hügel zu Wellenkämmen wurden. Erst als Serrano Laut gab, setzte er sich wieder in Bewegung. Sicher nur eine Touristin.

»Sie hat es nicht direkt gesagt, aber ich vermute, dass sie mir kein Wort geglaubt hat.« Liebermann nickte einem jungen Pärchen zu. »Was uns aber im Grunde egal sein kann«, sagte er, als Serrano wieder an seiner Seite war.

Als sie durch das Kuhtor in die Lennéstraße einbogen, deutete Liebermann auf einen Holzzaun, hinter dem in einiger Entfernung Teile eines weinberankten Häuschens zu sehen waren.

»Dort drinnen gibt es auch jemanden, der um seinen Liebsten trauert. Vielleicht kennst du ihn. Ist von einem Turm gefallen. Direkt neben einer Bar, und keiner hat's gesehen. Weißt du, warum? Weil sie schon geschlossen hatte. Ausgerechnet gestern hat sie früher zugemacht. Was mir sagt, dass der Barbesitzer schuld am Tod dieses Mannes ist.«

Sie kamen an die Wendeschleife. Dahinter war Schluss mit den niedrigen Häuschen, und es begannen die schnurgeraden Straßen der Mietshäuser im Jugendstil, zu denen auch die beiden von Bellin und die auf ewig eingerüstete Ossietzkystraße 17 gehörten.

Automatisch senkte Liebermann die Stimme: »Das mit der Schuld darfst du nicht wörtlich nehmen, ich hoffe, das ist dir klar. Wär's nicht der Barmann, wär's vielleicht der Nachtportier eines Hotels. Tatsache, mein Lieber, ist, dass es jemanden gibt, der den Barmann ins Unglück geritten hat, so wie er auch den Nachtportier ins Unglück geritten hätte. Und – jetzt lach nicht, denn ich glaube nicht an solche Dinge, nur hier, wo es Katzen gibt, die in ihren eigenen Mordfällen ermitteln, wie du: Ich habe mir eingebildet zu sehen, wie ein rothaariges weibliches Wesen aus den grünen Fluten der Havel steigt, um Rache zu nehmen und wieder darin zu verschwinden.«

Laura radelte winkend auf der anderen Straßenseite vorbei. Liebermann hob die Hand.

»Warum grün, fragst du, wo die Havel doch klar ist? Keine Ahnung. Ich nehme an, wegen der Komplementärfarben.«

Einige Aufgänge vor der Nummer 17 verschwand Serrano in einem offenen Kellerfenster. Liebermann war es recht. Wenn sich die aus der Gerichtsmedizin meldeten, würde er ihn schon finden, schließlich waren der Kater und er sozusagen Nachbarn. Weitaus schwieriger stellte er sich vor, Serrano den Bericht der Pathologin zu erklären. Aber auch da würde sich ein Weg finden.

Je näher Liebermann den Bellin-Häusern kam, desto deutlicher spürte er wieder das Beißen in der rechten Brust. Die linke fühlte sich taub an. Bis er vor Nicos Tür das friedlich parkende Hebammenauto sah.

Liebermann überlegte, ob er bei ihr klingeln sollte. Aber dann ging er weiter, über den Spielplatz in Richtung Kindergarten. Heute war er mit dem Abholen dran. Es war zwar noch etwas früh, aber es war Frühling, und er hatte Urlaub. Nichts sprach gegen eine Runde zu viert im Katinka.

Nico empfing ihn ausnahmsweise einmal in einem Kleid ohne Hosen. Vor den Augen der Mädchen küsste sie ihn, was bei ihnen haltloses Gekicher auslöste.

»Wir wollen Eis«, sagte Liebermann, als er wieder atmen konnte.

»Eis«, echoten Zyra und Miri.

»Ich hab keins da.«

»Dann bestellen wir uns welches.«

Nico überlegte. »Hm. Ich packe gerade Bilder für die Ausstellung zusammen. Danach wollte ich sowieso zu Jürgen. Hilfst du mir?«

Im Wohnzimmer fand Liebermann etwa zehn große gerahmte Fotografien nebeneinander auf dem Boden vor. Er erspähte Reiner den Straßensänger in befremdlichem Glitzerfummel, die Lippen um ein altertümliches Mikrophon geschmiegt, Nils als Hamlet und daneben einen Indianer mit Federkrone und allem Drum und Dran, der düster ins Nichts starrte. Nico grinste, als Liebermann sie fragte, was sie Jürgen dafür bezahlt hatte, ihn so ablichten zu dürfen. »Er hätte mich dafür beinahe zur Teilhaberin seiner Bar gemacht! Kannst du die überflüssigen Rahmen in die Speisekammer stellen? Die Tür neben der Spüle in der Küche.«

Als Liebermann die Tür zur Speisekammer öffnete, fiel ihm von oben ein Schlittschuh entgegen und zertrümmerte beinahe seinen Schädel. Der Raum verdiente den Namen Speisekammer schon längst nicht mehr. Vielmehr war er ein kompaktes Konglomerat aus ineinander verzahnten Gegenständen, das von den Wänden nur aus Gründen des Sichtschutzes umschlossen wurde. Ein Zahnstocher hätte hier vermutlich noch Platz gefunden, nicht aber ein Paket von der Größe einer Tischplatte.

Unter Lebensgefahr machte Liebermann sich daran, ein Schaukelpferd aus der Umarmung einer Matratze und eines Scheinwerfers zu befreien, wobei er einen Regen von leeren Aktenordnern auslöste. Er stellte das Schaukelpferd vorläufig in der Küche ab, wo es sogleich von den Mädchen okkupiert wurde, dann schob er die Rahmen in die gewonnene Lücke. Als er sie halb drinnen hatte, hakten sie fest. Liebermann ruckelte und schob, aber es half nichts. Er zog den Tisch wieder heraus und kroch in die schmale Passage, um nachzusehen, was sich ihm da in den Weg gelegt hatte. Einen halben Meter hinter der Tür traf er auf einen alten Spiegel, der beim Entfernen des Schaukelpferds dorthin gerutscht sein musste. Liebermann lehnte ihn gegen die Matratze zu seiner Rechten und kroch zurück.

Nächster Versuch. Die Rahmen bewegten sich locker bis zur selben Stelle wie vorher. Als Liebermann versuchte, sie am nunmehr aufrecht stehenden Spiegel vorbeizuleiten, kippte er um.

Hinter ihm kicherten die Mädchen. Und zu allem Übel

fühlte Liebermann, wie sich die Kralle in sein Rückenmark bohrte.

»Geht's?«, rief Nico aus dem Flur.

»Kein Problem.«

Mit einem Ruck zog Liebermann die Rahmen wieder aus der Kammer, vernahm das Geräusch reißenden Stoffes, was ihm egal war, und kroch abermals in den Spalt. Diesmal nahm er den Spiegel mit hinaus. Er konnte ihn später neben die Rahmen schieben.

Die beste Idee, die er je gehabt hatte, dachte er, als das vermaledeite Paket bis zum Anschlag mit dem Gerümpel der Kammer verschmolz. Liebermann klopfte seine staubigen Jeans ab und wollte zurück ins Wohnzimmer gehen, als sein Blick auf den Spiegel fiel, der noch immer am Kühlschrank lehnte. Seufzend nahm er ihn mit zu Nico hinüber.

»Was ist damit?«

»Er ist blind. Und er passt nicht mehr in die Kammer.«

»Er ist von meiner Oma.«

»Er ist trotzdem blind. Ein blinder Spiegel bringt Unglück.«

»Sagt wer?«

»Kommissarin Allhorn.« Er merkte es im selben Augenblick, als Nico die Brauen hochzog. »Eine ... der Ermittlerinnen meines Autors.«

Er wagte es nicht, Nico länger anzusehen. Warum nicht jetzt: *Hallo, ich bin von der Polizei*. Sie würde ihn deshalb nicht aus der Wohnung jagen.

Als er den Mund öffnete, sagte Nico: »Na schön. Dann verfrachten wir ihn bis zum nächsten Sperrmüll in den Keller.«

Während sie die deckengeschützten Bilder im Kofferraum ihres Hebammenautos verstaute, folgte Liebermann Zyra in den Keller. »Es tut mir leid«, sagte er. »Das mit Bismarck.«

Zyra lächelte ihn an, und Liebermann wurde gewahr, dass

er gerade zum zweiten Mal an diesem Tag und überhaupt in seinem Leben jemandem wegen einer Katze kondolierte.

»Nils sagt, dass sein Körper müde war. Deshalb ist Bismarck in eine andere Katze gegangen, eine kleine, vielleicht in eins von Majas Babys.«

Maja? Wer war schon wieder Maja. Aber Liebermann kam nicht dazu nachzufragen. »Eins, zwei, drei, vier«, zählte Zyra. Sie blieb stehen und schob eine angelehnte Tür auf. »Hier.« Dann ging sie wieder nach oben.

Im Vergleich zur Speisekammer war der Keller fast leer. Durch ein Fensterchen fiel ein wenig staubiges Licht auf zwei Fahrräder und ein Paar Skier. Links stand ein Schlitten mit einer Decke darauf.

Aber dahinter war Platz genug. Liebermann trug den Spiegel am Schlitten vorbei und lehnte ihn gegen die Wand. Dabei fiel sein Blick auf die Decke, die zusammengefaltet auf dem Schlitten ruhte. Unwillkürlich machte er einen Schritt rückwärts.

Es lag nicht am Keller. Die Temperatur hier glich der im Hausflur, lag vielleicht sogar noch ein wenig darüber. Es lag an dem Muster der Decke. Ein Strich/kein Strich. Und es war keine Decke, sondern eine Plane. Mit klammen Fingern faltete Liebermann sie auseinander und fahndete nach dem Dreiangel. Er saß, wo er ihn erwartete, etwas abseits der Mitte.

»Nachdenklich?«, fragte Nico, als er neben ihr ins Auto fiel.

Liebermann starrte durch die Windschutzscheibe auf den alten Bellin, der ein Stück den Bürgersteig hinauf seinen Besen schwang. Er stand wieder auf der Spitze des Ameisenhügels, und sein Zeh stieß direkt an einen Flügel des Mistkäfers. Als Ägypter der 3. Dynastie hätte er das wahrscheinlich für ein günstiges Zeichen gehalten. Aber sicher war er sich nicht. Immerhin war der Skarabäus tot. »Woher stammt die Plane in deinem Keller?«

Nico schlug den Lenker ein und gab Gas. »Welche Plane?«

»Die Armeeplane! Auf dem Schlitten!« Das Auto machte einen Satz nach vorn, verschluckte sich und schwieg. Auf dem Rücksitz verstummte das Geschnatter der Mädchen. Nico wandte sich ihm zu.

»Ich bin nicht schwerhörig, Liebermann. Und ich weiß nicht, wovon du redest.«

Ihre Augen waren dunkel geworden. Aber Liebermann bemerkte es kaum.

»Erinnerst du dich an die Frau, von der du sagtest, dass du sie früher schon hier im Viertel gesehen hättest?«

»Du meinst, deine rothaarige Schönheit?«

»Exakt. Wir trafen uns, nachdem sie ihr Cabrio unter meinem Balkon geparkt hatte. Dort stand es mit geöffnetem Verdeck, den ganzen Abend. Es fing an zu regnen. Also bin ich gegen elf noch mal auf die Straße gegangen, um es abzudecken. Rate mal, womit!«

Nico antwortete nicht. Sie sah auf die im Nachmittagslicht matt schimmernde Straße.

Es war Zyra, die, vermutlich in der Annahme, es handle sich um ein Ratespiel, antwortete: »Mit der Plane.«

»Richtig«, sagte Liebermann. »Und einer alten Bootshaut. Am nächsten Morgen war das Cabrio verschwunden. Ich dachte, sie hätte Plane und Bootshaut mitgenommen. Stell dir also mein Erstaunen vor, als ich die Plane wiederfinde. In deinem Keller.« Er presste die Lippen zusammen, bis sie ihm weh taten.

Nico sah ihn noch immer nicht an, aber sie schüttelte den Kopf. »Man könnte meinen, du wärst ein Bulle.«

»Wäre es so«, sagte Liebermann, »was würde ein Bulle daraus schließen?«

»Dass sie die Sachen an den Straßenrand geworfen und jemand anderes die Plane später aufgesammelt hat, zum Beispiel ich. Oder aber, jemand anderes hat das Cabrio weggefahren und die Plane behalten. Vermutlich ich.« Die Farbe war in Nicos Wangen zurückgekehrt. »Ich soll also ein fremdes Cabrio weggefahren haben oder Planen sammeln? Kannst du mir vielleicht erklären, wozu?«

Liebermann fühlte sich von den Wendungen, die dieser Donnerstag ständig nahm, leicht überfordert. Hinten flüsterten die Mädchen.

»Du musst zugeben, dass deine Schlussfolgerungen, und ich betone, dass es deine waren, in sich logisch sind. Entschuldige, dass ich dich angebrüllt habe. Ich habe mich die ganze Zeit gefragt, was sie wohl mit meiner Plane gemacht hat.«

»Du denkst immer noch an sie«, stellte Nico fest.

»Nun, um sie nach einer knappen Woche vergessen zu haben, müsste ich unter Alzheimer leiden.« Liebermann nahm Nicos Gesicht und drehte es zu sich. Er fand ihre sonst so glatte Stirn von einer senkrechten Falte in zwei Hälften geteilt. »Ich denke an sie, aber nicht mehr *so*.«

»Und ich weiß nicht, wie die Plane in meinen Keller kommt«, sagte Nico. »Wenn du sie haben willst, nimm sie dir einfach.« Sie ließ den Motor wieder an und fuhr los.

Der Ausflug in die Eiskarte des Katinkas wurde zu einer, im wahrsten Sinne des Wortes, kühlen Angelegenheit. Und das, obwohl Jürgen sie einlud und jedes Mal, wenn er vorbeikam, auf ihren Tisch klopfte.

Während sie sich durch Schollen aus Sahne, Eis und Sorbet löffelten, riss sich Liebermann alle paar Minuten aus verworrenen Gedanken. Sein Blick traf Nico, und er merkte, dass sie ebenfalls weit weg war. Nur die Mädchen hatten wie immer und überall ihren Spaß.

Als er seinen Becher halb geleert hatte, begann Liebermann sich dafür zu hassen, dass er den blinden Spiegel nicht mehr in der Kammer unterbekommen hatte. Er sagte es Nico. Sie lächelte und ging ihm gleich darauf wieder verloren.

Erst als Nils über das Kopfsteinpflaster der Ossietzkystraße auf das Katinka zugerattert kam, schraken sie auf. Der Anhänger sprang wie ein übermütiger Esel hinter ihm her.

Auch er klopfte auf den Tisch. »Ich geh gleich wieder«, sagte er in Liebermanns Richtung. »Nur ein Hallo.«

»Hallo«, sagte Nico. »Gut, dass du kommst. Einer meiner Fenstergriffe im Schlafzimmer ist abgebrochen.«

Liebermann fragte sich, wann das wohl passiert war. Am Morgen waren noch alle dran gewesen. Nils grinste schief. »Für Schäden, die durch unsachgemäße Behandlung der Mieter entstanden sind, bin ich nicht zuständig. Dafür gibt es Handwerker.«

Liebermann räusperte sich. »Ich könnte mir das Fenster ...«

»Was verlangst du als Handwerker für die Reparatur eines Fenstergriffs?«

Nils' Grinsen wurde symmetrisch. »Ich müsste ihn mir ansehen.«

»Mehr will ich auch gar nicht. Heute Abend?«

Umständlich zog Nils einen Terminkalender hervor. »Jupp«, sagte er, zwinkerte den Mädchen zu und verschwand mit federndem Schritt hinter der Bar.

Mit Liebermanns Appetit war es endgültig vorbei. »Klär mich auf!«

»Worüber?«

»Nils und dich.«

»Nils ist unser Freund«, sagte Zyra und stieß Miri an, die mit vollem Mund »Freund« murmelte.

»Da hast du's«, sagte Nico.

»Mehr nicht?«

Sie rammte den Löffel bis zum Anschlag in ihren Eisbecher, schob ihn von sich und kniff die Augen zusammen. »Was soll das? Gib mir einen Grund, warum ich dir über Nils und mich Rechenschaft schulde!«

»Klarheit«, sagte Liebermann.

»Klarheit?« Nicos Locken bewegten sich leise, als sie den Kopf schüttelte. »Es war wunderschön. Mach es nicht kaputt, indem du dich wie ein peinlicher Ehemann aufführst.«

Sachlich die Verabschiedung eine halbe Stunde später.

»Denk an die Generalprobe morgen!«

»Ja.« Die Tür vom Aufgang neben Nicos öffnete sich, und ein Mann trat heraus, in dem Liebermann mit einiger Mühe den Straßensänger aus Tante Lehmanns Laden erkannte. Auf dem Rücken trug Reiner seine Gitarre. »Liedchen gefällig?«

Nico sah zur Seite. »Heute nicht.«

»Dann morgen«, trällerte Reiner. »Umsonst für euch Turteltäubchen, denn vor euch steht ein neuer Mensch. Hinter der Tür dort lebt ein Mitglied meiner neuen Band. Ich schreibe mich sogar neu. Mit ›y‹.«

»Das ist schön«, sagte Nico, und Liebermann murmelte: »Freut mich«, wobei er bedauerte, dass ein einmal weggesoffener Verstand nie wiederkehrte.

Nicos Lippen huschten über seine Wange. »Mach's gut.«

»Du auch.«

Die Wanne stand an ihrem Platz, als Serrano in den Hof kam. Gut. Aber sie hatten sogar die Blumen und die Erde beseitigt. Für einen Unwissenden sah der Hof aus wie immer.

Serrano hatte sich nur vergewissern wollen. Den Rest würden sie dort erledigen, wo der Fremde Aurelia hingebracht hatte. Er würde es ihm irgendwie mitteilen. Er würde es irgendwie verstehen. Und vielleicht auch irgendwann das Warum.

Serrano verließ den Hof in der Absicht, nicht wiederzukommen. Bismarck war tot, Aurelia war tot, um ihn herum starb es sich und wurde geboren, wie je. Nur dass es ihn bisher nie gekümmert hatte. Hör auf zu jammern!

»Wenn du nicht mehr fauchen kannst, mach wenigstens

einen Buckel«, hatte Bismarck in seiner Jugend mal zu ihm gesagt. Was ungefähr so viel bedeutete wie: Auch ein verwundeter Offizier kann seinen Dienst noch versehen.

Eingedenk des Rates des Alten, krümmte Serrano den Rücken. Dann machte er sich auf den Weg. Wie von selbst schlugen seine Beine die Richtung der alten Imkerei am Park ein.

Streuner lag auf den Stufen seines Wagens und rollte etwas zwischen den Pfoten, das wie ein zerfledderter Zigarrenstummel aussah. Ab und zu warf er es in die Luft und fing es mit dem Maul. Bei einer dieser Gelegenheiten löste sich aus dem Stummel ein Bein. Serrano folgte dem Spiel eine Weile. Dann fragte er: »Was ist das?«

»Maulwurfsgrille. Wenn man sie zu behandeln weiß, fast so gut wie Schnecken. Aber die hier ist noch nicht mürbe.«

»Aha.«

»Ein Geschenk von Sven. Und, hast du was herausgepickt?«

»Ich glaube, ja.«

»Geht's dir jetzt besser? Maja meint, du wärst ziemlich fertig gewesen wegen der Sache mit Aurelia ... He, alles in Ordnung?«

»Was?«

»Alles in Ordnung?«

»Ja.« Serrano wartete, bis sein Fell sich wieder gelegt hatte. »Ich habe eine Frage.«

»Schieß los!« Streuner legte die Maulwurfsgrille vor sich aufs Holz und betrachtete sie. »Die ist hinüber, oder?«

»Sieht so aus.«

Mit zwei raschen Bewegungen riss Streuner der Grille die Flügel aus. Sie zuckte. Streuner biss ihr den Kopf ab, und sie hörte auf.

»Du hast gesagt, dass du am Freitagabend, vor deiner Fahrt mit dem Vierrädrigen, durchs Viertel gelaufen bist«, sagte Serrano.

»Erinnere mich bloß nicht daran!«

»Aber du, erinnere du dich. Besonders an den Block von Maja und … Aurelia. Ich suche eine Frau.«

»Ein Weibchen?«

»Nein, eine Frau. Ziegelrotes Kopffell und ein Gang wie ein Storch. Ich füge noch hinzu, dass sie ziemlich spitze Schuhe hatte. Ich hab sie zu spüren bekommen.«

»Du suchst einen Menschen?«, fragte Streuner so baff, dass er vergaß, seine Grille weiter auseinanderzupflücken.

»So ist es. Und frag mich nicht, warum!«

Streuners Blick blieb skeptisch. »Du wirst deine Gründe haben, nehme ich an.«

Serrano verzog nur das Maul.

»Sagst du es mir später?«

»Vielleicht. Kommt drauf an, was dir einfällt.«

»Hm, mal sehen«, meinte Streuner gedehnt. »Viel passiert seitdem. Aber das mit dem Kopffell könnte hinkommen.«

»Rot.«

»Schon klar, schon klar … Storch, weiß ich nicht, aber Schuhe und Kopffell, ja.«

»Wo?«

»Als ich von Maja kam. Sie hat mich nicht reingelassen, weil sie gerade dabei war …«

»Lass das aus!«

»Willst du die Geschichte nun hören oder nicht!«

»Nein. Ich will wissen, wo du die Frau getroffen hast. Also, vor dem Laden?«

»Hm.«

»In welche Richtung war sie unterwegs?«

»Keine Ahnung«, sagte Streuner verwirrt.

»Mach die Augen zu und guck!«, befahl Serrano. »Und dann sag mir, in welche Richtung ihr Kopffell gezeigt hat.«

Streuner sah traurig auf seine Delikatesse.

»Augen zu!«

Seufzend schloss Streuner die Augen. Er schwieg eine ganze Weile.

»Zur Straße«, sagte er endlich.

Serrano atmete auf. »Gut.«

»Also war sie unterwegs zu Aurelia?«, fragte Streuner gespannt.

»Zumindest in ihre Richtung.«

Fragen. Liebermann hielt sie in einem kleinen Kästchen in seinem Kopf gefangen, bis er das Licht in Miris Zimmer gelöscht hatte. Dann hängte er einen neuen Zettel an die Pinnwand und ging auf den Balkon.

Gegenüber stand eine zierliche Frau, die sich wie er die Abendzigarette anzündete. Anders als er ließ Nico ihr brennendes Streichholz durch die Luft segeln, bis es in den Baumkronen verglomm.

»Was machst du gerade?«, rief sie herüber.

»Lesen.«

»Weißt du schon, wer der Mörder ist?«

»Noch nicht. Was macht dein Fenster?«

Vielleicht hatte sie ihn nicht gehört.

»Wenn's so weit ist, sag mir Bescheid!«, rief sie und verschwand in ihrer Wohnung. Sie konnte kaum drei Züge genommen haben.

Liebermann behielt ihr Wohnzimmer im Auge, bis er aufgeraucht hatte, dann kehrte er in sein eigenes zurück, schmiss sich auf den Drehstuhl am Schreibtisch und stieß sich mit der Fußspitze ab. Viermal kam er an der Pinnwand vorbei, ehe der Stuhl stehen blieb. Liebermann stand auf, um nach den Biervorräten in der Küche zu sehen. Es gab keine.

Als er sich missmutig ein Glas Milch eingoss, fielen ihm Theklas Weinvorräte im Keller ein. Auf der Stelle beförderte er die Milch in den Kühlschrank. Thekla würde es überleben, wenn er eine der Flaschen später durch eine neue ersetzte.

Als er unten ankam, stellte er fest, dass er nach seinem letzten Kellerbesuch vergessen hatte abzuschließen. Umso besser. Er drückte die Tür auf und tastete nach dem Lichtschalter. Wenn er sich richtig erinnerte, lagen die Flaschen im letzten Regal rechts.

Ja, da waren sie. Liebermann griff nach der erstbesten, stand auf und ließ sie fallen. Sie traf zum Glück erst seine Füße, bevor sie über den Betonboden zu der morschen, aber säuberlich zusammengelegten Faltboothaut unter dem Fenster rollte.

Als er zitternd wieder oben anlangte, hockte Serrano vor seiner Tür. Ohne sich groß zu wundern, ließ Liebermann ihn ein und stürzte in die Küche, um einen Korkenzieher zu suchen.

Serrano durchstreifte derweil immer an der Wand entlang die Wohnung, mit Ausnahme von Miris Zimmer. Zuletzt schloss er sich Liebermann auf dem Weg zum Balkon an.

»Dort drüben wohnt sie«, sagte Liebermann und zeigte ihm die roten Vorhänge.

»Und da unten habe ich die andere getroffen. *Meine* Aurelia.« Serrano, der gerade die Balkonkästen inspizierte, blieb stehen, und wiederum fragte Liebermann sich, ob der Kater vielleicht doch mehr verstand, als er ahnte. Was morgen, wenn der Bericht der Gerichtsmedizinerin eintraf, einiges erleichtern würde. Er steckte sich eine Zigarette an. Als er den ersten Rauch ausstieß, wandte Serrano sich ab und knurrte.

»Du vermisst deinen Alten, was?«, sagte Liebermann und zog sich den Korbsessel heran. »Du vermisst sie beide. Geht mir genauso.«

Serrano wandte ihm das Hinterteil zu, was Liebermann, nach allem, was er für ihn getan hatte, ein wenig unhöflich fand.

»Aber im Vergleich zu mir geht es dir gut«, sagte er deshalb. »Deine Goldene ist zwar tot, doch du hast sie wenigstens gefunden. Ich die meine nicht. Und die andere hat sich zurückgezogen. Du hast bald ein Grab, an dem du trauern kannst, und morgen kann ich dir sogar sagen, woran sie gestorben ist. Ich dagegen habe nur einen Ameisenhaufen. Komm mit!«

Er drückte die Zigarette aus und ging ins Wohnzimmer. Endlich bewegte sich Serrano.

Liebermann zeigte trübe auf die Pinnwand. »Hier«, sagte er. »Eine Plane, die zusammen mit einem Faltboot auf dem Auto meiner Goldenen lag. Jetzt liegt sie im Keller eines Mädchens, das ich liebe. Und das Faltboot in meinem eigenen. Kannst du mir das erklären?« Während Serrano sich die Pfoten putzte, fiel Liebermann ein, dass er Nils am Sonnabendmorgen aus Nicos Haus hatte kommen sehen. Vermutlich war er auch irgendwann hineingegangen. Nachdem er die Plane vor Liebermanns Haus gefunden hatte? Und statt sie mit hinauf in Nicos Wohnung zu schleppen, hatte er sie in ihrem Keller zwischengelagert und dann vergessen? Blieb das Boot. Und noch etwas. Etwas, das ihm während des Streitgesprächs mit Nico wegen der Plane aufgestoßen war. Irgendetwas, das sie gesagt hatte, hatte einen Gedanken skizziert. Er würde wiederkommen, die Frage war nur, wann.

Auf dem Tisch blinkte sein Handy. Jemand hatte während seines Besuchs im Keller versucht, ihn zu erreichen. Lustlos schaltete Liebermann die Mailbox ein und stellte den Lautsprecher ein, damit Serrano mithören konnte.

Uwe hatte den alten Olbinghaus angerufen und teilte mit, dass jener den Mittwochabend zu Hause zugebracht hätte.

Der zweite Anruf kam von Arnie. Serrano sprang auf, als Liebermann aus seiner zurückgelehnten Stellung nach vorn schnappte, um besser zu verstehen.

»Wegen der Fotos«, brummte Arnie. »Die taugen nichts. Vom Dunklen ins Helle fotografiert, ich würde sagen, von draußen, wegen des Drecks auf den Bildern. Die kommen von der Scheibe. Hab sie dir gemailt, kannst es selbst sehen. Tschüs.«

Liebermann schaltete das Handy aus und versank in Grübelei.

Vor Jahren hatte er sich von Thekla in die Ausstellung eines amerikanischen Künstlers schleppen lassen, der dadurch bekannt geworden war, dass er ausschließlich durch verschmierte Schaufenster fotografierte. Eiferte Nico ihm nach? Er ließ den Computer hochfahren. Vom Sofa her beobachtete ihn der Kater.

Arnie hatte die Schlieren eingekreist. Es waren keine Staubflocken. Er ging alle Bilder noch einmal durch. Serrano tänzelte lautlos heran. Als er den Schreibtisch erreichte, stellte er plötzlich den Schwanz auf.

»Die hier kennst du, was?«, sagte Liebermann ruhig. »Die wohnen im Haus deiner Liebsten. Aber ich bezweifle, dass sie Katzen umbringen.«

Er nahm einen Stift und notierte sich eine Frage an Nico auf seinem vorletzten Post-it-Zettel. Den letzten widmete er dem neuen Malbuch von Vincent, Ralphs Sohn. Dann legte er die Hände in den Schoß. Langsam erschien ihm das Viertel, das ihn so wohlwollend aufgenommen hatte, wie eine Sphinx, die nur diejenigen passieren ließ, die in der Lage waren, ihr Rätsel zu lösen.

So wie auch der Fall Olbinghaus eine Sphinx war. Die eine wie die andere schien es darauf angelegt zu haben, ihn am Weitergehen zu hindern. Na gut. Er würde ihnen zeigen, mit wem sie es zu tun hatten! Entschlossen griff Liebermann nach der Weinflasche.

Freitag

Uwes Morgendepression war noch nicht verklungen, als Marion ihm einen Zettel auf den Tisch knallte. Er schob ihn weg. Sie rückte ihn wieder zurecht.

Endlich gab Uwe auf.

»Was ist das?«

»Das Liebesnest von Stefan Berlich. Ich habe einen Abend lang überlegt und einen Morgen lang telefoniert. Jetzt bist du dran.«

»Versuchen Sie nicht, mich zu beeindrucken, Mademoiselle!«

»Wozu sollte ich? Und nenn mich nicht Mademoiselle! Bring mir einen Döner mit.«

»Nein.«

»Du kommst an x Dönerbuden vorbei!«

»Aber an keiner, die sauberes Fleisch anbietet.«

»*Du* sollst ihn ja auch nicht essen!«, sagte Marion kalt.

Uwe kaufte ihr eine Falafel beim Libanesen um die Ecke. So weit kam es noch, dass er zweifelhaftes Fleisch kaufte, nur weil sie eine Adresse rausgekriegt hatte. Er gab die Falafel mit den besten Grüßen unten am Eingang ab.

»Für mich?«, fragte der Portier.

»Nein. Lassen Sie sie mit der Post hochgehen. Marion Allhorn.« Für alle Fälle schrieb er ihren Namen auf die Metallfolie.

Er brauchte eine Stunde, um nach Potsdam zu kommen, und noch einmal eine halbe, bis er völlig verschwitzt vor Berlichs »Büro« aus dem Auto kletterte. Zwei Fahrbahnverengungen, drei Umleitungen, ein Wasserrohrbruch am Vormittag. Er war davon überzeugt, dass man es ihm mit Absicht schwermachte. Aber es hatte sich gelohnt. Uwe strich sich beeindruckt eine klebrige Strähne aus der Stirn. Der Bungalow, der zu der Hausnummer auf Marions Zettel gehörte, befand sich kaum zwanzig Meter vom Ufer der Havel entfernt. Zwischen Schilfbüscheln hindurch sah Uwe glasgrünes Wasser, Enten, in der Ferne eine Brücke. Auf der anderen Seite des Weges stand die in Charlotte Olbinghaus' Tagebuch erwähnte Magnolie.

Die Pforte war mehr symbolisch verschlossen. Uwe überstieg sie mühelos, nachdem er sich der Abwesenheit jeglichen Publikums vergewissert hatte, und schritt über einen Weg aus Natursteinplatten auf das Häuschen zu. Natürlich hatte er nicht erwartet, es ebenfalls offen vorzufinden. Aber ein Sicherheitsschloss nun auch wieder nicht. Er umrundete das Haus, um sich die Fenster anzusehen. Alles zu, und überall heruntergelassene Jalousien. Enttäuscht gelangte er wieder zur Tür.

Der Bungalow war an Berlich nur untervermietet. Glück für sie, dass er ihn trotzdem als Nebenwohnung angemeldet hatte, vermutlich aus Steuergründen.

Pech dagegen, dass die Vermieterin beide vorhandenen Schlüssel an Berlich abgetreten hatte. Falls einen davon Charlotte Olbinghaus besaß, war er mit ihr verschwunden. Berlichs eigener befand sich vermutlich irgendwo im Haus seiner Witwe. Marion hatte sich eine Liste der Gegenstände schicken lassen, die der Tote bei sich getragen hatte. Ein Schlüssel war nicht dabei gewesen. Gar keiner, was Uwe ein wenig merkwürdig fand. Er holte seine Thermoskanne und sprach dem Inhalt, auf einem Findling vor Berlichs Grundstück sitzend, zu, während die Möwen sich über der Havel anschrien. Es gab sie also tatsächlich.

Tja. Hatte schon was, so ein Haus am Fluss. Zumindest am Tag. Abends würden hier Heerscharen von Mücken einfallen und alles aussaugen, was sich Warmblüter nannte. Uwe trank seinen Kaffee aus, dankte Gott für seine Reihenhaushälfte und beschloss schweren Herzens, Susanne Berlich einen Besuch abzustatten.

Während ihr Kollege sein Auto wiederum durch die Baustellen von Potsdam-West schleuste, arbeitete sich Marion zum zweiten Mal durch das Tagebuch von Charlotte Olbinghaus. Schreiben konnte sie, keine Frage. Auch wenn der Stil zu wünschen übrigließ. Das Bild, das Marion dadurch von Stefan Berlich bekam, vertrug sich nur schlecht mit dem des liebenden Familienvaters und charmanten Gastgebers, den sie kennengelernt hatte. Laut Olbinghaus glich Berlich eher einem sexuellen Jekyll. Nun ja, *ihr* hatte es gefallen. Trotzdem hatte sie am Ende angekündigt, ihn zu töten. Und nun war Stefan Berlich tot, und Charlotte Olbinghaus trieb sich noch immer irgendwo im Ungewissen herum.

Nixen, dachte Marion dumpf. Tauchten auf, angelten sich einen Mann und rissen ihn mit sich in die Tiefe. Sie verglich eben ihre Erinnerung von der Frau unter den Apfelbäumen mit dem Foto von Charlotte Olbinghaus, als das Telefon schrillte.

Es verging eine Weile, ehe sie in der gutgelaunten Frau am anderen Ende die Pathologin vom Vortag wiedererkannte.

»Der Bericht wird noch eine Weile brauchen. Deshalb dachte ich, ich rufe Sie an.«

»Danke«, sagte Marion. Die Pathologin schien ihr unter bedenklichen Stimmungsschwankungen zu leiden. Aber besser so, als angeschnauzt zu werden.

»Also: Unser Mann hat noch zu Abend gegessen. In seinem Magen befand sich eine exzellente Portion ungarisches Gulasch. Gut gewürzt, weder zu viel noch zu wenig Paprika. Dazu Kartoffelklöße und grüner Salat. Das alles eingebunden in einen Jahrgangswein. Rotwein, edler Tropfen, drei Gläser.« Sie seufzte.

»Ich überlege seit Jahren, ob ich nicht ein Rezeptbuch schreiben sollte, nach dem, was sich mir manchmal so darbietet. ›Pathologische Pasteten‹. Was halten Sie davon?«

Marion schnappte nach Luft.

»Erst wenn ich in Rente bin, natürlich. Vorher kommt man ja zu nichts. Schade jedenfalls um das gute Essen, denn mein Patient – haha, ich nenne sie Patienten, immerhin erhalten sie durch mich die vermutlich genaueste Diagnose ihres Lebens, oder Ablebens. Wie auch immer: Mein Patient konnte sein Gulasch nicht ordentlich verdauen, was es wirklich verdient hätte. Hat sich den Kopf geprellt und das Rückgrat gebrochen. Die Hämatome an seinen Armen sind älteren Datums.«

»So weit waren wir schon einmal«, wagte Marion zu sagen.

»Aber erst jetzt ist es bestätigt. Wenn wir unsere Leichen nach dem ersten Blick beurteilen wollten, wären wir wieder auf dem Stand von 1912, nicht wahr? Also: Wir haben eine Tetraplegie durch eine Verletzung zwischen dem 5. und 6. Wirbel. Üble Sache. Der Mann wäre für den Rest seines Lebens an den Rollstuhl gefesselt gewesen. Querschnittslähmung bis zum Hals, eine Ganzkörperklammer, um mit Harry Potter zu sprechen.«

Marion wartete, bis sie ausgelacht hatte. Dann sagte sie vorsichtig: »Aber als dieser Barbesitzer ihn gefunden hat, war Stefan Berlich nicht querschnittsgelähmt. Er war tot.«

Die Pathologin räusperte sich. »Ja. Das liegt daran, dass es schwierig ist, in einem Sandhaufen zu überleben, wenn man sich nicht bewegen kann.«

Marion kostete behutsam von der Neuigkeit. »Er ist nicht an dem Sturz gestorben?«

»Himmel, nein. Er ist erstickt.«

»Und – wie erklären Sie sich das?«

»Mal sehen. Im Grunde gibt es da ja nur zwei Möglichkeiten. Entweder er ist verschüttet worden, oder jemand hat ihn eingegraben. Da wir uns nicht in einem Lawinengebiet befinden, würde ich Letzteres annehmen. Den Rest, wie gesagt, später. Und was die Katze angeht –«

Marions Beherrschung ging flöten. »Katze?!«

»Diese *Zeugin*, die ihr verschrobener Chef mir kurz vor Dienstschluss noch auf den Tisch gelegt hat. Ist er da?«

»Nein. Er … ist krankgeschrieben.«

»Und da schleppt er tote Zeugen in der Weltgeschichte herum? Na, muss ja jeder selbst wissen, womit er sich in seiner Freizeit beschäftigt. Richten Sie ihm aus, dass in dem Brustkorb der Katze kaum eine Rippe mehr dort ist, wo sie hingehört. Lunge mehrfach perforiert. Rückgrat gebrochen, wie bei unserem Mann. Etwas oder jemand hat aus ihr eine Briefmarke gemacht. Vielleicht ein Auto, aber dann eins, das schleunigst neue Räder benötigt, denn sie haben nicht die Spur eines Profils. Eher würde ich sagen, dass der Daumen Gottes aus den Wolken zur Erde gefahren ist und sie einfach zerdrückt hat. Und das nächste Mal soll er sich an die Berliner wenden, die verstehen ihr Handwerk ebenso gut wie ich.«

»Aber …«

»Mir egal, wenn er dafür eine Stunde mit einer Leiche im Auto verbringen muss. Wovon soll die Katze überhaupt Zeuge gewesen sein?«

»Weiß ich auch nicht.«

»Na dann, Glückwunsch zu so einem Chef.«

Noch Minuten nach dem Gespräch saß Marion wie versteinert auf ihrem Drehschemel. Liebermann war verrückt geworden. Sie rief Uwe an, um es ihm zu sagen.

»Eine Katze?«

»Eine Katze.«

Uwe machte eine Pause »Vielleicht die von seiner Exfrau, bei der er gerade wohnt.«

»Hat die eine?«

»Na, jetzt wohl nicht mehr. Und er fühlt sich schuldig. Moment!«

Zwischen zwei Möbelwagen entdeckte Uwe eine Lücke. Ehe ihm jemand zuvorkam, preschte er hinein. Der linke hintere Kotflügel schrammte über die Bordsteinkante. Uwe grinste dem Fahrer eines vorbeikrauchenden Smarts zu, dann meldete er sich zurück.

»Am besten fragst du ihn selbst danach«, schlug er vor. »Aber verstehe ich richtig, dass jemand Berlich lebendig beerdigt hat?«

»Sieht so aus. Nach der Lektüre ihres Tagebuches tippe ich auf die Olbinghaus.«

»Du meinst, die haben sich gegenseitig umgebracht?«

»*Ihr* Tod ist bislang nur eine Hypothese von Liebermann«, erinnerte Marion. »Und der ist im Moment nicht zu gebrauchen. Ich finde, wir sollten uns eine Probe – warte kurz. Bleib dran!«

Als sie vier Minuten später wieder anrief, war sie völlig aufgelöst. »Mist, hör zu: Unter den Fingernägeln trägt Stefan Berlich Reste von Lavendelseife, und die Haare, die sie auf seiner Jacke gefunden haben, sind teils braun und stammen vermutlich von seiner Frau, teils aber sind sie rot.«

»Alle Achtung!«, sagte Uwe ehrlich. »Vielleicht hast du recht mit der Olbinghaus.«

»Nein. Ich liege voll daneben. Denn die Haare der Olbinghaus sind gefärbt. Das, was auf Berlichs Schulter geklebt hat, nicht.«

»Echt rot?«

»Ja. Und mir kommt da gerade eine Idee. Warst du schon in Stefan Berlichs Büro?«

»Noch nicht«, murrte Uwe und wich einer Katze aus.

Er wünschte, es gäbe sieben Kondolenztage, in denen die Hinterbliebenen unantastbar waren für alle, deren Nähe sie nicht ausdrücklich erbaten. Aber es war damals schon nicht nach seinen Wünschen gegangen, als sein Vater gestorben war, und es würde vermutlich nie danach gehen. Uwe klingelte und straffte sich, als sich bald darauf die Tür des berankten Hauses öffnete.

Der Anblick der Witwe überraschte ihn. Natürlich hatte sich der fehlende Schlaf in den sanften Tälern um ihre Augen eingenistet. Natürlich hatte sie geweint.

Aber sonst traf Uwe oft auf eine leichte Schlampigkeit bei trauernden Angehörigen. Der Verlust und die fremden Beschäftigungen, die mit diesem einhergingen, nahmen sie so vollkommen in Anspruch, dass für den eigenen Körper keine Zeit mehr blieb. Die Witwe Berlich hatte sie sich genommen. Ihre Haare glänzten frisch gewaschen, sie war geschminkt und trug einen enganliegenden hellbraunen Hosenanzug. Sie versperrte ihm das Tor, bis er seinen Dienstausweis gezückt und den Grund seines Kommens erläutert hatte.

Als Uwe den Schlüssel erwähnte, schoss Susanne Berlich endlich das Wasser in die Augen. Sie wandte sich ab, während ihre ausgestreckte Hand ihm den Weg ins Haus wies. Uwe stakste durch einen ziemlich quadratischen Flur in ein Zimmer, das einem Ballett als Tanzsaal gereicht hätte und an einer Seite in ein wandhohes Gartenfenster auslief. Damit hatte er nicht gerechnet. Von außen hatte das Gebäude einen eher biederen Eindruck gemacht. In der Nähe des Fensters stand ein wuchtiger Tisch, der nach poliertem Schwemmholz aussah, gegenüber an der Wand lud ein Sofa aus weißem Leder zum Sitzen ein, flankiert von zwei passenden Sesseln. Uwe steuerte darauf zu, überprüfte seine Hose auf Schmutzreste und setzte sich.

Frau Berlichs Augen waren wieder trocken, ihre Stimme klar, als sie sagte:

»Stefans Sachen sind oben, ich hole Ihnen den Schlüssel. Möchten Sie einen Kaffe, solange Sie warten?« Und als Uwe zögerte, weil er sich nichts sehnlicher wünschte als einen Kaffee, die Trauernde aber nicht über Gebühr beanspruchen wollte, lächelte sie. »Er ist schon fertig.«

Eine Minute darauf hielt er eine Tasse in der Hand. »Ich hoffe, ich finde ihn gleich«, sagte sie.

Obwohl die Umstände vielleicht nicht ganz dazu einluden, lehnte Uwe sich behaglich zurück. Susanne Berlichs Kaffee breitete sich wie eine gute Neuigkeit über seine Geschmackszellen aus. Und alles ohne das kleinste saure Stechen, die winzigste bittere Nuance oder den kaum merklichen Teerbelag, der sich manchmal am Gaumen ablagerte. Dieser Kaffee war jedes Opfer wert.

Er hob den Kopf, um sich die Rückstände in der Tasse bei Licht zu betrachten, als er merkte, dass sie bereits wieder in der Tür stand. Hastig stellte Uwe die Tasse auf einen Glaskubus neben dem Sofa, der hier den Platz eines Beistelltisches einnahm. Da er mit Büchern und Zeitschriften bedeckt war, platzierte er sie auf einem Kunstkatalog.

Sein Blick glitt flüchtig über den im Mittagslicht funkelnden goldenen Schriftzug »Lambert«. Hatte Liebermann nicht von einem Auktionshaus erzählt, dessen Katalog er in der Galerie des alten Olbinghaus durchgeblättert hatte, um – welch Überraschung! – auf zwei Bilder von Berlichs vorletztem Schützling Iljana Karuleit zu stoßen? Aus diesem hier ragten die Enden zweier schmaler Papierstreifen. Er nahm die Tasse auf und zog den Katalog hervor. Interessant!

»Ich habe mich schon gefragt, wozu der hier gehört«, sagte Susanne Berlich und kam durch den Raum zu ihm. An einem ihrer Finger klimperte ein Sicherheitsschlüssel, wie sie sie auch im Amt benutzten. Der Verlust eines solchen Schlüssels kostete ein halbes Monatsgehalt. Liebermann hatte bereits einige Gehälter auf diese Art verloren.

Abgesehen vom Schlüssel, fiel Uwe die Art auf, wie Susanne Berlich ging.

Sie hielt sich sehr aufrecht, und ihr Gesicht verriet Konzentration, aber ihre Schritte hatten nichts von ihrer sonstigen Anmut, und Uwe war sich sicher, dass jeder einzelne ihr Schmerzen bereitete. Oder Mühe, was fast auf dasselbe herauskam.

Sie legte den Schlüssel neben Uwes Kaffeetasse, die inzwischen vorübergehende Herberge auf einer Frauenzeitschrift gefunden hatte, und hockte sich artig in einen Sessel ihm gegenüber. Uwe, der sofort nach dem Schlüssel gegriffen hatte, räusperte sich.

»Das ist, ähm, ein ausgezeichneter Kaffee. Wo bekommt man den?«

Trotz ihrer Misere stahl sich ein amüsierter Funken in Susanne Berlichs Augen. »In Venezuela. Ein ehemaliger Schüler von mir schickt ihn uns immer. Wenn Sie möchten, fülle ich Ihnen etwas ab.«

Uwe versuchte sich an einem entrüsteten Gesichtsausdruck, der ihm nicht wirklich gelang, während Frau Berlich vorsichtig ein Bein über das andere schlug.

»Wissen Sie, woraus der teuerste Kaffee der Welt gemacht wird?«, fragte sie.

»Aus Kaffeebohnen, die schon einmal durch den Verdauungstrakt einer Katze gegangen sind.«

»Oh, ein Experte!« Sie lächelte traurig. »Sie behaupten also, dass dieser Schlüssel zu einer Wohnung gehört, die Stefan angemietet hat?«

»Nein, zu seinem Büro an der Havel.«

»Ich weiß von keinem Büro. Er hatte hier eins und eins in der Redaktion.«

Uwe schluckte. »Hat er nie erwähnt, ich meine, meine Kollegin sagte mir, dass er es sich zugelegt hat, als Sie krankgeschrieben wurden.«

»Aber das ergibt keinen Sinn!«, sagte sie erstaunt. »Er konnte doch trotzdem hier arbeiten. Und das hat er auch.«

Unbewusst griff Uwe nach seiner leeren Tasse. Wie er solche Situationen hasste.

»Meine Kollegin hat Ihnen sicher schon erzählt, dass Ihr Mann eine Romanze –«

»Dass mein Mann ein Verhältnis mit der Frau von diesem Galeristen gehabt haben soll, bevor sie sich davongemacht hat?«

Davongemacht drückte es ganz gut aus, fand Uwe. Ziemlich säuberlich davongemacht.

»Lächerlich!«

Sie weigerte sich, den Tatsachen ins Auge zu sehen. Das war normal. Aber es würde ihr auf Dauer nicht helfen, den Tod ihres Mannes zu verkraften. Den sie, dachte Uwe plötzlich, vielleicht auch nicht akzeptierte. Deshalb ihr tadelloser Aufzug. Susanne Berlich sah aus wie jemand, der sich auf ganz normale Weise den Tag vertrieb, ehe der Partner wie gewohnt von der Arbeit kam. Das machte seine Aufgabe nicht unbedingt leichter. Uwe schielte in seine Tasse, ehe er fortfuhr.

»Leider nicht. Aber vielleicht hilft es Ihnen zu wissen, dass Ihr Mann dieses Verhältnis nicht aus Gründen der Leidenschaft gepflegt hat, sondern um ein bestimmtes Ziel zu erreichen.«

Susanne Berlich saß sehr gerade in ihrem Sessel. Neben ihr kam Uwe sich klein vor.

»Hat es etwas mit der Galerie zu tun?«, fragte sie nach einer Weile. Uwe sah überrascht auf.

»Ja. Er wollte Herrn Olbinghaus über seine Frau dazu bewegen, einige der jungen Künstlerinnen, die er betreut hat, dort aufzunehmen.«

»Das hat er geschafft«, stellte sie fest.

»Schon. Aber er brauchte einen Ort, wo er die … Gegenleistungen für den Gefallen, den ihm Frau Olbinghaus getan hat, erbringen konnte. Deshalb, glauben wir, hat er sich die Wohnung genommen. Er hat sie vor ziemlich genau einem halben Jahr angemietet. Gar nicht weit von hier.«

Er konnte sehen, wie Susanne Berlich an der Flut von Informationen, die er über ihr ausschüttete, schluckte.

»Stefan hat immer viel gearbeitet. Aber ich konnte ihn jederzeit anrufen, wenn etwas war. Wenn ich ihn brauchte, war er sofort da.«

»Und Frau Olbinghaus haben Sie nie gesehen?«

»Doch, natürlich. Auf der Vernissage von Iljana Karuleit. Sehr bunt und knapp gekleidet für ihr Alter.« Sie verzog das Gesicht, vermutlich bei dem Gedanken daran, was ihr Mann aus der knappen Kleidung gepellt hatte.

»Ist sie Ihnen kürzlich noch einmal über den Weg gelaufen?«

»Was heißt kürzlich?«

»Nach Freitag vergangener Woche.«

Sie sah aus der Glaswand in den Garten und schüttelte den Kopf.

»Vor anderthalb Wochen«, sagte Uwe, »hat Ihr Mann sich nämlich von ihr getrennt. Und wie es aussieht, nicht in gegenseitigem Einvernehmen. Kurz danach ist Frau Olbinghaus verschwunden. Ist Ihnen nach dem 9. Mai irgendetwas an Ihrem Mann aufgefallen? Unruhe vielleicht, Gereiztheit, irgend so etwas?«

Er gab ihr Zeit. Aber sie brauchte nicht viel. »Er war immer mal ein wenig gereizt, wenn er Termindruck hatte oder etwas nicht so lief, wie er wollte. Ich verstehe die Frage nicht. Dass diese Henne ihn nicht freiwillig ziehen lassen hat, ist wohl verständlich, oder?«

Sie sah ihn trotzig an. »Stefan hat gerade eine Dozentenstelle in Hamburg angeboten bekommen. In der Redaktion war alles okay, soviel ich weiß, und er hat sich auf die nächste Ausstellung in der Olbinghaus-Galerie gefreut. Also nichts –« Sie brach ab. Uwe sah, dass sie blass wurde, so als würde ihr in diesem Augenblick klar, dass der Mann, über den sie redete, nie wieder von der Arbeit kommen würde. Ihr Aussetzer währte einige Sekunden, dann sagte sie: »Warum sollte er Ihrer Meinung nach unruhig gewesen sein? Nur wegen des Lamentos einer enttäuschten Frau?«

»Eines mit Racheplänen gespickten Lamentos«, verbesserte Uwe. »Frau Olbinghaus ist am Ende klargeworden, dass sie für Ihren Mann nur eine Aufgabe übernommen hat, milde ausgedrückt.«

»Aber Ihre Kollegin sagte, dass sie eine Woche vor dem – vor Stefans Unfall verschwunden ist. Was für eine Art Rache soll das denn –«

Sie machte eine unwillkürliche Bewegung zu ihrer Stirn hin, und ihre blassen Wangen flammten auf. »Meinen Sie, sie hat etwas damit zu tun?«

»Das ist unsere Frage«, sagte Uwe und stand auf. Den Schlüssel steckte er ein. Er reichte Susanne Berlich die Hand. Ihre war kühl, aber fest. Sie hatte in kürzester Zeit eine Menge unerfreulicher Tatsachen weggesteckt, die andere an den Rand des Wahnsinns getrieben hätten. »Nur eins noch.«

Ihre Gesichtsmuskeln spannten sich. Also doch.

»Kennen Sie alle Schützlinge Ihres Mannes?«

Sie zögerte kurz, ehe sie antwortete: »Dem Namen nach zumindest.«

»Und persönlich?«

»Nicht alle.«

»Wie sieht es zum Beispiel mit Selma Balthasar aus?« Gerade war Uwe eingefallen, dass eine der rothaarigen Künstlerinnen noch ziemlich aktuell für Berlich gewesen sein musste.

Susanne Berlich sah wieder aus dem Fenster. Dann stand sie auf und nahm seine Kaffeetasse von dem Klotz. »Ich hätte sie übermorgen kennengelernt.«

Sie brachte ihn noch zur Tür.

»Halten Sie mich auf dem Laufenden?« Uwe versprach es.

»Danke. Ja dann …«

Es war kein besonders passender Zeitpunkt. Das war ihm klar. »In Belgien wird eben ein neues Medikament gegen Multiple Sklerose getestet. Es soll die Krankheit quasi auf unbefristete Zeit aufhalten.«

»Wie schön«, sagte Susanne Berlich. »Für Leute mit MS.«

Uwe starrte sie an. »Und, aber Sie …«

»Mache ich wirklich einen so schlappen Eindruck?« Sie

blickte lächelnd an sich herunter und wieder herauf zu ihm. »Rheuma«, sagte sie. »Die unangenehme Folge einer Borreliose nach einem Zeckenbiss letztes Jahr. Aber mein Arzt ist guter Hoffnung, dass wir es mit einigen Dosen Cortison in den Griff bekommen.« Sie deutete auf Uwes Jackentasche, in der er den Schlüssel hatte verschwinden lassen. »Wenn Sie mir einen Gefallen tun wollen, geben Sie ihn dem Vermieter zurück, ja?«

Im nächsten Augenblick hatte Uwe das solide Eichenholz ihrer Wohnungstür vor der Nase.

Zwanzig Minuten später schob er den Schlüssel mit einem Gefühl tiefer Befriedigung in Berlichs Sicherheitsschloss. Vorbei das heimliche Um-die-Ecken-Schleichen. Es war ihm unangenehm, da spielte es auch keine Rolle, ob er Polizist war oder nicht. Eventuelle Beobachter kannten seinen Beruf nicht. Außerdem gehörte es sich für einen Ermittler, stets die nötigen Schlüssel bei der Hand zu haben. Als Kind hatte Uwe wenig Vergnügen an den Abenteuern der »Fünf Freunde« gefunden, und »Die drei ???« hatten ihn mit Grausen erfüllt. Er war zur Polizei gegangen, um für jede Eventualität eine Legitimation zu haben. Jedenfalls war das einer der Gründe dafür gewesen.

Als er die Tür öffnete, schlug ihm ein säuerlicher Geruch entgegen. Er stammte vermutlich von der Weinflasche auf dem Boden, die, ehe sie zu Bruch gegangen war, den Hauptteil ihres verbliebenen Inhalts an einen hellen Florteppich abgegeben hatte. Der Rest klebte über einem Fenster an der Wand.

Uwe warf einen Blick auf die Scherben und die getrockneten Flecken, dann inspizierte er das Haus. Von innen wirkte es geräumiger, als er von außen vermutet hatte, auch wenn es nur über ein einziges, dafür recht großes Zimmer verfügte. Diesem schlossen sich eine Küche und ein Bad mit Dusche an. Es war ein Ferienhaus, in dem ein Pärchen es gut zwei Wochen aushalten konnte. Uwe kehrte in das Zimmer zurück.

Falls Charlotte Olbinghaus sich nicht im Schrank oder unter der aufgewühlten Doppelbettdecke versteckt hatte, war sie nicht hier. Nur der Ordnung halber überprüfte Uwe diese beiden Möglichkeiten. Unter der Bettdecke fand er die aufgerissene Verpackung eines Kondoms der Marke Durex.

Liebermann hätte hier seine helle Freude gehabt, dachte er mit Blick auf den Weinfleck an der Wand. Ein Pinnwandzettel neben dem anderen. Der Fleck befand sich ungefähr in Kopfhöhe. Von dort aus liefen breite Farbbänder an der weißen Tapete hinunter bis zum Boden. Der Hals der Flasche war noch intakt. Er lag ungefähr im Zentrum eines Scherbenreigens, der bis zur Mitte des verdorbenen Teppichs reichte.

Uwe ließ ihn liegen. Stattdessen nahm er den kleinen Tisch vor der anderen Fensterfront unter die Lupe. Zwei Gläser und ein Aschenbecher. In einem Glas zeugten ein Dutzend toter Gärfliegen auf schwärzlichem Grund davon, dass es bei Verlassen des Zimmers noch nicht leer gewesen war. Im Aschenbecher krümmten sich einige Kippen, zwei mit braunem, die anderen mit weißem Filter.

Ehe er ging, warf Uwe noch einen Blick in den Papierkorb neben der Tür. Bis auf den ehemaligen Inhalt der Durex-Verpackung und ein Taschentuch war er leer. Uwe fragte sich, ob das Kondom genauso alt war wie der Weinfleck. Vermutlich ließ sich das feststellen, aber ebenso vermutlich war es nicht von besonderer Bedeutung, ob Charlotte Olbinghaus mit Stefan Berlich geschlafen hatte, ehe sie versucht hatte, ihm den Schädel einzuschlagen.

Marion folgte Uwes Rat und fragte Liebermann.

»Ach, die Katze«, sagte er. »Das war ein Auftrag. Jemand hat sehr an ihr gehangen.«

»Deine Nachbarin, derentwegen du gestern so eilig das Haus der Berlichs verlassen musstest?«

»Nein«, sagte Liebermann matt. »Eher ein Nachbar.« Serrano saß zu seinen Füßen und starrte auf ein Foto von Charlotte Olbinghaus an der Pinnwand.

»Du hast der Pathologin gesagt, die Katze wäre eine Zeugin!«, sagte Marion empört.

»Irgendetwas musste ich sagen. Sie hätte mich sonst für verrückt gehalten.«

Marion ließ eine kurze, aber beredte Stille einkehren. »Gut. Olbinghaus oder die Nixe. Eine von beiden hat Berlich auf dem Gewissen. Soll ich das so an die Potsdamer weitergeben?«

Obwohl Liebermanns Stimmung seit gestern Nachmittag unter leichter Schlagseite litt, konnte er sich beim Gedanken daran, wie der Leiter der Potsdamer Mordkommission Marions Nixe aufnehmen würde, ein Grinsen nicht verkneifen. »Versuch's. Aber warte, bis die sich melden.«

»Warum?«

»Ich möchte den Alten noch auf dem Gipfel seines wiedererlangten Gattenstolzes sehen, bevor die von der Mordkommission ihn dort runterholen. Er hat kein Alibi für vorgestern Abend. Außerdem hängen wir durch seine Vermisstenanzeige ebenfalls in dem Fall, und zwar schon länger als die Potsdamer. Was die Nixe angeht, tu, was du willst.«

Serrano verließ selbstverständlich mit Liebermann die Wohnung. Zum ersten Mal konnte Liebermann sich vorstellen, einen Hund zu haben, der ihm nicht von der Seite wich und der einen nie unterbrach, egal wie sinnlos die Monologe waren, die man hielt. Noch besser allerdings war ein Kater wie Serrano, um den man sich noch dazu überhaupt nicht kümmern musste. Am frühen Morgen hatte er Auslass begehrt, aber auf dem Rückweg vom Kindergarten war er auf dem Spielplatz wieder zu ihm gestoßen. Offensichtlich kannte er

Liebermanns Gewohnheiten. Liebermann wusste nicht, was er davon halten sollte. Aber nachdem die Vorfreude, Nico zu treffen, sich im Kindergarten in Dunst aufgelöst hatte, kam ihm der Kater gerade recht. Jemand wartete auf ihn.

»Also«, sagte er, als sie die Treppen hinuntergingen. »Du hast es gehört.« Serrano nahm geschmeidig Stufe um Stufe. Liebermann hatte keine Ahnung, ob er ihm zuhörte.

»Deine Aurelia ist zerdrückt worden.« Jetzt sausten Serranos Augen und Schwanz aufwärts. Liebermann nickte zufrieden. »Ihren Namen verstehst du. Wie sieht's mit dem Rest aus?«

Sie langten im Erdgeschoss an. Liebermann kramte in seinen Taschen und förderte nach einer Weile ein fussliges Gummibärchen zutage, das er sich im Vierfüßlerstand auf die Hand setzte. »Aurelia«, erklärte er. Dann senkte er den Daumen auf das Bärchen und drückte es platt. »So. Wie eine Briefmarke.« Serranos Augen ruhten aufmerksam auf dem am Daumen klebenden Gummibärchen. Zeichen irgendeiner Aufregung stellte Liebermann an ihm nicht fest. Er schnippte sein Präsentationsobjekt in den Altpapierkorb neben der Haustür. »Natürlich war es nicht wirklich ein Daumen. Und auch kein Auto, wie wir dachten. Ein Baum vielleicht, aber dann ein glatter Baum, ohne Rinde. Denk's dir aus: es gibt Hunderte Möglichkeiten, platt gewalzt zu werden. Ich muss los. Auch mir hängt ein Toter am Hals. Wenn ich zurück bin, holen wir deine Kleine aus der Pathologie.«

Sie trennten sich vor dem Haus. Serrano sprang, ohne sich noch einmal umzusehen, über die Straße und unter den Flieder des alten Bismarck, den er augenscheinlich von ihm geerbt hatte. Liebermann warf einen vergeblichen Blick zu Nicos Wohnzimmer. Er stieg ins Auto, um über Sand nachzudenken, der auf das Gesicht eines lebenden Mannes geschoben worden war, und das Maß an Hass, das es brauchte, um so etwas zu tun.

Dann über Nixen in Gärten und dann über die beleidigend kurzen Ampelphasen auf der Zeppelinstraße, die das Viertel begrenzte. Als jemand hinter ihm hupte, dachte er auch noch einmal über Tuten und Möwengeschrei nach.

»Ich hatte recht«, sagte Serrano zu Bismarck. »Zerdrückt wie eine Laus.«

Und er selbst – leer und leicht wie einer von Majas Handschuhen.

»Warum?«

Er kauerte sich auf die warme Erde. Ein Gedanke – Streuner hatte ihn gestern darauf gebracht, und während seiner Frührunde war er klarer geworden.

Klarer, aber darum nicht weniger grausam. Es hatte mit der Frau zu tun. Was sie betraf, hatte er richtiggelegen. War nicht schwer gewesen, sie auf dem Bild an der Wand des Fremden zu erkennen, bei dem Kopffell. Es war dieselbe, die ihn am Zeitungsladen beinahe über den Haufen gerannt hatte und der Streuner später vor Majas Laden begegnet war. Nun war es wichtig, die Reihenfolge einzuhalten. Alle Erinnerungen an den letzten Freitagabend abzurufen, und zwar nicht wie Bismarck, dessen Erinnerungen wie fröhliche Kellerasseln durcheinandergepurzelt waren, sondern wie die Salamischeiben einer Wurstplatte. Bilder: rotes Kopffell, goldenes Blinken und der Qualm von Rauchstängeln. Der dazugehörige Geruch: gänzlich verschieden von dem der Stängel des Fremden. Bitter, mit einem süßen Kern. Beim Fremden dagegen: bitter.

»Ohne dich wäre ich nie so weit gekommen«, sagte Serrano. Bismarcks Geist äußerte sich nicht dazu. Vielleicht machte er gerade seine Runde.

Unschlüssig trat Liebermann vor dem Schaufenster mit den kupfernen Lettern Luft. Durch den Ausstellungsraum der Galerie wuselten Leute. Von innen näherte sich ein schlankes Wesen mit schwarzem Haarknoten und einem mit Gläsern beladenen Tablett. Ihr folgte ein Mann. Kaum hatte das Mädchen seine Last abgestellt, nahm er Besitz von ihren Händen und legte sie sich um die Hüften. Mit einem kräftigen Druck auf die Klinke entschloss sich Liebermann. Sein Eintreten löste allerlei aus.

Zunächst einmal fuhr Olbinghaus herum. Dann flutschten seine Haushälterin und der Sammler Anton Seeland auseinander. Und letztlich stolperte eine junge Frau, die eben aus dem angrenzenden Hinterland der Galerie trat, über einen Hocker. Eine Spule mit kräftiger Sehne schlitterte durch den Raum und wurde von Liebermanns Fuß gehalten.

»Hauptkommissar Liebermann«, stellte Olbinghaus fest. »Wenn Sie mir mitteilen wollen, dass Sie meine Frau endlich gefunden haben, biete ich Ihnen Kaffee an. Wenn nicht, kommen Sie etwas ungelegen. Wir bereiten eine Ausstellung vor.«

»Ich bin es gewohnt, ungelegen zu kommen. Das ist der Wermutstropfen meines Berufs«, sagte Liebermann und überstieg einen Haufen Packpapier, unsicher, ob er in ihm Verpackungsmüll oder Kunst sehen sollte. Das Fehlen eines Schildes ließ auf Müll schließen. Er half der jungen Frau auf die Beine.

»Fräulein Balthasar, nehme ich an.«

Ihr Gesicht war von Sommersprossen übersät, die den warmen Ton ihrer rotgoldenen Zöpfe aufnahmen. Liebermann staunte über ihr Kleid. Es reichte ihr nur knapp über das Hinterteil und schien aus goldenem Lametta gestrickt. Vergebens versuchte er, sich Nico in einem solchen Kleid vorzustellen. Eher klappte es da schon mit Charlotte Olbinghaus, die für ihn ohnehin ein menschliches Synonym des Edelmetalls darstellte. Statt einer Antwort fragte sie: »Warum?«

»Weil ich mich gern mit Ihnen unterhalten würde, wenn ich Sie hier schon treffe.«

»Sind Sie deshalb da?«, fragte Olbinghaus barsch. »Ich brauche Fräulein Balthasar, um die Bilder zu hängen.«

»Es dauert nur ein paar Minuten.« Liebermann wandte sich zu dem Pärchen im Schaufenster.

»Lassen Sie sich durch mich nicht stören. Es ist nicht verboten, ein Mädchen zu liebkosen. Es sei denn, es ist minderjährig oder will nicht. Soweit ich es überblicke, trifft in Ihrem Fall keins von beidem zu.«

»Es macht wenig Spaß, wenn man dazu aufgefordert wird«, murrte Anton Seeland. Liebermann zuckte die Achseln.

»Dann lassen Sie's. Aber es freut mich zu sehen, dass ein Sammler sich aus seinem Sammlersessel erhebt, um mit anzupacken. Ich hoffe, das spricht sich herum.«

»Herr Seeland ist ein Freund«, sagte Olbinghaus kühl. »Wenn Sie jetzt mit Fräulein Balthasar reden wollen, könnte ich Ihnen die Küche anbieten. Aber kurz! Ich muss in einer Stunde weg.«

»Darf ich fragen, wohin?«

Olbinghaus feuerte einen farblosen Blick ab. »Zum Notar.«

»Ich hoffe nicht, um Ihr Testament zu ändern. Noch ist nicht erwiesen, dass Ihrer Frau etwas zugestoßen ist.«

»Das spielt keine Rolle«, sagte Olbinghaus.

Nein, dachte Liebermann, vermutlich nicht. Charlotte Olbinghaus bezahlte für die porösen Grundfesten ihrer Ehe. Aber das ging ihn nichts an. »Bevor ich Ihr Angebot annehme, würde ich gern wissen, wo Sie selbst den letzten Mittwochabend verbracht haben. Den 23. Mai«, half er nach. Unnötigerweise, denn Hans Olbinghaus konnte sich sehr gut erinnern. Auch daran, dass sich bereits ein Polizist danach erkundigt hatte.

Aber wenn er wollte, konnte Liebermann störrisch wie ein Esel sein. »Manchmal fallen einem die wichtigen Dinge erst hinterher ein.«

»Mir nicht.«

»Das heißt, Sie waren den ganzen Abend allein bei sich zu Hause?«

Olbinghaus lächelte sämig. »Tut mir leid. Ich wusste nicht, dass ich später einmal Zeugen für meine Einsamkeit benötigen würde.«

Liebermann betrachtete eine der Leinwände, die noch gegen die Wand gelehnt stand. Ein Fisch mit gespreizten Rückenstacheln starrte ihn von einer goldenen Säule herab an.

»Ja, manchmal läuft es blöd«, sagte er. »Ihnen ist klar, dass Sie derzeit der Hauptverdächtige im Fall Stefan Berlich sind? Er hat Ihre Frau gevögelt, er hat Sie ausgenutzt und damit Ihre Ehe ins Wanken gebracht. Und ich kann mir vorstellen, dass die Erkenntnis, ihm auch noch Zutritt zu Ihrer Galerie verschafft zu haben, Sie nicht besonders glücklich macht.«

Unterhalb von Olbinghaus' Schläfen bildeten sich zwei dunkle Flecken.

»Ich kann bestätigen, dass er zu Hause war«, sagte Selma plötzlich.

Liebermann als auch Olbinghaus fuhren zu ihr herum. Selma schielte verlegen unter ihrem Fransenpony hervor. In der Hand hielt sie einen Seitenschneider. »Ich war da und habe die *Büchse der Pandora* gebracht.« Sie zeigte auf ein kleines, schon hängendes Bild, auf dem es wie auf einem Schlachthof zuging.

»Sie war noch in der Hochschule ausgestellt. Nachmittags habe ich sie abgeholt und bin abends zu Herrn Olbinghaus. Es war aber schon nach zehn. Da hab ich mich nicht mehr getraut zu klingeln und das Bild einfach in den Briefkasten gesteckt«

»In den Briefkasten?«

»Der von Herrn Olbinghaus ist ein wenig größer als normale. Wahrscheinlich wegen der ganzen Kataloge und Zeitschriften.« Sie sah Olbinghaus fragend an, der zögernd nickte. »Jedenfalls war Licht hinter den Fenstern«, schloss sie.

»Das kann auch die Haushälterin angemacht haben.«

»Nein«, kam Lesjas Stimme aus dem Schaufenster. »Mittwochs habe ich frei.«

»Und Sie sind ausgegangen?«

Sie zuckte die Achseln und sah Seeland an, der auf Olbinghaus blickte. Der Galerist hingegen war dazu übergegangen, so zu tun, als wäre er nicht da.

»Ich nehme es zur Kenntnis«, sagte Liebermann. »Und jetzt würde ich Fräulein Balthasar bitten, mir die Küche zu zeigen.«

Sie legte den Seitenschneider auf den Boden und führte ihn durch einen schmalen Flur in einen hellen Raum, der im ersten Moment mehr wie ein Wohnzimmer denn eine Küche wirkte.

»Hier ist der Herd. Dort der Kühlschrank und daneben die Espressomaschine, falls Sie einen Kaffee möchten.«

»Nein, danke«, sagte Liebermann und setzte sich in einen Ohrensessel. Er wies einladend auf einen zweiten, aber Selma zog es vor, an der Spüle zu lehnen. Sie redete wie ein Wasserfall, über die Tücken von Ceranfeldern, über die Galerie, ihre Aufregung vor der Vernissage. Sie wollte wissen, was Liebermann von ihren Bildern hielt. Als er sich zu einer Antwort entschloss, redete sie weiter.

»Stefan hat gesagt, sie sind brutaler Kitsch. Wegen des Goldes. Sie haben sicher gesehen, dass ich beinahe alle Gemälde mit Blattgold unterlegt habe. Oder mit Imitat, das ist billiger. Ich nenne sie Katzengoldbilder, weil sie so tun, als ob. Eins heißt sogar *Katzengold*. Es ist auch Mineralwasser da. Wir haben es schon für morgen eingekauft. Wollen Sie eins?«

Liebermann lehnte wiederum ab. Er beeilte sich, an den Dank eine Frage zu hängen, ehe sie anfing, sich mit ihm über Ikonen zu unterhalten. »Wie würden Sie Ihr Verhältnis zu Stefan Berlich beschreiben?«

Selma verschluckte sich. »Gut.«

Er wartete.

»Sehr gut.«

»Ich mache Ihnen jetzt ein paar Vorschläge«, sagte Liebermann seufzend. »Suchen Sie sich einen aus: Er war Ihr Agent, Ihr Freund, Ihr Ratgeber, Ihr Lehrer, Ihr Geliebter.«

Selmas Augen füllten sich plötzlich mit Tränen.

»Ja.«

»Ja, was?«

»Alles.« Sie schluchzte auf und riss einen ihrer glitzernden Arme vor das Gesicht. Mit einer derart heftigen Reaktion hatte Liebermann nicht gerechnet.

Und es kam noch schlimmer. Nachdem sie dem ersten Schluchzer ein paar weitere hinzugefügt hatte, krümmte Selma sich plötzlich, würgte und erbrach sich halb in die Spüle, halb auf Spülschrank und Boden.

Durch Liebermanns Magen ging ein Beben. Er stürzte aus der Küche in den Verbindungsflur zur Galerie, fand dort eine gekennzeichnete Tür und rettete sich auf die Toilette. Mit Gummiknien ließ er sich auf das geschlossene Klosett fallen.

Als nach einigen Minuten halbwegs Ruhe in seinen Verdauungstrakt eingekehrt war, stemmte er sich wieder hoch, ging zum Waschbecken und ließ Wasser in seinen Mund und über das Gesicht laufen. Danach fühlte er, wie das Blut in seine Wangen zurückkehrte. Er wartete trotzdem noch eine Weile, ehe er sich zurück in die Küche wagte.

Selma blickte ihm mit verschämtem Lächeln entgegen. Der Boden und der Schrank waren sauber. Sie spülte gerade einen Lappen unter dem Wasserhahn aus. In der Luft hing nur noch ein sehr schwacher säuerlicher Geruch.

»Tut mir leid!«

Liebermann winkte matt ab. »Stefan Berlich. Sie beide waren ein Paar?«

Selma sah auf den Lappen in ihrer Hand. »Dachte ich zumindest.«

»Aber etwas oder jemand hat an dieser Überzeugung gerüttelt, nicht wahr?«

Sie biss sich auf die Lippen.

»War dieser Jemand zufälligerweise Charlotte Olbinghaus?«

Sie rang hart mit sich. Klammerte die Finger um den Lappen, knetete ihn zu einem Klumpen, und erst als sich nichts Elastisches mehr an ihm finden ließ, sagte sie:

»Nein. Eine Zeitungstussi. Die wollte gleich auf Du …« Plötzlich schienen ihre Augen zu wachsen, und mit diesen übergroßen Augen sah sie Liebermann an.

Liebermann störte sie nicht in ihrem Erkenntnisprozess. Im Gegenteil, er fand ihn ausgesprochen faszinierend.

»Herr Olbinghaus hat mir davon gar nichts erzählt!«, sagte sie, als sie fertig war.

»Konnte er nicht. Er wusste nicht, in welcher Mission seine Frau unterwegs war.«

»Welche?«

»Stefan Berlich zu schaden.«

Die Worte gingen ihm so glatt über die Lippen, dass Selma heftig zusammenzuckte.

»Aber warum?«

»Die Frage kann ich nur zum Teil beantworten«, sagte Liebermann. »Und wenn Sie ein bisschen in sich gehen, können Sie es auch. Charlotte Olbinghaus hat Ihr unbedingtes Vertrauen zu Stefan ins Wanken gebracht. Darf ich fragen, wie?«

»Sie hat behauptet, dass er mit *jeder* Künstlerin, die er betreut, ein Verhältnis hatte und noch immer hat«, sagte sie tonlos. »Dass ich mir nicht einbilden soll, was Besonderes zu sein, denn am Ende würde er doch zu seiner Familie zurückrennen. Und dass er mich, abgesehen davon, über den Tisch zieht.«

Liebermann nickte. »Wozu sagt jemand so etwas, haben Sie sich das nicht gefragt? Entweder er klärt Sie auf, weil er Sie vor dem Schlimmsten bewahren will. Aber Frau Olbinghaus kannte Sie gar nicht. Sie waren ihr schnurzegal. Oder weil er das Bedürfnis hat, Unruhe zu stiften. Dafür wiederum fällt mir nur ein Motiv ein: Rache. Nun, Fremde über das faule Liebesleben eines Menschen aufzuklären, ist eine sehr persönliche Form der Rache, die auch persönliche Gründe vermuten lässt.«

»Sie meinen, sie hatte … auch ein Verhältnis mit Stefan?«

»Ich weiß es«, sagte Liebermann schlicht.

Selma nickte. »Es spielt ja eigentlich keine Rolle mehr. Es ist nur … so deprimierend.«

»Wie wahr. Wussten Sie von seiner Familie?«

»Ja, die Frau hat MS, und er wollte sie nicht im Stich lassen. Von den Kindern hat mir erst diese Charlotte erzählt.« Sie angelte sich ein Geschirrhandtuch vom Haken neben der Spüle und schnäuzte sich hinein. »Und dann wollte sie jedes Detail über den Vertrag wissen, den Stefan und ich abgeschlossen haben. Aber da hatte sie sich geschnitten.«

»Sechzig/vierzig für ihn, bei allen verkauften Bildern.«

Sie sah erstaunt auf. »Okay, so weit sind Sie also schon. Aber warum auch nicht? Ohne Stefan würde ich gar nichts bekommen. Und wenn das mit der Auktion klappt –«

»Welche Auktion?«

Sie hob die Schultern. »Stefan kannte jemanden, der Bilder von mir an ein Auktionshaus gibt, nachdem er sie gekauft hat. Dabei, meinte er, würde mit etwas Glück für mich noch mal ein hübsches Sümmchen rausspringen.«

Liebermann kamen die beiden Bilder von Iljana Karuleit in den Sinn. Wie automatisch spann sich von ihnen ein Faden zu Anton Seeland dem Sammler.

»Aber ist es nicht so, dass Sie keinerlei Gewinn mehr am Verkauf von Bildern haben, die bereits verkauft sind?«, fragte er.

»Scheinbar doch. Stefan wird schon gewusst haben, wie.«

Stefan Berlich hatte in vielerlei Hinsicht mehr gewusst als sie, dachte Liebermann. Er zog sein fiependes Telefon aus der Tasche und lauschte Marion, die heute von einer Aufregung in die nächste zu fallen schien. Als er es wieder zurückgleiten ließ, fröstelte er plötzlich. Er betrachtete Selma, die die Zeit genutzt hatte, sich ein Glas Wasser einzuschenken. Sie trank mit langsamen Schlucken.

»Mich würde interessieren«, sagte er, »wann Stefan Berlich Ihnen von der Auktion erzählt hat.«

Selma sah ihn über den Rand ihres Glases hinweg an. Aber Liebermann hatte den Eindruck, dass ihr Blick ihn nicht wirklich meinte. Vielmehr weilte er auf einem beliebigen Punkt seines Körpers. »Vor kurzem. Genau weiß ich's nicht mehr.«

»Und was taten Sie noch mal vorgestern Abend?«

Liebermann blickte ihr in die Augen. Es machte ihm keinen Spaß zu sehen, wie sie ihm auswich.

»Das wissen Sie doch. Ich habe die *Büchse der Pandora* bei Herrn Olbinghaus abgegeben.«

»Ich glaube Ihnen, dass Sie das Bild abgegeben haben«, sagte er freundlich.

»Aber ich denke, es war am Mittwochnachmittag oder erst gestern Morgen. Am Mittwochabend waren Sie nämlich in Potsdam, wo Sie einen Blick auf seine Familie geworfen haben. Es geht nichts über eine ordentliche Recherche, wenn man sich unsicher ist, nicht wahr, Sally? Leider saß am Berlich'schen Abendbrottisch auch eine Kollegin von mir, die sich in diesem Moment durch einen Packen Fotos von jungen Künstlerinnen arbeitet. Sie war sehr erstaunt, dabei auf das Bild der Nixe zu treffen, die an ebenjenem Abend durch den Garten ihrer Gastgeber geschlendert war und von der sie schon beinahe dachte, dass sie sie sich nur eingebildet hätte.«

Selma wurde ein wenig grün. Liebermann maß besorgt den Abstand bis zur Tür.

»Vielleicht gibt es jemanden, der mir ähnlich sieht.«

»Absolut«, sagte Liebermann. »Ich habe einmal gelesen, dass jeder von uns mindestens einen Doppelgänger besitzt. Aber es wäre schon ein ziemlicher Zufall, wenn der Ihre ausgerechnet am Mittwochabend im Garten der Berlichs gestanden hätte.«

Wie zu erwarten, war Hans Olbinghaus alles andere als begeistert, als Liebermann ihm Selma entführte.

»Wie stellen Sie sich bitte eine Vernissage ohne die Künstlerin vor!«

»Aufregend«, sagte Liebermann. »Es wird sich günstig auf den Verkauf ihrer Bilder auswirken, wenn sich herumspricht, dass die Schöpferin der *Büchse der Pandora* in ein Gewaltverbrechen verwickelt ist. Außerdem könnte ich sie Ihnen, flankiert von zwei kunstinteressierten Beamten, für den Abend ausleihen. Wir werden sehen.«

Selma selbst hielt den Mund. Sie ging ihm voran aus der Galerie zum Auto, die erstaunten Blicke des Sammlers, seiner haushaltenden Freundin und des Galeristen hinter sich lassend wie abgelegte Kleider.

Liebermann lieferte sie im Vernehmungsraum ab. Dann klopfte er bei Marion.

»Sie ist da, deine Nixe. Wo steckt Uwe?«

»Noch im Liebesnest von Berlich, mit der Spurensicherung«, sagte Marion und schaltete den Computer ab. »Du willst sie mir überlassen?«

»Es wäre mir lieber«, gab Liebermann zu. »Ich weiß nicht, ob ich bis zum Ende bleiben kann. Ich hab meinem Nachbarn versprochen, seine Katze aus der Pathologie abzuholen, damit er sie ordentlich bestatten kann.«

»Aha.«

»Übrigens: Selma behauptet, vorgestern Abend kurz nach zehn die *Büchse der Pandora* in den Briefschlitz des alten Olbinghaus gesteckt zu haben. Das ist ein Bild«, setzte er hinzu, als er sah, wie Marion die Brauen zusammenschob. »Und fass sie nicht zu hart an, sie hat einen sensiblen Magen.«

Marion setzte sich Selma gegenüber. Deren grünlicher Teint hatte sich inzwischen in ein etwas gesünderes Hellgelb gewandelt. Sie hielt die Hände gefaltet und sah der Polizistin mit einer Mischung aus Furcht und Trotz entgegen.

»Wir haben uns schon mal gesehen«, begann Marion. »Erinnern Sie sich?«

»Nein.«

Marion nickte. »Sie waren vermutlich zu sehr damit beschäftigt zu beobachten, wie Stefan Berlich mit seiner Frau geflirtet hat.«

Sie machte eine Pause. Das Mädchen schwieg und wartete.

»Das war vorgestern Abend gegen Viertel vor neun. Wenn Sie gleich danach wieder zurück nach Berlin gefahren wären, dann wäre es möglich, dass sie Herrn Olbinghaus gegen zehn das fehlende Bild für die Ausstellung in den Kasten gesteckt hätten. Nun bin ich mir aber zufälligerweise sicher, dass Sie das nicht getan haben.«

Das Mädchen, wie auch Liebermann auf seinem Beobachtungsposten, spannte sich.

»Um neun nämlich haben Sie Stefan Berlich eine SMS geschickt, um sich mit ihm noch für denselben Abend zu verabreden. Wozu?«

Selma sah Marion argwöhnisch an. Dann ließ sie die Schultern hängen. »Ich hatte noch Fragen wegen meiner Ausstellung.«

»Welche?«

»Die Auswahl der Bilder betreffend.« Aber sie wich Marions Blick aus.

»Und warum haben Sie die nicht am Telefon gestellt?«

»Stefan telefoniert nicht gern von zu Hause aus. Außerdem war ich ja nun schon mal in der Nähe.«

»Stimmt. Um sich seine Familie anzusehen. Kennen Sie die Strandbar in Potsdam?«

Liebermann staunte über seine rotgefärbte Kommissarin. Interessiert beobachtete er Selma, die ein wenig außer sich zu geraten schien.

»Die was? Wo ist die denn?«

»In Potsdam-West an der Havel. Zehn Minuten Fußweg vom Haus der Berlichs.«

Selma begann, an ihren Fingernägeln herumzupulen.

»Na schön«, sagte Marion sanft. »Dann erzähl ich Ihnen was, und Sie sagen laut ja oder nein für das Band. Sie waren mit Stefan Berlich an der Havel und auch in der Bar, denn Sie haben sich dort, obwohl der Inhaber schon am Schließen war, ein Tonic geholt. Und um es noch leichter zu machen: Frank Zabel, der Barbesitzer, erinnert sich gut an Sie.«

Selma starrte sie an. »Kann sein.«

»An Ihren Begleiter erinnert er sich weniger, vielleicht weil er nicht sein Typ war oder auch weil er etwas entfernt an der Uferbalustrade der Bar auf Sie gewartet hat. Er schwört aber jeden Eid, dass Sie gestritten haben. Nicht laut, aber heftig. Jetzt interessiert mich natürlich, worüber.«

Diesmal gab Marion Selma keine Bedenkpause.

»Wissen Sie, als ich Sie dort im Garten der Berlichs gesehen habe, habe ich Sie bewundert. Ich gäbe was drum, so auszusehen wie Sie. Ich bewundere auch Ihre Kunst.«

Hinter der Scheibe grinste Liebermann in Erinnerung an den stachligen Goldfisch. Was zum Teufel trieb Marion da?

»Und Sie sind noch jung. Unter anderem deshalb ist es mir ein Anliegen, Ihnen zu helfen. Wir wissen, dass Stefan Berlich keine so weiße Weste hatte, wie seine Frau und die

Leser der *Époque* glauben und wie Sie es vor kurzem auch noch geglaubt haben. Ich sage Ihnen das, bevor ich hinzufüge, dass Sie, Selma, ganz schlechte Karten haben. An Stefan Berlichs Jacke wurden Haare gefunden. Rot, wie die auf Ihrem Kopf.«

Liebermann sah, wie Selmas Gesichtsfarbe abermals wechselte. Marion reagierte blitzschnell. Sie sprang auf, griff das Mädchen am Arm und zerrte es aus dem Verhörraum. »Hand vor den Mund!«, hörte Liebermann, bevor die beiden hinter der Tür an ihm vorbeihetzten, in Richtung der Toiletten.

Ein paar Minuten später kehrten sie zurück. Liebermann überlegte, ob er die Vernehmung abbrechen lassen sollte, aber Marion führte Selma so zielstrebig in den Raum zurück, dass er seinen Platz wieder einnahm.

»Fortsetzung der Befragung von Selma Balthasar, nachdem sie sich von einem Unwohlsein erholt hat, am Freitag, 25. Mai, um 14 Uhr 43.« Selma sah erschöpft aus. Nichts erinnerte mehr an die Quasselstrippe aus der Galerieküche.

»Sie haben sich gestritten«, begann Marion wieder. »Worum ging es?«

Selma blickte auf ihre gefalteten Hände, als erhoffe sie sich von ihnen Hilfe.

»Diese Journalistin hatte mir erzählt, dass Stefan Kinder hat und seine Frau keine MS, sondern nur Rheuma ... Und dass er mit allen möglichen Künstlerinnen zusammen war, bevor er sie zugunsten der nächsten abserviert hat. Sogar mit ihr selbst. Also, das habe ich von Ihrem Kollegen. Ich ... wollte mich mit solchem Schwachsinn eigentlich nicht beschäftigen. Aber es hat mich nicht losgelassen. Ich wollte alles davon abhängig machen, ob das mit den Kindern stimmt.«

»Ein bisschen recherchieren.«

Selma sah auf. »Und warum auch nicht. Ich hätte ihn fragen können, aber ich wollte es selber sehen.«

»Weil Sie ihm plötzlich nicht mehr ganz so fest vertraut haben. Und dann?«

»Er hat sich gewundert, dass ich auf Schnee von gestern herumtrete. Die anderen Mädchen hätten sich in ihn verliebt, nicht umgekehrt. Bei mir wäre es anders. Die Kinder habe er nicht erwähnt, weil er dachte, ich würde dann Reißaus nehmen. Er hat gesagt, dass er sich in der Pflicht fühle, dass seine Frau ein guter Freund für ihn sei, dass er sich kümmern müsse und so weiter und dass chronisches Rheuma fast genauso schlimm sei wie MS. Und dann fing er mit der Auktion an.«

Marion warf einen erstaunten Blick zur Scheibe, hinter der Liebermann saß.

»Welche Auktion?«

»Hab ich dem andern schon erzählt. Irgendjemand kauft Bilder von mir und gibt sie dann an ein Auktionshaus. An dem Gewinn würde er beteiligt, hat Stefan gesagt, und davon wollte er mir ein Atelier einrichten. Ein richtiges mit Oberlicht. Im Moment arbeite ich bei mir zu Hause. Stefan wusste, dass ein Atelier mein Traum ist.«

Vor Liebermanns Augen erschien ein Haus, eingebettet in eine romantische Landschaft irgendwo im Hinterwald. Vielleicht in der Nähe dieser anderen Malerin, deren Name ihm nicht einfiel.

»Was haben Sie zu dieser Auktionsgeschichte gesagt?«

»Gar nichts. Ich hatte anderes im Kopf.«

»Ihr gemeinsames Kind, zum Beispiel?«

Liebermann klappte der Mund auf. Selma drinnen am Tisch ging es genauso. Marion lehnte sich gelassen zurück.

»Angesichts einer Frau, die so mit ihrem Magen zu kämpfen hat wie Sie und, entschuldigen Sie, eine beachtliche Oberweite besitzt, obwohl sie ansonsten ein sehr zarter Typ ist, lässt sich eine solche Vermutung schon mal äußern. Ich habe auch ein Kind, ich kenne die Symptome. War Ihr Spontanbesuch nicht vielleicht auch dazu gedacht, Ihren Freund über die bevorstehende Vaterschaft in Kenntnis zu setzen?«

Selma sackte ein wenig in sich zusammen. Dann nickte sie kaum sichtbar. Liebermann war baff.

»Und?«

»Er wollte wissen, wie das möglich sei.«

»Tja.« Die Blicke der beiden Frauen begegneten sich. Um Marions Mund zeichnete sich der Anflug eines Lächelns ab.

»Er hat eine Abtreibung vorgeschlagen«, sagte Selma. »Da waren wir noch vor seiner Hütte, wo wir uns verabredet hatten. Aber er wollte aus irgendeinem Grund nicht rein, sondern spazieren.«

»An der Havel entlang. Und dann?«

»Erst mal nicht viel. Stefan hat nur über Belanglosigkeiten geplaudert, weil er sich eingebildet hat, dass er verfolgt würde.«

Marion sah wieder an die Scheibe.

»Wurden Sie's denn?«

»Keine Ahnung, war mir auch egal. Dann sind wir an diese Bar gekommen, wo es etwas lauter war und er sich sicher gefühlt hat. Der Barmann war schon am Zumachen. Ich hab mir noch ein Tonic geholt und ihm empfohlen, die Polizei zu rufen.«

»Wieso?« Jetzt war zur Abwechslung mal Marion perplex.

»Da war'n ein paar sturzbesoffene Typen«, sagte Selma zerstreut. »Die wollten unbedingt den Zweiten Weltkrieg nachspielen. Aber der von der Bar meinte, damit muss man leben, wenn man sein Haus in Sand baut, oder so was. Er hat es auch wirklich geschafft, sie loszuwerden. Sogar ziemlich freundlich. Und dann –«

Sie saß da, als hätte ein plötzlicher Fluch sie zu Stein werden lassen. Ihre Augen röntgten die Tischplatte. Vielleicht hielt sie sie auch geschlossen, das war nicht zu sehen unter dem Vorhang ihres rostfarbenen Ponys.

»Dann sind Sie beide auf die Aussichtsplattform gestiegen«, sagte Marion.

»Und haben noch ein bisschen weitergestritten.«

Selma rührte sich nicht. Es sah aus, als wäre nur noch ihr Körper im Raum, sie selbst war gegangen. Liebermann wartete auf Marions nächsten Zug. Er fiel sehr weiblich aus. Sie streckte ihre Hände über den Tisch und legte sie auf die des Mädchens.

»Ich will lieber nicht darüber nachdenken, was ich tun würde, wenn der Mann, den ich liebe und von dem ich umgekehrt dasselbe angenommen habe, sich auf einmal als umtriebiger Liebhaber und Vater von zwei Kindern entpuppt, der ein Leben an meiner Seite nicht mal im Traum in Erwägung zieht«, sagte sie. »Und das Kind, das ich von ihm unter dem Herzen trage, zurückweist. Vielleicht würde ich ihn auch von einer Plattform stoßen.«

Plötzlich war Selma wieder da. »Was? Nein! Er wollte mich umarmen, nachdem er mir gesagt hatte, dass eine Abtreibung nicht so schlimm sei, wie ich vielleicht befürchte, und dass er mich zum Arzt begleiten würde, wenn ich wollte. Und dass ein Kind im Endeffekt meine Arbeit torpedieren würde und es überhaupt eine Zumutung für das Kleine wäre, mit nur einem Elternteil aufzuwachsen, denn er könne die Vaterrolle nicht einnehmen, ohne sich zu zerreißen, und diesen ganzen Mist. Ich habe mich gewehrt, weil mir plötzlich klar wurde, was für eine miese Rolle ich in seinem Spiel spiele und dass er es offensichtlich sogar noch weiterspielen wollte. Ich habe ihn nur von mir weggeschubst, mehr nicht. Beim letzten Mal ein wenig stärker, weil er nicht aufhörte, mich an sich zu ziehen, und dann –«

»Geht's noch?«, erkundigte Marion sich besorgt, als Selma sich die Hand vor den Mund schlug. Ein Schluchzen war die Antwort. Marion reichte Selma ein Taschentuch.

»Gleich sind wir durch«, sagte sie. »Stefan Berlich taumelte also zurück, nachdem Sie ihn von sich gestoßen hatten, verlor den Halt und fiel über die Brüstung. Hoch ist sie ja nicht. Sie haben wahrscheinlich gerufen. Und als keine Antwort von ihm kam, sind Sie zu ihm runtergeklettert, um nachzusehen, was passiert war ...«

Marion brach ab, weil Selma den Kopf schüttelte. »Ich bin ... nicht ... zu ihm.«

»Nicht?«

»Ich hab den Aufprall gehört, und dann hab ich gerufen. Als nichts zurückkam, hab ich Panik gekriegt.« Panik war auch ungefähr das, was Liebermann jetzt in ihrem Gesicht las. »Erst als ich schon an der Straße war, hatte ich mich so weit im Griff, dass ich noch mal umgekehrt bin. Ich bin zurück und ...«

»Und?«, lauerte Marion.

»Er stand da und klopfte sich den Sand ab.«

»Wer?«, fragte Marion erschüttert.

Selma sah sie groß an. »Stefan, wer denn sonst?«

»Wie weit waren Sie entfernt, als Sie ihn da stehen sehen haben?«

Selma überlegte. »So dreißig, vierzig Meter vielleicht.«

»Und auf die Entfernung haben Sie ihn erkannt? Im Dunkeln?«

»Na, schon. Die Größe stimmte, und außer uns war da ja niemand weit und breit. Und wer soll sich sonst die Sachen abklopfen?« Sie sah Marion furchtsam an.

»Gut, und dann?«, fragte Marion, die ihre äußerliche Ruhe über Selmas letztem Satz zurückgewonnen hatte.

Selma schnäuzte sich geräuschvoll in ihr Taschentuch. »Dann bin ich endgültig abgehauen.«

»Sie sind nicht zu ihm, um zu sehen, ob er sich vielleicht verletzt hat?«

»Wenn er sich verletzt hätte, hätte er vorher auf mein Rufen reagiert. Ich dachte, er ist wütend auf mich, so wie ich auf ihn. Als er da so stand, war ich erleichtert und wollte bloß noch ... in mein Bett. Außerdem hätte ich ihn auf der Vernissage ja ohnehin gesehen.«

Auf Selmas blassem Gesicht mischten sich Tränen und Wimperntusche zu einem interessanten Aquarell, dem Liebermann spontan den Namen *Abschied von Stefan* gab. Er war erstaunt, wie gut Marion sich schlug.

»Woher wussten Sie von Herrn Berlichs Tod?«

»Von Hans Olbinghaus«, murmelte Selma. »Er hat mich gestern Abend angerufen.«

Marion drehte den Ring an ihrem Mittelfinger, von dem Liebermann wusste, dass sie ihn mit Pflaster umwickelt hatte, damit er passte, und sah in die verspiegelte Scheibe.

»Ich brauche dringend einen Tropfen aus Uwes Maschine«, sagte sie, als sie ins Büro zurückkehrten.

Liebermann fand, dass sie sich alle Tropfen dieser Welt verdient hatte. Er war so beeindruckt, dass er vergaß, es ihr zu sagen. Die verwirrte Selma hatten sie in der Obhut eines Beamten vorerst wieder zurück in die Galerie geschickt. Auch wenn sie Hans Olbinghaus heute vermutlich keine große Hilfe mehr sein würde. Er sah auf die Uhr. In einer Stunde schloss der Kindergarten.

»Nur kurz«, sagte er, während Marions Finger virtuos über die Knöpfe von Uwes Maschine glitten. »Was denkst du von ihr?«

Marions Antwort kam überraschend klar. »Sie müsste eine sehr gute Schauspielerin sein, wenn sie lügt.«

»Darin sind wir uns also einig. Bleibt der dritte Mann.«

»Oder die dritte Frau.«

»Der Vollständigkeit halber«, gab Liebermann zu. »Aber mit der Aufdeckung von Selmas Geschichte ist Olbinghaus' halbes Alibi hinfällig geworden. Ich habe gesehen, wie verdutzt er war, als sie angab, am Mittwochabend Licht in seinem Wohnzimmer gesehen zu haben.«

»Warum sollte Olbinghaus Berlich umbringen?«, fragte Marion und ließ sich auf Uwes Stuhl fallen. »Die Liaison mit seiner Frau war doch zu Ende.«

»Aber Berlich hat seine Ehe ruiniert und ihn aufs schimpflichste gedemütigt.«

»Na ja«, machte sie zweifelnd. »Mal angenommen, er war's: Warum dann in Potsdam? Hier in Berlin kennt er sich aus, es gibt Hochhäuser, U-Bahnhöfe und jede Menge schwere Gegenstände, die man sich auf den Kopf hauen kann. Warum soll er dazu extra nach Potsdam fahren?«

»Weil für Potsdam andere Leute zuständig sind«, sagte Liebermann. »Die bei null anfangen. Wärst du nicht unter ihnen aufgetaucht, wären sie vermutlich erst mal bei Berlichs Frau vorstellig geworden, dann hätten sie mit den Besoffenen aus der Strandbar weitergemacht und als Nächstes Selma aufgestöbert, an der sie hängengeblieben wären. Bis wir auf der Bildfläche erschienen wären, hätten Tage, vielleicht Wochen ins Land ziehen können. Genug Zeit, sich mit einem stabilen Alibi zu versorgen, vermutlich über den Sammler Anton Seeland.«

An Marions Ohren klimperten leise die Duplikate von Estrellas Ohrringen.

»Ich Idiot!«, sagte sie leise.

Liebermann lächelte ihr zu. »Die Ehre dieses Titels gebührt wohl eher mir. Du dagegen –«

Er fand es ein wenig unhöflich, dass Marion mitten im Satz aufstand.

»Du kannst meinen Kaffee trinken.« Sprach's, und stürmte aus dem Büro.

Während Liebermann unmutig Marions Kaffee schlürfte, ging er ihre und seine Argumente hinsichtlich des Galeristen noch einmal durch und fand an beiden etwas, aber an keinem etwas Richtiges. An ihrem Einwand in Bezug auf Olbinghaus jedoch war etwas dran. Es passte nicht zu einem verhinderten Feldwebel wie ihm, seine Flanken ungeschützt zu lassen, wenn er in die Schlacht zog. Außerdem war es schon ein merkwürdiger Zufall, dass Selma ihm den Hauptteil der schmutzigen Arbeit abgenommen hatte. Er stockte.

Es sei denn … sie hatten sie zusammen geplant! Berlich hatte sich von einem Schatten verfolgt geglaubt. Mist, warum hatte er nicht früher daran gedacht? Olbinghaus bereitete mit Selma eine Ausstellung vor, von der Selma nun ganz allein profitieren würde, abgesehen von den Prozenten, die an den Galeristen gingen. Darüber hinaus hatten beide ein starkes persönliches Motiv. Und den Dreck teilten sie sich, wobei die kleine Selma den meisten abgekriegt hatte. Weshalb sie, genau genommen, einen Unsicherheitsfaktor für Olbinghaus darstellte. Liebermann überlegte, ob er Uwe sofort ins Büro beordern sollte, entschied sich aber dagegen. Die Sache hatte Zeit bis zu Selmas Vernissage. Keine Ausstellungseröffnung ohne Künstlerin, so gut kannte er Olbinghaus inzwischen. Und schon waren seine Gedanken woanders.

War Nils Nicos Liebhaber gewesen, bevor er aufgetaucht war? Nein, Abbruch! Überlegungen wie diese bereiteten ihm nur Bierdurst. Heute Abend aber musste er bei klarem Verstand sein.

Liebermann stand auf und pflanzte sich breitbeinig in die Mitte des Büros.

»Halt!«, sagte er. »Hier endet unser Weg. Ich muss dich erschießen, Befehl von oben.« Er hob seine Flinte und zielte. Ziemlich genau auf das Herz von Kommissar Uwe Schüler.

Uwe machte einen erschrockenen Satz zurück. »Was machst du hier?«

Liebermann ließ das Gewehr sinken. »Ich übe.«

»Und wofür?«, fragte Uwe besorgt.

»Das Pfingststück im Kindergarten. Wir haben nachher Generalprobe.«

»Aha. Und du spielst den Bullen?«

»Den Jäger«, klärte Liebermann ihn auf. Und wo er schon mal dabei war, auch gleich über alles andere.

»Die kleine Malerin und Olbinghaus?«, fragte Uwe, während er hintereinander drei Fächer ihres Geschirrschränkchens aufzog. »Ich weiß nicht. Ich finde das ein bisschen zu viel des Guten.«

»Aber möglich.«

»Wir können nichts beweisen.«

»Doch, den Teil der Arbeit, den Selma geleistet hat. Und es passt. Nur das vernachlässigte Alibi bereitet mir Probleme. Und Selmas Nachgiebigkeit. Warten wir, bis die Potsdamer KTU-Ergebnisse eintrudeln.«

»Es ist keine saubere Tasse mehr da«, sagte Uwe verdrossen.

»Nimm Marions.«

Uwe sah ihn argwöhnisch an, dann nahm er schweigend die angebotene Tasse, etwas, das Liebermann nie für möglich gehalten hätte.

»Die letzte Benutzerin dieser Tasse erwähnte, du wärst in *unserem kleinen Versteck* unterwegs?«

»Hm«, brummte Uwe, während er versuchte, die Tasse mit einem Papiertaschentuch in einen halbwegs hygienischen Zustand zu versetzen.

»Und?«

»Da sieht es aus wie in der Kulisse zu einem modernen Othello.« Zweifelnd hielt er die Tasse gegen das Licht. »Es gab Streit, sie hat mit einer Weinflasche nach ihm geworfen. Vorher hat sie vermutlich auf ihn eingetrommelt, was die älteren blauen Flecken erklären würde, die die Pathologin Marion gegenüber erwähnt hat. Und noch davor haben sie miteinander geschlafen. Leider ist es ein Stummfilm. Deshalb wissen wir noch immer nur, *was* passiert ist, nicht aber, *warum*.« Er schob die Tasse unter eine der Düsen und betätigte wie vorher Marion eine Anzahl von Knöpfen. Die Maschine nahm ihren Dienst auf.

Uwe setzte sich seinem Chef gegenüber an den Schreibtisch. Dadurch entstand der etwas merkwürdige Eindruck eines normalen Büroalltags. Liebermann hatte seine unsichtbare Flinte abgestellt. Seine Hand lag auf dem noch ungeöffneten Umschlag mit dem Protokoll der Gerichtsverhandlung bezüglich der Moorleiche vom letzten Jahr. Das helle Braun des Umschlages löste eine heikle Erinnerung an einen anderen Umschlag aus.

»Ich war bei Susanne Berlich, um den Schlüssel für das *Versteck* zu holen«, hörte er Uwe sagen.

»Wie geht es ihr?«

»Sie ist gefasst. Zu sehr, finde ich. Ich glaube, sie steht unter Schock. In ihrem Wohnzimmer lag übrigens der Lambert-Katalog, von dem du nach dem Besuch bei Olbinghaus erzählt hast. Es steckten Merkzettel drin. Einer bei den Bildern einer gewissen Iljana Karuleit.«

»Hast du gesehen, was unter den Bildern stand, ich meine, wer sie anbietet?«

Uwe zuckte die Achseln. »Privatsammlung Berlin.«

Liebermann dachte nach. Anton Seelands jungenhaftes Grinsen erschien wieder. Er verscheuchte es. Aber das Grinsen war hartnäckig. Also gut. Es war nur ein Gedanke, aber er juckte Liebermann unter den Nägeln, er zwickte ihn in den Haarwurzeln. Es war ein Gedanke, der einen Versuch nach sich zog. Und einen Anruf bei Nico.

Diesmal gab Liebermann dem Alten keine Zeit, sich zu entfalten, sondern fiel mit der Tür ins Haus. »Wie viel wollte Stefan Berlich von den Auktionseinnahmen abhaben?«

Olbinghaus wich einen Schritt zurück. Sein Reaktionsvermögen schien in den letzten Stunden gelitten zu haben. Er wechselte einen Blick mit Anton Seeland, der daraufhin von einer Trittleiter herunterstieg. Über dem Sammler an der Wand prangte der garstige Süßwasserfisch. Der Blickwechsel der beiden Männer währte nur Sekunden, aber Liebermann war scharf. Und wenn er scharf war, entwickelte er zuweilen erstaunliche Fähigkeiten. Zum Beispiel verarbeitete er sämtliche Eindrücke, die auf ihn einstürmten, zeitgleich. Was gut war, weil er nie wusste, wohin sein Gedächtnis sie verlegen würde. Er sah, wie Lesja lautlos die Lippen bewegte, er fragte sich, wo Selma steckte, bis er ein beredtes Röcheln aus dem Bad vernahm, die Bilder hingen zum größten Teil, außer der *Büchse der Pandora*, die man wieder abgenommen hatte, dann zogen sich all seine Sinne um den Galeristen und seinen Sammler, deren Augen an ihm klebten wie an warmer Zuckerwatte. Liebermann stellte sich sehr nah vor sie hin. Er überragte den Alten um einen Kopf und Anton Seeland immerhin um einen halben. Es war Jahre her, dass er den Trick zum letzten Mal angewandt hatte.

»Ehe Sie zu einer langen, ausweichenden Rede ansetzen«, sagte er, »möchte ich Ihnen sagen, dass Stefan Berlich sein *Geschäft* nicht für sich behalten hat. Er hat Selma eingeweiht. Also, wie viel haben Sie vereinbart?«

Seeland presste die Lippen zusammen, Olbinghaus runzelte die Stirn. »Wozu benötigen Sie diese Information?«, fragte er steif.

Beinahe tat er Liebermann leid, wie er da auf den Trümmern seiner Ehe stand, nicht wissend, ob seine Frau überhaupt noch lebte, kinderlos, falls man Anton Seeland nicht als eine Art Ersatz betrachten wollte, und sich immer noch um Haltung bemühte. Zum Glück fiel ihm rechtzeitig ein, dass der Alte ihn des Lesens von Schundliteratur bezichtigt hatte und vielleicht ein Mörder war.

»Sie erinnern sich vermutlich, dass Herr Berlich plötzlich und unerwartet gestorben ist. In diesem Zusammenhang erscheint es mir nicht ganz unwichtig zu wissen, wie viel er vorher aus Ihnen herausgepresst hat.«

»Er hat gar nichts aus mir herausgepresst. Ich bin Galerist, kein Händler.«

»Nein. Der steht hinter Ihnen.« Liebermanns Blick ging zu Seeland, der sich mit einem Mal zu ducken schien.

»Aber es kommt letztlich auf dasselbe heraus. Seeland kauft die Bilder in Ihrem Auftrag und von Ihrem Geld.

Dafür erhält er eine Aufwandsentschädigung, würde ich tippen. Dann wandern die Bilder weiter – zu Lambert. Da sie nun privat angeboten werden, erscheint der Name der Galerie nicht unter den Bildern im Katalog. Es gab zu viel schlechte Presse in den letzten Jahren in Bezug auf die Übervorteilung junger Künstler, deren Werke zu horrenden Preisen versteigert werden, ohne dass sie je einen Cent davon sehen. Besser, man bietet kein Futter. Und nun kommt Stefan Berlich, der über all diese Dinge bestens informiert ist. Wir könnten uns jetzt fragen, wie er spitzgekriegt hat, dass *Sie* hinter der ›Berliner Privatsammlung‹ stecken. Die Antwort würde vermutlich lauten: über Ihre Frau. Man plaudert ja so allerhand unter der Bettdecke.« Um Olbinghaus' gepolsterte Schläfen sammelte sich das Blut.

»Haben Sie für dieses Hirngespinst irgendeinen Beweis?«

»Ach, ein Beweis.« Liebermann winkte ab und wandte sich an die junge Haushälterin, die sich verschüchtert gegen den Rahmen der Hintertür drückte.

»Lesja ist ein ukrainischer Name, nicht? Wären Sie so freundlich, mir Ihren Ausweis zu zeigen? Ich möchte nur sehen, wo Sie derzeit gemeldet sind.« Lesja sah flehend auf den Sammler. Anton Seeland berappelte sich daraufhin und trat einen mutigen Schritt vor.

»Es ist nur eine Frage der Zeit, bis sie die Aufenthaltsgenehmigung hat. Wir werden heiraten, sobald sie geschieden ist.«

»Herzlichen Glückwunsch. Aber bis dahin lebt Lesja als Haushälterin unauffällig unter dem Dach Ihres Chefs. Warum auch nicht, schließlich sind Sie ja so etwas wie Geschäftspartner. Und damit zurück zu meiner Frage.« Liebermann fuhr sich über die Augen. Das Spiel begann ihn zu ermüden.

»Ich kann Sie alle, wie Sie hier stehen, einzeln vorladen lassen, aber in Anbetracht der bevorstehenden Ausstellungseröffnung denke ich mir, dass Ihr Interesse daran sich in Grenzen hält. Ganz abgesehen davon, dass es besonders für Sie«, er blickte Olbinghaus scharf an, »einen gewaltigen Unterschied macht, ob und wie Sie mit uns zusammenarbeiten. Sie haben kein Alibi für den letzten Mittwoch! Dafür aber ein Motiv. Und es gibt darüber hinaus bis jetzt keinen Hinweis darauf, dass jemand anderes als Sie Ihre Frau von der Bildfläche gezaubert hat.«

Olbinghaus richtete sich zu seiner vollen Größe auf. Doch bevor er den Mund öffnen konnte, sagte Anton Seeland: »Was ist so schlimm daran, Hans.«

»Wohlgesprochen«, sagte Liebermann und spähte auf seine Uhr. Er konnte Miri heute nicht allzu lange Nico überlassen. Und er musste seinen Text noch mal durchgehen.

Olbinghaus starrte an ihm vorbei. »Vierzig Prozent«, knurrte er. »Ich hab mich immer gefragt, wie er an Anton geraten ist. Auktionshäuser geben normalerweise keine Namen heraus.«

»Wie gesagt. Ihre Frau.«

Olbinghaus' Gesicht wurde ausdruckslos.

»Wie haben Sie auf seinen Vorschlag der Gewinnbeteiligung reagiert?«

»Wie wohl. Er konnte froh sein, dass ich seine Mädchen überhaupt angenommen habe!«

»Gut, andersherum: Wie hat Berlich auf die Ablehnung reagiert?«

Die Augen des Alten folgten einem Auto, das an der Galerie vorbeifuhr.

»Er hat mit einem Artikel gedroht.«

Stattdessen hatte Charlotte Olbinghaus einen Artikel über Berlich geschrieben.

»Sind Sie auf die Erpressung eingegangen?«

Olbinghaus drehte sich mit einem Ruck um. »Um diesen Blutegel für den Rest meines Lebens am Bein zu haben?«

»Aber Selma gegenüber gab Berlich sich sehr zuversichtlich, was das Auktionsgeschäft anging.«

»Ich habe mir Bedenkzeit ausgebeten«, sagte Olbinghaus

gepresst. »Um die Konsequenzen eines solchen Artikels zu überdenken, Rücksprache zu halten.«

»Mit wem?«

»Anton und meiner Frau.«

Liebermann spannte sich. »Sie haben mit Ihrer Frau über die Erpressung gesprochen?«

»Natürlich!« Plötzlich flog ein Schatten über das Gesicht des Alten. Er öffnete die Hände und ballte sie wieder. Er sah Anton Seeland an, in dessen Blick sich fragendes Staunen spiegelte. Mit wenigen Schritten erreichte Olbinghaus einen seiner unbequemen Stühle und ließ sich darauf fallen.

»Charlotte hat mit ihm unter einer Decke gesteckt!«, krächzte er.

Liebermann setzte sich ihm gegenüber.

»Wann, sagten Sie, hat dieses Gespräch zwischen Ihnen stattgefunden?«

Olbinghaus zog die Stirn in Falten.

»Dienstag vor drei Wochen«, kam Anton Seeland ihm zu Hilfe.

»Hans hat uns beide gleichzeitig über Berlichs *Angebot* informiert.«

»Dem Tag vor dem geplatzten Interviewtermin?«

»Ich glaube. Ja«, sagte der Alte zweifelnd. »Charlotte hatte Migräne. Sie ist gleich hoch in ihr Zimmer. Und ich Narr dachte, diese Erpressungsgeschichte hätte sie mitgenommen.«

»Das hat sie auch«, sagte Liebermann. Über ihm grinste der Goldfisch.

»Ihre Frau hat an diesem Dienstag durch Sie zum ersten Mal von der Erpressung erfahren, und ich glaube, dass sie davon noch betroffener war als Sie. Sie hat Berlich umgehend, nämlich am Mittwoch, zur Rede gestellt. Ohne Erfolg, wie's aussieht, aber nehmen Sie es als Trost, dass ihr der Ruf der Galerie und der eigene Stolz mehr am Herzen lagen als ihr Liebhaber.«

Es ließ sich unmöglich sagen, welche Wirkung diese Enthüllung auf Olbinghaus hatte. »Sie hören von uns«, sagte Liebermann abschließend. Und zu Anton Seeland, der noch immer im Hintergrund des Ausstellungsraumes stand und einen dekorativen Kontrast zu einer Guillotine auf goldenem Grund bildete: »Viel Glück! Sehen Sie zu, dass sie die Scheidung bald über die Bühne kriegen.«

Als er die Galerie verließ, sah er gerade noch eine bleiche Selma im Rahmen der Hintertür auftauchen und sich gegen Lesja lehnen, die ihr die Haare aus der Stirn strich. Vielleicht hatten sich hier gerade zwei verwandte Seelen gefunden. Er hoffte es für die beiden Mädchen.

Im Garten der Lennéstraße 128 spielte eine Handvoll Kinder. Marion beugte sich über die Hecke und sah zu, wie sich Stefan Berlichs Tochter konzentriert bemühte, einer Babypuppe Sand mit einem Löffel zwischen die starren Lippen zu schieben.

»Hallo!«, sagte sie. » Kennst du mich noch?«

Das Mädchen sah auf. »Ja.«

Ein Stück entfernt unterhielten sich ihr Bruder und zwei andere Jungen damit, ein Fahrrad zu zerlegen.

»Willst du zu Mami?«, fragte das Mädchen, während sie den Löffel mit aller Kraft ins Gesicht der Puppe bohrte. »Papa ist noch in Indien.«

Auf Marions Armen bildete sich eine leichte Gänsehaut. »Was macht er denn da?«

Das Mädchen warf ihr einen mitleidigen Blick zu. »Na, arbeiten.«

»Ach … ja.« Marion sah in das runde Gesicht mit den blauen Augen, die klar und unmissverständlich in die Welt blickten, in einigen Jahren aber vermutlich dieselbe Anziehungskraft auf ihre Umgebung ausüben würden wie die von Stefan Berlich.

»Hast du vielleicht eine Tante?«

Die Kleine gab es auf und warf Puppe und Löffel in zwei verschiedene Richtungen. »Drei. Tante Michaela, Tante Meret und Tante Cordula, aber die ist schon tot.«

Marion lächelte angesichts dieser akribischen Aufzählung. »Und wohnen Tante Michaela oder Tante Meret hier in der Nähe?«

Berlichs Tochter drehte sich und wies nach Osten. »Da wohnen Tante Meret und Ben.« Sie schwenkte herum und zeigte auf einen kraushaarigen Jungen, der eben eine Speiche zu einer Acht bog.

»Magst du Tante Meret?«

»Ja, die ist nett. Willst du sie mal kennenlernen?«

»Später.« Marion erhob sich.

»Es kann sein, dass dein Bruder und du Tante Meret mal für eine längere Weile besucht. Wär das okay?«

»Klar. Wieso, fährt Mami auch nach Indien?«

»Möglich wär's«, sagte Marion. »Ich komm mal durch das Tor.«

Susanne Berlich öffnete die Tür mit einem Ruck. Offensichtlich hatte sie jemand anderen erwartet, denn das Lächeln auf ihren Lippen erstarb und machte einem fragenden »Sie?« Platz.

»Komme ich ungelegen?«

Susanne Berlich zuckte die Achseln. »Ihr Kollege war heute Vormittag schon da«, sagte sie. Sie krempelte unschlüssig die Ärmel eines mit Farbklecksen übersäten Kittels auf. »Ja dann: Gehen Sie schon mal durch, ich komme gleich.«

Es fiel Marion wirklich schwer. Durch die Diele sah sie das Wohnzimmer, in dem sich bis vor kurzem ein ganz normales Familienleben abgespielt hatte.

»Danke. Eigentlich möchte ich lieber, dass sie Ihre Schwester anrufen und sie bitten, sich um Ihre Kinder zu kümmern.«

»Warum?« Aber es lag bereits Resignation in Susanne

Berlichs Stimme, und als Marion sagte: »Ich glaube, das wissen Sie«, schlug sie die Augen nieder.

So hatte sich der eilig herbeigerufene Anwalt der Berlichs seinen Feierabend nicht vorgestellt. Aber noch gab er das Abendbrot und das Spiel Bayern gegen Wolfsburg nicht verloren. Ein Anwalt, der etwas verloren gab, hatte den Beruf verfehlt. Mit einer an Monotonie grenzenden Hartnäckigkeit bestand er darauf, seiner Mandantin einen Aufschub der Vernehmung zu bewilligen, damit sie ihre häuslichen Angelegenheiten regeln und überhaupt erst einmal zu sich kommen könne. Nach den überstürzten Vorfällen der letzten beiden Tage würde ja wohl niemand im Ernst eine verwertbare Antwort von ihr erwarten. Susanne Berlich hörte ihm mit unbewegtem Gesicht eine Weile zu, dann winkte sie ab.

Sie war müde. Und – Uwe hatte recht – geschockt.

Marion, die ebenfalls müde war und noch dazu zerknirscht vom jüngsten Vortrag ihrer Mutter über den Unterschied zwischen Großmüttern und Au-pair-Mädchen, nahm ihr den Einstieg ab, indem sie schlicht erzählte, wie sie mit einiger Verspätung darauf gekommen war.

»Durch den Zettel mit meiner Telefonnummer. Ihr Mann hat ihn in seine Jacketttasche gesteckt. Und doch haben *Sie* mich am nächsten Morgen angerufen. Es war mein Fehler, dass ich nicht sofort geschaltet habe. Denn als ich am Mittwochabend noch mal in seinem Zimmer war, lag dort nirgendwo der Zettel. Und er kann auch nicht mehr dorthin gekommen sein, denn Ihr Mann war schon unterwegs. Und zwar im selben Jackett, das er beim Abendbrot getragen hatte. Es gab also nur einen, der den Zettel mit der Nummer genommen haben konnte, entweder aus seinem Zimmer, *bevor* ich zurückkam, was unwahrscheinlich ist, oder direkt nach seinem Tod aus der Jacketttasche. Mir ist nur nicht klar, warum Sie mich angerufen haben, um Ihren

Mann vermisst zu melden. Für Sie war ich eine harmlose Kunstliebhaberin und nicht die Polizei.«

»Darauf antworten Sie nicht«, sagte der Anwalt. »Das ist eine Fangfrage, die darauf abzielt, Ihnen hintenherum eine Zustimmung des ganzen Kauderwelschs abzuringen.«

Und Susanne Berlich sagte: »Ich musste mit irgendjemandem reden. Sonst wäre ich wahnsinnig geworden. Und Sie waren nett.« Sie lächelte matt. »Nicht Ihr, sondern mein Fehler. Man sollte nicht alles glauben, was einem die Leute sagen.«

»Nein«, pflichtete Marion ihr leicht verlegen bei.

Es war deutlich, dass Susanne Berlich immer noch das Bedürfnis hatte, mit jemandem zu reden, umso mehr nach zwei Tagen, die sie wie mit einer üblen Verstopfung herumgesessen hatte, von der es keine Erlösung gab. Ihr Anwalt formulierte ein paar Silben, dann gab er es auf und hörte mit steinerner Miene und sporadischen Blicken auf die Uhr zu.

Nachdem ihr Mann überstürzt zu seinem »Absacker« aufgebrochen war, hatte Susanne Berlich gewartet, bis die Kinder schliefen, die Katze gefüttert und war ihm gefolgt. Etwas später als beabsichtigt, wegen Marions Rückkehr. Aber das war nicht schlimm, sie wusste, wohin sie gehen würde. Die Journalistin, von der sie angerufen worden war, hatte ihr bereits von Stefans Büro erzählt.

Es gab eine kurze Unterbrechung, als Marion erwähnte, wer die Journalistin war. Sie hatte sich nur mit dem Namen ihrer Zeitschrift vorgestellt und behauptet, zwecks eines Porträts mit Stefan in seinem Havelbüro verabredet zu sein, ihn aber nicht angetroffen zu haben. Als Susanne sich ungläubig gezeigt hatte, hatte sie die Adresse genannt. Und dann, wie nebenher, ein paar Bemerkungen über junge Malerinnen fallenlassen, mit denen er sich dort bekanntermaßen traf.

»Bekanntermaßen«, sagte Susanne Berlich tonlos. Sie

hatte Stefan danach gefragt, und er hatte sie ausgelacht. »Schmuddelpresse.« Sie hatte ihm geglaubt. Aber etwas bleibt immer hängen.

Ja, sie hatte die Nixe im Garten gesehen. Gewagter Vergleich, aber treffend.

Sie hatte auch Stefans Flirt mit Marion registriert. Nicht, dass sie dem eine Bedeutung beigemessen hatte, er flirtete mit allen Frauen, aber sie hatte es erstmals als demütigend empfunden. Dann war er mit Marion in sein Zimmer gegangen, auch kein Anlass zur Sorge. Aber etwas bleibt immer hängen, und dann war er Hals über Kopf zu seinem Absacker verschwunden. Sie hatte es einfach nur mal wissen wollen. Sich beruhigen. Den Dreck, der vom Anruf der Journalistin hängengeblieben war, loswerden.

Bis zum Büro war sie gar nicht gekommen. Sie hatte auf dem Weg dorthin Stefan in Begleitung einer jungen Frau entdeckt. Sie war so erschrocken gewesen, dass sie erst nicht gewusst hatte, was sie tun sollte. Schließlich war sie ihnen in sicherem Abstand gefolgt.

Der Schatten, dachte Marion.

Und dann der zweite Schlag. Das Mädchen hatte nicht nur ein Verhältnis mit Stefan, Susanne Berlichs Stimme wurde noch tonloser, sie war schwanger. Da waren sie schon an der Bar gewesen. Sie selbst hinter einem der Bäume, die den falschen Strand säumten. Benommen hatte sie alles mitangehört. Den Streit, die Vorwürfe des Mädchens. Offenbar hatte Stefan ihr das Blaue vom Himmel heruntergelogen. Susanne war so schlecht geworden, dass sie sich fast übergeben hätte. Und dann war Stefan plötzlich aus heiterem Himmel vom Aussichtsturm gefallen. Wie einer der Gummicowboys, die sie früher immer von ihren hölzernen Forts heruntergekippt hatten, um anzudeuten, dass sie erschossen worden waren. Kurz darauf war das Mädchen an ihr vorbeigehetzt. Sie hatte ein paar Sekunden gewartet, schrecksteif, dann war sie zu ihm gegangen. Stefan hatte in einem von mehreren ziemlich tiefen Gräben gelegen und sie angesehen.

»Mit so starren, geweiteten Augen … Ich dachte, er wäre …«

Sie sah auf die Stelle der Tischplatte, die einige Stunden vorher schon Selma als Blickfang gedient hatte.

»Ich musste diesen Augen entkommen, sie waren nicht zum Aushalten.«

Es kehrte eine kurze Stille ein.

»Aber warum haben Sie ihm noch in die Tasche gegriffen?«, fragte Marion dann.

»Wegen des Autoschlüssels. Ich musste doch die Kinder am nächsten Tag zur Schule bringen.« Der Anwalt der Berlichs stöhnte leise.

»Schock. Da haben Sie's.«

»Ist mir klar«, sagte Marion. »Und da beim Schlüssel war auch der Zettel mit meiner Telefonnummer?«

»Ja.«

Susanne Berlich hatte beides an sich genommen und den restlichen Körper ihres Mannes auch begraben. Dann war sie nach Hause gegangen, hatte zwei Schlaftabletten geschluckt und sich ins Bett gelegt. Die Rückkehr von Selma war ihr komplett entgangen.

»Rufst du Liebermann an?«, fragte Marion, als Susanne Berlich in Begleitung ihres Anwalts und einiger Beamter abgefahren war, um ihre Angelegenheiten zu regeln. »Ich würde schon beim Tippen seiner Nummer einschlafen.«

Uwe seufzte. »Meinetwegen. Aber später. Wenn ich richtig informiert bin, liegt Hauptkommissar Liebermann in diesem Augenblick als Jäger auf der Lauer.«

Uwe war richtig informiert und auch wieder nicht.

In grünem Lodencape und Gamsbarthütchen stand Liebermann, sein Holzgewehr im Anschlag, in der Puppenküche, die den rechten Seitenaufgang zur Bühne darstellte, und versuchte, sich auf seinen Text zu konzentrieren.

Es fiel ihm schwer. Kaum zwei Meter weiter links kniete Nico vor einem barocken Spiegel und rief: »Wer ist die Schönste im ganzen Land?« Ralph antwortete aus dem Schrank heraus, an dem der Spiegel angebracht war: »Frau Königin, Ihr seid die Schönste hier, aber Schneewittchen ...«

Liebermann brach der Schweiß aus. Er hatte sich den ganzen Tag gefreut. Die einzige Stunde, in der er nicht an Nico gedacht hatte, war die von Selmas Befragung gewesen, sonst hatte ihr Bild ihn begleitet wie sein Rücken, der ausgerechnet jetzt einen postrebellischen Aufstand probte. Liebermann hätte sich gern hingelegt, stattdessen starrte er auf die bekannte und doch fremde Frau, die mit schriller Stimme nach dem Jäger rief. Schneewittchen stieß ihm in die Rippen, und Liebermann stolperte vor.

Mit glühenden Augen sprang Nico ihm entgegen. »Liebst du deine Königin?« Liebermann blickte auf ihren karminrot bemalten Mund. Ihm fiel auf, dass sie ihre Rolle ein wenig ausgebaut hatte. »Wie mein Leben, Majestät!«

»Dann nimm dieses unselige Schneewittchen, und dort, wo der Wald am dunkelsten ist, töte sie!« Er verbeugte sich und wandte sich zum Gehen.

»Ach, Jäger!« Er drehte sich wieder um. »Bring mir ihr Herz zum Beweis deiner Treue! Ich will es dir lohnen.« Nicos Lächeln ging ihm durch Mark und Bein. Liebermann verbeugte sich abermals und verließ benommen die Bühne.

Irgendwo hinter ihm legte Ralph, der inzwischen aus dem Schrank gekrochen war, die CD mit den Waldgeräuschen ein. Eine mit Bäumen bemalte Wand wurde vor die Kulisse des königlichen Gemachs gezogen. Schneewittchen packte ihn beim Ärmel und schleifte ihn wieder hinaus, als könne sie es kaum erwarten, erschossen zu werden.

Liebermann spielte seine Rolle, so gut es ging. Aber seine Gedanken schweiften um die grausame Königin.

Er sah nicht Nico, wie sie sich erst in eine Händlerin und schließlich in eine Bäuerin verwandelte. Er sah eine attraktive Frau in einem schwarzschillernden Kleid, mit geschminkten Lippen und Augen, der eine voluminöse Tasche über der Schulter hing, während sie hochhackig an ihm vorüberstolzierte. Die ein Buch aus der Tasche zog.

»Berg Sieben«, sagte die Frau zufrieden. Sie strich sich die von Birgit geborgten Locken zurück und ließ das Buch in der Tasche verschwinden. Die Erinnerung traf ihn wie ein Schlag.

»Alles in Ordnung mit dir?«, fragte Nico, als sie Liebermann nach der Probe im Flur des Kindergartens traf. Sie war wieder sie selbst. Ungeschminkt und in Jeans mit geblümtem Kleid darüber, das ihr in den Kniekehlen hing. Nur ihre Haare lagen ungewohnt flach am Kopf.

Liebermann tippte sich lächelnd gegen die Schläfen. »Kopfschmerzen.«

»Oh! Kommst du trotzdem noch mit ins Katinka? Nur ein bisschen auspendeln.«

Er ließ seinen Finger über ihren Nasenrücken gleiten. »Ein andermal.«

Vor der Haustür wartete Serrano.

»Tut mir leid«, sagte Liebermann. »Deine Freundin ist noch nicht hier. Mir haben ein Galerist und eine Nixe die Zeit weggefressen.« Serrano kam trotzdem mit hoch. »Fühl dich wie zu Hause.« Liebermann ging ins Wohnzimmer, wo ihm das Telefon entgegenleuchtete. Während er Uwes Anruf abhörte, starrte er an die Pinnwand. Er hatte mit Olbinghaus und Selma danebengelegen. Das hätte ihn ärgern oder beruhigen können. Aber weder das eine noch das andere war der Fall. Über Liebermanns Hand krabbelte eine Ameise.

Miris Wangen glühten im Schlaf. Liebermann zog unnötigerweise ihre Decke zurecht und strich ihr über das Haar, das dem seinen so ähnlich war. Im Recorder neben ihrem Bett schlingerte noch eine CD leise vor sich hin. Er nahm sie heraus. Ein paar Sekunden lang klopfte er mit ihr leicht auf seine Handfläche, als wolle er sie überreden, ein Geheimnis auszuspucken.

Welches Geheimnis? Diese CD hörte Miri seit Tagen, und nie war ihm etwas komisch daran vorgekommen. Trotzdem nahm Liebermann sie mit ins Wohnzimmer und legte sie gut sichtbar vor sich auf den Tisch, als er das erste Bier öffnete. Serrano kratzte an der Balkontür.

»Was hat das für einen Sinn, wenn du mit zu mir kommst, um gleich wieder rauszugehen?«, fragte Liebermann und öffnete die Tür. Serrano tänzelte hinaus.

»Prost! Auf die Ameisen.« Er leerte sein Bier in wenigen Zügen und ersetzte es umgehend durch ein neues. Dann schob er sich in einen der Korbsessel und gestand sich endlich ein, dass er vor ungefähr einer Stunde Charlotte Olbinghaus gegenübergestanden hatte.

Das Bier in der Hand, die Augen auf Serrano, der an einem Halm knabberte, ließ Liebermann die letzten sieben Tage an sich vorüberziehen. Sieben Tage war es her, dass Charlotte Olbinghaus seinen hormonellen Wirbelsturm ausgelöst hatte. Fünf, seit er Nico kannte, erst fünf! Kaum zu glauben. Aber die Uhren tickten hier anders, das hatte er während dieser Tage verstanden. Wie das Leben in diesem Viertel, so schien auch die Zeit komprimiert zu sein – die Gemeinschaft der Bewohner, ein straff gewickeltes Wollknäuel, an dessen äußeres Ende er sich klammerte. Niemand schnitt ihn los, aber, so wurde ihm plötzlich klar, es entrollte auch niemand für ihn. Man nannte ihn den Lektor, selbst Nico rief ihn bei seinem Nachnamen. Nach dem Vornamen hatte sie ihn nie gefragt. Er war der Zugezogene. Liebermann rieb sich die Augen.

Die Erinnerungen verhedderten sich, sie zuckten als Blitzlichter auf.

Lilly Bärmanns übernächtigtes Gesicht, das Gitter vor ihrem Fenster, Miri auf der Schaukel. Da Liebermann die Befehlsgewalt über sein Gedächtnis wieder einmal verloren hatte, ließ er es laufen, in der unbestimmten Hoffnung, dass es ihn irgendwohin führen würde, vielleicht an einer der Sphinxe vorbei. Nils mit seinem abenteuerlichen Anhänger, auf dem sich Säcke mit Rindenmulch stapelten. Das Funkeln von Estrellas Ohrringen und Tante Lehmanns goldglitzerndes Handgelenk, ihre halbleeren Regale. Michael und sein Fluchtschritt. Beachtlich, vielleicht konnte er ihn sich von ihm beibringen lassen. Goran der Kroate, ebenfalls beachtlich, wie er Kisten von seinem Pick-up lud, zwei braune Umschläge. Die alte Krebs im Laden mit ihrem goldenen Geschoss von einer Tasche. Nico nackt. Ihre Schneiderpuppe, bekleidet mit einem schimmernden schwarzen Kleid und roter Lockenperücke, entnervte Bauarbeiter vor einem halbzerlegten Baugerüst, Nico, düster vor sich hin starrend, nachdem sie Nils nachgebrüllt hatte, dass das Leben keines seiner Spiele wäre, welcher Spiele? Fotos der Bärmanns, durch die Fensterscheibe aufgenommen. Zwei hellblaue Badelatschen Größe 41, auf die mit Kugelschreiber: »M. Förster« geschrieben stand. Verwirrt brach Liebermann ab.

Von den Badelatschen abgesehen, waren all dies nichts weiter als Eindrücke, die er während der ersten Tage hier gesammelt hatte und die sich ihm besonders ins Gedächtnis eingeprägt hatten. Und doch befanden sich auf der Pinnwand über ihm Fragen, dennoch hatte sich unter seinen Füßen angesichts der zu Charlotte Olbinghaus mutierten Nico ein Abgrund aufgetan, der sich noch immer nicht wieder vollständig geschlossen hatte. Nico war kleiner und muskulöser als Charlotte Olbinghaus, sie hatte einen anderen Teint – im Prinzip ähnelten sie sich überhaupt nicht.

Und doch. Liebermann trank auch das zweite Bier aus, holte ein drittes und setzte sich, als Serrano plötzlich miaute.

Liebermann sah auf und bekam gerade noch mit, wie der Kater hinter einem Blumenkasten verschwand.

Entsetzt stürzte Liebermann an die Brüstung.

Der Kater drehte sich in der Luft. Er schrie. Dann verschluckte ihn ein Zierquittenbusch. Liebermann hielt sich an der Brüstung fest, um nicht hinterherzufallen. »Serrano«, stammelte er. »Du dämliches …« In diesem Augenblick ging ein Beben durch den Quittenbusch, und der Einohrige tauchte wieder auf. Er schüttelte sich und sah nach oben. Und obwohl Liebermann weit über ihm stand, las er aus seiner ganzen Haltung Triumph.

»… Vieh!«, vollendete er den Satz. Dämlich bis dorthinaus. Und noch stolz drauf. Auf den Schreck rauchte Liebermann zwei Zigaretten und trank auch das dritte Bier aus. Sein vorletztes. Um sich vor weiteren Attacken auf seinen Kreislauf zu bewahren, wechselte er mit dem letzten ins Wohnzimmer über.

Liebermann startete den Laptop und versenkte sich in das beruhigende Flimmern des Bildschirms, ehe er einige der Blitzlichter von vorhin in die Finger fließen ließ. Als sie sich nach dem letzten Wort hoben, las er:

1. schwarzes Kleid (kurz) mit tiefem Ausschnitt, Dior
2. goldene Ohrringe (Reifen)
3. (mit Brillianten?) besetzte goldene Uhr
4. goldfarbene Tasche
5. A-5-Notizbuch, Moleskine

Trotz der Bierschwaden, die sein Gehirn vernebelten, fand Liebermann, dass er es mit einer ziemlich materiellen Zusammenfassung der letzten Woche zu tun hatte. Und zudem auffallend goldlastig. Katzengold, dachte er, schloss die Augen und trank.

Als er sie wieder öffnete, war die Liste immer noch da.

Mit leicht zitternder Hand fügte Liebermann, versehen mit einem Fragezeichen, hinzu:

6. Digitalkamera Marke Canon (?)

Dann schickte er die Liste als Anhang einer kurzen Mitteilung an Hans Olbinghaus. Den Rest des Abends verbrachte er dösend auf seinem Stuhl.

Es war einiges nach elf, als es klingelte. Schwerfällig raffte Liebermann sich auf und schlurfte zur Tür. An Nicos Augen erkannte er, dass sie auch nicht mehr ganz nüchtern war.

»Hallo, Liebermann, ich wollte sehen, wie es dir geht.«

»Beschissen.«

»Meinst du, es hilft vielleicht, wenn ich dich ins Bett bringe?«

»Das käme auf einen Versuch an. Musst du nicht zu Zyra?«

»Sie ist daran gewöhnt, allein zu sein. Die meisten Babys werden nachts geboren, wusstest du das? Wenn was ist, ruft sie mich an.«

Als Nico die Schwelle übertrat, stolperte sie und machte dabei einen ungewollten Knicks, über den Liebermann lachen musste. Er umfasste ihren Kopf und zog sie zu sich heran, um ein rotes Restchen Lippenstift aus ihrem Mundwinkel zu lecken.

»Du riechst nach Bier«, sagte sie.

»Du nach Wein. Komm, versuchen wir's.«

Während der nächsten Stunde kam Liebermann in den Genuss der gesamten Palette von Nicos Hebammenkunst. Sie massierte ihm die Beine, die Kopfhaut und die Lenden und zerstreute ihn mit Kieztratsch, den sie mit leiser Stimme, unterbrochen von ebenso leisem Gelächter, vortrug. Und als sie sich vereinigten, feuerte sie ihn an, als läge er in den Presswehen. Es war nicht nötig, aber Liebermann genoss es. Hinterher schmiegte sie sich unter sein Kinn.

»Besser?«

Anstelle einer Antwort kraulte Liebermann ihren Nacken.

»Ich soll dich von Nils grüßen«, sagte sie.

»Bist du sicher?«

»Wieso? Ist irgendetwas daran komisch?«

Liebermann drehte ihr sein Gesicht zu. »Ich glaube, dass Nils in dieser Minute gern den Platz mit mir tauschen würde.«

Aus ihrer Reglosigkeit schloss Liebermann, dass Nico ihn ansah, aber beschwören konnte er es nicht. »Nils will so allerhand«, sagte sie. »Wie weit ist dein Autor eigentlich mit seinem Buch?«

Vielleicht wollte sie nur das Thema wechseln. Oder sich unterhalten. Aber in Liebermann fand eine plötzliche Gewichtsverschiebung statt. Er schwankte, während er versuchte, sich an Nicos Konturen festzuhalten. Aber sie entglitt ihm, und mit einem gewaltigen Krachen stürzte er in sich hinein. Da nützte es auch nichts, dass er davon überzeugt war, die Wahrheit zu sprechen, als er »Fast fertig« sagte.

Sonnabend

Er musste wie ein Stein geschlafen haben. Die Bettseite zu seiner Rechten, wo Nico gelegen hatte, war leer. Dafür saß Miri mit einem Buch am Fußende und streichelte Serrano, wobei sie sich bemühte, nicht in die Nähe des rudimentären Ohrs zu geraten.

»Wo kommt der Kater her?«

»Der war hier im Schlafzimmer. Das ist Serrano.«

»Ich weiß.« Er überlegte, ob er sie nach Nico fragen sollte. Aber er nahm an, dass sie gegangen war, ehe Zyra und vermutlich auch Miri aufgewacht waren.

Sie hatte den Kater hereingelassen. Da Miri nichts sagte, schwieg auch er. Serrano blinzelte ihn an. Verschlagen, fand Liebermann, wie sollte sonst einer gucken, der von Balkons im dritten Stock sprang.

»Ist dir nicht kalt?«

»Nö«, sagte Miri. »Kann ich Serrano mit zu Omi nehmen?«

Serrano spitzte sein Ohr, und Liebermann grinste. Nicht, dass er etwas dagegen hätte. Seine Exschwiegermutter wohnte im achten Stock eines Hochhauses. Auf ihrem Balkon konnte Serrano beweisen, wie weit her es mit seinem Mut wirklich war.

»Nein. Ich glaube, Katzen reisen nicht gern.«

»Schade«, sagte Miri und fuhr dem Kater noch einmal über den Rücken, ehe sie vom Bett sprang.

Liebermann fielen die Trauerränder unter ihren Fingernägeln auf. Eine ihrer Hände war mit grünen Herzen bemalt. Es wurde Zeit, dass jemand sich ein bisschen mehr um sie kümmerte. Jemand, der keinen Ameisenhaufen im Kopf hatte.

Die Küche wurde von der Morgensonne geflutet. Sie ergoss sich über den Esstisch, die wie golden lasierten Dielen, schimmerte durch die Vorhänge und sogar durch eine an der Kaffeemaschine lehnende Scheibe Toastbrot. Aber es wäre nicht nötig gewesen, Liebermanns Dienstausweis, der mitten auf dem Küchentisch lag, in eine Aureole zu kleiden.

Liebermann sackte auf den nächsten Stuhl. Er war sich sicher, dass er den Ausweis, verborgen im blickdichten Gewand seiner Brieftasche, abends auf den Schreibtisch gelegt hatte.

Eine neue Frage für seine Pinnwand. Gut: *Sie* würde sich auch einiges fragen. Aber schließlich konnte er es ihr erklären. Eine kleine Notlüge bedeutete noch nicht den Untergang der Welt.

Liebermann schluckte kurz, als er an die Liste dachte, die er gestern im Rausch an Olbinghaus geschickt hatte. Vielleicht würde sie sich als bierseliges Hirngespinst herausstellen, eine Warnung der Muse der Kriminalistik.

Im Prinzip konnte er noch dankbar sein, dass die Muse der Kriminalistik so human war. Sie legte sich einem nicht als blasser Mozart in den Weg. Sie sprach deutlich. Und genau das würde er auch tun, jetzt gleich.

Gleich nachdem er Miri zu Theklas Mutter gebracht hätte, korrigierte er, als seine Tochter und Serrano in der Küche erschienen.

Serrano hing wieder an seiner Hose.

»Jetzt nicht. Und lass dir nicht einfallen, mich zu beißen!« Mit einem Schlenker schüttelte er den Kater ab. Unten am Hosenbein knirschte etwas. Fluchend sah Liebermann an sich herunter. Ein sauberer Riss zierte das rechte Hosenbein, nicht allzu groß, aber ausreichend, um sie wegzuwerfen.

»Weiter so, und du kannst deine Aurelia selbst aus der Pathologie holen!«

Serrano duckte sich.

»Glaub nicht, dass mir das in irgendeiner Weise imponiert«, sagte Liebermann.

Serrano knurrte.

»Sehr schön! Hau ab, ich hab was zu erledigen!«

Als Liebermann mit dem Schlüsselbund nach ihm zielte, kniff Serrano die Augen zusammen und verschwand mit einem Murren in seinem Flieder.

Triumphierend sah Liebermann sich um. In der Straße gähnte die übliche Leere eines Samstagnachmittags. Nur Cäsar stromerte ein paar Meter hinter ihm in Richtung Spielplatz.

Liebermann sah ihm nach, bis ihn die Schneebeerenhecke verschluckt hatte, dann gab er sich einen Ruck.

Er musste den Klingelknopf viermal bis zum Anschlag eindrücken, ehe Nico reagierte. Davon, dass sie zu Hause war, kündete nicht nur Nils' Fahrrad, sondern auch eine melancholische Klaviermusik, die aus ihrem geöffneten Wohnzimmerfenster drang. Inzwischen befand sich Liebermanns tiefempfundene Reue auf dem Weg in eine gleichermaßen tiefempfundene Verzweiflung. Nach dem vierten Klingeln endlich hörte er ihre durch den Lautsprecher verzerrte Stimme: »Ja?«

Er lehnte die Stirn an den bröckligen Putz des Hauseingangs. »Ich bin's.«

»Was gibt's? Wollen die Verdächtigen nicht aussagen?«

»Nein. Ich meine, doch. Haben schon ausgesagt. Ich möchte dir etwas erklären.«

Eine Weile hörte er nichts als das leise Summen der eingeschalteten Gegensprechanlage.

»Lass uns in Ruhe!«, sagte Nico endlich und schaltete sie aus.

Liebermann versuchte es noch ein paar Mal, ehe er aufgab.

»Du verstehst das falsch!«, schrie er zu ihrem offenen Fenster empor. Kurz darauf wurde es geschlossen.

Liebermann sah erschüttert auf Serrano, der schon wieder sein Hosenbein anpeilte. »Warum gibt sie mir nicht wenigstens eine Chance?«

»Gib mir wenigstens eine Chance, verdammt!«, brüllte er. Hinter Nicos Fenster blieb alles still, nur eine Frau, die mit einem Kinderwagen um die Ecke bog, wechselte die Straßenseite, und Serrano murrte.

»Ich liebe dich!«

Ein Pfiff war die Antwort. Liebermann drehte sich um. Gegenüber fegte der alte Bellin kopfschüttelnd ein paar Blüten über den Bordstein.

In der folgenden halben Stunde passierte nichts Wesentliches, außer dass Serrano sich vergeblich bemühte, ihn über die Straße zu locken, und Laura den Bürgersteig entlangkam. Liebermann, der inzwischen Posten auf der Kühlerhaube von Nicos Auto bezogen hatte, winkte ihr entgegen. Laura zögerte, dann winkte sie zurück. Vor Nicos Tür machte sie halt.

»Sie ist da, aber sie macht nicht auf«, sagte Liebermann gleichmütig, als sie dreimal kurz hintereinander auf die Klingel drückte. Einen Moment später erklang der Summer. Liebermann sprang wie von der Tarantel gestochen auf.

Als er die Tür erreichte, klickte das Schloss.

»Tut mir leid, Lektor«, hörte er Lauras Stimme von drinnen. Irrte er sich, oder hatte sie den *Lektor* besonders betont?

»Verstehst du das? Was machen die mit mir?«

Serrano sah ihn an, als wollte er sagen: »Das sind Menschen, was hast du erwartet? Willst du etwas wirklich Interessantes erfahren, dann komm mit mir.«

Und Liebermann ließ sich erweichen. Nachgiebig wie ein verwundetes Schalentier kroch er hinter dem Einohrigen her, über die Straße, am Lebensmittelladen vorbei, wo Tante Lehmann und ihr Lehrling damit beschäftigt waren, ihr mageres Gemüsesortiment einzuräumen, zur Nummer 17. Dort holte er ihn ein.

»Ich sagte doch schon: Deine Aurelia ist noch im Reich des Formaldehyds. Wir können sie erst am Montag begraben.«

Serrano rieb sich an seinen Beinen und knurrte.

»Na schön, aber mach es kurz, ich muss denken.« Die Bauarbeiter vorn am Haus waren trotz des Wochenendes noch auf ihren Posten. Offenbar versuchten sie, ihren Auftrag doch noch termingerecht zu erfüllen. Nur Moritz konnte Liebermann nirgendwo entdecken.

Hinten im Hof herrschte eine angenehme Ruhe. Das Baugerüst band die Balkons und Fenster wie je in sein stählernes Korsett, und ein Stück von ihnen entfernt stand die Mörtelwanne, aufrecht und schwarz, als wäre sie nie bewegt worden.

Im Erdgeschoss war ein Fenster offen. All das nahm Liebermann mit einem hilflosen Rundblick wahr, während der Kater ihn verließ. Als Liebermann seine Abwesenheit bemerkte, befand er sich schon auf der zweiten Ebene des Gerüsts.

»Vergiss es!«, sagte er.

Serrano mauzte und kletterte noch ein Stockwerk höher.

»Du erwartest doch nicht, dass ich am helllichten Tag hier herumhangle«, sagte Liebermann. »Ich werde das Treppenhaus benutzen.«

Aber er benutzte es nicht, denn als er den ersten Schritt auf die Einfahrt zumachte, hörte er über sich ein Pfeifen. Ein Fellknäuel zischte durch die Luft, entfaltete sich und schlug eine Sekunde später neben ihm auf. Wie schon am Abend zuvor setzte Liebermanns Puls für einen Moment aus.

Und wieder waren die ersten Worte, die er danach fand: »Du dämliches Vieh!«

Serrano schüttelte sich benommen. Dann setzte er sich neben Liebermann und sah ihn an.

»Das zweite deiner sieben Leben ist futsch. Falls es das ist, was du mir sagen wolltest«, sagte Liebermann. »Oder sollte diese Vorführung eben, wie auch die gestern, meiner Unterhaltung dienen? Bleibst du sitzen!«, raunzte er, als Serrano Anstalten machte, wieder auf das Baugerüst zuzutraben. Unbeirrbar setzte der Kater seinen Weg fort. Mit einem Sprung schnitt Liebermann ihn ab. »Nichts da. Ich werde nicht zusehen, wie du dir das Genick brichst.« Serrano blickte zu ihm auf, und für einen Moment verlor Liebermann sich in den beiden Miniatursonnen, die in seinen Augen tanzten. Winzige Goldtaler. Katzengold, billiger als echtes, aber genauso blendend.

»Aurelia ist nicht gestürzt«, sagte er deutlich. »Sie ist zermalmt worden. Der Daumen, du erinnerst dich. Wenn, dann ist höchstens ...« Das Gold in Serranos Augen floss träge im Kreis. Zwei leuchtende Tümpel, zwei Aureolen. Zwei.

»Ich muss denken«, sagte er und ließ den Kater sitzen. Und diesmal folgte ihm Serrano nicht.

Liebermann irrte durch die Straßen, bis er merkte, dass er das Viertel hinter sich gelassen hatte und dem Strom der Touristen in Richtung Innenstadt folgte. Er ließ sich treiben. Wenn er, was selten vorkam, seinen summenden Kopf hob, begegnete er den Gesichtern fremder Leute. Gut so. Diese Leute gingen ihn nichts an, und er ging sie nichts an, gut so! Er merkte erst auf, als die geschmeidigen Klänge einer Gitarre an sein Ohr drangen.

Ein Stück vor ihm, im Schutz der Liefereinfahrt eines Buchladens, entdeckte er Reiner. Er grinste den Passanten zu, unterbrach sich hin und wieder für ein Späßchen, dann bemerkte er Liebermann.

»Mein Retter!«

Liebermann beschleunigte den Schritt. Der Sänger schlug eine Art Tusch an, überholte ihn und schnitt ihm mit kühn vorgesetztem Bein den Weg ab.

»Das ist der Mann, der mich aus den Klauen des Alkohol befreit hat!«, erklärte er einer vorbeischlurfenden Schulklasse.

»Wow!«, sagte einer der Jungen. »Kann er uns auch von unserer Lehrerin befreien?«

»Reiner«, sagte Liebermann. »Mir geht es nicht besonders. Tu mir einen Gefallen, und lass mich in Ruhe.«

Reiner zog die Augen zusammen. »Probleme mit der Freundin?«

»Vielleicht.«

Der Sänger pfiff leise durch die Zähne. Seine Finger begannen wie von selbst »Yesterday« zu zupfen. »Die Kleine, mit der ich dich vorgestern getroffen habe?«

»Ja.«

Seufzend schlug Reiner sich mit der flachen Hand auf die Tasche seines Jacketts. Liebermann hörte es klimpern. »Ich würde dich gern zu einem Bier einladen. Aber das geht nicht, denn dann bekomme ich auch Durst. Und dann – zack – schlägt er zu, der Geist der Musik.« Reiner lächelte. Nach einer Weile legte er den Kopf schief.

»Was guckst du mich so an? Hab ich Schorf auf der Nase? Das passiert mir manchmal. Ich weiß nicht immer, woher er kommt. Irgendein Ekzem, würde ich sagen.« Er beobachtete besorgt, wie Liebermann die Luft einsog.

»Wie war das noch mal mit dem Geist der Musik?«, fragte Liebermann.

»Was meinst du?«, fragte Reiner zurück. »Er war eben da, zeigte mit seinem bleichen Finger auf mich und sagte: Reiner, du weißt Bescheid. Denk dran, was aus Jimi Hendrix geworden ist!«

»Wirklich? Hat er das wirklich gesagt?«

Reiner stellte behutsam die Gitarre auf einem Fuß ab und dachte nach.

»Nein. Wenn ich's mir richtig besehe, hat er gar nichts gesagt. Aber die Art, wie er da herumlag, die hat es mir gesagt.

Es gibt ja auch eine nonverbale Kommunikation, verstehst du?«

So wie Reiner vor ihm stand, in seinem feinen Anzug, und über nonverbale Kommunikation sprach, hätte er auch einen passablen Lehrer abgegeben.

Wenn ihm der Alkohol nicht frühzeitig seinen feuchten Strich durch die Rechnung gemacht hätte. Er hatte einfach das falsche Ei geköpft, wie Liebermanns Mutter zu sagen pflegte.

Liebermann beugte sich vor, alle Sinne bis aufs äußerste gespannt. »Sag mir, wo du ihn gesehen hast, diesen Geist. Ob du's glaubst oder nicht, es ist wichtig für mich.«

»Hat es was mit deinem Mädchen zu tun?«

»Ich hoffe nicht, trotzdem.«

»Direkt hinter Jürgens Bar, Katinka, kennst du bestimmt.«

»Du meinst dort, wo Jürgen gerade seine Terrasse baut?«

»Ungefähr. Mehr so am Rand, glaub ich. Ich hab mich am nächsten Tag noch mal hingetraut. Mit weichen Beinen, ist klar, aber sie war weg. Nur ein Geist, wie gesagt.«

»Ja. Versuch dich zu erinnern: Wie sah er aus?«

»Hatten wir das nicht schon mal?«, fragte Reiner plötzlich misstrauisch. »Bist du einer von den Psychofuzzis oder den Anonymen Alkoholikern? Willst du mich testen?«

»Nichts von alldem. Ich will wissen, ob er dem Geist gleicht, den ich gesehen habe.«

Reiner klappte vor Staunen der Mund auf. »*Du* hast ihn auch gesehen?«

»Das will ich eben wissen«, sagte Liebermann, dem angesichts der Lüge ein wenig flau wurde.

»Wenn das so ist.« Reiner krauste die Stirn. »Also, versteh mich nicht falsch, aber es würde mich erleichtern, wenn wir beide vom selben Geist sprechen. Ich dachte schon mal kurz ...« Er tippte sich an die Stirn. »Du denkst, du siehst Geister, dabei hat dir der Suff die Rübe weggeblasen. Also:

weiß, er sah ziemlich weiß aus. Na ja, gemessen an der Umgebung.«

»Und sonst? Du sagtest gerade, *sie* war weg, also war es ein weiblicher Geist?«

»Habe ich das gesagt? Lass mich nachdenken! Also, ich hab mir natürlich keine besondere Mühe gegeben, mir dieses weiße Ding einzuprägen, damit es mir nicht dauernd durch die Träume spukt, aber ja, wenn du es auch so siehst, würde ich sagen, dass es ein eher weiblicher Geist war. Aber Achtung, immer unter Vorbehalt!«

»Ist klar. Also weiß. Und sonst?«

Reiner starrte eine Weile auf die Pflastersteine unter seinen Füßen. »Weißt du was?«, sagte er. »Es will mir nichts mehr kommen. Alles verschwommen hier oben, gestaltlos wie eine Amöbe. Pantoffeltierchen, hatten wir damals in der Schule. Aber wie wäre es, wenn du mir deinen Geist beschreibst, vielleicht hilft das.«

Liebermann gab sich große Mühe, so zu tun, als denke er nach. Dann gab er, unter verschwenderischer Verwendung der Worte »bleich« und »unheimlich« eine ziemlich exakte Beschreibung von Charlotte Olbinghaus ab. Dabei legte er ein besonderes Gewicht auf ihre weibliche Figur, die langen Beine und die rote Lockenpracht. Reiner hörte seinem Vortrag konzentriert zu. Manchmal nickte er vage, ein andermal verzog er das Gesicht, aber als Liebermann auf ihre Kleidung zu sprechen kam, schoss sein linker Zeigefinger in die Höhe.

»Das ist sie! Du hast tatsächlich das gleiche Glück gehabt wie ich. Ich hab mich gerade gefragt, was nicht gestimmt hat. Sie war nicht nackt, nicht wahr, denn sonst hätte ich mit Bestimmtheit sagen können, dass es eine Frau war. Aber angezogen war sie auch nicht, dann hätte ich es entweder auch sofort erkannt, oder ich hätte sie einfach für irgendeine Besoffene gehalten, die es aus den Latschen gekippt hat. Sie trug Unterwäsche, das ist es! Nicht nackt und nicht angezogen. Ein komischer Geist, findest du nicht?«

»Ja«, sagte Liebermann im Gedenken an die zweite Sonne. »Ein komischer Geist.«

Er kam gerade rechtzeitig, um sein Handy vom Schreibtisch aufzunehmen, bevor die Mailbox ansprang.

»Hast du unsere Nachricht von gestern nicht abgehört?«, fragte Uwe enttäuscht.

»Doch. Glückwunsch. Ohne mich seid ihr besser dran.«

»Unsinn! Marion meint, dass du sie drauf gebracht hast. Du hast gesagt, dass die Potsdamer üblicherweise erst einmal die Ehefrau von Berlich ins Visier genommen hätten. Da ist ihr das mit der Telefonnummer wieder eingefallen.«

»Das war nicht ich, sondern Zufall.«

»Zufall?« Uwe schwieg einen Augenblick. »Was ist los?«, fragte er dann. »Macht dein Rücken Ärger? Die Frauen, das Kind?«

»Ich weiß es nicht. Irgendwas stimmt nicht.«

»Na ja«, sagte Uwe vorsichtig, »So könnte man's sagen. Seit du bei deiner Exfrau wohnst, sind in ihrer Umgebung zwei Menschen verschwunden. Einer davon ist tot.«

»Zwei.«

»Umso schlimmer. Du solltest lieber wieder herkommen. Berlin ist robuster als dein lauschiges Viertel, Berlin kann dich aushalten.«

Aus einer Dielenritze zwischen Liebermanns Füßen kroch ein Silberfisch.

Vermutlich hatte Uwe recht. Er gehörte nicht in dieses fragile Viertel, in dem die Uhren anders tickten, Katzen in ihren eigenen Fällen ermittelten und Schneiderpuppen zu Königinnen wurden. Ebenso wenig wie Charlotte Olbinghaus oder Stefan Berlich, der im Prinzip auch Berliner geblieben war.

Aber Uwe übersah, dass er im Gegensatz zu diesen beiden nicht einfach gehen konnte. Wegen Miri, und weil er vorher noch Gold von Katzengold zu trennen hatte.

Sein Laptop meldete zwei Posteingänge.

Der erste war eine Rundmail, die die Theateraufführung von »Schneewittchen« ankündigte. Die andere stammte von Hans Olbinghaus.

Liebermann ließ ein paar Minuten verstreichen, ehe er sich entschloss, sie zu öffnen.

Die Antwort des Galeristen war kurz und sachlich. Genau genommen bestand sie aus drei Zeilen. Was Tasche, Ohrringe, Buch, Uhr und Kamera anging, hielt es Olbinghaus für möglich, dass sie seiner Frau gehörten, und forderte Fotos an. Beim Kleid war er sich relativ sicher. Ein schwarzes kurzes Dior-Kleid mit tiefem Ausschnitt und goldenem Gürtel. Er hatte es seiner Frau zu Weihnachten geschenkt. Dann erkundigte er sich, wie Liebermann auf seine Liste kam, und bat um Rückruf. Liebermanns Finger verharrte über der »Löschen«-Taste, bis er lahm wurde. Er ging auf den Balkon.

Rauchend betrachtete er Nicos Fensterfront. Am Zaun lehnte noch immer das Fahrrad mit dem Anhänger. Vermutlich war auch Laura noch dort drüben und wer weiß noch wer. Liebermann drückte seine Zigarette aus und brach auf.

Zunächst klingelte er bei den Bärmanns. Es passierte ungefähr dasselbe wie bei Nico, nämlich nichts. Nach dem zweiten Versuch stiefelte Liebermann die Treppen wieder hinunter und begab sich in den Hof, um einen Blick auf die rückwärtigen Fenster und das Baugerüst zu werfen, das Serrano vorher als Sprungturm gedient hatte. Serrano war ihm seit seiner Rückkehr aus der Stadt nicht mehr über den Weg gelaufen, vermutlich folgte er seinen eigenen Schatten. Nachdem er sich davon überzeugt hatte, dass kein Bauarbeiter in der Nähe war, und nach einigen väterlichen Worten an seinen Rücken begann Liebermann den Aufstieg.

Es war ein unverschämtes Glück, dass das Haus noch

nicht über Kippfenster verfügte. Noch mehr Glück, dass Ralph ein Freund guter Lüftung war, aus welchem Grund er das Fenster des Schlafzimmers nur angelehnt hatte. In diesem speziellen Fall begriff Liebermann es als Einladung, der er, ohne zu zögern, folgte.

Sein Fuß landete in den aufgeschlagenen Decken eines Podestbettes. Die Bärmanns mussten mit ihrem Platz haushalten. Sie hatten jede Möglichkeit genutzt, Stauraum zu schaffen. Liebermann erspähte einen Hängeboden, aus dem wie Münder alter Frauen ein paar zusammengezogene Schlafsackenden lugten. Sonst gab es einen riesigen Kleiderschrank und einen bis auf den letzten Zentimeter behängten Wäschetrockner.

Im Kinderzimmer diente der Hängeboden als Bett für den kleinen Zeichenkünstler von Tante Lehmanns Ladentreppe. Darunter, endlich, wurde Liebermann fündig. Es mussten Hunderte CDs sein, die da aneinandergereiht in dem flachen Regal standen. Die unteren Reihen waren dem Bärmann-Sohn vorbehalten, wie er sah, als er ein paar der Scheiben herauszog. Liebermanns Augenmerk richtete sich auf die oberen.

Nach einer Weile hatte er das von Ralph erwähnte Kaffeehausgeklimper entdeckt, kurz darauf die Frösche, direkt neben »Der Berliner Zoo«. Seine Finger glitten über die Plastikrücken singender Wale, wachsender Gräser und stoppten kurz bei »Von Pulsschlag bis Verdauung«, ehe sie weitersuchten. Ralph hielt die komplette Klaviatur der Geräusche der inneren und äußeren Welt in seinem Regal gefangen, von Vogelstimmen bis Zähneknirschen, aber es war alles nicht das, worauf Liebermann aus war. Nachdem er sämtliche CDs durchgesehen hatte, wandte er sich zum Gehen, enttäuscht und erleichtert zugleich.

Er hatte bereits einen Fuß auf das Fensterbrett im Schlafzimmer gesetzt, als er, einer plötzlichen Eingebung folgend, noch einmal in die Wohnung zurückkehrte. Im Wohnzimmer empfing ihn dieselbe Unordnung wie beim letzten Mal. Liebermann steuerte auf einen Recorder zu, der auf einem Hocker neben der Schlafkiste der Vierlinge stand, und drückte auf den Eject-Knopf. Eine blanke Scheibe glitt ihm entgegen. Liebermann warf einen Blick darauf, seufzte und schob die Klappe wieder zu. Die CD steckte er in die Tasche. Er vermutete, dass sie ihm als Kind auch ein friedliches Einschlafen ermöglicht hätte, aber das tröstete ihn nicht. Er kletterte wieder nach draußen.

Die Bohlen des Baugerüsts zitterten unter seinem Schritt. Liebermann versuchte, es zu ignorieren. Den Blick starr geradeaus geheftet, schwankte er seinem Ziel entgegen, bis seine Finger einen rettenden Fensterrahmen erreicht hatten. Liebermann kratzte sacht an einem von mehreren Mörtelspritzern auf der Fensterscheibe und drehte sich um. Hinter ihm versperrte eine Metallstrebe den steilen Weg nach unten. Er rüttelte prüfend daran, ehe er sich vorsichtig über sie beugte. Ein kurzer Blick, dann richtete Liebermann sich eilig wieder auf und wartete mit geschlossenen Augen, bis der Tumult in seinem Magen sich gelegt hatte. Dann begab er sich mit weichen Knien auf den Rückweg. Die letzte Leiter sparte er sich. Er sprang – um ein Haar in das Küchenmesser der alten Krebs.

Ihr Busen unter dem geblümten Kittel wogte vor Kampfeifer. »Was machen wir denn hier! Stehlen? Plündern – nicht bewegen!« Sie hob das Messer. »Tui ponimajesch?«

Liebermann hatte schon einmal einem erhobenen Messer gegenübergestanden. Aber da hatte es nicht in der Faust einer alten Frau gesteckt. Dieser Unterschied erfüllte ihn mit leichter Unruhe.

»Polizei.«

Die Alte blitzte ihn aus algenfarbenen Augen an, dachte aber überhaupt nicht daran, das Messer herunterzunehmen.

»Beweise!«

»Sie müssten mich an meine Jackentasche lassen.«

Widerwillig trat sie einen Viertelschritt zurück und folgte misstrauisch seiner Hand, die sich in die Tasche seiner Jacke senkte, um nach der Brieftasche zu tasten. Er schlug sie auf und hielt ihr seinen unseligen Dienstausweis hin.

»So dicht kann ich nichts erkennen!«

Seufzend vergrößerte Liebermann den Abstand. Während die Alte den Ausweis studierte, ließ sie das Messer langsam sinken. Am Ende stopfte sie es in ihre Tasche.

»Man kann nie wissen«, schnaufte sie. »Hier treibt sich manchmal Pack herum. Besser, man hat ein Auge drauf.«

»Unbedingt. Ihre Nachbarn können von Glück sagen, dass sie Sie haben.«

»Ich tu nur meine Pflicht«, sagte die Krebs bescheiden.

»Natürlich«, stimmte Liebermann zu und beschloss, die Alte als Geschenk zu betrachten.

»Ich nehme an, Sie sind Ihrer Pflicht auch am Abend des 18. Mai nachgekommen. Das war ein Freitag«, ergänzte er, als er sah, wie ihre Stirn sich zusammenzog.

»Freitags kommt der Krimi«, sagte sie. »20 Uhr 15.«

»Ja. Und danach, ist Ihnen nach dem Krimi vom letzten Freitag etwas aufgefallen? Oder auch vielleicht schon währenddessen?«

Das Gesicht der alten Krebs war ein einziges Fragezeichen. »Freitag? An einem Freitag haben die Russen meine Schwester weggeschleppt. Keine Ahnung, wohin, ist nie wieder aufgetaucht. Ich pass auf, noch mal kommen die mir nicht ungeschoren davon! Die im dritten oben haben da drei oder vier Kleine, da denkt sich vielleicht so mancher, es fällt nicht auf, wenn eins fehlt. Aber er soll's nur versuchen.« Ihre Hand schloss sich um den Griff des Küchenmessers. Ehe sie es herausziehen konnte, sagte Liebermann schnell:

»Ich meine etwas, das nicht so weit zurückliegt. Wie gesagt, letzten Freitag.«

»Ach, hören Sie! Kommen Sie mir nicht mit so was! Letzten Freitag, was soll das heißen? Überletzten Mittwoch, hintergestrigen Donnerstag, ich bin eine alte Frau, ein Freitag ist wie der andere, reden Sie gefälligst Klartext mit mir!« Liebermann begann zu schwanen, dass dieser Pfad in eine Sackgasse mündete. Er probierte es mit einem anderen.

»Neulich im Laden habe ich Sie mit einer sehr schönen Tasche gesehen«, sagte er. »Einer goldenen. Können Sie mir sagen, woher Sie die haben?«

»Ach, daher weht der Wind!«, jaulte die Alte. »Auf die Tasche hat er es abgesehen! Ich sage Ihnen jetzt mal was, junger Mann! Wenn Sie nicht sofort hier verschwinden, dann hole ich die Polizei.«

»Ich bin die Polizei«, erinnerte Liebermann sie geduldig und klappte seine Brieftasche auf.

Die Krebs spähte neugierig hinein. »Donnerwetter!«

»Also: Ich, die Polizei, frage Sie noch mal, woher die goldene Handtasche stammt, die Sie neulich in Tante Lehmanns Laden dabeihatten.«

»Tja, lass mal sehen«, murmelte sie und zog sich am Ohrläppchen, als könne sie auf diese Weise eine Erinnerung aus dem Versteck klingeln. Sie klingelte lange, aber die Erinnerung schlief entweder fest, oder sie war ausgeflogen.

»Als ich Rudolf beerdigt habe, hatte ich sie noch nicht«, sagte sie schließlich nachdrücklich. »Da hatte ich eine schwarze. Vielleicht von Waltraut. Die schenkt mir immer Taschen. Und was für welche. Die ist bloß zu faul, sie zum Roten Kreuz zu bringen. Aber die letzte war in Ordnung.«

»Meinen Sie die goldene?«, fragte Liebermann.

»Nein, die graue. Ich bewahre meine Zwiebeln darin auf. Wollen Sie sie sehen?«

»Danke. Wenn, dann würde ich gern die goldene sehen.«

»Nein, nein, nein«, lachte die alte Krebs und schüttelte so energisch den Kopf, dass Liebermann die wenigen Erinnerungen, die sich noch darin aufhielten, durcheinanderkullern hörte. »Die ist in meinem Schlafzimmer. Da kommen mir keine Männer rein. Nicht mal, wenn die Polizei es befiehlt.«

Liebermann gab sich geschlagen. Mochte die Alte auch noch so senil sein, mit einem Messer verstand sie umzugehen.

Er wünschte ihr einen schönen Tag und wandte sich enttäuscht dem Hofausgang zu. Just in dem Moment, als er ihn erreichte, hörte er einige Stockwerke über sich ein Geräusch.

Ein quengelnder Schrei, etwas wie ein schabendes Wetzen, und dann landete dicht neben seinen Füßen ein Fellklumpen. Fast schon routiniert sprang Liebermann zurück. Serrano zog die Augen zusammen, als er die Alte sah, und flitzte in die Einfahrt.

»Da ist es wieder, das rollige Viech!«, schrie die Krebs. »Haben Sie's gesehen? Die aus dem vierten Stock schmeißen es aus dem Fenster, um uns alle zu erledigen!«

»Wer?«, fragte Liebermann und sah am Baugerüst hinauf. »Laura?«

Aber Frau Krebs hatte sich schon in Sicherheit gebracht.

Bevor er in Theklas Wohnung zurückkehrte, drehte Liebermann eine erschöpfende Runde durch das Viertel. Er achtete darauf, dass er keine Straße ausließ. Während er eine nach der anderen durchmaß, versuchte er, die kleine Welt, in der er seit einer Woche lebte, so zu sehen wie an dem Tag, als er Thekla verabschiedet hatte. Beeindruckt, aber unbeteiligt. Es gelang ihm nicht. Und als er wiederum unter Nicos Fenster stand, beneidete er die alte Krebs um ihre Erinnerungslücken.

Oben in der Wohnung verhängte er alle Fenster, die auf die Straßenseite hinausgingen. Dann verkroch er sich in seiner Höhle und dachte nach. Aber es war, als ob sein Gehirn von Baugaze verhängt wäre. Die Puzzleteile, die sich im Laufe der letzten sieben Tage angesammelt hatten, lagen breit gestreut vor ihm, sie sprachen für sich, dennoch weigerten sie sich, ein Gesamtbild zu ergeben. Liebermann wusste, dass sie auf etwas warteten. Ein Motiv. Er stand auf und ging zur Pinnwand. Irgendwo, irgendwo.

Er fragte sich, ob er seinem Denkvermögen mit einem verfrühten Bier auf die Sprünge helfen sollte. Die Antwort lautete nein. Es war keins mehr da.

Als er sich zu einem weiteren Besuch im Keller durchrang, rief Uwe an.

»Susanne Berlich hat ihr Geständnis unterschrieben. Wird wohl auf Totschlag hinauslaufen.«

»Gut.«

»Hm. Ich bin mir nicht sicher. Weißt du, was ich gerade denke? Dass sie vielleicht auch die Olbinghaus auf dem Gewissen hat. Ihren Mann und dessen Geliebte. Mir kommen ihre Gründe, aus denen sie Berlich an die Havel gefolgt sein will, ein wenig schwammig vor. Und wer sagt uns, dass Charlotte Olbinghaus sie nur angerufen hat. Sie war in Potsdam, als Berlich zu seiner Laudatio unterwegs war. Sie kann ohne weiteres auf einen Sprung zu seiner Frau gegangen sein. Dort hat sie sich in bekannter Weise über Berlich ausgelassen, den Bogen überspannt, und Susanne Berlich hat rotgesehen. Hattest du nicht was von einer Rose in ihrem Auto erzählt?«

Liebermann ließ sich die Theorie durch den Kopf gehen. Sie war schlüssig. Aber sie passte nicht. »Lass sie in Ruhe!«, sagte er.

»Wie bitte?«

An der Erschütterung in Uwes Stimme erkannte Liebermann, dass er schroffer als beabsichtigt geklungen hatte.

»Susanne Berlich hat gerade nach ein paar anstrengenden Tagen ein Geständnis abgelegt«, sagte er etwas milder. »Außerdem erklärt deine Geschichte die Rosen nicht. Wieso hätte sie eine davon in Charlotte Olbinghaus' Cabrio legen sollen, um es dann aus unserem Gesichtsfeld zu schaffen. Ich glaube auch nicht, dass Susanne Berlich etwas vom Verhältnis ihres Mannes mit Charlotte Olbinghaus wusste, bis wir es ihr gesagt haben.«

»Du denkst immer noch, dass Berlich die Olbinghaus verschwinden lassen hat?«

»Eher er als seine Frau.«

»Aber Berlich ist tot.«

»Das ist unser Pech.«

»Wenn er sie nun irgendwo eingesperrt hält?«

»Unsinn, denn irgendwann müsste er sie wieder freilassen, und dann würde sie sich immer noch rächen wollen. Er hat durch sie den alten Olbinghaus erpresst und sie wie einen Apfelgriebsch fallen lassen, als sie dahinterkam. Vergiss das nicht. Wahrscheinlicher ist, dass sie sich dafür zunächst an seinen Rosen gerächt hat und ihm nach dem missglückten Interview nach Rheinsberg gefolgt ist. Siehe Möwen. Das Treffen ist außer Kontrolle geraten, und dann – bumm.«

»Bumm?«, fragte Uwe verwirrt. »Und das Auto?«

Liebermann fuhr sich über die Augen und suchte auf der Pinnwand nach der entsprechenden Notiz. »Sie könnte mit dem Zug gefahren sein«, sagte er unsicher. »Vielleicht hatte sie vorher was getrunken.«

Uwe beließ es bei einem neutralen »Aha«. Etwas später fügte er hinzu: »Reden wir eigentlich von Charlotte Olbinghaus oder von ihrer Leiche?«

»Ich für meinen Teil rede seit geraumer Zeit von einer Leiche«, sagte Liebermann müde.

»Dafür gibt es genau genommen aber noch immer keinerlei Anhaltspunkte.«

»Doch – keine Wellen. Nicht mal ein leichtes Plätschern, nichts. Sie ist tot, und ich rede Unsinn. Das liegt an den Kopfschmerzen.«

»Kopfschmerzen?«, fragte Uwe mit plötzlich veränderter Stimme. »Was sind das für Kopfschmerzen? Dröhnende oder stechende? Eher im Stirnlappen oder im Nacken? Leidest du auch unter Schüttelfrost? Wenn ja, geh sofort zum Arzt! In Charlottenburg gab es zwei Fälle von Meningitis.«

Liebermann seufzte. »Hör auf zu arbeiten, und geh nach Hause!«, sagte er. »Es ist Wochenende.«

Nachdem er den aufgeregten Kommissar Schüler sich selbst überlassen hatte, starrte Liebermann auf den Vorhang des Wohnzimmerfensters und massierte seine Schläfen. Er hatte das Auto vergessen. Er stand auf und lief wie ein Tiger mehrere Runden um den Teppich, ehe er sich wieder setzte und einen Zettel von der Pinnwand klaubte. Nein, er hatte es nicht vergessen. Es passte alles. Es gab nur kein Motiv!

Seine Augen flogen über die unselige Korkwand. An einem der unteren Zettel blieben sie hängen. Zögernd löste Liebermann ihn ab und legte ihn neben den anderen.

Silberfresser. Er las es wieder und wieder, und sein Herz schrumpfte dabei auf die Größe eines Kirschkerns. Ehe es sich ganz auflöste, schob er die beiden Zettel zur Seite und griff nach einem Schreibblock und Kugelschreiber.

Um halb drei erwischte Liebermann die Krämerin gerade noch beim Abschließen der Ladentür und schob ihr wortlos einen Brief in die Hand. Dann ließ er sie stehen und hastete weiter.

Unterwegs bereute er, seine Jacke nicht mitgenommen zu haben. Dabei zeigte das in Kaktusform gehaltene Außenthermometer des Katinkas vierundzwanzig Grad, und sogar die Fleischerei hatte eine Eisfahne herausgehängt. Nils' Brief steckte Liebermann mit Nicos zusammen in ihren Kasten. Liebermann war sich sicher, dass die beiden nach Erhalt ihrer Post ohnehin Kontakt zueinander aufnehmen würden. Ein Brief oder ein kaputter Fenstergriff, es war alles dasselbe. Die Bärmanns, Goran, Laura und Estrella – er hatte die Sphinx beim Schwanz gepackt! Mit federleichten Beinen wanderte Liebermann von einer Tür zur nächsten und hinterließ überall einen Umschlag. Nicht nur

Moritz konnte den Postboten spielen! Als er fertig war, dehnte er seinen Spaziergang auf die Markthalle aus, die – wie er vernommen hatte – nicht mehr zum Viertel gehörte.

Wahrscheinlich gab es dort auch am Samstag bis zwanzig Uhr Bier.

Der Fremde war wirklich zu blöd. Er hatte das mit Aurelia doch auch begriffen, oder nicht? War ja auch nicht schwer: einmal genau hingeguckt, das Gesehene weitergeleitet, bei der Gelegenheit etwas störende Petersilie aussortiert, und fertig. Wie hatten die Menschen nur all das zustande bekommen, Vierräder und Häuser, ganz zu schweigen von den elektrischen Messern des Fleischers, wenn sie nicht einmal in der Lage waren, eine so simple Demonstration zu deuten? Dazu dreimal hintereinander! Noch einmal würde er nicht springen. Er hatte sich beim letzten Mal die linke Hinterpfote verstaucht, er würde sich nicht umbringen, nur weil einer zu blöd war. Außerdem hatte er den alten Knochen wachgerüttelt. Vermutlich würde der von nun an Tag und Nacht mit seinem Messer auf der Lauer liegen. Nur der Fremde nicht. Der saß in seinem Unglück, trank Flüssigkeiten, von denen er übel aufstieß und den geraden Gang verlor, und verstand keinen Stich. Schade drum. Serrano hatte den Fremden mit dem nebligen Blick fast mögen gelernt. Aber sich mit der Dummheit abzugeben, hatte Bismarck einmal gesagt, machte einen über kurz oder lang selbst dumm. Und das riskierte Serrano nicht. Er war es Bismarck schuldig, wenn auch sonst niemandem mehr.

Was das betraf, hatte Serrano sich entschieden. Es hatte auf der stinkenden Decke des Fleischers begonnen. Sicher gewesen war er erst nach seinem zweiten Besuch bei Streuner. Für eine weise Entscheidung musste man sich Zeit nehmen, die erste und letzte Silbe deutlich auszusprechen. Auch einer von Bismarcks Sprüchen. Wo er die wohl herhatte? Vielleicht von einem wesentlich älteren Lehrer, der ausschließlich Sprotten gefressen und unter einer Weide gelebt hatte.

Er fand Cäsar in einem der offenen Schuppen, die zur Kirche gehörten. Maja hatte ihm den Tipp gegeben. Obwohl sie sich seit einer Woche kaum einen Schritt aus ihrer Kinderstube bewegt hatte, wusste sie so etwas. Das beruhigte Serrano irgendwie. Es würde sich nicht viel ändern.

Cäsar legte eine Pfote auf die Maus, die er gerade gefangen hatte, und ging in Abwehrposition.

»Lass gut sein«, sagte Serrano zu ihm. »Ich will deine Maus nicht. Im Gegenteil, ich will dir ein Angebot machen.«

Tante Lehmann konnte sich nicht erinnern, ihren Laden während der letzten Jahre jemals so voll gesehen zu haben. Nils hatte die Biergarnitur von draußen hereingeholt und vor dem halbleeren Kühlregal aufgebaut. Er saß nun neben Nico, die sich mit Jürgen über die bevorstehende Jubiläumsfeier der Bar unterhielt. Sie beachtete Liebermann nicht. Verlief sich ihr Blick doch einmal in seine Richtung, sah sie durch ihn hindurch.

Liebermann war hin- und hergerissen zwischen dem Wunsch, ihr Handschellen anzulegen oder den kleinen Fleck verschmierter Wimperntusche unter ihrem Auge wegzuküssen, damit niemand sah, dass sie geweint hatte.

Er fragte sich, was die Schneiderpuppe wohl im Moment trug. Ob sie nackt war, oder ob Nico ihr ihren Morgenmantel übergezogen hatte, damit sie nicht fror, während das schwarze Kleid, zusammen mit all den anderen Sachen, wieder zu einem Ganzen zusammenwuchs.

Zu diesem Zweck hatte Liebermann eine leere Bananenkiste auf den Tisch gestellt und die Ankömmlinge gebeten, das *entsprechende* Teil hineinzulegen, ehe sie sich setzten. Außer der alten Krebs waren inzwischen alle da.

»Sie hat's vergessen«, sagte Tante Lehmann, die sich nicht entschließen konnte, ihren vertrauten Platz hinter der Theke aufzugeben. »Michael!«

Der Lehrling kam hereingeschlurft.

»Geh und hol Frau Krebs!«

Verdutzt sah Michael sie an.

»Und achte drauf, dass sie ihre Geldbörse mitnimmt«, fügte Tante Lehmann hinzu. »Dann kann sie gleich ihre Schulden begleichen.«

»Und ihre goldene Tasche«, ergänzte Liebermann. Er fühlte den eisigen Hauch, der von allen Seiten kam.

Da saßen sie, unterschiedlich wie nur irgendetwas: Ein Kneipier und seine Angestellte, eine quasi bankrotte Ladeninhaberin, ein Vierlingsvater, eine Hebamme, ein Hausmeister, ein Restaurator, eine Studentin und ein Kroate, der seiner Familie ein wenig Taschengeld dazuverdiente, indem er Schrott sammelte und Getränke ausfuhr, und endlich auch die alte Krebs, die eben in Michaels Begleitung durch die Tür kam. Ein wenig dement vielleicht, aber dennoch mitten im Geschehen. Eine ihrer knorrigen Fäuste umklammerte die Tasche.

»Gibt's was zu feiern?«

Nils grinste dunkel. »Zu feiern gibt's immer was. Setz dich.«

Die Krebs blieb stehen. »Seit wann duzen wir uns?«

»2005, das Toilettenfenster«, erinnerte Nils sie.

Die Alte schob die daunenartigen Brauen zusammen und beschloss, das Thema ruhen zu lassen. Sie orderte einen Stuhl. Als Michael ihr einen gebracht hatte, lächelte Tante Lehmann ihm zu. »Feierabend.«

»Aber der Tisch und die Bänke!«, sagte er hoffnungsvoll.

»Das machen wir, bevor wir gehen.«

Michael sah sie flehend an. Doch Tante Lehmann blieb hart. »Ich hab deiner Mutter versprochen, dich nach Hause zu schicken, wenn ich dich sehe.«

Als der Lehrling zur Tür hinausgeschlichen war, kam sie endlich hinter der Theke hervor, um sich neben Laura zu setzen.

»Der Junge bricht mir noch das Herz. Was mach ich nur mit ihm? Ich kann ihn doch nicht hier wohnen lassen, selbst wenn … Immerhin sind es doch seine Eltern!«

Liebermanns Finger spielten schon seit einer Weile Walzer auf der Tischplatte.

Er sah traurig auf seine Bekannten, die beinahe zu Freunden geworden wären. Am längsten ruhte sein Blick auf Nico, die den Kopf gesenkt hielt und zerstreut mit einer

Erdnuss spielte. Unterhalb seiner Rippen begann etwas zu beißen. Besser, er brachte es hinter sich. »Schön, dass ihr da seid.«

»Klingt wie der Auftakt einer Vereinssitzung«, sagte Nils grinsend.

Liebermann lächelte trübe. »Vielleicht ist es das ja. Ein Verein zur Bewahrung eines Geheimnisses.«

»Was?« Die alte Krebs stellte Lauras Glas auf den Tisch zurück. »Ich war noch nie in einem Verein. Ich lasse mir nichts anhängen!«

Tante Lehmann tätschelte ihren Arm. »Ich hol dir einen Holunder.«

»Also dann«, sagte Liebermann, als sie wieder saß. »In den Briefen, die ich euch gebracht habe, stand, außer Uhrzeit und Ort, nur, was ihr mitbringen sollt und dass es die Möglichkeit gibt – die sehr eventuelle Möglichkeit –, einer amtlichen Vorladung zu entgehen. Niemand hat mich gefragt, was das soll. Ihr seid einfach gekommen, und zwar alle. Ich frage mich, warum.«

Er stand auf und legte die Sachen aus der Kiste auf den Tisch. Zuerst das Kleid, Estrellas Ohrringe zu beiden Seiten darüber, links die Uhr, rechts die Digitalkamera und das Notizbuch.

»Hilfe!«, kreischte die Krebs, als er ihr unter gemurmelten Worten der Entschuldigung die Handtasche entwinden wollte. Mit der freien Hand begann sie, auf Liebermanns Arm einzuprügeln.

»Lassen wir die Tasche. Wir wissen, dass sie dazugehört. Und nun seht euch an, was bei meinem Puzzle herausgekommen ist.«

Nils grinste noch immer, aber Nico und Estrella waren blass geworden. Die Männer sahen an ihm vorbei, bis auf Goran, der ihn anstarrte, als sei er der Leibhaftige persönlich. Die alte Krebs umklammerte ihre Tasche. Tante Lehmanns Blick hing niedergeschlagen an der Stelle, an der sich vor einigen Stunden noch ihre Armbanduhr befunden hatte.

»Ich erzähle euch eine kleine Geschichte«, sagte Liebermann. »Es würde mich interessieren, was ihr davon haltet:

Es war einmal eine Familie mit fünf Kindern, von denen vier erst wenige Tage alt waren. Für diese vier interessierte sich eine Journalistin, machte einen Termin mit den Eltern für ein Interview, mit allem Drum und Dran, was in diesem Falle Fotos bedeutet, und stand zur vereinbarten Zeit vor der Tür.

Doch statt des erwarteten Interviews erhielt sie plötzlich ein Geschäftsangebot. Und zwar verlangten die Vierlingseltern für Fotos und Gespräch nun einen Bus. Die Journalistin reagierte verärgert. Schließlich erbat sie sich Bedenkzeit und ging. Ende Teil eins der Geschichte.

Teil zwei beginnt mit merkwürdigen Geräuschen, die die Vierlingseltern am selben Tag so gegen halb neun hinter ihrem Wohnzimmerfenster hören. Einen Schrecklaut, gemischt mit Katzengekreisch, dann Poltern, etwas in der Art. Als sie zum Fenster stürzen, ist nichts zu sehen, außer vielleicht, dass eine der Querstreben des Baugerüsts fehlt, das sich schon seit Ewigkeiten um das Haus zieht. Ansonsten versperren die Bohlen des Laufstegs die Sicht nach unten. Sie machen sich also auf den Weg in den Hof. Unten treffen sie, ich würde sagen, drei Leute. Genau genommen, vier. Zunächst eine alte Frau aus dem Parterre. Vielleicht guckt sie aus dem Fenster, um zu sehen, welche Art von Krawall sie da bei ihrem Krimi stört. Ferner sind ein Mädchen aus dem vierten Stock und die Hebamme der Vierlingseltern, die wegen eines Nachsorgetermins gerade auf dem Weg zu ihnen war, durch die seltsamen Geräusche in den Hof gelockt worden. Die vierte Person hat das Zeitliche leider schon gesegnet, sie ist den Versammelten unbekannt, nicht so aber den Vierlingseltern. Es ist die Journalistin vom Nachmittag. Sie liegt neben einer bepflanzten Kühltruhe, und neben ihr wiederum liegt die fehlende Strebe.«

Er machte eine Pause und sah auf Nico, die in ihre Erdnuss vertieft war. Auch die anderen, mit Ausnahme von Nils, der ihn herausfordernd anstarrte, hielten die Blicke gesenkt.

»Gut denn. Wenn kein anderer die Geschichte fortsetzen will, tu ich's. Das ist mein Job, denn wie ihr mittlerweile vermutlich alle wisst, bin ich Bulle. Der Kater in eurem Mäusezirkus, das Mutterkorn im Getreide, nennt es, wie ihr wollt. Jedem der im Hof Anwesenden muss klargewesen sein, was passiert war. Die Journalistin ist gefallen, und zwar vom Baugerüst, was die Strebe nahelegt, und zwar aus dem dritten Stock, wo sie fehlt. Und da kommt der Silberfresser ins Spiel. Es ist allgemein bekannt, dass es jemanden gibt, der in regelmäßigen Abständen am Baugerüst herumschraubt und Teile herausnimmt. Vielleicht will er die Sanierung damit verzögern, was ihm gelingt, vielleicht verkauft er die abmontierten Teile auch, vermutlich beides.

Die Leute im Hof rechnen eins und eins zusammen und kommen auf Folgendes: Die abgewiesene Journalistin hat versucht, auf eigene Faust an die Bilder zu kommen, die ihr für ihren Artikel über die Vierlingsfamilie noch gefehlt haben. Für den Text genügen vermutlich die am Telefon und in der Tür gewechselten Sätze und der kurze Eindruck, den sie von der Wohnung der Familie gewonnen hat. Die Leser ihrer Zeitung interessieren sich ohnehin mehr für Bilder. Aber unter den gegebenen Umständen schien es sinnlos, einen Fotografen in die Wohnung der Familie zu schicken – es sei denn, er bringt den gewünschten Bus mit, was für die Zeitung, in ihrer gegenwärtigen finanziellen Lage, völlig außer Frage steht.

Selbst ist die Frau: Sie hat gewartet, bis es einigermaßen ruhig um das Haus war, und ist dann auf das Baugerüst geklettert. Von hier aus hat sie mit ihrer Digitalkamera durch das Wohnzimmerfenster ein paar Fotos geschossen. Alles geht glatt, bis plötzlich schräg über ihr ein Fenster geöffnet und eine Katze herausgeworfen wird, die das Baugerüst in gestrecktem Galopp abwärtsrast. Ich sollte vielleicht erwähnen, dass die Katze läufig ist, was ihr eine gewisse Unzurechnungsfähigkeit zubilligt, aber nichts daran ändert, dass die Journalistin vor Schreck gegen die Brüstung prallt. Pech für sie, dass gerade die Strebe, an der sie Halt sucht, nur noch lose in ihrer Verankerung liegt, denn sie gehört zu denen, die der Silberfresser für diesen Abend auf seine Liste gesetzt hat. Mitsamt der Strebe stürzt die Journalistin in die Tiefe. Drei Stockwerke, der Boden unten im Hof ist mit Büschen, Küchenkräutern und Rasen bewachsen. Vielleicht hätte sie es überlebt. Aber wen das Pech trifft, den trifft es richtig. Denn unten erwartet sie die Kühltruhe, und die bricht ihr das Genick. Und leider erwartet sie noch jemand.« Liebermann sah bedauernd zu Laura und Estrella. »Die Katze. Sie ist kurz vor der Journalistin auf der vermeintlich sicheren Erde angekommen, nur um sie gleich darauf für immer zu verlassen. Ihr erstes Grab war nicht das Blumenbeet unter der Mörtelwanne, sondern der Körper der Journalistin, der aus ihr, ich zitiere: eine Briefmarke gemacht hat.« Laura schreckte hoch, senkte den Blick aber sofort wieder.

Liebermann wandte sich den anderen zu.

»Die Frage, die alle beschäftigt ist: Was nun? Das Natürlichste wäre, einen Arzt und die Polizei zu rufen. Die würde unter den gegebenen Umständen mit aller Kraft nach dem Silberfresser suchen. Ganz abgesehen davon, dass die Inhaberin der Kühltruhe ihr Fett wegbekommen würde, weil sie sie nicht ordnungsgemäß entsorgt hat. Nicht zu vergessen die Besitzerin der Katze und ihre Mitbewohnerin.«

»Katzen?«, schnaufte die Krebs. »Verflöhte Biester!«

Estrella reichte Laura ein Taschentuch.

»Lassen wir die Katze«, sagte Liebermann. »Aurelia hat

ihren Eifer teuer bezahlt. Bleiben die Ladeninhaberin und der Silberfresser. Mit etwas Talent könnte man die Ladeninhaberin vielleicht auch aus der Bredouille schlagen. Bleibt immer noch das Gerüst. Man kann die Strebe nicht einfach wieder anschrauben, denn dann gäbe es keine Erklärung, wie die Leiche in den Hof geraten ist. Niemand würde an einen freiwilligen Sprung aus dem dritten Stock glauben, nicht wahr? Und es würde nicht lange dauern, bis eine gewisse Baufirma die Polizei an ihren Erfahrungen mit dem mysteriösen Silberfresser teilhaben lässt. Tja. Eigentlich kann das der Runde, die dort im Hof versammelt ist, egal sein. Ist es aber nicht!«

Goran war während der letzten Minuten immer tiefer unter den Tisch gerutscht. Nico starrte Liebermann an, wie ein Insekt, das sie gerade am Rand der Tischplatte entdeckt hatte.

»Es kann dafür nur einen Grund geben«, sagte Liebermann. »Alle, wie sie dort standen, kannten den Silberfresser, und fast alle«, er ließ seine Augen über die verwirrt dreinblickende Krebs schweifen, »haben seine Arbeit *gebilligt*, wenn nicht sogar *unterstützt*. Sie wären sich wie Verräter vorgekommen, wenn sie ihn der Polizei ausgeliefert hätten. Vielleicht wäre es für den einen oder anderen sogar gefährlich gewesen.« Diesmal nahm er Moritz ins Visier, der mit ausdruckslosem Gesicht zwischen Laura und Ralph saß.

»Auf der anderen Seite«, fuhr er fort, »war die Journalistin zweifelsohne tot, und nichts und niemand konnte sie mehr zum Leben erwecken. Der Hof ist von Sträuchern und Bäumen umgeben und schlecht einsehbar, und es war dämmrig, denn ein Gewitter war im Anmarsch. Man konnte davon ausgehen, dass alle, die den Unfall mitbekommen hatten, sich mittlerweile an Ort und Stelle befanden. Wahrscheinlich gab es eine kurze Diskussion, an deren Ende man sich einig wurde, die Leiche verschwinden zu lassen. Charlotte Olbinghaus würde sich einfach auflösen, und Goran sowie Tante Lehmann, vielleicht auch Laura, Estrella und

Moritz, wären außer Gefahr. Allerdings stellte sich nun die praktische Frage der Umsetzung dieses Plans. Es musste schnell gehen und möglichst ohne viel Aufhebens. Und da sind wir bei Nils und Jürgen.

Bis auf Frau Krebs vielleicht wissen alle, dass der Besitzer ihrer Stammkneipe dabei ist, sich zu vergrößern, indem er von Nils hinter seiner Bar eine Terrasse anlegen lässt. Außerdem besitzt er einen Kleinbus, und, das ist der springende Punkt, er ist in die Katzenbesitzerin Estrella verliebt, die bei ihm kellnert. Auf einen Anruf hin kommt er sofort und hilft, die Tote in seinen Bus zu verladen. Dazu bringt er Nils mit, den allgegenwärtigen Hausmeister, der für jedes Problem eine Lösung weiß und schon seit längerem ein Auge auf die im Hof anwesende Hebamme geworfen hat.« Diesmal vermied er es, Nico anzusehen, die ihn vermutlich gerade erdolchte.

»Doch bevor die beiden, unterstützt durch den Vierlingsvater Ralph, zur Tat schreiten«, sagte er, indem er einen Zipfel des schwarzen Kleides anhob, »geschieht etwas, dessen Sinn sich mir entzieht. Die nunmehr Verschworenen teilen die Sachen der Toten unter sich auf. Handy, Tasche, Kamera und vielleicht noch der ein oder andere Gegenstand, der mir bisher entgangen ist, wechseln den Besitzer. Nicht nur das: auch ihre Uhr, die Ohrringe und vor allem das Kleid! Das Kleid trug sie an ihrem Körper. Es ihr auszuziehen ist nichts weniger als Leichenfledderei, es ist ekelhaft, widerlich!« Das Letzte zischte er Nico entgegen. Er benutzte absichtlich brutale Worte, denn er war an einem Punkt, der ihn schmerzte. An dem Nico ihm abhandenkam, als hätte er sie nie gekannt.

Nico war auf ihrem Stuhl erstarrt. Dafür zuckte es deutlich durch den Rest der Tischgemeinschaft. Die Blicke dreier Augenpaare explodierten auf dem Weg zu Nils. Estrella weinte. Jürgen strich ihr hilflos über das Haar, während Tante Lehmann mit wächsernem Gesicht auf die

Kellertür starrte, aus der für gewöhnlich ihr Lehrling erschien, und Ralph auf seiner Unterlippe herumnagte.

»Ich hab dir gleich gesagt, dass es eine bescheuerte Idee ist«, sagte Jürgen plötzlich zu Nils.

»Sie hat's doch nicht mehr gebraucht!«, verteidigte sich Nils. »Es wäre einfach verrottet, schade drum.«

Nico wurde aschfahl. »Du hast mir *ihr* Kleid geschenkt?«

»Und mir ihre Ohrringe?«, stammelte Estrella und schüttelte Jürgens Hand ab.

»So eine Scheißidee«, wiederholte Jürgen.

Die Farbe, die den beiden Frauen verlorengegangen war, fand sich in den Wangen des Hausmeisters wieder. »Tu nicht so, als ob du es nicht gewusst hättest«, sagte er zu Nico. »Du hast sie schließlich gesehen, als sie das Kleid noch anhatte.«

»Im Dunkeln«, schrie Nico auf. »Zwischen Schnittlauch und Pfefferminze! Und sie war tot, denkst du, da betrachte ich ihr Kleid? Ich weiß nur noch, dass sie einen goldenen Gürtel trug. Du hast ihn abgemacht, du Ekel! Du hast mich in das Kleid einer Toten gesteckt! Von wegen *Theaterfundus*!« Sie begann zu zittern.

Liebermann atmete flach. Sie hatte es nicht gewusst. Und Nils hatte es für *sie* getan. Hatte der Versuchung nicht widerstehen können, sie einmal in diesem Kleid zu sehen. Wenn Liebermann ehrlich war, konnte er es sogar verstehen. Als Mann, nicht als Bulle.

Nicos Entsetzen spiegelte sich auch in den Mienen der anderen wider, mit Ausnahme derer von Jürgen, Ralph und der alten Krebs, die über dem Streit eingeschlafen war. Ihr Kopf lag auf ihrer kostbaren Trophäe, die keine Macht der Welt ihr mehr entreißen würde.

Liebermann zog seine Zigaretten heraus.

»Was ist mit der Uhr?«, fragte er. »Hast du die auch vom Handgelenk der Toten gefummelt, um sie Tante Lehmann zu schenken?«

»Nein«, sagte Tante Lehmann. »Die Uhr lag auf dem Rasen. Sie muss beim Aufprall abgefallen sein. Und die Tasche«, sie stockte und sah Laura an.

»Lag noch im Beet, als die Jungs mit ihr abgefahren sind«, fuhr Laura leise fort. »Wir wussten nicht, wohin, und dann … Wir wollten sie wegwerfen, aber als Moritz kam, meinte er, wir sollten die Sachen darin verteilen. Dann könne sich später niemand aus der Affäre ziehen.« Sie griff sich in die Frisur und legte eine große, annähernd runde Sonnenbrille auf den Tisch, die Liebermann noch nie gesehen hatte. Er nahm sie und betrachtete sie kurz. Dann legte er sie behutsam in die Kiste. »Noch etwas?«

Moritz fügte der Sammlung einen goldenen Kugelschreiber hinzu. Goran schüttelte den Kopf, ebenso Jürgen. Nils zuckte die Achseln. »Ich hatte ihr Feuerzeug. Aber ich hab's Reiner geschenkt, weil er mich dauernd um Feuer angeschnorrt hat.«

»Woher weißt du das mit der Kühltruhe?«, fragte Ralph. Er saß friedlich in seiner Ecke und sah Liebermann aus seinen sanften braunen Augen an. »Ich habe sie extra abgewischt.«

Liebermann lächelte leicht. »Es war Farbe abgeplatzt. Außerdem ist es kaum möglich, Blätter von Erdbeerpflanzen wieder zu befestigen, wenn sie einmal abgerissen sind. Und gleich neben der Truhe war das Katzengrab. Nils hat Aurelia dort beerdigt, wo sie gestorben ist. Du hättest nicht dieselben Blumen bei Bismarck pflanzen dürfen«, sagte er zu dem Hausmeister. »Jemand hat sie erkannt.«

»Wer?«, fragte Nils.

»Serrano.«

Der Hausmeister wirkte nicht überrascht. »Irgendwas entgeht einem immer.«

»Ja. An alles kann man nicht denken. Dabei habt ihr an vieles gedacht. Sogar an einen Anruf, der mich und meine Kollegen irrigerweise nach Rheinsberg geführt hat. Dabei ist es so einfach: Ralph hatte das Handy geerbt und mit hinauf in die Wohnung genommen. Es muss ungefähr neun gewesen sein. Und plötzlich klingelt es!

Ein anderer in seiner Lage hätte es vermutlich einfach unbeachtet gelassen. Ralph dagegen, der Meister der Geräusche, wittert sofort eine Möglichkeit, den Anrufer auf eine falsche Fährte zu locken, indem man ihn glauben lässt, die Tote wäre um neun noch quicklebendig. Zwar kann oder will sie aus irgendeinem Grund gerade nichts sagen, aber im Hintergrund ist deutlich zu hören, wo sie sich aufhält. Er muss das angeschaltete Handy nur ans Bett der Vierlinge halten, wo, wie jeden Abend, die CD ›Die Stimme des Meeres‹ läuft.«

Liebermanns Lippen spitzten sich.

»Nicht schlecht. Weiter: Die Leiche befindet sich inzwischen auf dem Hof des Katinkas und wird dort an einer Stelle begraben, die ohnehin für eine Begrenzungsrabatte vorgesehen ist. Später wird Nils Rhododendron darauf pflanzen. Und nun passiert der einzige Patzer im Ablauf der Ereignisse.

Ihr hättet Wachen aufstellen sollen. Denn als die Beerdigung in vollem Gange ist, kommt Reiner von der Arbeit und kürzt seinen Heimweg über den Hof ab. Er ist zwar sturzbesoffen, registriert aber die Leiche neben der Grube. Die Totengräber werden bei seinem Auftauchen in den Hintereingang der Bar geschlüpft sein. Und Reiner tut, was jeder tun würde, ob besoffen oder nicht: Er meldet seinen Fund bei Estrella in der Bar, die ihren Platz am Tresen die ganze Zeit nicht verlassen hat.« Liebermann brach ab. »Hier gibt es eine kleine Lücke. Ich weiß nicht genau, ob es Estrella war, die Reiner eingeredet hat, er hätte den Geist der Musik gesehen. Für meinen Geschmack klingt es eher nach Nils. Jedenfalls glaubt er es bis heute, und sein Glauben trägt Früchte, würde ich meinen. Er hat den Alkohol an den Nagel gehängt. Das ist, mit Verlaub, das einzig Gute, das ich der ganzen Angelegenheit abgewinnen kann. Ansonsten ist sie nichts als eine Katastrophe, ausgelöst durch einen Streich, der vielleicht Zehnjährigen ansteht, nicht aber einer Gruppe intelligenter Erwachsener. Ich weiß nicht einmal, was mich mehr ankotzt: eure Naivität, mit der ihr dieses Viertel zu einer Art Sherwood Forest erklärt habt, die Feigheit, euch der Katastrophe, als sie einmal eingetreten war, zu stellen, oder die Kaltblütigkeit, mit der ihr sie vertuscht habt. Ihr habt doch sonst so viel Phantasie, warum habt ihr sie nicht genutzt, um eine Lösung zu finden, die Goran und seine Familie aus dem Allerschlimmsten hätte heraushalten können, ohne dabei eine Leiche zu ignorieren? Natürlich wäre es nicht ohne Opfer abgegangen, aber verdammt – diese Tote hat ein viel größeres Opfer gebracht, für nichts. Euch ist doch klar, dass es genauso gut einer der Bauarbeiter hätte sein können, der vielleicht eine ebenso große Familie zu ernähren hat wie Goran hier? Und als Letztes kotzt mich die Vorstellung an, euch auf Jürgens neuer Terrasse über Nichtigkeiten schwatzen zu sehen, während ihr euer Feierabendbier trinkt, ohne einen Gedanken daran zu verschwenden, welcher besondere Dünger für die prächtigen Blüten des Rhododendrons neben euch verantwortlich ist. Eure beschissene, kleingeistige Wohlgefälligkeit kotzt mich an.«

Liebermann lehnte sich gegen das schmale Stück Wand zwischen Tür und Schaufenster. Er war erschöpft, und sein Herz brannte. Er wünschte sich, dass irgendjemand aufstand und ihm sagte, dass jeder Satz der vergangenen halben Stunde, einschließlich jener, die er gerade vor sie hingespuckt hatte, völliger Unsinn war. Dass es nun langsam Zeit wurde, zu den wirklich wichtigen Themen des Abends zu kommen. Aber das Schweigen dehnte sich aus, füllte den Laden bis in die Lücken zwischen den wenigen Waren in den Regalen und wurde nur vom leisen Schnarchen der alten Krebs unterbrochen.

»Entschuldigen Sie!«, sagte Liebermann zu Tante Lehmann, die kerzengerade auf der Bank saß, und steckte sich eine Zigarette an. Zu seiner Überraschung zog sie auch eine aus der Schachtel. Und endlich lösten sich zumindest die Hände. Aus Taschen wurden Päckchen gekramt, Feuerzeuge blitzten, und wenige Sekunden später krochen die ersten Schwaden durch die Luft.

Es war Moritz, der zuerst den Mund aufmachte. »Und was wirst du nun tun, Lektor? Nimmst du uns alle fest?«

»Ich weiß nicht, was ich tun soll«, sagte Liebermann aufrichtig.

Aller Blicke richteten sich auf Goran, der das Gesicht in den Händen vergraben hielt.

»Vielleicht gibt es eine Möglichkeit«, sagte Liebermann langsam. »Es hängt von euch ab. Wo ist übrigens das Auto?«

Moritz hielt seinem Blick stand. »Inzwischen wohl in Ägypten.«

Liebermann nickte. »Und gehe ich richtig darin, dass der Erlös geteilt und in Umschläge verpackt wurde, die sich jetzt in zehn verschiedenen Haushalten befinden?«

»Neun«, korrigierte Moritz mit Blick auf die selig schlummernde Krebs.

»Es gibt also etwa achttausendeinhundert Euro, die hier irgendwo herumschwirren. Das ist das Erste. Das Zweite ist das Baugerüst. Ihr könnt die Sanierung nicht ewig aufhalten. Irgendwann ist Goran dran und dann auch du, Moritz. Wo sind die Gerüstteile?«

Moritz zögerte, bis ausgerechnet Nils ihm ein Zeichen machte. »Im Schuppen hinter meiner Werkstatt.«

»Es wäre gut, wenn sie wieder auftauchten.«

Gorans Gesicht hob sich aus seinen Händen. Seine Augen waren feucht.

Liebermann bot ihm eine Zigarette an. »Und jetzt reden wir über die Möglichkeit«, sagte er.

Es war 23 Uhr durch, als sie aufbrachen.

Im Katinka herrschte noch Hochbetrieb, auch wenn einige der Stammgäste fehlten. Sie standen auf der fast fertigen Terrasse hinter der Bar. Nur die alte Krebs war abwesend. Sie war von Ralph und Laura nach Hause gebracht worden, sehr verwundert, was sie um diese nächtliche Zeit noch in Tante Lehmanns Laden zu suchen hatte. Schweigend holte Jürgen einen Spaten aus dem Lagerraum seines Lokals und begann zu graben.

»Pass auf, dass du die Wurzeln nicht zerstichst!«, sagte Nils. Als er etwa bei fünfzig Zentimetern war, hörte Jürgen auf. Die große Zehe eines Fußes schimmerte durch die Finsternis.

Liebermann nickte steif. »Das reicht.«

»Sollten wir nicht etwas singen?«, fragte Nils und fing sich dafür von Nico einen Rippenstoß.

Also war es das Gemurmel und Gelächter der anderen Bargäste, das die Erde begleitete, als sie wieder in das Loch zurückrieselte. Liebermann fühlte sich elend. Noch nie in seiner Laufbahn als Polizist hatte er Derartiges getan. Sein einziger Trost war, dass er den Zeichen des Engels bis zum Ende gefolgt war. Er dachte an Schuld. An eine neunköpfige Familie, die versuchte zusammenzubleiben, an einen Restaurator – und an eine Journalistin, die, ohne es zu wissen, fast denselben Tod wie ihr Liebhaber gefunden hatte, und noch dazu fast am selben Ort. An den göttlichen Daumen und an eine Kühltruhe, in der Erdbeeren wuchsen. Und an eine Katze, die den Frühling im Blut gehabt hatte. Mehr denn je wünschte Liebermann sich zu Nico. Aber er wusste, dass es vorbei war. Unsicher war er nur, ob es überhaupt je angefangen hatte.

Ihr und Nils' Arm berührten sich. Liebermann wandte sich ab.

Als Jürgen den Sand auf dem zugeschaufelten Loch festgetreten, den Rindenmulch darübergekehrt und die Handschuhe ausgezogen hatte, trat einer nach dem anderen schweigend durch den Hintereingang ins Katinka. Es würde eine lange Nacht werden. Nur Liebermann blieb stehen. Niemand sah sich nach ihm um. Niemand lud ihn ein, sein schweres Polizistenwort mit in die Waagschale der nächsten Stunden zu werfen. Natürlich hätte er es nicht getan, trotzdem traf die offensichtliche Ablehnung ihn hart.

Er nahm den Umweg über den Park, in der Hoffnung, dass die Nachtbrise seinen dampfenden Kopf kühlen würde.

An einer mächtigen Platane machte Liebermann halt. »Weißt du, wie ich mich fühle?«, sagte er zu ihr und schlug die Stirn gegen die blättrige Rinde.

»Wie solltest du. Du bist nur hirnlose Cellulose und Chlorophyll. Du Glückliche.«

Die Platane antwortete nicht. Ihr vornehmes Schweigen erinnerte ihn an Nicos Schneiderpuppe, die jetzt ohne Kleid dastand, und Liebermann verfluchte sich, weil er nicht Lektor geworden war, der all das, was die letzte Woche ihm beschert hatte, mit der Bemerkung: »Unfug!« an den Autor zurückschicken konnte.

Sonntag

Als Liebermann am nächsten Morgen die Sonntagszeitung aus dem Briefkasten fischte, fand er dort außerdem einen braunen Umschlag, der ein ziemlich unpersönliches Bündel Geldscheine und eine Postkarte vom Schloss Sanssouci enthielt. Er legte ihn unter die Pinnwand. Dann ging er in die Küche, um sich eine Tablette einzuwerfen, in der Hoffnung, dass sie nicht nur gegen seine wiedergekehrten Rückenschmerzen half. Auch die Kopfschmerzen waren noch da. Stechend, falls Uwe fragen würde. Er griff nach dem piepsenden Handy, dem unsichtbaren Faden aus dem Kokon des Schweigens, der sich im Lauf der letzten vierundzwanzig Stunden um ihn gewoben hatte, und nahm es mit hinaus auf den Balkon. Während er seiner widerwärtig gutgelaunten Exschwiegermutter erlaubte, Miri noch ein paar Tage bei sich zu behalten (»Sie ist so glücklich mit den Tieren!«), krallten sich Liebermanns Augen in die geschlossenen Vorhänge gegenüber.

Es löste keine Wut aus, auch keine Verzweiflung mehr, als er Nils' windschiefen Anhänger vor dem Haus erblickte. Nur eine leichte Taubheit. Aber die konnte auch von der Tablette kommen oder vielleicht vom Bier, mit dem Liebermann sie hinuntergespült hatte.

Es hätte regnen sollen. Am Tag von Charlotte Olbinghaus' Verschwinden hatte es geregnet. Warum jetzt nicht, wo sie leblos wieder aufgetaucht war? Wo es für alle Beteiligten einen Anlass gab. Kein Klagelied des Himmels? Der Himmel schien für romantische Klammern nicht viel übrigzuhaben. Liebermann verlangte es auch nicht von ihm. Aber das unnatürliche Lapislazuli, mit dem er das Viertel überspannte, empfand er dennoch als Hohn.

Er zog sich mit klammen Fingern die Jacke über und verließ die Wohnung, um einen Abstecher in die Stadt zu machen. Er brauchte Stimmen, die die Stimmen in seinem Kopf übertönten.

Liebermann hatte kaum die Haustür geöffnet, als Tante Lehmanns Lehrling mit glühenden Augen einen Ausfallschritt auf ihn zu tat. »Was hast du mit ihr gemacht?«

Angesichts so viel Ritterlichkeit fühlte Liebermann plötzlich eine tiefe Scham. »Nichts, wir haben nur geredet.«

»Nur geredet!«, blökte Michael. »Sie hat sich für morgen krankgemeldet, wegen Migräne! Die hatte sie das letzte Mal, als die Wohnungsverwaltung sie wegen diesem dämlichen Zehnjahresvertrag nicht kündigen lassen wollte. Also, was hast du mit ihr geredet, dass es sie so umhaut!«

»Frag sie selbst.«

»Ich kann sie nicht fragen!«, schrie Michael. »Sie geht nicht mehr ans Telefon!« Er trat drohend auf Liebermann zu. Liebermann roch Pubertätsschweiß, aber es war ein Geruch, der ihn mehr rührte als abstieß.

»Tante Lehmann«, sagte der Lehrling deutlich, »hat noch nie was Unerlaubtes getan. Höchstens ich.«

»So«, sagte Liebermann matt. »Was denn?«

»Krieg's raus!«, knurrte Michael und machte plötzlich einen kleinen Fluchtsprung nach hinten. Müde schüttelte Liebermann den Kopf.

»Dafür bin ich nicht zuständig. Und mach dir nicht zu viele Sorgen um deine Chefin. Frauen haben manchmal Migräne, wenn die Temperaturen nach oben schnellen. Werde ich in Zukunft noch bedient, oder muss ich mich von nun an aus dem Supermarkt versorgen?«

Der Nächste, der seinen Weg kreuzte, war der Mastbaum. Vor sich trug er einen Flaschenkasten, weshalb er Liebermanns Gruß nur mit einem freundlichen Grunzen erwiderte, ehe er auf den Eingang der Nummer 17 zusteuerte. Sein Gesicht glänzte feucht.

»Es ist Sonntag, und ihr arbeitet?«, fragte Liebermann.

»Nur bis zwei, dann wird gefeiert«, grinste der Mastbaum. »Der Silberfresser hat ausgespuckt.«

Liebermann wurde flau. Schon sah er Goran in Handschellen, flankiert von zwei Kollegen der Wirtschaftskriminalität, über die Gänge des Amtes wandern, als der riesige Polier hinzufügte: »Bis auf die letzte Schraube, alles wieder da. Es ist ein Wunder.«

Die Welle der Übelkeit ebbte ab und ging vorüber. »Wie das?«

»Ein Wunder, sage ich!«, lachte der Mastbaum und schleuderte seine Flaschen auf die Spitze eines Gasbetonstapels neben der Tür. »Vielleicht ist ihm im Traum der heilige Antonius erschienen, oder die Zeugen Jehovas haben ihn eingefangen, wer weiß? Mir egal, Hauptsache, er lässt uns zukünftig unsere Arbeit machen.«

»Das wird er wohl«, murmelte Liebermann. »Wozu sonst der Aufwand.«

»So isses.« Der Mastbaum grinste und verschwand pfeifend im Inneren des Hauses.

Liebermann ging noch ein paar Meter, dann überlegte er es sich anders und kehrte wieder um. Seine Sehnsucht nach Gesellschaft war plötzlich in eine Sehnsucht nach Einsamkeit und einigen Bieren umgeschlagen, vielleicht begleitet von einem kalten Lappen auf der Stirn.

Für den Fall, dass seine Biervorräte nicht ausreichten, stieg er nach seiner Ankunft in den Keller hinunter, um sie durch eine von Theklas Weinflaschen zu ergänzen. Erstaunlich, wie schnell eine Mauer bröckelte, wenn man erst mal einen Stein gelöst hatte, dachte er, während er einen Merlot in der Hand wog. Als er die Treppe aus der Unterwelt wieder hinaufstieg, erblickte er durch die halboffene Haustür ein Auto, das im Schritttempo durch die Meistersingerstraße kroch und ihm beklemmend bekannt vorkam. Auf dem Beifahrersitz neben Uwe saß Marion.

Wie von selbst fanden Liebermanns Füße wieder hinunter in den Keller. Es war also so weit. Vom Flieder gegenüber, wusste er, beobachtete Serrano sie. Vielleicht folgte er ihnen. Wenn ja, gut so. Er würde nicht noch einmal dabei sein. Er war krankgeschrieben!

Die erste Hälfte der folgenden Nacht wälzte sich Liebermann schwitzend in seinen Decken, geplagt von üblen Träumen, in denen Nico abwechselnd als böse Königin und als Hebamme auftrat, die ihn von einem Kind mit roten Locken entband.

»Herzlichen Glückwunsch, Jäger!«, lachte sie und hielt das Kind an den Füßen in die Luft. »Ein goldiges Mädchen. Aber es sieht aus, als hätte es eins auf den Mund gekriegt.«

Tatsächlich, dachte Liebermann dumpf. Die Haut der Kleinen war über und über von einem zartgoldenen Flaum bedeckt. Nur die Lippen stülpten sich ihm riesig und rot entgegen. Und damit nicht genug, schienen sie stetig zu wachsen. Als sie die Größe von Tomaten erreicht hatten, bewegten sie sich.

»Es sieht aus, als ob es mir etwas sagen will!«, meinte Liebermann.

»Unsinn!«, sagte Nico. »Das Kind ist nicht normal. Es könnte sich zum Ekel entwickeln. Am besten, wir bringen es in den Wald und erschießen es.«

»Auf keinen Fall! Es ist doch mein Kind!«

»Bist du sicher?«, sagte Nico zweifelnd. »Ich glaube, es ist nur ganz zufällig an dich geraten.«

Die restlichen Stunden bis zum Morgen verbrachte er zusammengekauert auf dem Bett und rieb sich abwesend den glühenden Schädel, den ein Negativ seines linken Bettpfostens zierte. Sein Oberkörper pendelte dabei rhythmisch vor und zurück. Ja, er war der Jäger, aber ein schlechter. Warum war ihm nicht viel früher eingefallen, dass Nico Charlotte Olbinghaus niemals im Viertel getroffen haben konnte, und schon gar nicht Arm in Arm mit Berlich. Charlotte Olbinghaus hatte sich die Haare erst kurz vor dem Unfall gefärbt, Nico hätte sie anhand seiner Beschreibung unmöglich erkennen können. Und Berlich hätte den Teufel getan, mit ihr vor den Augen seiner Frau herumzuflanieren. Es war eine abgekartete Sache gewesen, und er war darauf hereingefallen. Auf die böse Königin, ihre Grübchen und die angebliche Eifersucht ihres grinsenden Gatten, in dessen Filzkrone ein Zacken fehlte. Und um ihn herum standen die sieben Zwerge und hielten sich die Bäuche vor Lachen. Taumelnd stemmte Liebermann sich hoch. So nicht. So nicht!

Der Jäger war vielleicht etwas langsam, aber er war nicht bescheuert. Und immerhin war er Bulle!

Nach einiger Zeit meldete sich Nicos verschlafene Stimme. »Hör auf!« Gleich darauf ertönte der Summer.

Liebermann stolperte die Treppen hinauf.

Trotz seines Dilemmas und des nicht aufhörenden Zähneklapperns verspürte er ölige Zufriedenheit ob ihres verstörten Gesichts. Ihre Haare standen nach allen Seiten ab. Mit einer Hand hielt sie den Bademantel vor ihrer Brust zusammen, die andere klammerte sich um das alte Holz des Türrahmens. »Du?«

»Da staunst du, was?«, lallte Liebermann. »Nächtlichen Besuch von der Polizei bekommt nicht jeder. Das ist was Besonderes, da wird's ernst, da erinnert man sich plötzlich der paar Leichen im Keller, die man zwischen den Einmachgläsern vergessen hat.«

»Was?«

Liebermann schob sie grob beiseite und stolperte in die Wohnung. Der vertraute Flur mit dem Plakat des Nirvana-Sängers setzte ihm zu. Gut so! Er brauchte jetzt alle Wut der Welt, um diese Dirne im Dienst der Verschwiegenheit an ihren Platz zu weisen.

Und wenn er mit ihr fertig war, würde er sich unter dem Stamm der weisen Platane im Park eingraben, genau so wie Stefan Berlich eingegraben worden war. Würde seine Leute vor ein schönes Rätsel stellen, wenn sie ihn zufällig irgendwann ausbuddelten. Uwe würde es am Ende lösen, unterstützt von Marion, daran zweifelte er nicht. War ein würdiger Nachfolger, der Uwe, wenn er ein paar seiner Marotten ablegte. Liebermann kicherte und ließ sich schwer auf Nicos Sofa fallen. Sie hockte mit blassem Gesicht vor ihm. Sie zitterte. Sie hatte allen Grund dazu, denn er hatte es raus.

»Hast du getrunken?«, fragte sie.

»Das ist die falsche Frage. Eine völlig falsche Frage.«

»Du bist knallrot. Du hast Fieber!« Sie stand auf. »Bleib liegen, ich hole ein Thermometer.«

Liebermann stierte sie aus glasigen Augen an. »Du hältst den Bullen wohl für total bekloppt! Du bleibst hier.«

»Ich denke nicht dran.«

»Hiergeblieben!«, brüllte er und schraubte seinen Griff um ihr Handgelenk. Es war ausnehmend kühl.

Nico begann zu weinen. Im Allgemeinen eine wirksame Strategie, um einen Mann zu rühren. Aber er war nicht als Mann hier, das hatte sie sich verscherzt, sondern als Bulle.

»Ich atme nur kurz durch. Dann schreiben wir das Kapitel zu Ende.«

Der Arm, den er umfasst hielt, wurde plötzlich schlaff. Hatte Nico schon immer so riesige Augen gehabt? Er hatte sie kleiner in Erinnerung. Und weniger feucht.

»Welches Kapitel?«

»Das letzte Kapitel vom gehörnten Jäger.«

»Wie bitte?«

»Soll ich dir noch ein Märchen erzählen?«, krähte Liebermann. »Langsam bekomme ich Übung darin.«

Aus Nicos Augen waren Quellen geworden, aus denen es jetzt unaufhaltsam rann. Liebermann hatte nicht übel Lust, die glänzenden Rinnsale von ihren Wangen zu lecken. Erst jetzt bemerkte er, wie durstig er war. Seine Zunge klebte wie ein geschwollener Filzlappen an seinem Gaumen. Aber er beherrschte sich.

»Das Märchen vom Jäger und der bösen Königin, die sich als Schneewittchen ausgibt, um den Jäger in die Falle der Liebe zu locken. Und wozu? Ha! Einzig, um den Jäger vom Jagen abzuhalten. Er ist nämlich auf der Spur einer goldenen Hirschkuh, die er ihrem Besitzer zuführen soll. Was schlechterdings unmöglich ist, denn die Hirschkuh wurde von den Vasallen der Königin längst erlegt, ihr Fell schmückt als prächtiger Mantel ihre Schultern. Ach, wie sie den Jäger bezirzt, um seine Gedanken von der Jagd abzubringen, wie sie ihre Reize spielen lässt. Der Plan gelingt. Zwar gibt der Jäger die Jagd nicht auf, aber er sucht nicht in ihrem Reich, sondern weit weg von ihr. Dabei hat er den Hirschpelz die ganze Zeit vor Augen! Er sieht nicht mal, wie sie hinter seinem Rücken über ihn lacht, zusammen mit ihrem Gemahl, dem heimtückischen König. So sehr hat sie ihn verblendet.«

Nicos Mund öffnete sich langsam.

»Nicht schlecht, was?«, fragte Liebermann höhnisch. »Es geht noch weiter. Schließlich und endlich hat der Jäger doch einen lichten Moment. Der Zeichen sind einfach zu viele. Mit blutendem Herzen, immer noch hoffend, dass er irrt, wendet er seinen Blick dem Ort zu, an dem er sich befindet. Und stößt auf die Überreste der Hirschkuh. Das Spiel ist aus.«

Der Durst wurde langsam unerträglich. Aber noch war er nicht fertig.

»Und nun, was macht die Königin? Ich sag's dir: Die Königin sieht keinen Nutzen mehr darin, dem Jäger länger Liebe vorzuheucheln. Sie wirft ihn weg und zieht sich in die schmierigen Arme ihres Gatten und ihres elenden Hofstaates zurück. Überheblich, wie sie ist, rechnet sie natürlich nicht damit, dass der liebeskranke Jäger eines Tages als Bulle wiederauferstehen könnte, um der Komödie noch diese letzten Zeilen hinzuzufügen. Die Auflösung.«

Liebermann wischte den Speichel vom Kinn, der ihm zusammen mit seiner Redekaskade aus dem Mund gelaufen war. Nicos Reaktion befriedigte ihn zutiefst. Sie hockte wie ein Häuflein Elend auf dem Teppich, einen Arm immer noch in der eisernen Handschelle seines Griffs. Er sah sie an, wie er ein Gemälde in der Galerie des alten Olbinghaus angesehen hätte. *Die Büßerin.* Selma Balthasar hätte sie vermutlich mit einem goldenen Hintergrund versehen.

Goldimitat, Katzengold. Er kicherte. Sein Schädel pochte, und er schwitzte wie nach einem Marathon, aber das störte ihn wenig. Nur der Durst machte ihm zu schaffen.

Nach einer Zeit, die ihm recht lang vorkam, hob Nico endlich den Kopf. »Du bist krank.«

»Nein«, krächzte Liebermann. »Ich bin endlich wieder gesund. Und jetzt will ich ihn sehen. Ich will, dass ihr beide noch einmal das Gespräch führt, in dem ihr beschlossen habt, mich zum Idioten zu machen.«

Diesmal enttäuschte Nico ihn. Er hatte mit einem völligen Zusammenbruch gerechnet oder wenigstens mit einem Ausruf, stattdessen fragte sie verwirrt:

»Meinst du Nils?«

»Exakt. Hamlet den Hausmeister. Her mit ihm!«

»Wie kommst du darauf, dass er hier ist?«

Liebermann riss die Geduld.

»Wo soll er denn sonst sein! Auf ins Schlafzimmer!«

Nico erhob sich. »Aber lass mich los.«

»Damit du über die sieben Berge abhaust? Nichts da!«

Darauf sagte sie nichts. Liebermann ließ sich von ihr in die Höhe ziehen. Auch dazu sagte sie nichts. Die Finger um ihr Handgelenk gebogen, stolperte er ihr nach.

Das Erste, was er sah, war Nicos aufgewühltes leeres Bett, das Zweite die nackte Schneiderpuppe. Selbst ihr Halsstumpf glänzte kahl.

Liebermann zeigte grinsend zum Bett. »Er liegt drunter.«

»Wenn du meinst«, sagte Nico. Zusammen gingen sie auf die Knie. Unter dem Bett lag ein Koffer. Zum Dröhnen in Liebermanns Kopf gesellte sich ein unheimliches Summen.

»Der Schuft ist aus dem Fenster«, flüsterte er.

»Hör auf«, sagte Nico. »Niemand springt aus dem zweiten Stock auf die Straße.«

»Bei diesem Beelzebub ist alles möglich.«

»Nils ist kein Beelzebub, und er war nicht hier.« Sie bewegte sich sacht in sein verschwommenes Gesichtsfeld hinein. Und dann tat sie etwas, womit er nicht gerechnet hatte. Sie küsste ihn.

Liebermann fühlte den Boden unter seinen Knien schwammig werden.

»Mach so was nicht mit mir!«, murmelte er. »Ich bin Hendrik Liebermann, Leiter des Dezernats 124, LKA Berlin.«

»Ich weiß«, sagte Nico. »Ich habe deinen Ausweis gesehen. Ich bin Nico Bartels, Hebamme aus Potsdam. Und ich liebe dich, auch wenn es wirklich das Letzte ist, was ich gewollt habe.«

Unmöglich zu sagen, wie es kam, aber eine Sekunde später lag Liebermann lang ausgestreckt auf ihrem Bett.

Montag

Als er aufwachte, hatte er das Gefühl, einem Bienenschwarm vorübergehend Herberge in seinem Kopf gewährt zu haben. Sein Hals war ein rauchendes Ofenrohr und seine Lippen geschwollen und nahezu unbeweglich. Nicos Gesicht tauchte auf, und kurz darauf schlug seine Zunge vergeblich nach einer zähen Flüssigkeit, in der Hoffnung, sie wieder loszuwerden, aber eine Hand hielt ihm den Mund zu, und er musste schlucken, wenn er nicht ersticken wollte.

Beim nächsten Mal war zumindest die Hälfte des Bienenschwarms ausgeflogen.

Vielleicht hatte der erkannt, dass es sich in seinem Kopf nicht besonders komfortabel leben ließ angesichts des chronischen Chaos, das dort herrschte.

Nico flößte ihm wieder das abscheuliche Getränk ein, aber diesmal schickte sie noch einen Becher Wasser hinterher.

»Hallo, Liebermann!«, sagte sie. »Fiese Sache, was? Ich habe dir jemanden mitgebracht.«

Miri, dachte Liebermann benebelt, aber gleich darauf drang der unerträgliche Geruch von Knackwürsten an seine empfindliche Nase, und Uwe schlurfte ins Zimmer. Seine linke Wange schimmerte inzwischen gelblich und hatte somit beinahe wieder ihre Ausgangsfarbe erreicht.

»Hallo. Deine Telefonistin meinte, dir geht's nicht besonders. Da dachte ich, also wir dachten …« Er deutete auf einen Strauß Margeriten, der schon in einer Vase auf einem Stuhl neben dem Bett prangte.

»Danke.« An der Tür klingelte jemand.

Liebermann versuchte den Kopf zu bewegen. Es verursachte nur ein minimales Schwindelgefühl. »Was Neues?«, fragte er. Uwes Augen leuchteten auf.

»Und ob! Wir haben die Leiche von Charlotte Olbinghaus geborgen. Und jetzt rate mal, wo!«

Vorsichtshalber schloss Liebermann die Lider. »Ich kann nicht raten, mein Kopf tut weh.«

»Du wärst ohnehin nicht drauf gekommen«, sagte Uwe zufrieden. »Fünf Minuten von hier, unter dem Blumenbeet einer Kneipe. Du kennst sie, du hast ein Bild der Olbinghaus dort aufgehängt.« Er machte eine Pause. »Sie ist jetzt in der Pathologie. Tja.«

Als dem »Tja« nichts folgte, schlug Liebermann die Augen auf. »Was?«

Uwe lachte, und Millionen neuer Geruchsmoleküle verpufften in der Zimmerluft. Liebermanns Magen legte sich auf die Seite. Es wurde erst besser, als Nico mit einer Tasse Kaffee hereinkam. Zu Liebermanns Leidwesen verschwand sie gleich wieder.

»Eine völlig absurde Sache.« Uwe schob vorsichtig seine Oberlippe über den Tassenrand. Er sah aus wie ein Schmetterling, der vom Nektar einer exotischen Blume kostete. Nachdem er ein paar Tropfen des Getränks aufgerüsselt hatte, sagte er: »Immerhin hattest du recht damit, dass sie tot ist. Aber mit allem anderen lagen wir völlig daneben. Es gibt keinen Fall Olbinghaus versus Berlich.«

»Nicht?«, machte Liebermann tumb.

»Nein, es sind zwei Fälle. Die sich allerdings hier treffen, weil die Olbinghaus den Tipp mit der Vierlingsfamilie, wie wir ja wissen, von Berlich hatte. Aber nicht er hat ihr hier aufgelauert, sondern eine Kühltruhe.«

Uwe brach ab und sah Liebermann erwartungsvoll an.

»Aha«, machte Liebermann.

»Und ein malades Baugerüst. Du musst dich in den Gegenden, in denen du lebst, mal ein bisschen mehr umtun, Liebermann! Dann hättest du nämlich gemerkt, dass es hier jemanden gibt, der Baugerüste auseinandernimmt. Ein irrer Hausmeister, der sich dafür verantwortlich fühlt, die Mieten im Viertel stabil zu halten. Er war vorhin auf dem Amt und hat gestanden. Und jetzt halte dich fest.« Uwe stellte die Blumen auf den Boden, schurrte den Stuhl für Liebermanns Begriffe ein wenig zu dicht neben das Kopfende des Bettes und beugte sich zu ihm hinunter. Liebermann floh hastig ein Stück zurück.

»Er sagt, er war am vorletzten Freitagabend wieder einmal mit dem Schraubenschlüssel zugange, als eine Frau durch die Einfahrt seines Hauses kam und sich zu seiner Verblüffung ebenfalls daranmachte, das Gerüst zu erklimmen. Er lässt augenblicklich alles stehen und liegen und haut über die höchstgelegene Gerüstebene zum Nachbaraufgang ab, wo er dann wieder runter ist in den Nebenhof. Von dort hört er just in dem Moment, als seine Zehen festen Boden berühren, nebenan etwas auf den Boden schlagen. Und als er über den Zaun späht, liegt dort die Unbekannte in einem Kräuterbeet und regt sich nicht. Er meint, er habe gleich gesehen, dass sie tot sei. Und nicht nur das: neben ihr lag eine der Streben, an deren Befestigung unser Saboteur gerade herumgeschraubt hatte. Da hat er es mit der Angst gekriegt.«

»Verständlich.« Liebermann blinzelte. Es gab keinen Goran Flatic in Uwes Geschichte. »Und was hat er in seiner Angst getan?«

»Er hat die Leiche der Frau im Hof dieser Kneipe verscharrt, wo er für den Wirt gerade eine Terrasse anlegt.«

Stumm sah Liebermann seinen Stellvertreter einen wohlverdienten Schluck Kaffee trinken. Auch sein Mund war schon wieder trocken, aber er musste warten.

»Warum hat er sich jetzt gemeldet?«

Uwe zuckte die Schultern. »Sein Gewissen, sagt er. Er konnte den Rhododendron auf dem Grab nicht mehr sehen, ohne dass ihm übel wurde. Ein Spinner, wenn du mich fragst. Ein armer Spinner, der bei diesen Temperaturen mit einer Wollmütze herumläuft. Obwohl!«

Alarmiert richtete Liebermann sich auf.

»Er hat der Olbinghaus vor der Bestattung das Kleid ausgezogen.«

»Tatsächlich«, murmelte Liebermann.

»Er sagt, dass es der Länge nach aufgerissen gewesen wäre. Vielleicht unterwegs irgendwo am Gerüst hängengeblieben. Hat sich dauernd verheddert, sagt er, da hat er es ausgezogen. Aber warum hat er es dann nicht wenigstens zusammen mit ihr bestattet?«

»Ja. Wo ist es jetzt?«

»Verbrannt.« Uwe trank seinen Kaffee aus und stand auf. »Vielleicht kannst du ihn dir noch mal vornehmen, wenn du deine Migräne überwunden hast.«

Es dauerte eine Weile, bis Liebermann die Bemerkung seines Stellvertreters in ihrer Gänze erfasst hatte. »Wer sagt, dass ich Migräne habe?«, fragte er betroffen.

»Deine Krankenschwester.« Uwe grinste.

»Na ja. Ich muss los. In zwei Stunden beginnt die Vernissage von Selma Balthasars Ausstellung. Marion und ich wollten uns das mal ansehen. Schönen Gruß vom Olbinghaus, fällt mir dabei ein.«

»Danke. Wie geht es ihm?«

»Er trägt es mit Fassung. Vermutlich hilft unsere Selma ihm dabei. Woher hattest du übrigens die Liste mit den Sachen seiner Frau, die du ihm geschickt hast?«

»Ich habe Charlotte Olbinghaus an jenem Freitagabend gesehen, falls du dich erinnerst«, sagte Liebermann. »Sie hat einen starken Eindruck auf mich gemacht. Aber keinen bleibenden. Es war nur eine Liste. Mit einer Liste sucht es sich besser.« Uwe und Marion gemeinsam auf einer Ausstellung? Es geschahen noch Zeichen und Wunder.

Nico kam herein und räusperte sich.

»Eine strenge Krankenschwester hast du da«, sagte Uwe.

Liebermann fing sich einen Blick von ihr. »Ja«, sagte er. »Aber nach Feierabend ist sie ganz normal.«

Er hörte, wie Nico seinen Stellvertreter im Flur verabschiedete und die Tür hinter ihm schloss. Danach kam sie wieder zu ihm herein. In ihrem Gefolge befand sich niemand Geringeres als Nils.

»Ich musste ihn in der Küche verstecken, bis dein Kollege weg ist«, sagte sie. »Ich war mir nicht sicher, wie er es aufnehmen würde, den Typen, der eben noch bei ihm ein Geständnis abgelegt hat, plötzlich unter den Krankenbesuchern seines Vorgesetzten zu finden.«

Mit zwei großen Schritten gelangte der Hausmeister an Liebermanns Bett und streckte ihm einen langen, dünnen, in Geschenkpapier gewickelten Gegenstand entgegen. Er wirkte ein wenig hagerer als sonst, aber sein Grinsen war so breit wie je.

»Hallo, Bulle!«

»Hallo, Hausmeister. Was machst du hier? Ich denke, du steckst hinter den Mauern der Kadis.«

Nils zuckte die Achseln.

»Keine Fluchtgefahr bis zum Verhandlungsbeginn. In erster Linie bin ich Hausmeister, erst in zweiter Krimineller.«

»Warum du?«

Nils nahm bedächtig seine Mütze ab und stülpte sie über eine seiner Fäuste.

»Warum nicht? Ich bin der Einzige, der in den Knast gehen kann, ohne dass sich jemand die Augen ausheult. Außerdem werden Hausmeister überall gebraucht.« Er räusperte sich und nickte zu seinem Geschenk hinunter. »Willst du nicht auspacken?«

Umständlich begann Liebermann, Papier aufzurollen.

»Laura wollte Blumen«, sagte Nils. »Aber Moritz und ich dachten, es sollte etwas von bleibendem Wert sein.«

Als Liebermann die letzten Schnipsel entfernt hatte, hielt er einen brandneuen Gehstock in den Händen. »Danke.«

»Es ist ein Teleskopstock«, sagte Nils stolz. »Aus einem

nachwachsenden Rohstoff unserer Region.« Er ließ seine Mütze ein paar Mal auf dem Zeigefinger kreisen und setzte sie wieder auf. »Sieh zu, dass du auf die Beine kommst. Du wirst hier gebraucht, wenn ich weg bin.«

»Ich fürchte, ich kann keine Abflüsse reparieren.«

»Aber Gräber schaufeln kannst du schon mal«, sagte Nils. »Und wenn du willst, zeig ich dir, wo man günstig Blumen bekommt. Natürlich erst, wenn du deinen Beruf an den Nagel gehängt hast.«

»Ich mag meinen Beruf aber«, sagte Liebermann. »Und ich mag dieses Viertel.«

Nils folgte seinem Blick. »Verstehe«, sagte er, und Nico errötete.

»Diesen Teil besonders und den Rest auch. Ich hoffe, es stört euch nicht, dass ich euch ab und an besuchen komme, wenn meine zweite Woche hier vorbei ist?«

Nils zog die Brauen zusammen. »Gib ihm ein paar von den ovalen Pillen da, und lass ihn noch mal zwei Tage schlafen«, sagte er zu Nico. »Vielleicht ist er dann wieder klar im Kopf. Ich überlasse ihn dir doch nicht, damit er gleich wieder abhaut.«

Nico war rot bis unter die Haarwurzeln. »Wolltest du Jürgen nicht beim Aufstellen der Tische helfen?«

»Hab ich schon«, sagte Nils. Dann grinste er und tippte sich an die Mütze. »Grüß deine Kleine von mir! Und wenn sie wieder da ist, sag ihr, dass ich noch ein paar Studentenblumen für sie habe.«

»Apropos Studentenblumen«, sagte Liebermann. »Ich würde dich gern um einen Gefallen bitten, es geht um Aurelia.«

Als Nils sich zum Gehen wandte, hielt Liebermann ihn zurück. »Eine Frage noch.«

»Aber mehr nicht! Meine Zeit in Freiheit ist knapp bemessen.«

Liebermann deutete auf die Baskenmütze. »Was ist mit dem Stummel da oben passiert?«

Wie von selbst fuhr Nils Hand zum glatten Zentrum seiner Kopfbedeckung.

»Abgeschossen. Beim Volkssturm. Die Mütze gehörte meinem Opa, dann meinem Vater. Jetzt ist es meine. Bis jetzt ist es niemandem aufgefallen. Und dir hat das keine Ruhe gelassen?«

»Waren die beiden auch Hausmeister?«

Das Grinsen auf Nils' Gesicht weitete sich, bis es beinahe die Ohren erreichte.

»Das, Bulle, musst du schon selbst rauskriegen.« Er blinzelte und ging.

Draußen im Flur hörte Liebermann Nico sagen: »Du kannst Serranos Schnitzel gleich mit hinunternehmen.«

»Mit Bismarck bist du billiger gekommen.«

»Nicht viel.«

»Mit mir wärst du auch billiger gekommen.«

Darauf erwiderte Nico etwas, das im Gezänk der Elstern vor Liebermanns Fenster unterging.

Ein Wort zum Sonntag darauf

Der alte Bellin sah und hörte nicht, wie das Taxi neben ihm hielt und eine Frau ausstieg. Er war vollauf damit beschäftigt, dem Unkraut, das den Rand seines Bürgersteigs säumte, mit einem Gasbrenner den Garaus zu machen. Erst als der Rollkoffer der Frau ihn streifte, schreckte er auf.

Er erkannte seine Mieterin kaum wieder. Statt des üblichen Mantels trug sie ein gelbes Kleid, die Haare leuchteten rot, und wenn ihn seine Augen nicht im Stich ließen, lächelte sie. Er verbrannte sich die Zehen und stellte den Unkrautvernichter aus.

»Hier hat sich ja einiges verändert«, sagte Thekla und deutete auf den Brenner.

Zwischen Bellins Runzeln stahl sich ein finsteres Grinsen. »Sie sagen es.«

Die Worte verfehlten ihre Wirkung nicht. Theklas erholtes Lächeln verrutschte ein wenig. »Wie meinen Sie das?«

»Na, da gehen Sie mal lieber hoch und fragen Sie jemand anderen«, murmelte Bellin und wollte den Brenner wieder einschalten, als Thekla ihn am Arm berührte.

»Ich weiß, der Zeitpunkt ist vielleicht nicht ganz passend, aber da ich Sie gerade treffe … möchte ich die Gelegenheit nutzen, meine Wohnung zu kündigen.«

Bellin glaubte, sich verhört zu haben. »Sie sind doch gerade erst eingezogen!«

»Ja«, sagte Thekla und senkte die Lider. »Aber während meines Auslandsaufenthalts … hat sich etwas ergeben …« Sie straffte sich. »Etwas, das einen Ortswechsel nötig macht.«

Bellins Augenbrauen zogen sich zusammen. Er fixierte seine Mieterin von Kopf bis Fuß. Thekla hielt seinem Blick stand, sie fasste nur den Griff ihres Koffers etwas fester.

»Drei Monate Kündigungsfrist«, knurrte er.

»Selbstverständlich.«

»Es sei denn, Sie finden mir vorher einen akzeptablen Nachmieter. Einen solventen, vor allem.«

Im Eingang zum Spielplatz auf der anderen Straßenseite tauchten Liebermann, Zyra und Miri auf, jeder ein Eis in der Hand, das nach dem neuen Stolz des Katinkas »Terrasse« benannt war.

Danksagung

Mein herzlicher Dank geht an:

Christoph Beck, Martin Schreiber, Gerd Schulz und Herman Witzel für ihre fruchtbaren Kritiken.

Falk für seine Geduld.

Maria Stolz für seelische Aufbauarbeit.

Eine goldene Journalistin und ein Baugerüst am Haus gegenüber für die Idee.

Meine Katze Krümel für ihre lehrreiche Präsenz.

Und die Damen vom Getränkehandel »Schrödter« für die zuverlässige Versorgung mit Cola und Zigaretten.

Christiane Gohl
Ein Geschenk vom Universum
Eine Liebes-Geschichte
144 Seiten
ISBN 978-3-7466-2536-2

Glück auf Bestellung

Mareike hat die Hoffnung schon beinahe aufgegeben, den Richtigen zu finden. Zu oft ist sie auf Frauenversteher, Lebenskünstler oder Pseudo-Romantiker hereingefallen. Bis ihre Freundin entnervt darauf hinweist, dass ihre Ansprüche einfach zu hoch sind. »Du hast immer das Falsche beim Universum bestellt.« Mareikes nächster Wunsch lautet lediglich: »Wünsche Partner, der dunkelhaarig, samtäugig ist und endloses Kuscheln liebt.« Tags darauf erscheint ein Hund, der all diese Eigenschaften besitzt, aber völlig verzogen ist. Eine Umtauschadresse hat das Universum leider nicht mitgeteilt ...

Mehr Informationen erhalten Sie unter
www.aufbau-verlag.de oder in Ihrer Buchhandlung

aufbau taschenbuch